EX-LIBRIS

Bel Ami

漂亮朋友

Bel Ami

 插图珍藏版

[法] 莫泊桑 著
Guy de Maupassant

[法] 让·埃米尔·拉布勒 绘
Jan Émile Laboureur

徐和瑾 译

江苏凤凰文艺出版社
JIANGSU PHOENIX LITERATURE AND
ART PUBLISHING

图书在版编目（CIP）数据

漂亮朋友：插图珍藏版 /（法）莫泊桑著；（法）
让·埃米尔·拉布勒绘；徐和瑾译 . -- 南京：江苏凤
凰文艺出版社，2022.7（2023.3 重印）
ISBN 978-7-5594-5950-3

Ⅰ.①漂… Ⅱ.①莫… ②让… ③徐… Ⅲ.①长篇小
说－法国－近代 Ⅳ.① I565.44

中国版本图书馆 CIP 数据核字 (2021) 第 100987 号

漂亮朋友（插图珍藏版）

［法］莫泊桑 著　　［法］让·埃米尔·拉布勒 绘　徐和瑾 译

策　　划	尚　飞	
责任编辑	曹　波	
特约编辑	郝晨宇　张媛媛	
装帧设计	墨白空间·杨和唐	
出版发行	江苏凤凰文艺出版社	
	南京市中央路 165 号，邮编：210009	
网　　址	http://www.jswenyi.com	
印　　刷	天津图文方嘉印刷有限公司	
开　　本	880 毫米 × 1230 毫米　1/32	
印　　张	15	
字　　数	235 千字	
版　　次	2022 年 7 月第 1 版	
印　　次	2023 年 3 月第 3 次印刷	
书　　号	978-7-5594-5950-3	
定　　价	118.00 元	

目　录

序

勒内·杜梅尼尔[1]

　　莫泊桑完成《伊薇特》（1884 年 8 月 29 日到 9 月 9 日在《费加罗报》上连载）的撰写之后，便开始创作《漂亮朋友》。他给母亲的一封信里对此有所提及，我们还从信中得知，莫泊桑非常笃定这部小说能大获成功，这样他就能支付装修公寓的费用。这间公寓位于蒙沙南路上，在他的表哥——画家路易·勒普瓦特万所建酒店的一楼。

　　1884 年秋冬两季，莫泊桑全身心投入小说创作中。1885 年 2 月 21 日，他给阿瓦尔出版社写信说："我的视力越来越差。我觉

---

[1] 勒内·杜梅尼尔（René Dumesnil，1879—1967），法国文学评论家，主要从事福楼拜和莫泊桑的批评研究。——编注（序言中如无特殊注明，均为编注。）

得可能是写作造成的，眼睛过于疲劳……我完成了《漂亮朋友》。还剩最后两章要重读一下，稍加润色。六天时间，应该就能全部完成。"小说的手稿共有436页，纸张是小学生练习簿的大小，且几乎没有改动。主人公的名字倒是改掉了：从"勒洛瓦"变成了"杜洛瓦"，这样他娶玛德莱娜为妻的时候，名字就顺理成章地断开，成了"杜·洛瓦·德·康泰尔"；还有《法兰西生活报》的编辑部秘书的名字，在最终版里叫作"布瓦勒纳尔"，而在前几章草稿里其实叫作"普鲁姆拉尔"。莫泊桑还改动了一些细节，他起初将乔治·杜洛瓦与瓦尔特夫人的约会定在圣奥古斯丁教堂，后来才把地点改在了圣三会教堂。

《吉尔·布拉斯报》从1885年4月8日星期三开始连载《漂亮朋友》，直到5月30日完结。报纸发表之后几天，小说由维克托·阿瓦尔出版社出版。两个版本的差别很小，有些无关紧要的改动。不过，若是参照手稿原文，我们会发现莫泊桑在诺尔贝·德·瓦雷纳与杜洛瓦谈死亡话题时，删去了诗人的一段长篇大论，原本是放在"只有死亡才确定无疑"这句话之前的：

"孟德斯鸠曾经说过：'如果我们的世界并非以某种方式存在，那么所有以这种方式建立在我们世界之上的既定规则就会发生变化。我们信奉的神与信仰也是如此。

"'我们所有的信仰都只取决于我们所处的状况，从简单的世俗偏见到我们所称的'永恒的真理'都对其有所影响。'

"在比利牛斯山这一边的真理，到山那一边就成了错误。

"在地上的真理，到了天上就是错误。

"借助我们各种器官所感知的世界中是真理的东西，脱离了器官感知就是错误。

"二加二等于四这一规则，离开地球大气层后，应该就不再适用。

"因为我们所有的思想都取决于我们感官的特性。颜色能够存在，是因为我们的眼睛能看到颜色；有声音，是因为我们耳中有鼓膜，能感受声音的变化。所以，决定我们的判断的其实是我们器官的构造，物质的表面特性。

"没有什么是真的，没有什么是确定无疑的。而且，我们用这些带有欺骗性的工具来观察世界，只能了解空间中微不足道的一点，而无法把握围绕空间的所有东西，我们只能触到时间中难以捕捉的一个瞬间，而并不了解过去或未来！想想看一个人，无论这个人如何富于幻想，或是悲痛欲绝，都不过是撒播在我们渺小地球上的一粒难以察觉的生命的尘埃，而我们渺小的地球也不过是众多世界的尘埃中一小粒尘埃。"

我们可以看到，被莫泊桑删掉的这个片段中表达的观点，是他后来在《水上》①中再次提出并予以深化的观点；在他让诺尔贝·德·瓦雷纳说出的这些话中，甚至表达了他在《三钟经》②戛

---

① 莫泊桑创作于1888年的一部游记。
② 莫泊桑留下的一篇未完成的遗作。

然停笔时写到的思想。他在书中抒发的是自己面对死亡的焦虑与抗争。另外，在后文中有关决斗的章节里，当杜洛瓦起身去看镜子里的自己时，他自言自语道："明天，在这个时候，我也许已经死了。"莫泊桑曾在文中添加过以下几句话，但在最后的版本中又去掉了："我面前的这个女人，我在这面镜子里看到的这个我，将不复存在。怎么会这样？我就在这里，我正看着我，我感觉到自己还活着，可半天之后，我将会躺在这张床上，死透了，两眼紧闭，全身冰冷，一动不动，已然离开人世。"

以下片段的灵感同样源自死亡主题，这部分也被删掉了："诺尔贝·德·瓦雷纳的一句话再次浮现在他脑海中：'能活几个小时的小虫，能活几日的飞蝇，能活几个月的动物，能活几年的人，能存在几个世纪的星球，都不过是迷失在宇宙无尽尘埃中难以察觉的生命的尘埃。小虫只能蠢动几分钟，地球也不过是在宇宙中旋转的一粒沙子，在宇宙无限的整体中，两者都微不足道！小虫之死，地球末日，在宇宙的无限迭代更新中都不值一提！'"手稿中，这个片段出现在第二部分第四章开头，杜洛瓦在圣三会教堂里等瓦尔特夫人之时。

这部分的前文中，主人公从里瓦尔家观摩击剑比赛出来，莫泊桑还曾在"杜·洛瓦陪着瓦尔特家母女三人等待马车"这句后面添加过以下片段，不过在出版的版本中用几行字一带而过了：

"德·马雷尔夫人并没有离开他；他寻思着：'难道她要缠着我？'

"她问道：'您的车上还有位子吗？如果您能捎上我，把我跟这些夫人一块儿带走，那就太好了。'

"瓦尔特夫人听见了。

"'当然可以，亲爱的朋友，我们三个人可以挤在里面。'

"杜·洛瓦觉得这个请求很不得体。

"当他将老板娘母女送回家后，他就单独与情妇共处一车了。她一把抓住了他的手。

"'啊！我多么爱你，我那么爱你！'

"他被这奔放的柔情惊到了。她又重复道：

"'你想象不到我有多爱你。'

"他觉得这表白过于夸张，很不合时宜，因为他自己此时毫无激情。

"她问道：

"'要不我们回去之前去哪里转一转？'

"他激动地回答：

"'可我没空，我要工作。'

"她低语道：

"'你的样子好可怕。'

"'不是的，我只是着急。'

"'要不我们明天见面？来我们家？'

"他犹豫了，很快又用反对的口吻说道：

"'我去不了，明天我一点空闲也没有。'

"她沉默了，随后马车来到了她家门口：

"'那你想我们什么时候见面？'

"'可……我不知道……我要看一下工作安排。我会给你发电报的。'

"她缓缓走下马车，两眼含着泪，向他伸出手：

"'回头见，回见。'

"她一走，他就低声说：'今天可不行。而且我不能让她随心所欲。女人总是要敲打敲打的。'"

*

就像写《一生》时那样，莫泊桑在《漂亮朋友》中也用到了之前发表的几部短篇小说，我们可以将这些短篇小说视为小说的提纲，甚至是草稿。

首先，莫泊桑在 1883 年 3 月 13 日的《吉尔·布拉斯报》上发表了《女孩男》[①]一文，首次描绘了杜洛瓦的这种性格。这是一篇专栏文章，并非讲述故事，而是巴尔扎克时期被称为"生理学"的一篇东西，不过研究的典型人物确实是八十年代的男性。莫泊桑揭示了这类男人的各种类型：政治家"女孩男"、记者"女孩男"，

[①] L'Homme-Fille，莫泊桑在文中描绘了这代充满野心的年轻男性的肖像，并将这种"女孩男"称为国家的害人精，其特点是善变，喜欢幻想，背信弃义，像女人一样缺乏信仰与意志。——译注

等等，这些在《漂亮朋友》中都有所展现。

《漂亮朋友》中有几个片段，讲杜洛瓦作为第二任丈夫，十分好奇妻子对前夫抱有何种情感，不惜一切代价想知道她是否欺骗过前夫。这部分则借用了另一部短篇小说的提纲。《复仇者》（先发表于1883年11月6日的《吉尔·布拉斯报》，后收录于《莫泊桑全集》第四卷）中的安托万·勒约和玛蒂尔德·杜瓦尔——也就是寡妇苏里，即杜洛瓦和玛德莱娜的原型。

我们在《一个诺曼底人》（1882年10月10日发表在《吉尔·布拉斯报》上）中可以读到有关鲁昂的描写，是从康特勒村的视角去看的。我们在《漂亮朋友》第二部分的第一章中也能看到几乎相同的描写。我们还在短篇小说《奥尔拉》的开头也发现了相似的描写：鲁昂全景，与福楼拜漫步的回忆，始终让莫泊桑难以忘怀，福楼拜在克鲁瓦塞小村的房子就在丘陵脚下。在杜洛瓦父母家漫长的午餐之后，乔治和玛德莱娜愉快"走下"的山，其实正是莫泊桑曾跟随恩师的棺木所上的山，他永远不会忘记那时撕心裂肺的痛。

尽管《漂亮朋友》的故事主要发生在巴黎，而且小说可以看作有关政治界和报界的巴黎风俗研究，但是在看望杜洛瓦老夫妇这段情节中，莫泊桑很好地展现了诺曼底乡村图景，如一阵清风拂过。

有关报界的描写的确引发了众多异议。有些人指责莫泊桑将主要人物设定为记者，还假装自己真的在描绘记者的肖像。蒙茹瓦约在《高卢人报》中写道："现在很火的小说，确实是《漂亮朋友》。必须大胆地加以评论。居伊·德·莫泊桑先生从未如此迅速且全面地获得巨大成功……居伊·德·莫泊桑先生是一位艺术家，他的小说是艺术作品。其中一些细节或许令小说有些露骨；是真是假还有待考证。

"对此我有过一番思考，但我只能诚恳地回答：我并不知道答案……我无法相信小说中展现的是报刊界的全貌。巴尔扎克向我们展现的报界更加高尚，尽管他也展现出了其中缺陷……而在莫泊桑的小说里，我们愉快地在泥浆大洋中漂浮……天啊！这是什么样的社会！什么样的报界，里面都是些什么样的人！

"居伊·德·莫泊桑先生，他极具天分；但是他的《漂亮朋友》着实令人厌恶，可能有人会觉得我过时了，但是我宁可看到他选择更正派得体的主题来写。"

莫泊桑在6月7日的《吉尔·布拉斯报》上回复了蒙茹瓦约。这封长信被收录在《莫泊桑全集》的第十五卷中，此处引用的是主要片段："我只想讲述投机者的生活，这样的投机者我们每天都能在巴黎与其擦肩而过，所有职业中都有这样的人。他是否真的是记者？并非如此，我是在他到驯马场当骑术教练时才确定的。所以说，推着他向前走的并不是什么职业理想。我特别要强调的是，他其实一无所知，只是被金钱欲望所裹挟，丧失了意识。我从小说的开头起就将无耻之徒的形象摆在读者面前……换一个职业来写的话，则需要特殊的知识，准备起来更花时间……报刊业是个庞大的世界，在这个世界里，人既可以做正直的人，也很容易成为无赖……"

无耻之徒。的确如此。不过并不像普雷沃斯特笔下的曼侬·莱斯科或德·格里奥 ① 那样卑鄙。莫泊桑并没有过分抹黑漂亮朋友。无耻之徒也必须有其魅力，否则他就不会伤害到别人。他是"女孩男"，他的功能就在于取悦他人。

书中很多细节都是莫泊桑自身在报界观察而来的。另一些细节，则是他的前骑兵士官弟弟埃尔维告诉他的。这部小说的确展现了政治、商业、报刊业的交汇之地，莫泊桑描写的都是中间人、掮客（都是些"唯利是图之人"）。这些人物肖像非常之真实，范围非常广，时至今日，还常被人拿来对号入座。

作品取得了巨大的成功，但并没有莫泊桑料想得那么快，他本想以此支付蒙沙南路上的公寓装修费用，却未能如愿。1885年7月，他写信给母亲说：

"关于《漂亮朋友》没有什么新消息。因为这本书，我没能去成埃特塔，我一直在努力推销这本书，但不是特别成功。雨果去世对我这本书的销售带来了巨大冲击。我们现在卖的是第二十七版，也就是卖掉了13000册。我跟你说过，我们应该能卖到20000到22000册。这已经非常成功了。"

报刊评论中，以下两段节选总结得非常精确。第一段是马克西姆·戈谢的见解，于1885年5月23日发表在《蓝皮评论》上：

"德·莫泊桑先生的《漂亮朋友》这部作品很有冲击力，非常有力量，但是反映了残酷的现实，有些令人反感……书中这个卑劣

---

① 普雷沃斯特，原名 L'Abbé Prévost（1697—1763），法国作家，代表作《曼侬·莱斯科》（*Manon Lescaut*），因男主人公德·格里奥和女主人公曼侬·莱斯科的品行不端在当时备受争议。

的人好运不断，次次成功，还非常平静、理所当然地接受，这就非常夸张了……不过，我一捧起这本书，就没舍得放下，一口气读完了，不是囫囵吞枣地读，而是津津有味地慢慢品读。读者一定会喜欢的。这本书既令人恼火，又绝妙精巧。"

第二段评论是弗朗西斯克·萨尔塞写的，发表在 6 月份的《新评论》上：

"我从没读过任何一本书能像这本一样，既引人入胜又描写了那么多负面的内容。作品既在我们内心激起了对恶的好奇，又让我们对人所抱有的幻想渐渐破灭，对生活失去信心。如果世间满是卑劣的无赖和可耻的流氓，那活在这世上还有何意义？居伊·德·莫泊桑先生以哲学家似的冷漠态度，将人类令人作呕的低劣之处展现在我们眼前……我觉得居伊·德·莫泊桑先生写得不够好的地方，在于将乔治·杜洛瓦放在报刊领域中，他应该对报业非常了解，但是并没有尽全力忠实再现其真实模样。他所描绘的编辑部的场景在我看来是纯粹的幻想；我们的习惯、特点还有说话方式都并非如此。"

自此以来，《漂亮朋友》的主人公便成了"典型人物"，与其他小说大师笔下的人物并驾齐驱，同于连·索雷尔、欧也纳·德·拉斯蒂涅和赫麦先生① 一样名闻天下。

张璐 译

---

① 这三个人物分别出自：司汤达的《红与黑》、巴尔扎克的《高老头》和福楼拜的《包法利夫人》。

第 一 部

一

　　乔治·杜洛瓦付给女收银员一百个苏①的硬币，接过找头，朝饭馆门口走去。

　　他天生漂亮，又保持着过去当士官的风度，显得十分英俊。他挺起胸脯，以军人常有的手势卷了卷胡子，迅速环视在吃晚饭的顾客，他那美男子的目光，如同向四周撒出一张张渔网。

　　女顾客都抬头朝他观看。其中三个是青年女工；一个是中年音乐女教师，头发蓬乱，不修边幅，戴的帽子上总是布满灰尘，

---

① 法国辅币名。按法国旧币制，一法郎合二十个苏，一个苏合五生丁。一百个苏即五法郎。——译注（以下若无特别说明，均为译注。）

穿的连衣裙总是歪歪斜斜；还有两个是布尔乔亚妇女，她们跟丈夫一起来吃饭，是这家廉价饭馆的常客。

他走到人行道上，站立片刻，寻思接下来要干什么。那天是六月二十八日，他口袋里还剩下三法郎四十生丁，要用到月底。用这些钱吃了两顿晚饭就不能吃午饭，吃了两顿午饭就不能吃晚饭，两种吃法只能选择一种。他心里想，一顿午饭只要花二十二个苏，而一顿晚饭却要三十个苏。如果他只吃午饭，就能节余一法郎二十生丁，用这点钱，晚餐时可以吃上两个夹香肠的面包，并在林荫大道①上喝两杯啤酒。喝啤酒是他在晚上很大的开销，也是很大的乐趣。想到这里，他开始沿着洛雷特圣母街往下走。

他走路的样子，仍像当年身穿轻骑兵制服时那样，胸脯挺起，两腿稍稍分开，仿佛刚从马上下来。他在行人拥挤的街上横冲直撞，撞别人的肩膀，把别人推开，使自己通行无阻。他微微歪戴着灰不溜丢的大礼帽，在街上闲逛。他英俊的退伍军人的潇洒风度，仿佛总是在向某个人挑战，傲视着行人、房屋和整个城市。

他身穿一套六十法郎的西服，仍显得颇为优雅，引人注目，这种优雅虽说司空见惯，却是货真价实。他身材高大、匀称，长着略偏红棕的金栗色头发，小胡子的末梢向上翘起，犹如嘴唇上泛起的泡沫，蓝眼睛十分明亮，中间有个小小的瞳孔，他头发天生拳曲，被中间的头路向两边分开，那模样活像是通俗小说里的

①林荫大道指巴黎市内玛德莱娜广场与共和国广场之间的街道。

坏蛋。

这是巴黎的一个无风的夏夜。城市热得如同热气腾腾的浴室。阴沟用花岗石的嘴喘着气，发出阵阵恶臭，而地下厨房则从低矮的窗口向街上散发出泔水和变质的调味汁的难闻气味。

门房都不穿外衣，骑坐在草垫椅子上，在大门的门洞里抽着烟斗。行人都把脱下的帽子拿在手里，有气无力地走着。

走到林荫大道①，乔治·杜洛瓦又停了下来，对接下来要做什么犹豫不决。他想到香榭丽舍大街和布洛涅林园街去，待在那些街的树木下面可以凉快些，但他心里还有一个欲望，就是希望有一次艳遇。

这艳遇从何而来？他对此一无所知，但他已经等了三个月，每天都在等，每个晚上都在等。有几次，他靠漂亮的脸蛋和风流的举止，也偷偷摸摸地尝到过一点爱情的滋味，但他总是希望收获更多、更好。

他口袋空空，热血沸腾。一些女人转来转去，在街角低声问他："漂亮的小伙子，到我家去好吗？"他听了欲火中烧，但又不敢跟她们走，因为他没有钱付给她们，另外，他也在等待另一种亲热，即不粗俗的男女关系。

但是，他又喜欢妓女聚集之处，喜欢她们经常出没的舞厅、咖啡馆和街道。他喜欢跟她们接触、谈话，用"你"来称呼她们，

---

① 指林荫大道中的蒙马特尔大道。

闻她们身上浓烈的香水味，待在她们身边。她们毕竟是女人，讨人喜欢。他不像良家子弟那样生来就看不起她们。

他转身朝玛德莱娜教堂走去，尾随着热得疲惫不堪的人群。那些宽敞的咖啡馆里坐满了顾客，一直坐到人行道上，咖啡馆门前灯火辉煌，强烈的光线照在喝酒的顾客身上。他们坐在小方桌或小圆桌旁，桌上的酒杯里盛着红色、黄色、绿色和棕色的酒，各种色调都有，而在长颈大肚瓶里，一个个圆柱形的大冰块闪闪发光，使清澈的美酒冷却下来。

杜洛瓦放慢脚步，想要喝酒，感到喉咙发干。

在这种夏夜，他又热又渴，不禁想起清凉饮料喝进嘴里的美妙感觉。但是，他晚上只要喝上两杯啤酒，第二天那顿简陋的晚餐就泡汤了，而他对月底饥肠辘辘的滋味深有体会。

他在想："我得等到十点钟再到美国人咖啡馆去喝我的啤酒。他妈的！真渴得难受！"他看着坐在桌旁喝酒的顾客，看着开怀畅饮的男人。他走着，从这些咖啡馆门前经过，显出不可一世的神气样子，并根据每个顾客的脸色和衣着，估量此人身上有多少钱。他突然对悠闲地坐着的顾客感到气愤。要是搜他们的口袋，就能找到金币、银币和铜板。平均算一下，每个人至少有两个金路易①，每个咖啡馆里有一百来个顾客，两个路易乘上一百就是四千法郎！他大摇大摆地走着，低声骂着："下流胚！"他要是能

————————————

① 法国货币名，一路易合二十法郎。

在漆黑的街角上抓到其中一个，准会毫无顾忌地掐住此人的脖子，就像他过去在部队大演习的日子里，掐住农民的家禽的脖子。

他不由想起在非洲度过的两年，想起他在南方的小哨所里对阿拉伯人进行的勒索。他想起有一次和战友们私出军营，杀死了乌莱德－阿拉纳部落的三个男子，抢到二十只母鸡、两头绵羊和一些金子，还获得不少笑料，够他们乐上半年。想到此事，他嘴唇上露出残忍而又得意的微笑。

那桩抢劫杀人案的凶手一直没有查到，其实也没有认真去查，因为阿拉伯人几乎被认为是士兵的天然猎物。

在巴黎则是另一回事。你要是挎着马刀，拿着手枪，肆无忌惮地去进行抢劫，你就绝不会逍遥法外。他觉得自己心里有着士官在被征服的国家里为所欲为的一切本能。当然，他对自己在荒漠中度过的两年时间十分怀念。没留在那儿，真可惜！他回国是希望能比那儿过得更好。可现在！……唉！是呀，现在却这么糟！

他舌头在嘴里动了一下，发出轻微的咔嗒声，仿佛是为了证实嘴里的干燥。

他周围的人群疲乏而缓慢地走着。他心里又在想："一群畜生！这些蠢货背心口袋里都有钱。"他用肩膀推开这些行人，嘴里用口哨吹着欢快的曲调。被他碰到的那些男人回过头来低声埋怨，那些女人则说："真是个畜生！"

他从滑稽歌舞剧场^①门前经过，在美国人咖啡馆对面停了下来，心里想是否要进去喝杯啤酒，因为他渴得口干舌燥。在做出决定之前，他看了看马路中央发亮的大钟：九点一刻。他心里十分清楚，盛满啤酒的杯子一旦放在他的面前，他就会立刻一饮而尽。但喝完之后，他又如何来打发十一点前的时间呢？

他走了过去，心里想："我一直走到玛德莱娜教堂，然后再慢慢往回走。"

他走到歌剧院广场的拐角，跟一个胖胖的小伙子迎面擦肩而过，他模糊地回想起曾在什么地方见到过这张脸。

他尾随这小伙子，竭力回忆着，并不断低声说道："这家伙我到底在什么鬼地方见到过？"

他绞尽脑汁，仍然想不起来。后来，他的记忆中突然出现奇观，眼前的这个人变瘦了，变得更加年轻，身上穿着轻骑兵的军装。他不禁大声叫道："啊，福雷斯蒂埃！"于是，他加快脚步，走过去拍了拍此人的肩膀。这个人回过头来看了看他，并说："先生，您叫我有什么事？"

杜洛瓦笑了起来："你不认识我了？"

"不认识。"

"我是乔治·杜洛瓦，第六轻骑兵团的。"

福雷斯蒂埃伸出了双手："啊！老兄！你身体好吗？"

---

① 滑稽歌舞剧场位于嘉布遣会修女大道，在昂坦河堤街西面的角上，1925 年改建为派拉蒙电影院。

"很好。你呢？"

"哦！我可不太好。你想想，我现在的肺就像纸浆一样。我每年有一半的时间要咳嗽，是气管炎的后遗症，那病是我回巴黎的那年在布吉瓦尔①得的，至今已有四年了。"

"是吗？不过你看上去挺结实。"

福雷斯蒂埃挽起老战友的胳膊，同他谈论自己得的病，向他叙述就医的情况以及医生的诊断和医嘱，但像他这种情况，要遵照医嘱去做十分困难。医生要他到南方去过冬，但他能做到吗？他已经结婚，是个记者，景况很好。

"我在《法兰西生活报》主管政治新闻，为《救世报》采访参议院的新闻，有时还给《行星报》②的文学专栏撰稿。就是这样。我已经闯出了一条路。"

杜洛瓦惊讶地望着他。他变化很大，变得十分成熟。他现在的风度、举止和衣着都像是有身份的人，对自己深信不疑，而且大腹便便，说明吃的是美味佳肴。他过去是瘦长个子，身体灵活，总是丢三落四，爱充好汉，吵吵闹闹，一刻也停不下来。他在巴黎住了三年，却已判若两人，变得身体肥胖、举止庄重，虽然年纪还不到二十七岁，两鬓却已增添了几根白发。

福雷斯蒂埃问道："你去哪儿？"

杜洛瓦回答道："哪儿也不去。我转一圈，然后回家。"

---

① 布吉瓦尔是巴黎附近伊夫林省的市镇，位于塞纳河畔。
② 手稿上写的原本是《吉尔·布拉斯报》，出版社出于谨慎而替换。

"那么，你陪我去《法兰西生活报》报社好吗？我要在那儿看一些校样，然后我们一起去喝杯啤酒，好吗？"

"我跟你去。"

他们手挽着手走了。这种一见如故的亲热，只有在老同学和老战友之间才会有。

"你在巴黎做什么工作？"福雷斯蒂埃问道。

杜洛瓦耸了耸肩说道：

"老实说，我快饿死了。服役期一满，我就来到这儿，想……想发财致富，或者不如说想在巴黎混口饭吃。半年前，我在北线铁路局办事处当上了职员，一年挣一千五百法郎，就这么点。"

福雷斯蒂埃低声说道："是呀，是不算多。"

"这是明摆着的。但是，你叫我怎么办呢？我孤身一人，一个熟人也没有，没有人可以为我引荐。我有诚意，但没有门路。"

他的老战友把他从头到脚打量了一番，就像行家在鉴定演员，然后用十分肯定的口气说道：

"你要知道，老兄，在这里做事全靠胆量。一个人只要有点小聪明，当部长比当办公室主任还要容易。要让别人对你肃然起敬，而绝不能去向别人哀求。不过，你怎么会只找到北线铁路局办事处职员这样的工作，而找不到更好的差使呢？"

杜洛瓦回答道：

"我到处都去找过，但就是找不到。不过，现在有希望了，有人请我去佩尔兰驯马场当骑术教练。在那儿，少说也有三千法郎的年收入。"

福雷斯蒂埃突然停住了脚步：

"别去干这种傻事，哪怕能挣到一万法郎也别干。你这样做会断送自己的前程。在办公室工作，你至少没有公开露面，没有人认识你，你只要有能耐就可以离开，去另谋高就。但一旦当上骑术教练，那就全完了。你就像在巴黎人都去吃饭的餐厅里当上领班。你给社交界人士或他们的儿子上过骑术课之后，他们就再也不会对你平等相待了。"

他说完停了下来，思考片刻，然后问道：

"你有业士学位吗？"

"没有。中学毕业会考我考了两次，都没有通过。"

"没关系，反正你中学的课程都已读完。如果有人跟你谈起西塞罗 ① 或提比略 ②，你大致知道一些情况吧？"

"是的，大致知道一些。"

"那就好。除了二十来个混得不好的书呆子之外，没有人会比你知道得更多。要别人觉得你有学问并不难，主要是别露出马脚，让人当场发现你的无知。遇到疑难的地方要略施小计，设法避开，遇到障碍就绕过去，并用词典里的东西来难住别人。世人都像鹅一样蠢，像鲤鱼一样无知。"

他侃侃而谈，犹如见过世面的男子，又看着来往人群笑了起

① 西塞罗（前 106—前 43），古罗马政治家、雄辩家、哲学家。
② 提比略（前 42—37），古罗马儒略·克劳狄王朝皇帝（14—37 年在位）。

来。但是，他突然咳嗽起来，只好停住脚步，等这阵咳嗽停止，然后气馁地说道：

"这气管炎好不了，真讨厌！现在可是盛夏。唉！个年冬天，我一定要去芒通①养病。唉，其他事就不管啦，身体要紧嘛。"

他们走到普瓦索尼耶大道，来到一扇大玻璃门前，门后贴着一份摊开的报纸，正反两面都贴在上面。三个行人站在那里看报。

在门的上方，煤气灯的火焰组成"法兰西生活报"六个大字，犹如集合的信号。行人走到这里，立刻处于这六个大字发出的亮光之下，犹如突然被阳光照得一清二楚，然后又马上回到黑暗之中。

福雷斯蒂埃推开这扇门，并说："请进。"杜洛瓦走了进去，登上街上的人都能看到的豪华而又肮脏的楼梯，来到一个前厅，厅里的两个办公室的听差向他的老战友施了礼。然后，他们在一个像是候见厅的房间里停了下来，里面全是灰尘，弄得乱七八糟，挂着的绿色仿天鹅绒帷幔已经褪色，上面全是污迹，有的地方已经破损，如同被耗子咬过。

"你坐一会儿，"福雷斯蒂埃说，"我过五分钟就来。"

说完，他从厅里三扇门中的一扇走了出去。

这地方有一种难以描述的奇特气味，即编辑室的气味。杜洛瓦坐在那里一动不动，因为有点胆怯，更因为意外。他面前不时

---

① 芒通是法国阿尔卑斯滨海省的小城，位于地中海边，是旅游胜地。

有人跑着过去，他们从一扇门进，从另一扇门出，快得使他无法看清他们的模样。

有时跑过去的是个年轻人，一副忙忙碌碌的样子，手里拿着的那张纸在奔跑时随风飘动；有时跑过去的是排字工人，外罩沾上油墨的棉布工作服，雪白的衬衫领子露在外面，下面穿着呢裤，像是社交界人士穿的那种，他们小心翼翼地拿着一卷卷印刷品，即刚印好还十分潮湿的校样。这时，一位身材矮小的先生走了进来，他穿得过于时髦，燕尾服把腰部束紧，裤子把双腿紧紧裹住，脚上穿着尖头皮鞋。那是采访社交界新闻的记者，是来送当晚的报道的。

进来的另一些人神态严肃、自命不凡，头戴平边大礼帽，仿佛只有戴这种礼帽才能显得与众不同。

福雷斯蒂埃回来时挽着一个又高又瘦的男子。此人大约三四十岁，身穿黑礼服，系着白领带，小胡子往两边翘成尖角，显出一副目中无人、扬扬得意的样子。

福雷斯蒂埃对他说道："再见，亲爱的老师。"

这个人跟他握了握手："再见，亲爱的。"说完，他夹着手杖，吹着口哨走下楼梯。

杜洛瓦问道："那人是谁？"

"是雅克·里瓦尔，你知道，是著名的专栏作家，喜欢决斗[1]。他刚才看了自己的校样。在时事评论方面，加兰、蒙泰尔[2]和他是当今巴黎最有才华的三位专栏作家。他每星期为本报写两篇文章，每年稿酬三万法郎。"

他们出去时遇到了一个蓄着长发的矮胖子。胖子外表邋遢，在上楼梯时喘着气。

福雷斯蒂埃向他深深地鞠了一躬。

"他名叫诺尔贝·德·瓦雷纳，"他对杜洛瓦说，"是诗人，著有《死亡的太阳》，也是拿高稿酬的名家。他给我们写短篇小说，每篇稿酬三百法郎，最长的也不超过二百行。啊，那不勒斯人咖啡馆[3]，咱们进去吧，我现在渴得要命。"

他们刚在咖啡馆的桌子旁坐下，福雷斯蒂埃就叫道："来两杯啤酒！"他一口就把一杯啤酒喝完，而杜洛瓦则一口口慢慢地喝，津津有味地品尝着其中的滋味，仿佛在喝琼浆玉液。

他的老战友一声不吭，仿佛是在思考，然后突然开了口："你为什么不去尝试搞新闻工作？"

---

[1] 暗指沃男爵，曾撰写关于剑术的著作，是当时著名的社会新闻编辑。
[2] 莫泊桑先写下当时深受欢迎的记者阿尔贝·沃尔夫和奥雷利安·肖尔的名字，后用两个杜撰的名字取而代之。
[3] 那不勒斯人咖啡馆是林荫大道上另一家著名咖啡馆，现仍在嘉布遣会修女大道。

他感到意外，看了看老战友，然后说道："但是……因为……我从来没写过任何东西。"

"嗳！可以试试嘛，从头做起嘛。我可以派你去替我打听一些消息，跑跑腿，拜访一些人。开始时你每月能拿到二百五十法郎，还有车费。你要我去跟社长说说吗？"

"我当然要啰。"

"那么，你先得做一件事，明天到我家来吃晚饭。我只请了五六个客人，老板瓦尔特先生和他的妻子，雅克·里瓦尔和诺尔贝·德·瓦雷纳，就是你刚才看到的那两位，还有我太太的一位女友。就这样定了？"

杜洛瓦满脸通红，不知所措，犹豫不决。他最后低声说道："但是……我没有像样的衣服。"

福雷斯蒂埃十分惊讶。

"你没有礼服？天哪！这可是必不可少的。你要知道，在巴黎，情愿没有床，也不能没有礼服。"

说完，他在背心的口袋里摸了一下，拿出一把金币，从中挑了两个路易，放在老战友面前，诚恳而又亲切地说道：

"你以后有了钱再还给我。你去租一套礼服，或者去买一套，先付一部分钱，其余的钱每月分期付。总之，你自己准备一下，明天晚上七点半到我家来吃饭，地址是泉水街十七号。"

杜洛瓦不好意思地拿了钱，结结巴巴地说道："你太好了，我非常感谢……请放心，我绝不会忘记……"

老战友打断了他的话："行了，再来一杯啤酒，好吗？"他叫道："堂倌，两杯啤酒！"

喝完啤酒之后，记者问道："去逛逛好吗？逛一个小时？"

"好的。"

他们出来继续朝玛德莱娜教堂的方向走去。

"我们干什么好呢？"福雷斯蒂埃问道，"有人以为，在巴黎闲逛的人总会有事干。这话说得不对，就说我吧，我晚上想要闲逛，就不知道该去哪儿。在布洛涅林园转一圈要有女人陪伴才有意思，但你身边不可能总是有女人。去音乐咖啡馆，我的药剂师和他的妻子会高兴，但我不喜欢。那么，干什么呢？没什么可干。这里应该有一座夏园，就像蒙索公园①那样，夜里也开放，游客可以坐在树下，一面喝清凉饮料，一面欣赏优美的音乐。那地方不应是娱乐场所，而应是闲逛的去处。门票应该很贵，这样对漂亮的贵夫人就有吸引力。游客可以在有电灯照明、铺着细沙的小路上散步，想坐的时候就能坐下来，以便在近旁或远处听音乐。过去，在米扎尔②指挥的音乐会上，这些条件几乎全都具备，但就是有低级乐队的味道，演奏的舞曲太多，地方又不够大，树荫不够多，光线也太亮。公园应该很美，又很大。这样就有吸引力。你想去哪儿？"

---

① 蒙索公园位于巴黎市西北郊，现属巴黎第八区。
② 菲利普·米扎尔（1792—1859），法国音乐家，巴黎大型舞会的乐队指挥，著有许多舞曲，曾在香榭丽舍大街举行露天音乐会。

杜洛瓦感到为难，不知该说什么，最后，他做出决定："牧羊女游乐场我还没去过，我想去那儿看看。"

他的老战友大声说道："去牧羊女游乐场？我们在那儿会变成烤肉，不过，也好，那地方挺有趣。"

于是，他们转过身来，朝蒙马特尔城关街走去。

游乐场的正面灯火通明，把通向那里的四条街照得如同白昼。一排出租马车停在门口。

福雷斯蒂埃刚要进去，杜洛瓦就把他拦住："我们还没有买票。"

他的老战友趾高气扬地回答道："跟我一起进去不用买票。"

他走到检票处时，三个检票员都向他施礼。中间的那个还向他伸出了手。记者问道："好的包厢有吗？"

"当然有，福雷斯蒂埃先生。"

他接过递给他的包厢票，推开两扇皮革包裹的软垫门，两人进入剧场。

抽烟的烟雾如同薄雾，使剧场的远处部分和另一边以及舞台变得朦朦胧胧。观众抽的雪茄和香烟产生的缕缕白烟不断上升，薄薄的烟雾聚集在天花板上，在巨大的圆穹顶下面、枝形吊灯周围和坐满观众的二楼楼座上方，形成了布满烟云的天空。

入口处有一条宽阔的过道，通向环形走廊，一帮浓妆艳抹的妓女在过道里转来转去，混迹于一群身穿深色服装的男人中间。那里有三个柜台，好几个女人在一个柜台前等待来客，而在每个柜台后面，都端坐着一个出售饮料兼拉皮条的女商贩，她们都涂脂抹粉，但已人老珠黄。

她们身后有一面面高大的镜子，照出了她们的背部和过往行人的脸。

福雷斯蒂埃分开人群，迅速往前走，犹如理应受人尊重的大人物。

他走到一个女引座员面前，并说："十七号包厢。"

"请这儿走，先生。"

他们被带到一个木板搭成的小包厢里。包厢没有顶盖，板壁上饰有红色挂毯，里面放着四把红色椅子，椅子间靠得很近，人勉强能从中间穿过。两个朋友坐了下来，只见左右两侧都是一个个类似的包厢，构成一条长长的弧线，弧线的两端都跟舞台相接，这些包厢里也坐着观众，只能看到他们的头部和胸部。

在舞台上，三个穿着紧身衣裤，身材分别为高、中、矮的小伙子依次在高秋千上做杂技动作。

高个子先表演，他脸带微笑，迈着碎步迅速走到台前，用手势向观众致意，仿佛给他们一个飞吻。

从紧身衣裤上，可以看出他手臂和腿部肌肉的轮廓。他挺起胸脯，以遮掩过于凸出的腹部，头顶中央有一条笔直的头路，把头发等分成两份，使他的脸部活像理发店学徒。他姿势优美地纵身一跳，跳到高秋千的圆柱形踏杆上，双手抓住两边的绳子，像车轮一样前后翻转，又两臂伸直，身体挺直，用手腕的力量抓住踏杆，在空中呈平卧状。

然后，他跳落到台上，在正厅前座观众的掌声中再次微笑着致意，并走到布景前，转身靠在上面，他每走一步都显出腿部发达的肌肉。

接着，第二个小伙子走到台前，他身材稍矮，但更为健壮，也做了同样的杂技动作。最后一个也照样做了一遍，但观众的掌声更为热烈。

但是，杜洛瓦对台上的表演并不是很感兴趣。他回过头去，不时观看他身后那条挤满男人和妓女的回廊。

福雷斯蒂埃对他说道：

"你看看正厅前座，那里的观众都是带着妻子的有产者，是一帮来开开眼界的蠢货。坐在包厢里的，是在林荫大道上闲逛的常客，还有几个艺术家和几个半上流社会的交际花。在我们后面的，则是巴黎最为奇特的大杂烩。他们是些什么人呢？你对他们好好观察一下。什么人都有，各行各业、各种等级的人都有，但大部分是荒淫无耻之徒，其中有职员，即银行职员、商店职员和政府各部的职员，有记者、权杆儿①、穿便衣的军官和穿礼服的纨绔子弟，他们来这儿之前在小酒店里吃了晚饭，或者刚从巴黎歌剧院出来，在去意大利剧院②之前到这儿来转一圈，还有一些人形迹可疑，对他们无法进行鉴别。至于女人，则全是同一类型，她们都

---

① 权杆儿，旧指妓女的保护人。
② 意大利演员自十七世纪起不定期到巴黎演出。1841 年 10 月 2 日起，他们在旺塔杜尔剧院演出。

是在美国人咖啡馆吃夜宵的常客，是花一两个路易就能弄到手的妓女，她们等待着肯出五个路易的外国人，接不到贵客就去找她们的老相好。这些妓女都已干了十年，每天晚上都出现在同样的地方，一年四季都来，除非去圣拉扎尔监狱或去卢西纳医院①做检查。"

这时，杜洛瓦已不再听他说话。在那些女人中，有一个用胳膊肘靠在他们包厢边上，正盯着他看。她是个肥胖的棕发女郎，皮肤用雪花膏涂得雪白，黑色的眼睛因画着眼线显得长而突出，眼睛上方是画出来的两道浓眉。她胸部过于丰满，把深色的真丝连衣裙绷得紧紧的，嘴上涂着唇膏，红得像伤口，使她具有一种过于强烈的野性，但这种野性能使人欲火焚身。

她见一位女友经过，就点头把她叫住，女友是个戴红发套的金发女郎，也很肥胖。她用让别人听到的响亮声音对女友说：

"瞧，这儿有个漂亮的小伙子。他要是肯出十个路易，我是绝不会拒绝的。"

福雷斯蒂埃回过头去，微微一笑，拍了拍杜洛瓦的大腿：

"这话是对你说的，你被看中了，亲爱的。我向你祝贺。"

退伍的士官脸红了，不禁用手摸着背心口袋里的两枚金币。

这时，舞台上已经落幕，乐队在演奏一首华尔兹舞曲。

杜洛瓦说道：

---

① 卢西纳医院医治性病女患者，1893 年改名为布罗卡医院。圣拉扎尔监狱位于圣但尼城关街。

"我们到走廊里去转一圈，好吗？"

"你想去就去吧。"

他们走出包厢，立刻被闲逛的人流卷走。他们被挤着、推着，被夹在中间，摇摇晃晃地走着，眼前只见一顶顶的帽子。妓女们成双成对地在这群男人中间走着，轻而易举地穿过人群，在胳膊肘之间、胸脯之间和背部之间穿过，像在自己家里那样无拘无束，她们在这男人的人流之中，犹如水中之鱼。

杜洛瓦心情舒畅，随着人流往前走，如痴如醉地吸着因烟草味、人的气味和妓女的香水味而变得污浊的空气。但福雷斯蒂埃满头大汗，气喘吁吁，不断咳嗽。

"咱们到花园里去吧。"他说道。

他们往左拐弯，进入一个有顶棚的花园，里面有两座格调不高的大喷水池，所以比较凉爽。在几棵种在栽培箱里的紫杉和崖柏下面，几个男女坐在锌制桌旁喝酒。

"再来一杯啤酒，好吗？"福雷斯蒂埃问道。

"好极了。"

他们坐了下来，看着走过的游客。

这时，一个闲逛的女人停了下来，面带俗气的微笑问道："先生，您能请我喝点什么吗？"福雷斯蒂埃回答道："喝一杯喷水池里的水。"她在离开时低声说道："哼，没教养！"

这时，刚才靠在他们包厢后面的肥胖的棕发女郎又出现了，她挽着肥胖的金发女郎的手，趾高气扬地走着。这两个女人十分相配，真是天生一对尤物。

她看着杜洛瓦莞尔一笑，仿佛他们的眼睛已相互倾诉过内心的秘密。她拿过一把椅子，大模大样地坐在他面前，并叫她的女友也坐下，然后用清脆的声音叫道："堂倌，来两杯石榴汁！"福雷斯蒂埃惊讶地说道："你可真不拘束！"

她回答道：

"你的朋友把我给迷住了。他真是个漂亮的小伙子。我觉得他会让我干出蠢事！"

杜洛瓦惊慌失措，什么话也说不出来。他卷着往上翘起的小胡子，傻乎乎地微笑着。堂倌端来了果子露，两个女人一饮而尽，然后站起身来。棕发女郎友好地点了点头，用扇子在手臂上轻轻地拍了一下，对杜洛瓦说道：

"谢谢，亲爱的。要你说话可真难。"

说完，她们扭着屁股走了。

福雷斯蒂埃笑了起来：

"啊，老兄，你对女人确实有吸引力，你知道吗？这种事可得注意。你会因此而摔跤的。"

他沉默片刻，然后仿佛把自己内心的想法随口说出，用遐想的声调说道：

"不过，要用最快的速度爬上去，还得依靠她们。"

他见杜洛瓦仍然微笑着没有回答，就问道：

"你是不是还想再待一会儿？我可要回去了，我受不了了。"

杜洛瓦低声说道：

"是的，我再待一会儿。时间还不晚。"

福雷斯蒂埃站起身来：

"那么，就再见了。明天见，别忘了：晚上七点半，在泉水街十七号。"

"一言为定，明天见，谢谢。"

他们握了手，记者走了。

记者走了之后，杜洛瓦觉得自由了，他再次愉快地摸了摸口袋里的两枚金币，然后站起身来，走到人群之中，用眼睛在里面寻找。

他很快就看到棕发女郎和金发女郎，她们仍然像高傲的乞丐，在一群嘈杂的男人中间走来走去。

他径直向她们走去，但走到近旁，又胆怯起来。

棕发女郎对他说道："你又能说话了？"

他结结巴巴地说道："当然喽。"其他的话就再也说不出了。

他们三人站在那儿，堵住了走廊里的人流，使他们周围形成一个旋涡。

棕发女郎突然问道："去我家好吗？"

他因欲望而微微颤动，迫不及待地回答道："好的，可我口袋里只有一个路易。"

她满不在乎地微笑着：

"没关系。"

　　她挽起他的胳膊，表示已把他占为己有。

　　他们走出去时他心里在想，租一套明天穿的晚礼服，用剩下的二十法郎绰绰有余。

二

"请问福雷斯蒂埃先生住在几楼？"

"住在四楼，左边那扇门。"

门房回答时和蔼可亲，说明他对这位房客十分尊敬。乔治·杜洛瓦朝楼上走去。

他有点局促不安，心里害怕。他生平第一次穿上礼服，全身的穿戴都使他提心吊胆。他自觉衣着都有问题，高帮皮鞋没有涂过清漆，虽说做得相当细巧，而他的脚也长得很秀气；衬衫是当天上午在卢浮商店买的，花了四法郎五十生丁，但胸衬太薄，已经有裂痕。他的其他衬衫，就是平时穿的那几件，都多少有点破损，即使破损最少的那件也穿不出来。

他的裤子过于肥大，显不出腿部的形状，仿佛缠绕在腿肚子上，看上去全是皱褶，随手拿一件旧衣服穿在身上就是这样。只有上装还不错，比较合身。

他慢慢走上楼梯，心跳得厉害，脑子里惶惶不安，特别担心会出洋相。突然间，他看到前面有一位穿着礼服的先生在盯着他看。两人离得很近，杜洛瓦不由倒退一步，随后他惊讶得愣住了：原来此人就是他自己，是一面落地大镜子照出来的。镜子竖在二楼的楼梯平台上，照出了一条长长的走廊。他高兴得浑身打战，因为他觉得自己的形象比他想象的要好。

他家里只有刮胡子用的小镜子，无法看到自己的全貌，只能分别看到这套凑合起来的穿戴的各个部分，所以夸大了各种缺点，一想到自己滑稽可笑的样子就心里发毛。

但现在他突然在镜子里看到自己的模样，连他自己也认不出来了，他把自己看成另一个人，一个社交界人士，初看起来，他觉得自己十分漂亮、优雅。

他仔细地照了照镜子，觉得这身打扮总体上说令人满意。

于是，他对自己进行研究，就像演员在研究要扮演的角色。他对着镜子微笑，伸出手去，做出各种手势，表现出惊讶、高兴、赞同等表情，他还研究了各种不同的微笑和眼神，以便向女士们显出殷勤的样子，让她们知道他对她们的赞赏和爱慕。

楼梯旁有一扇门打开了。他生怕被人看到，赶紧朝楼上走去，心里还在担心他刚才做出的媚态是否已被他朋友的某个客人看到。

走到三楼，他又看到一面镜子，就放慢脚步，观察自己走过去的样子，他觉得自己的模样确实十分优雅，走路时也很有风度。他顿时信心倍增。他有这种相貌和往上爬的欲望，再加上他早已下定决心，他的思想又百无禁忌，他一定能取得成功。他走在通往最高一层楼的楼梯时，真想又跑又跳。他走到第三面镜子前停了下来，用他惯常的动作卷了卷小胡子，脱下帽子理好头发，然后像平时那样低声说道："真是美妙的发现。"接着，他伸手按了门铃。

门几乎立刻打开，他看到门口站着一个男仆，身穿黑色礼服，神态严肃，胡子刮得干干净净，穿戴无可挑剔。杜洛瓦见了重又心慌意乱，却不知这模糊的慌乱从何而来，也许是因为他在无意中把自己的衣着和男仆的衣着进行了比较。这男仆脚穿涂过清漆的皮鞋，他接过杜洛瓦因怕给别人看到上面的污迹而搭在手臂上的大衣，并问道：

"请问该如何通报？"

男仆掀起客厅的门帘，向里面通报了来客的姓名。

但是，杜洛瓦突然慌了手脚，害怕得无法动弹，呼吸也急促起来。毕竟，他即将在他梦寐以求的生活中迈出第一步。但他还是走了进去。一位金发少妇独自在大客厅里等候他。客厅里灯火通明，摆满花木，犹如温室一般。

他张皇失措，突然停住脚步。这位微笑着的夫人是谁呢？这时他想起福雷斯蒂埃已经结婚，想到这位漂亮、优雅的金发女郎应该是他朋友的妻子，才开始定下心来。

他结结巴巴地说道·"夫人，我是……"她向他伸出了手，"我知道，先生。夏尔已把昨天晚上遇到您的事告诉了我。他想出个好主意，请您今天来和我们一起吃晚饭，我很高兴。"

他听了面红耳赤，不知该说什么是好。他感到对方在从头到脚地打量他，在掂量他的分量，对他进行评估。

他想要表示歉意，想找出一个理由来解释自己为什么这样衣着寒酸，但他什么理由也找不出来，就不敢涉及这困难的话题。

他在她指的一把扶手椅上坐下。他觉察到柔软而有弹性的天鹅绒坐垫在他身体下面陷下去时，他感到自己处于这个靠背和扶手上都覆有软垫的家具的怀抱之中，并得到它温情脉脉的抚摸时，觉得自己开始了一种使人陶醉的新生活，觉得自己占有了某种美妙的东西，觉得自己成了要人，并且得到了拯救。他看了看福雷斯蒂埃夫人，发现她的眼睛仍在盯着他看。

她身穿淡蓝色的开司米连衣裙，裙子清楚地勾勒出她美妙的曲线和丰满的胸脯。

她袒胸露臂，领口和袖口都镶有泡沫般的白色花边，头发高高地梳到头顶上，披落到脑后时微微拳曲，在脖子上方形成天鹅绒般轻盈的金色云鬓。

在她的目光注视下，他逐渐恢复了自信，这目光使他回想起他昨晚在牧羊女游乐场遇到的妓女的目光，是什么原因他自己也不知道。她的眼睛呈灰色，而且灰中带蓝，使她的目光变得十分奇特，她鼻子不大，嘴唇很厚，下巴有点丰腴，脸长得并不端正，却富有魅力，显得亲切而又狡黠。在这种女人的脸上，每一条线条都显出特殊的优雅，仿佛具有一种含义，每个表情仿佛都在说出或隐瞒什么事情。

沉默片刻之后，她对他问道：

"您在巴黎已有很长时间了吧？"

他逐渐控制了自己的情绪，回答道：

"只有几个月，夫人。我在铁路局工作，但福雷斯蒂埃对我说，他可以帮助我进入新闻界。"

她微笑得更加明显，更加和蔼可亲，并压低声音说道："我知道。"

门铃又响了。男仆通报道："德·马雷尔夫人到。"

进来的是个矮小的褐发女人，这种女人被称为褐发小妞。

她步履轻盈地走了进来，身穿一条十分普通的深色连衣裙，裙子勾勒出她身体的轮廓，她浑身上下仿佛都被紧紧地裹在裙子里面。

只有插在她黑褐色头发上的一朵红玫瑰引人注目，仿佛成了她容貌的特征，突出了她的性格，使她具有活泼得出人意料的特点。

她后面跟着一个身穿短裙的女孩。福雷斯蒂埃夫人迎上前去：

"你好，克洛蒂尔德。"

"你好，玛德莱娜。"

她们相互抱吻。然后，女孩像大人那样沉着地把额头探过去，并说道：

"你好，姨妈。"

福雷斯蒂埃夫人吻了吻女孩的额头，然后介绍说：

"乔治·杜洛瓦先生，夏尔的好朋友。"

"德·马雷尔夫人，我的朋友，跟我有点亲戚关系。"然后她补充道，"您要知道，我们这儿不拘礼节，不讲客套，不用装腔作势。就这样，好吗？"

杜洛瓦躬身施礼，表示同意。

这时，门又打开，一个矮胖的男子走了进来，他身体滚圆，一个高大的漂亮女人挽着他的胳膊，这女人身材比他高，而且比他年轻得多，举止高雅、端庄。这是瓦尔特先生和夫人。瓦尔特先生是国民议会议员、金融家、富商、祖籍南方的犹太人和《法兰西生活报》社长，他的夫人娘家姓巴齐尔－拉瓦洛，她父亲是银行家。

之后，雅克·里瓦尔和诺尔贝·德·瓦雷纳接踵而来。前者风度翩翩，后者的衣领被披肩的长发蹭得发亮，上面还沾有一些白色头屑。

他的领带系得歪歪斜斜，看来他出门后还到别处去过。他年纪虽老，仍想取悦于别人，就以优雅的步履走上前去，握住福雷斯蒂埃夫人的手，吻了吻她的手腕。他俯下身时，长发像流水般洒落在这位少妇裸露的胳膊上。

这时，福雷斯蒂埃走进门来，他对自己姗姗来迟表示歉意。

由于莫雷尔事件，他待在报社里不能离开。莫雷尔先生是激进党议员，不久前就政府在阿尔及利亚推行殖民化政策而要求拨款一事向内阁质询。

男仆大声禀告：

"夫人，晚餐准备就绪！"

大家进入餐厅。

杜洛瓦被安排坐在德·马雷尔夫人和她的女儿中间。他又感到局促不安，担心在使用刀叉或酒杯时会出什么差错。酒杯共有四只，其中一只略带蓝色。这只酒杯用来盛什么酒呢？

开始用餐时，大家都没有说话，后来诺尔贝·德·瓦雷纳问道："你们看过关于戈蒂埃诉讼案的报道吗？真是古怪！"

于是，他们开始谈论这桩因敲诈勒索而变得复杂的通奸案。他们谈论此案，不是像家里谈论报上报道的事件，而是像医生们谈论疾病或像蔬菜水果商谈论蔬菜。对于那些事实，他们不愤怒，也不惊讶，而是对罪行本身完全无动于衷，并以职业的好奇心来寻找它们深刻和隐秘的原因。他们竭力把这些行为的根源解释得一清二楚，确定造成悲剧的所有思想活动，因为根据科学，悲剧是某种特殊的精神状态导致的后果。女士们也热衷于这种探讨和研究。他们还对最近发生的一些事件进行研究和评论，从各个方面翻来覆去地对它们进行分析，并用新闻贩子和按字行出售"人间喜剧"的商人的实用眼光与独特观察方法来对它们进行估价，就像商人们在出售商品之前要对它们进行检查，把它们翻来覆去地看，并掂量它们的分量。

接着，他们谈到了一次决斗，雅克·里瓦尔高谈阔论起来。这是他的专长，其他人都不长于聊此类事。

杜洛瓦一句话也不敢说。他有时看看坐在他旁边的那个女人，她丰满的胸脯把他给迷住了。一颗用金丝穿着的钻石悬挂在她的耳垂下面，犹如一滴水珠，眼看要落到肌肤之上。她有时也谈出一点看法，嘴上随之出现一丝微笑。她的想法奇特而又可爱，并且出人意料，犹如老练而又淘气的姑娘，用玩世不恭的态度看待所有事物，并用略带怀疑的态度加以善意的评论。

杜洛瓦想对她说句恭维话，但一句也想不出来，只好去照顾她的女儿，给女孩倒饮料、盛菜。女孩要比母亲来得严肃，她不时点点头，并用庄重的声音表示感谢："您真好，先生。"说完，她又一本正经地去听大人们谈话。

晚餐非常丰盛，每个人都吃得十分高兴。瓦尔特先生吃起来狼吞虎咽，几乎一言不发，从眼镜下面斜视端给他吃的那些菜肴。诺尔贝·德·瓦雷纳像是想跟他比个高低，吃得把汁儿也滴到胸前的衬衫上。

福雷斯蒂埃带着庄重的微笑察言观色，跟妻子交换着会心的目光，仿佛两人串通一气，在合办一件困难而又进展顺利的事情。

酒酣耳热，说话的声音随之高了起来。男仆不时在客人们耳边低声问道："考尔通葡萄酒还是拉罗兹堡葡萄酒？"

杜洛瓦觉得考尔通葡萄酒合他的口味，每次都让人把他的杯子倒满。他体内逐渐产生一种美妙的快感，这种快感是热乎乎的，从他的腹部传到脑中，然后又传到四肢，并扩散到全身。他感到舒服极了，从生活到思想、从肉体到灵魂都舒服极了。

他逐渐产生说话的愿望，想要引起别人的注意，让别人听他说话并得到别人的赞赏，像个微言大义的名人那样。

但是，谈话继续不断，使一些想法和另一些想法扯在一起，一句话或一件小事就能使谈话从一个话题跳到另一个话题，在谈完当天发生的事情之后，在顺便涉及许许多多的问题之后，谈话又回到了莫雷尔先生对阿尔及利亚的殖民化问题①的质疑。

瓦尔特先生在两次上菜之间讲了几个笑话，因为他生性多疑而且下流。福雷斯蒂埃谈了他将在第二天发表的文章。雅克·里瓦尔主张军人执政，并把土地特许权给予在殖民地服役满三十年的所有军官。

"这样一来，"他说道，"就能建立一个强有力的社会，因为这个社会的成员早就善于了解和热爱这个国家，会讲该国的语言，对新来的人们必然会碰到的当地所有重大问题都了如指掌。"

诺尔贝·德·瓦雷纳打断了他的话：

"是啊……他们什么都会弄懂，除了农业。他们会说阿拉伯语，但他们不会知道如何种植甜菜和播种小麦。他们甚至会成为击剑

---

① 莫泊桑曾到访阿尔及利亚，并为《高卢人报》采访1881年法军对突尼斯的征讨。他对殖民化问题很感兴趣。他曾用真名或匿名在《高卢人报》发表多篇论述这个问题的文章，并用于这部小说。

高手，但在肥料方面会一窍不通。我的看法恰恰相反，认为应该让这个新的国家向所有的人敞开大门。聪明人都会在那儿有一席之地，而其他人，则没有立足之地。这是社会的法则。"

接着是片刻沉默。大家都只相视而笑。

乔治·杜洛瓦开了口。他对自己说话的声音感到惊讶，仿佛他从未听到过自己说话。他说道：

"那里最缺乏的是良田。真正肥沃的土地和法国的土地一样昂贵，而且已被巴黎的大富翁作为地产收购。真正的移民是穷人，因没饭吃而背井离乡移居那里，他们被赶到因缺水而寸草不生的沙漠之中。"

大家都看着他，他感到自己脸红了。瓦尔特先生问道：

"先生，您熟悉阿尔及利亚？"

他回答道：

"是的，我在那儿待了两年零四个月，我在三个省里都待过。"

诺尔贝·德·瓦雷纳把莫雷尔的问题置于脑后，突然向杜洛瓦询问他从一个军官①那里听到的一种风俗。那是在姆扎卜②，是建立在撒哈拉沙漠中央奇特的阿拉伯小共和国，也是这个炎热的地区中最为干旱的部分。

杜洛瓦曾去过姆扎卜两次，于是谈起了那个奇特国家的风俗

---

① 这个"军官"就是莫泊桑本人，他写过一篇书信体文章，题为《一个军官》。
② 姆扎卜是阿尔及利亚艾格瓦特省撒哈拉沙漠北部的绿洲，其首府为盖尔达耶。1853年法军占领盖尔达耶，这个阿拉伯共和国随即失去独立地位。莫泊桑于1881年9月27日在《高卢人报》上发表文章，题为《绿洲和姆扎卜》。

习惯。那里的水像黄金一样珍贵，每个居民都必须参加所有的公益活动，那里的人做生意要比文明国家里的商人诚实得多。

他喝了酒非常兴奋，又想取悦于人，就说得有点天花乱坠。他讲述了团里的趣闻轶事、阿拉伯人的生活特点和战争中的种种奇遇。他甚至想出了几个形象的词语来描绘那片终年处于烈日炙烤下的黄色荒漠。

所有的女人都注视着他。瓦尔特夫人慢腾腾地低声说道："您可以把自己的往事写成一组美妙的文章。"于是，瓦尔特先生从眼镜的镜片上方仔细端详了这个年轻人，他要看清别人的脸时就从镜片上方看，而看菜肴时则从镜片下方看。

福雷斯蒂埃及时抓住了机会：

"亲爱的老板，今天下午我跟您谈起过乔治·杜洛瓦先生，并要求您让他到政治新闻部来当我的助手。马朗博走了之后，我手下没有人能替我去采访紧急的秘密新闻，报纸因此受到影响。"

瓦尔特老头的脸色顿时严肃起来，他把眼镜推到上面，以便从正面仔细观察杜洛瓦。然后，他说道：

"杜洛瓦先生确实有与众不同的才智。如果他能在明天下午三点来和我谈谈，我们就可以把这件事安排好。"

他沉默片刻之后，把脸完全转向这个年轻人：

"不过，请您马上写一组关于阿尔及利亚的随笔。您可以叙述自己的往事，并在其中加上殖民化问题，就像刚才谈的那样。这是现实问题，非常现实，我可以肯定，这会引起读者很大的兴趣。

但是，您得赶快写，现在众议院正在讨论此事，您的第一篇文章得在明天或后天交给我，以便引起公众的注意。"

瓦尔特夫人对待任何事情都态度认真而且优雅，因此她的话使人倍感亲切。这时她补充道：

"您可以加上一个引人注目的标题，《一个非洲轻骑兵的回忆》，对不对，诺尔贝先生？"

老诗人成名很晚，所以厌恶并害怕后起之秀。他冷冷地回答道：

"对，非常好，不过下面的文章也要笔调一致，要做到这点十分困难。笔调一致在音乐上称为定调。"

福雷斯蒂埃夫人用保护者的目光朝杜洛瓦微笑，这种行家的目光仿佛在说："你一定会功成名遂。"德·马雷尔夫人好几次朝他转过头去，耳朵上的钻石不断晃动，仿佛这小水珠马上会掉落下来。

女孩神情严肃，纹丝不动地坐着，低着头在吃盘子里的东西。男仆绕着桌子走了一圈，在一个个蓝色的杯子里倒上约翰尼斯堡葡萄酒①。福雷斯蒂埃举起酒杯向瓦尔特先生祝酒："祝《法兰西生活报》永远兴旺发达！"

所有的人都躬身向笑容满面的老板祝酒。杜洛瓦陶醉在胜利之中，把杯子里的酒一饮而尽。他觉得自己此刻甚至能喝完一桶酒，吃掉一头牛，掐死一头狮子。他觉得自己的四肢里有着超人

---

① 约翰尼斯堡是德国西部的村庄，产上等白葡萄酒。

的力量，头脑中有着必胜的决心和无限的希望。现在，他在这些人中间就像在自己家里那样自在。他刚在这里站住了脚，赢得了一席之地，他的目光又变得自信，停留在这些人的脸上，并第一次斗胆对坐在身旁的女士说话：

"夫人，您的耳环真漂亮，我还从未见到过这样漂亮的耳环。"

她微笑着向他转过身来：

"单单用一根线把钻石这样挂着，这可是我自己想出来的。真像一滴露水，是吗？"

他为自己的大胆而不安，担心说出蠢话，就低声说道："真好看……不过，耳朵也使耳环增色不少。"

她用目光对他表示感谢，女人的这种清澈目光能看透别人的心。他转过头去，又遇到了福雷斯蒂埃夫人的目光，她的目光总是那样和蔼可亲，但他觉得其中有一种更加快乐的表情，既狡黠，又有鼓励。

现在，所有的男人都同时在哇啦哇啦地说话，并做着手势。他们在讨论建造地铁的宏伟计划。这个话题一直到吃完餐后点心才谈完，因为每个人都举了大量例子，来说明巴黎市交通不畅、有轨电车的缺点、公共马车的弊病和出租马车车夫的粗野。

接着，大家离开餐厅去喝咖啡。杜洛瓦别出心裁，把手臂伸给女孩。女孩一本正经地向他表示感谢，然后踮起了脚，把小手搭在刚才坐在她身旁的先生的胳膊上。

进入客厅时，他仿佛又走进了温室。在客厅的四个角落，高大的棕榈树展开优美的叶子，一直伸展到天花板，然后又像喷泉的水那样向四周扩散。

壁炉两边摆着橡胶树，一棵棵如同柱子一般，深绿色的长叶一片叠在另一片上面。钢琴上放着两盆不知其名的灌木，呈圆形，开着花，一株花色粉红，另一株花色雪白，看上去像是假的，不像是真的，太美了就不会是真的。

客厅里空气清新，隐约带有一股淡淡的香味，使人无法确定，也无法说出它的名称。

这时，这个年轻人更加泰然自若，于是对客厅进行仔细的观察。客厅不大，除了树木之外并没有任何引人注目的摆设和鲜艳的色彩，但你在里面会自在、安心、精神振作，仿佛大厅把你慢慢地裹了起来，使你愉悦，就像在抚摸你的全身。

四面的墙上都挂着因年久而褪色的紫色壁毯，上面用黄色的丝线绣着一朵朵苍蝇大小的小花。

门帘用蓝灰色军用呢制成，上面用红丝线绣着几朵石竹花，垂到地上。椅子形状各异，大小不一，随随便便地放在厅内，有长椅子、大大小小的扶手椅、墩状软座和凳子，都覆着路易十六式的绸套或底色乳白饰有石榴红图案的乌得勒支①产的漂亮的天鹅绒套。

"杜洛瓦先生，您喝咖啡吗？"

---

① 乌得勒支为荷兰中部城市。

福雷斯蒂埃夫人端给他满满一杯咖啡，嘴上始终带着友好的微笑。

"好的，夫人，谢谢您。"

他接过杯子，然后俯下身去，准备用银夹子在女孩拿着的糖罐里夹一块糖。这时，这位少妇对他低声说道：

"您得去向瓦尔特夫人献献殷勤。"

她没等他回答就走开了。

他先喝完咖啡，因为他怕把咖啡洒到地毯上。然后，他在思想更为放松之时，设法去接近他的新老板的夫人，并跟她聊天。

他突然发现她手里拿着的杯子空了，由于离桌子很远，她不知道该把杯子放在什么地方，他赶紧走上前去。

"请给我吧，夫人。"

"谢谢，先生。"

他把杯子拿去放好，然后又走了回来：

"您要知道，夫人，我那时在沙漠，阅读《法兰西生活报》使我度过多么美好的时光。的确，这是能在国外阅读到的唯一一份报纸，同其他报纸相比，更有文学性，更加风趣，不是那么单调，报上什么都有。"

她莞尔一笑，显得满不在乎，但又和蔼可亲，然后严肃地回答道：

"瓦尔特先生花费很多心血，才创办了这种符合当前需要的报纸。"

于是，他们开始交谈。他讲起平淡的事也滔滔不绝，声音充满魅力，目光妩媚动人，小胡子也具有不可抗拒的魅力。他的小胡子向两边翘起，天生拳曲，十分漂亮，颜色金黄，略带红棕，翘起的末梢颜色稍淡。

他们谈到巴黎及其郊区，谈到塞纳河畔和温泉城市，谈到夏日的欢乐和所有的日常琐事，这些事可以没完没了地谈下去，又不会使人厌倦。

后来，诺尔贝·德·瓦雷纳拿着一杯甜烧酒走了过来，杜洛瓦就知趣地走开了。

德·马雷尔夫人刚才和福雷斯蒂埃夫人聊了天，这时把他叫住：

"啊！先生，"她突然对他说道，"您是想尝试一下新闻这一行当啰？"

于是，他用模糊的词语谈了自己的计划，并把他刚才和瓦尔特夫人说的话再跟她说了一遍，但由于他对这一话题已经熟悉，所以显得得心应手，还把他刚才听到的话当作他自己的话来重复了一遍。他注视着对方的眼睛，仿佛想使他所说的话具有更深刻的含义。

她也对他叙述了一些奇闻轶事，讲得生动活泼，她这种女人知道自己风趣，总想说得妙趣横生。熟悉了之后，她把手放在他的胳膊上，压低了声音说些无关紧要的话，就像在说知心话。他紧挨着跟他说话的少妇，欣喜若狂。他真想立刻为她献出一切，保护她，显示自己的能耐。他回答她时总是慢半拍，表明他想得走了神。

突然，德·马雷尔夫人无缘无故地叫道："洛丽娜！"女孩听到后走了过来。

"你坐在这儿，孩子，待在窗子旁边会着凉的。"

杜洛瓦突然心血来潮，想抱吻这个女孩，仿佛这个吻会或多或少地传到她母亲身上。

他用父辈的口吻有礼貌地问道：

"小姐，您愿意让我吻一下吗？"

女孩惊讶地抬头朝他观看。德·马雷尔夫人笑着说道：

"你就回答说：'我愿意，先生，今天可以，但以后可不能老是这样。'"

杜洛瓦立刻坐了下来，让洛丽娜坐在他的腿上，然后轻轻地吻了吻她额头上拳曲的秀发。

母亲很惊讶：

"瞧，她没有逃走，真奇怪。她平常只让女人抱吻她。您真是不可抗拒，杜洛瓦先生。"

他的脸红了，但没有回答，只是轻轻地摇着坐在他腿上的女孩。福雷斯蒂埃夫人走了过来，惊讶地叫道：

"瞧，洛丽娜被驯服了，真是奇迹！"

雅克·里瓦尔也走了过来，嘴上叼着雪茄。杜洛瓦站起身来准备告辞，因为他担心自己会说错什么话而前功尽弃，使他刚开始进行的征服付诸东流。

他躬身施礼，轻轻地握了握女士们一一伸过来的纤手，然后又用力握了握男人们的手。他发现雅克·里瓦尔的手既干又热，热忱地回答了他的紧握；诺尔贝·德·瓦雷纳的手既湿又冷，想从他的手中抽出；瓦尔特老头的手既冷又软，不用力气，也没有反应；福雷斯蒂埃的手肥胖而又温热。他的朋友对他低声说道：

"明天，下午三点，别忘了。"

"哦！不会忘记的，请放心。"

他走到楼梯上时，真想跑着下去。他高兴极了，两级一跨地大步走了下去，但在三楼的大镜子里，他突然看到一位匆忙的先生正蹦蹦跳跳地向他迎面走来，就猛地停住脚步。他觉得不好意思，就像刚才做了错事被人看到那样。

接着，他在镜子里照了很长时间，觉得自己确实是美男子，不禁赞叹不已。然后，他对着镜子殷勤地莞尔一笑，跟镜中人告辞，对此人深深鞠了一躬，显得彬彬有礼，仿佛是在对大人物施礼。

三

　　杜洛瓦走到街上，犹豫不决，不知该做什么。他呼吸夜晚温和的空气，想要狂奔，想要遐想，想一面往前走，一面憧憬未来。但他老是想到瓦尔特老头要他写的那组文章，就决定马上回家，开始工作。

　　他迈着大步往家里走，到林荫大道后就沿着这条街一直走到他居住的布尔索街[①]。他住的房子有七层楼，里面住着二十户人口不多的工人家庭和平民家庭。他上楼时用点火用的蜡绳照明，看

[①] 布尔索街位于巴黎北部巴蒂尼奥勒街区，现为巴黎第 17 区。当时该街区住房简陋，好几位印象派画家曾把画室设在该街区。

到楼梯上到处都是纸屑、烟头、菜皮果壳，十分肮脏，不由觉得恶心，真想赶快搬走，像有钱人那样住到铺着地毯的干净房屋里去。这幢楼从上到下都是食物、厕所和房客身上散发出来的混浊空气，还有污垢和陈旧的墙壁发出的积聚不散的气味，任何穿堂风都无法把这些气味从屋子里吹走。

这个年轻人住的房间位于六楼，对面是西线铁路深渊般的宽沟，房间正好在巴蒂尼奥勒火车站附近的隧道口上方[①]。杜洛瓦打开窗子，把胳膊肘靠在生锈的铁栏杆上。

在他下面，在阴暗的隧道口里面，三盏红色信号灯一动不动地亮着，就像野兽的大眼睛，稍远处也有几盏信号灯，再过去还有几盏。黑夜里时刻响起长短不一的汽笛声，有的很近，有的几乎无法听见，从阿尼埃尔[②]那边传来。汽笛声高低起伏，如同人在呼唤。其中一个汽笛声越来越近，总是像在哀号，而且越来越响，不久出现了巨大的黄色光束，轰隆轰隆地飞驰而过。杜洛瓦看到一列长长的车厢进入隧道。

这时，他心里想道："好吧，开始工作。"他把灯放在桌上，刚想动手写，却发现自己只有一本信笺。

只好将就着用了。他把信纸摊开，蘸了蘸墨水，用他最漂亮的字体在第一行写上：

[①] 这条铁路线始于巴黎的圣拉扎尔火车站。隧道的铁路线通向巴蒂尼奥勒街区，该隧道现已消失。

[②] 阿尼埃尔是上塞纳省一个区的区政府所在地，位于巴黎市郊西北部。

一个非洲轻骑兵的回忆

接着，他想第一句如何开头。

他用手托着前额，眼睛盯着面前摊开的白纸。

他要说些什么呢？他刚才说的话，现在连一个轶闻、一个事实都想不起来，什么也想不起来了。他突然想到："我应该从动身时写起。"于是，他写道："那是在一八七四年，大约在五月十五日，法国在经历了一年的可怕灾难后疲惫不堪，正在休养生息……"

他突然停下了笔，不知如何把他上船、旅行、最初的感受等事情写下来。

经过十分钟的思考，他决定把开场白放到明天去写，现在先来对阿尔及利亚进行描述。

他在纸上写道："阿尔及尔是一座白色的城市……"别的就写不出来了。他回忆起那座阳光明媚的美丽城市，如陡坡般从高山向海边伸展，犹如一条由矮平房组成的瀑布。但是，他想不出一句话来表达自己当时的见闻和感受。

他动足脑筋才加上一句："城市的居民一部分是阿拉伯人……"然后，他把笔往桌上一扔，站了起来。

在他的小铁床上，他身体躺的地方被压得陷了下去，他看到自己每天穿的衣服扔在那里，显出空空洞洞、疲惫不堪、有气无力的样子，难看得像是陈尸所里的衣服。在一把草垫椅子上放着他那顶丝绸礼帽，也是他唯一一顶帽子，帽口张开，仿佛在等待别人施舍。

墙上贴着图案为蓝色花束的灰色墙纸，上面的污迹同图案上的花一样多，污迹年深日久，弄不清是什么东西留下的，可能是被压扁的虫子，或是溅上去的油迹，也可能是沾上发蜡的指印，或是洗衣服时脸盆里溅出来的肥皂泡沫。全是一副穷相，使人感到羞耻，巴黎带家具出租的房间都是这样。他看到自己的贫穷生活，心里恼火。他心里想，得离开这里，立即离开，从明天起就结束这种忙忙碌碌却囊中羞涩的生活。

他突然产生工作的热情，重又坐到桌旁，继续寻找词句去描绘阿尔及尔奇特而迷人的面貌。阿尔及尔是非洲的门户，而非洲是神秘和深邃的地方，那里有游牧的阿拉伯人和不为世人所知的黑人，那里尚未开发，却充满魅力，有时可以在公园里看到一些珍禽奇兽，这些动物仿佛是专为童话而创造出来的，有样子像鸡、形状奇特的鸵鸟，有像山羊但十分神奇的羚羊，有形状奇特、滑稽可笑的长颈鹿，有神态庄重的骆驼，有怪物般的河马和笨重的犀牛，还有人类的可怕兄弟大猩猩。

他模糊地察觉自己想出了一些东西，也许可以口述出来，却不能用书面的形式表达出来，他觉得无能为力，心急如焚，重又站起身来，双手因出汗而变得潮湿，血液涌到太阳穴上。

他的目光落到女门房在当天晚上送上来的洗衣女工的账单上，

突然灰心丧气。他的全部喜悦连同他的自信心和对前途的信念在顷刻间消失得一干二净。完了，全都完了，他将一事无成，他不会有出息，他自觉空虚、无能、无用，注定出不了头。

他又走到窗边，把胳膊肘靠在栏杆上。正在这时，一列火车从隧道里出来，突然响起轰隆轰隆的声音。火车将穿过田野和平原，向海边驶去。杜洛瓦不禁回想起自己的父母。

这列火车将要经过的地方，离他父母的家只有几法里①远。他仿佛又看到了那座小屋，小屋坐落在山坡上，俯瞰着鲁昂②和塞纳河广阔的河谷地带，就在康特勒村③的村口。

他父母开了一家小酒店，类似可供跳舞的小咖啡馆，每逢星期天，郊区的有产者都到这里来吃午饭。酒店名叫"美景酒店"。他们想让儿子成为绅士，就把他送到中学读书。读完中学后，他没有通过中学毕业会考。于是他去服兵役，想当一名军官，成为上校乃至将军。但是，五年服役期还远远未满，他对军队生活已经厌倦，想来巴黎发财致富。

服役期一满，他就来到巴黎，虽说父母叫他别去，因为他们的梦想已经破灭，想把他留在身边。他也指望自己有出头的日子。他隐约看到自己可以抓住一些时机来获得成功，这些时机在他思想中还十分模糊，但他肯定能把它们创造出来，并且为他所用。

---

① 一法里约合四公里。
② 鲁昂位于塞纳河畔，是上诺曼底大区的首府和滨海塞纳省省会。
③ 康特勒是鲁昂附近的村庄，福楼拜的花园住宅克鲁瓦塞就在那里。

他过去在团驻防地情场得意，交上了不费力气的好运，还在比较上层的社会里有过几次艳遇，曾引诱过一个税务官的女儿，使她情愿抛弃一切跟他私奔，还勾引了一个诉讼代理人的妻子，这个女人被他抛弃后曾想投河自尽。

他的战友们说起他时都说："他是个机灵鬼、小滑头，善于随机应变。"而他自己也确实希望成为机灵鬼、小滑头和随机应变的人。

他的良心和诺曼底人的天性在驻军日常生活中被消磨光，他参与在非洲掠夺、非法牟利和尔虞我诈的勾当，在军队中盛行的荣誉感、好大喜功、爱国主义和士官中流传的任侠故事，还有军职带来的虚荣，熏染了他，他已经成了某种工具箱，里面什么东西都有。

但是，其中压倒一切的是向上爬的欲望。

他每天晚上都要胡思乱想，现在又不知不觉地开始想入非非。他幻想自己交上了桃花运，立刻心想事成。他在街上遇到银行家或大贵族的女儿，跟她一见钟情，与她喜结良缘。

火车刺耳的汽笛声使他从幻想中惊醒。一辆火车头从隧道中出来，没挂车厢，犹如一只大兔子从洞中窜出，在铁轨上快速行驶，向停车场驶去。

于是，他的脑中又像往常那样产生甜蜜而又模糊的希望。他随手向黑夜送去一个飞吻，这是对他期待中的女人的爱情之吻，是对他觊觎的财富的欲望之吻。然后，他关上窗子，开始脱衣服，低声说道：

"好吧，明天早上我的精神会好的。今晚我脑子不好使。另外，我可能酒喝得多了一点。在这种情况下，事情是做不好的。"

他上了床，把灯吹灭，几乎立刻就睡着了。

第二天，他很早醒来，就像在满怀希望或忧心忡忡的日子里醒来那样。他从床上跳下，把窗子打开，用他的话说，是去喝一杯新鲜空气。

对面的罗马街位于铁路宽沟的另一边，街上的房屋被初升的太阳照得闪闪发亮，仿佛涂上一层白色晨曦。在右边，远处可看到阿尔让特伊的山丘、萨诺瓦的高地和奥尔日蒙的磨坊笼罩在淡蓝色的薄雾之中，薄雾犹如被扔在地平线上的一块飘忽、透明的小小面纱。

杜洛瓦在窗前待了几分钟，注视着远处的乡村，并低声说道："那里的天气一定好极了，就像这里一样。"然后，他想起自己还得工作，而且要马上去做，就拿出十个苏，叫女门房的儿子到他的办公室去替他请病假。

他在桌子前坐了下来，用笔蘸了蘸墨水，一只手托着前额，想要理出一点头绪。但白费力气，他什么也没有想出来。

不过，他没有泄气，心里想道：

"啊，我没有写东西的习惯。干这一行也得要学，跟所有的行当一样。开头几次得有人帮我一把。我去找福雷斯蒂埃，他只要花十分钟时间就能替我把文章写好。"

于是，他穿上了衣服。

他走到街上，觉得此刻到他朋友家去还时间太早，因为他的朋友想必睡得很晚。于是，他就在环城大道的树荫下慢慢地散起步来。

时间还不到九点。他走到蒙索公园，公园里刚洒过水，空气十分清新。

他在一条长凳上坐下，开始胡思乱想。一个举止优雅的青年在他前面走来走去，大约在等一个女人。

那女人来了，戴着面纱，走得很快。她和青年握了握手，就挽起他的胳膊，跟他一起走了。

杜洛瓦心中出现了对爱情的强烈需要，他需要的是温情脉脉、缠绵悱恻的高雅爱情。他站起身来，继续往前走，一面想着福雷斯蒂埃。这小子真有福气！

他到达福雷斯蒂埃的住房门口时，他的朋友正好从里面出来。

"是你呀！这么早！你找我有什么事？"

杜洛瓦在他出门时遇到他，很是不安，结结巴巴地说道：

"是因为……是因为……那篇文章我写不出来，你知道，就是瓦尔特先生要我写的关于阿尔及利亚的文章。这也没什么可奇怪的，因为我从未写过文章。写文章需要实践，就像做其他事情那样。我很快就会熟悉起来的，这点我可以肯定，但在开始时，我不知道该如何着手。我脑子里有东西，而且东西很多，但就是写不出来。"

他有点犹豫，就停了下来。福雷斯蒂埃狡黠地微笑着：

"这我知道。"

杜洛瓦继续说道：

"是的，在开始时，所有的人都会这样，所以我就来……我就来请你帮忙……你只要花十分钟的时间就能替我把文章写好，你告诉我应该怎样写。这样你就给我上了一堂作文课，没有你我是万万写不出来的。"

福雷斯蒂埃仍然神情愉快地微笑着。他拍了拍老战友的胳膊，对他说道："你去找我的妻子，她会帮你把事情搞好的，而且不比我差。我已教会她这种事情。我今天上午没有空，否则的话我倒十分乐意帮助你。"

杜洛瓦突然惶惶不安，他犹豫不决，不敢答应：

"但是，这么早，我可以去见她吗？……"

"可以，完全可以。她已经起来了。你会在我的书房里找到她，她正在替我整理笔记。"

杜洛瓦还是不肯上楼。

"不……这样不行……"

福雷斯蒂埃抓住他的肩膀，把他转过身去，朝楼梯那边推去：

"哎呀，大傻瓜，我叫你去，你就去吧。你别硬要我再回到四楼，让我替你介绍，说明你的情况。"

杜洛瓦这才决定下来：

"谢谢，我就去。我对她说是你硬要我去的，完全是你要我去找她的。"

"是的。她不会把你吃掉的，你放心好了。下午三点，你可别忘了。"

"哦！你别担心。"

福雷斯蒂埃样子匆忙地走了，杜洛瓦一级一级地慢慢地走上楼梯，心里在想他该说什么话，并对他将会受到的接待感到不安。

给他开门的男仆系着蓝围裙，双手拿着扫帚。

"先生出去了。"他不等客人提出问题就说道。

杜洛瓦仍然说道：

"请您问一下福雷斯蒂埃夫人是否能见我。您告诉她是她丈夫叫我来的，我是在街上遇到她丈夫的。"

男仆走了，他原地等候着。随后男仆回来，打开右面的一扇门，说道："夫人正在恭候先生。"

她坐在办公用的扶手椅上，四周都是红木书柜，上面的书放得整整齐齐，把墙壁完全遮住，那些精装本的书有红、黄、绿、紫、蓝等各种颜色，使一本本单调地陈列着的书显得五彩缤纷、生气勃勃。她转过身来，仍然面带微笑，身上穿着饰有花边的白色晨衣。她伸出了手，宽大的袖口里露出赤裸的手臂。

"您来了？"她说道。然后又补充道："不是怪您，只是问问而已。"

他结结巴巴地说道：

"哦！夫人，我本来不想上来，但我在楼下遇到了您的丈夫，是他硬要我来的。我实在不好意思，不敢说出我的来意。"

她指着一把椅子：

"您坐下再说。"

她手指间夹着一支鹅毛笔，灵活地把笔转来转去，面前放着一大张纸，上面写了一半，因他来访而没有写下去。

她坐在这张写字台前十分自在，就像在客厅里处理日常事务。她的晨衣散发出一股幽香，是刚梳妆好的那种清香。杜洛瓦不禁胡思乱想起来，仿佛看到了她裹在轻柔的晨衣里丰润、温暖、年轻的肉体。

她见他没有说话，就继续说道：

"那么，您倒说说，是什么事情？"

他犹豫不决地低声说道：

"是这样……不过说真的……我不敢……昨天晚上我工作到很晚……今天早上……又很早起来……以便完成瓦尔特先生要我写的关于阿尔及利亚的文章……可我一点也写不好……我把那些草稿都撕了……我没有做过这种事，就来请福雷斯蒂埃帮忙……就这一次……"

她打断了他的话，放声大笑起来，心里既高兴又得意：

"于是他就叫您来找我……真有意思……"

"是的，夫人。他对我说，您能解决我的问题，而且比他更有办法……但是，我可不敢，我不想来。您明白吗？"

她站起身来：

"这样合作一定很有意思。您的想法我非常喜欢。喂，请您坐在我的位置上，因为报社里的人认得出我的笔迹。咱们就一起来写您的文章，而且要写得一鸣惊人。"

他坐了下来，拿起一支笔，把纸放在面前等待着。

福雷斯蒂埃夫人站在那儿，看着他做准备工作。然后，她在壁炉上拿了一支烟点着。

"我不抽烟无法工作。"她说道，"咱们来看看，您想说些什么？"

他惊讶地朝她抬起了头。

"我不知道呀，我就是为了这个才来找您的。"

她接着说道：

"是的，我会替您把事情搞好的。我可以负责作料，但烧菜的原料必须您给我提供。"

他显得十分为难，最后才犹豫不决地说道：

"我想从旅行开始时说起……"

于是，她在那张大写字台的另一边坐了下来，脸对着他，眼睛盯着他看：

"那么，您就先讲给我一个人听听，好吗？要慢慢地讲，什么也不要漏掉，至于需要写什么，由我来选择。"

但他不知该从什么地方说起，她就对他提出问题，就像司铎[①]对着告解室提出问题那样。她提的问题很确切，使他回忆起一些

---

① 司铎是教堂的负责人，告解室是司铎听取忏悔者忏悔的木结构小室，司铎在席位上不为人所见。

遗忘的细节、遇到过的人以及只见到过一次的面孔。

她就这样引导他讲了一刻钟左右,然后突然打断他的话:

"现在我们就开始写。首先,我们假设您是在对一位朋友谈自己的印象,这样您就能叙述许多鸡毛蒜皮的事情,发表各种各样的议论,我们尽量把文章写得自然、风趣。您开始写吧:

"'亲爱的亨利,你想了解阿尔及利亚的情况,你将如愿以偿。我把自己的日记寄给你。我住在用干土垒起来的小屋里,无事可干,就把我每日、每时的生活情况记录下来。有的地方写得有点出格,那也没有办法,不过你不一定要拿给你认识的那些女士去看……'"

她停了下来,以便把熄灭的香烟重新点着,鹅毛笔在纸上发出的刺耳沙沙声也随即消失。

"咱们继续写。"她说道。

"'阿尔及利亚是法国的属地,面积很大,与它邻接的广大地区还不为人知,称为沙漠、撒哈拉、中非,等等。

"'阿尔及尔是一座迷人的白色城市,是这奇特的大陆的门户。

"'不过,首先得到那儿去,这并不是人人都会感到愉快的事情。你知道,我是个优秀的骑术教练,上校的马都是我驯的。但是,一个好骑手不一定是好水手。我就是如此。

"'你还记得我们称之为吐根①大夫的军医桑布勒塔斯吗?当

_____

① 吐根为小灌木,原产巴西,根有祛痰和催吐作用。

我们认为自己已符合条件，能在他世外桃源般的医务室里住上二十四个小时的时候，我们就去看病。

"'他坐在椅子上，穿着红裤子，两条粗壮的大腿分开，双手放在膝盖上，胳膊弯成桥形，肘部突出，他转动着两只圆滚滚的眼睛，一面轻轻地咬着白胡子。

"'你一定记得他的处方：

"'该士兵肠胃失调，请给他服用我配制的三号催吐剂，然后休息十二小时，即可痊愈。

"'这催吐剂是灵丹妙药，既灵验又无法抗拒。这药既然要你吃就得吃下去。另外，你吃了吐根大夫的药，十二小时的休息就是你的囊中之物了。

"'不过，亲爱的朋友，要到达非洲，还得在四十小时的时间里忍受另一种不可抗拒的催吐剂，处方是大西洋轮船公司开的……'"

她搓着双手，对自己的构思十分满意。

她站起身来，又点了一支香烟，然后开始踱来踱去。她一面口述，一面吐出一缕缕烟雾，烟雾从她闭着的嘴唇中央的小圆孔里笔直出来，然后扩散开来，逐渐消失，有时在空中留下一些灰色线条，就像透明的薄雾，线条如同蛛丝一般。有时，她用张开的手一挥，驱散这些尚未消散的薄薄烟雾；有时，她用食指把烟雾一切为二，然后全神贯注地看着这两段难以察觉的烟雾慢慢地消失得无影无踪。

杜洛瓦抬头看着她做的各种手势和摆出的各种姿势，看着她身体的所有动作和脸部的所有表情，她的身体和脸部进行的这种含糊不清的戏耍，并不影响她的思考。

这时，她正在想象旅途中曲折的情况，描绘她杜撰的几位旅伴，并构想出跟一个女人的风流韵事，这女人的丈夫是步兵上尉，她是去非洲和丈夫团聚的。

然后，她坐了下来，向杜洛瓦询问阿尔及利亚的地形情况，因为她对此一无所知。十分钟后，她在这方面的知识已和他不分伯仲。她用不长的篇幅来介绍殖民地的地理和政治情况，使读者对此有所了解，也为读者理解将在后面那些文章中提出的重大问题做好充分的准备。

接下来，她叙述了在奥兰省的一次旅行，旅行荒诞不经，主要描写女人，有摩尔女人、犹太女人和西班牙女人。

"只有这些事才能使读者感兴趣。"她说道。

她在文章的结尾安排了在大高原脚下的赛伊达市的一次逗留，以及士官乔治·杜洛瓦和艾因哈吉勒市造纸厂的西班牙女工动人的恋爱故事。她描写他们夜里在寸草不长的石头山上幽会的情景，当时，豺、鬣狗和阿拉伯狗在岩石之间狂吠、嗥叫。

然后，她高兴地说："欲知后事如何，请听明日分解。"她说完站起身来："文章就是这样写的，亲爱的先生。请签上您的大名。"

他犹豫不决。

"您签呀！"

于是，他笑了起来，在纸的下方写上：

"乔治·杜洛瓦。"

她继续抽着烟，在书房里走来走去。他仍然看着她，不知该说什么话来感谢她，只觉得待在她身边十分高兴，心中充满了感激之情，并因刚开始建立的这种亲密关系而感受到肉体上的愉悦。他觉得她周围的一切都是她身体的一个部分，连被书籍遮盖的墙壁也是如此。椅子、家具和带有烟草味的空气都有她身上散发出来的某种特殊的幽香和迷人的气息。

她突然问道：

"您觉得我的朋友德·马雷尔夫人怎么样？"

他很意外：

"这个……我觉得她……我觉得她十分迷人。"

"是吗？"

"当然是。"

他想要补充一句："但没有您那样迷人。"但不敢说出口。

她接着说道：

"您要是知道就好了！她是多么有趣、独特、聪明！她生活放荡不羁，真是放荡不羁。因此，她丈夫不喜欢她。但他只看到她的这个缺点，而看不到她的许多优点。"

杜洛瓦得知德·马雷尔夫人已经结婚，十分惊讶。其实，这是十分自然的事。

他问道：

"啊……她结婚了？她丈夫是干什么的？"

福雷斯蒂埃夫人轻轻地耸了耸肩膀，扬了扬眉毛，显出难以捉摸的表情。

"噢！他是北线铁路的督察。他每个月来巴黎住一个星期。他的妻子称之为'义务兵役'，或者叫作'一周苦役'，还称为'圣周①'。您对她有了更多的了解之后，就会发现她非常聪明、可爱。这几天您去看看她吧。"

杜洛瓦不想走了，他想永远待在这儿，感到这里就像是他的家。

但在这时，门无声无息地打开了，一位身材高大的先生走了进来，仆人没有通报他的到来。

他看到屋里有男人，便停了下来。福雷斯蒂埃夫人一时间显得十分尴尬，脸红到脖子上，但仍然若无其事地说道：

"您进来呀，亲爱的。我给您介绍一下，夏尔的好朋友乔治·杜洛瓦先生，未来的记者。"

然后，她用另一种声音说道：

"这位是我们最要好、最亲密的朋友沃德雷克伯爵。"

两个男人互相施礼，同时仔细地打量对方。杜洛瓦立刻告辞。

主人没有挽留他。他结结巴巴地说了几句感谢的话，握了握

---

① 天主教把复活节前的一周称为圣周。

少妇伸出来的手，对刚来的客人又鞠了一躬。此人的脸仍然冷若冰霜、十分严肃，就像社交界人士那样，因此杜洛瓦出来时心烦意乱，仿佛刚干了一件蠢事。

他走到街上，心里难受，浑身不自在，有一种隐约的伤感。他往前走着，心里在想他为什么会突然产生这种忧伤。他想不出其中的原因，但是，沃德雷克伯爵严肃的面孔老是在他脑中浮现。伯爵已有点见老，他头发灰白，神色平静而又傲慢，像是自命不凡的大富翁。

这时他才明白，这个陌生人的到来，打断了他已习惯的美妙谈话，使他冷水浇头。有时候，我们只要听到一句话，隐约看到一件不顺心的事，或者遇到微不足道的事情，就会产生这种感觉。

他还感到，这个人看到他在那里很不高兴，但他猜不出其中的原因。

下午三点以前他已无事可做，而这时还不到中午十二点。他口袋里还有六法郎五十生丁，就在"杜瓦尔"廉价饭店吃了饭。然后他在大街上闲逛。钟敲三点时，他走上了《法兰西生活报》报社兼作广告的楼梯。

办公室的听差们双臂抱在胸前，坐在一条长凳上等候差遣，而在一个类似讲台的小桌后面，一个传达在对刚到的信件进行分类。这里安排得完美无缺，使来访者肃然起敬。所有的人都衣冠楚楚，风度翩翩，举止端庄，潇洒大方，跟大报社的候见厅十分相称。

杜洛瓦问道：

"请问瓦尔特先生在吗？"

传达回答道：

"社长先生正在开会。请先生稍等片刻。"

他指了指候见厅，那里已坐满了人。

厅里有神情严肃、佩戴勋章、神气活现的男人，也有不修边幅的男人，这些人不露出里面的衬衫，礼服的纽扣一直扣到领口，胸前污迹斑斑，犹如地图上大陆和海洋之间犬牙交错的轮廓。三个女人混杂在这些男人中间。其中一个长得很美，面带微笑，穿戴漂亮，像是轻佻的女人。坐在她旁边的女士愁眉苦脸，脸上已有皱纹，穿戴得很端庄，显出陈旧和矫揉造作的样子，当过演员的女人一般都是这样，想要展示虚假的、已过时的青春魅力，但这种魅力如同香水，虽曾令人喜爱，却早已变味。

第三个女人戴着孝，坐在一个角落里，像是愁眉不展的寡妇。杜洛瓦认为她是来要求救济的。

但是，没有一个人被叫进去，二十多分钟的时间就这样过去了。

杜洛瓦想出一个办法，就再去找那个传达：

"瓦尔特先生约我三点钟来，"他说道，"不管怎样，请您去看看我的朋友福雷斯蒂埃先生是否在这儿。"

传达领他穿过一条长廊，来到一个大厅，只见四个男人围坐在一张绿色的大桌子旁，正在写什么东西。

福雷斯蒂埃先生站在壁炉前，一面抽着烟，一面在玩比尔包开[①]。他玩这种游戏技术高超，每次都能用木棒的尖端把黄杨木大球接住。他数着："二十二，二十三，二十四，二十五。"

杜洛瓦接着数："二十六。"他的朋友抬头看了一下，但并没有停止手臂有规律的动作。

"啊，你来了！昨天我连续接住五十七次。这里只有圣波坦玩得比我好。你见过老板了吗？看老古董诺尔贝玩比尔包开，是最有趣不过的事了。他玩的时候张着嘴，就像要把球吃下去似的。"

一个编辑转过头来看着他：

"喂，福雷斯蒂埃，我知道有人要出售一套比尔包开，这套玩

[①] 比尔包开是一种接球玩具，玩时要用长细绳系在一根木棒上的有小孔的球往上抛，然后用木棒尖端对准球上的小孔把球接住。当时比尔包开的流行使巴黎新闻界气愤。据说要进阿尔蒂尔·梅耶的《高卢人报》，比尔包开玩得好的记者会被优先录取。

具妙极了，是用群岛[①]的木材做的。据说以前是西班牙王后的藏品。卖主要价六十法郎。这不算贵。"

福雷斯蒂埃问道："它在什么地方？"第三十七次他没有挺住，就停下来，打开一个柜子，杜洛瓦看到里面整整齐齐地放着二十来套比尔包开，十分漂亮，都编了号，就像一套藏品。他把玩具放回原处，再次问道：

"那套宝物在什么地方？"

记者回答道：

"在滑稽歌舞剧场的一个售票员那儿。你要的话，我明天就给你把东西带来。"

"好的，一言为定。如果真的漂亮，我就买下来。对比尔包开，我绝不会嫌多。"

说完，他朝杜洛瓦转过身来：

"你跟我来，我带你去见老板，否则你会一直等到晚上七点。"

他们穿过候见厅，看到那些人仍在坐着等待。福雷斯蒂埃一出来，年轻的女人和年老的女演员立即站起身来迎上前去。

他依次把她们带到窗子旁边，虽说他们竭力压低声音说话，杜洛瓦还是听到他对她们俩用"你"来称呼。

说完，他们推开两扇覆有软垫的门，走进社长办公室。

已开了一个小时的会议，其实是社长在跟几位先生玩埃卡泰

---

① 指安的列斯群岛。

牌戏①，杜洛瓦在前一天晚上看到过这些戴平顶帽的先生。

瓦尔特先生手里拿着牌，玩得全神贯注，脸上露出狡黠的表情，他的对手像打牌老手那样机灵、敏捷，潇洒地打出、拿起和抚摸这些有颜色的纸片。诺尔贝·德·瓦雷纳坐在社长的扶手椅上写文章，雅克·里瓦尔则躺在一张长沙发上，闭着眼睛在抽雪茄。

办公室里很闷，有家具的皮革味、陈旧的烟草味和油墨味。这是所有的记者都熟悉的编辑室的特殊气味。

在带有铜镶嵌饰的红木桌上，乱七八糟地放着一堆纸，有信件、名片、报纸杂志、商店的发票和各种各样的印刷品。

福雷斯蒂埃跟站在两个打牌者背后的赌客一一握手，一声不吭地看着他们打牌。他看到瓦尔特老头赢了，立刻作了介绍：

"我的朋友杜洛瓦来了。"

社长突然从眼镜上方朝年轻人看了一眼，并问道：

"您把我要您写的文章带来了？如果今天把这篇文章和关于莫雷尔质疑的讨论一起发，效果一定会非常好。"

杜洛瓦从口袋里拿出几张一折四的稿纸：

"这就是，先生。"

老板显得十分高兴，微笑着说：

"很好，很好。您很守信用。福雷斯蒂埃，你替我把稿子看一

---

① 埃卡泰牌戏是一种两人玩的32张纸牌戏。

下，好吗？"

福雷斯蒂埃急忙回答道：

"不用了，瓦尔特先生。为了让他熟悉新闻业务，我和他一起写了这篇专栏文章。文章写得很好。"

这时，社长正拿起一个又高又瘦的左翼中间派议员发的牌，心不在焉地补充道："很好。"

福雷斯蒂埃趁他还没开始打牌，俯下身子，在他耳边说道：

"您答应过我让杜洛瓦接替马朗博的工作。那么，就给他同样的报酬，好吗？"

"好的，当然好。"

记者见瓦尔特先生开始打牌，就拉着他朋友的胳膊往外走。

诺尔贝·德·瓦雷纳头都没抬，像是没有看到或认出杜洛瓦。相反，雅克·里瓦尔使劲地和杜洛瓦握了手，表示万一在工作上有问题，他是可以依赖的朋友。

他们再次穿过候见厅，福雷斯蒂埃看到所有的人都抬起头看着他们，就用其他人都能听到的声音对最年轻的那个女人说道："社长过一会儿就接见您。现在他正在和预算委员会的两个委员会谈。"

话音刚落，他显出身负要务、十分忙碌的样子，迅速离开大厅，仿佛要去起草一份十万火急的电报。

他们回到编辑室后，福雷斯蒂埃立刻拿出他的比尔包开，重新玩了起来。他一面数着接住球的次数，一面对杜洛瓦说道：

"好了，你以后每天下午三点到这儿来，我把该跑的地方和该做的采访告诉你，有时在白天，有时在晚上，有时在上午——一——我先给你一封介绍信，让你去见市警察局第一处处长——二——他会叫你和他手下的一个职员进行联系。你要和这个职员搞好关系——三——以获取这个处掌握的所有重要新闻，当然是官方和半官方的新闻。详细情况你去问圣波坦，他什么都知道——四——你过一会儿或明天去找他。特别要学会一种本领，要能从我派你去采访的那些人的口中把话套出来——五——并要能进入任何地方，门关着也要进去——六，干这些事，你每月能拿到二百法郎的固定工资，另外，如果你自己写有趣的社会新闻报道，每行可得两个苏的稿费——七——还有，如果社里要你写各种题材的文章，每行也是两个苏——八。"

然后，他全神贯注地玩了起来，继续慢慢地数着：九——十——十一——十二——十三。第十四次他没有接住，就骂道：

"他妈的十三，总是给我带来晦气。将来我一定死在十三日那天。"

一个编辑干完了工作，也从柜子里拿出一套比尔包开。他身材矮小，样子像个孩子，虽说他已有三十五岁。还有几个记者也走了进来，他们一个接着一个地去拿自己的玩具。过了一会儿，人数增加到六个，他们肩并肩，背靠墙，都用有规律的动作把木质各异的红色、黄色或黑色的球抛到空中。比赛开始后，两个仍在工作的编辑也站起身来当裁判。

　　福雷斯蒂埃赢了十一分。样子像孩子的矮个子输了，就摇铃把办公室听差叫来，并吩咐道："九杯啤酒。"在饮料送来前，他们又玩了起来。

　　杜洛瓦和新同事们一起喝了一杯啤酒。喝完后他问自己的朋友：

　　"我要做什么事？"

　　他的朋友回答道："今天我没有事要你做了。你想走就可以走了。"

　　"还有……我们的……我们的文章……今天晚上要印出来吗？"

　　"是的，但你不用管了，校样由我来看。你接下去写明天的那篇，还是下午三点来这儿，就像今天一样。"

　　杜洛瓦跟所有的人一一握手，虽说其中有些人他连名字也不知道，然后他轻松愉快地走下那漂亮的楼梯离开了。

四

乔治·杜洛瓦没有睡好，因为他兴奋极了，一心想看到自己的文章登在报上。他天一亮就起来了，在街上走来走去，但时间还早，送报纸的要过很长时间才会出现，从一个报亭跑到另一个报亭。

于是，他走到圣拉扎尔火车站，因为他知道《法兰西生活报》总是先送到那里，然后才送到他住的街区。由于时间还太早，他就在人行道上闲逛。

他看到卖报的女人来了，打开玻璃报亭的门，然后看到一个男子头上顶着一叠折好的报纸。他急忙走了过去，看到有《费加罗报》《吉尔·布拉斯报》《高卢人报》《事件报》[①] 和其他两三种晨报，但没有《法兰西生活报》。

他不由担心："《一个非洲轻骑兵的回忆》会不会推迟到明天刊登？瓦尔特老头会不会在最后一刻觉得这篇文章不好？"

他再次来到报亭，发现已在出售《法兰西生活报》，但他并没有看到有人送来。他急忙过去，付了三个苏，把折起来的报纸打开，看了第一版上的所有标题——没有——他的心开始怦怦直跳。他翻开报纸，看到一个专栏下面用黑体字印着"乔治·杜洛瓦"，顿时激动起来。登出来了！多高兴呀！

他想也不想就走了，手里拿着报纸，头上歪戴着帽子，真想让行人都停下脚步，对他们说："请买这份报纸——请买这份报纸！报上有我的一篇文章。"他真想像晚上有些人在大街上叫卖那样放声叫喊："请看《法兰西生活报》，请看乔治·杜洛瓦的文章《一个非洲轻骑兵的回忆》。"突然，他想要看看这篇文章，在公共场所看，在咖啡馆看，在引人注目的地方看。他开始找一个有顾客的酒店。他走了很长时间才找到这样一家酒店，在里面坐了下来，酒店里已有好几个顾客坐在那里。他要了一杯朗姆酒，而没有想到在这个时间应该要苦艾酒，然后他又叫道："堂倌，请把《法兰西生活报》给我拿来。"

---

① 这些都是当时巴黎的主要报纸，但没提《巴黎回声报》。《费加罗报》保守，是林荫大道一带读者的报纸；《高卢人报》宣扬上流社会的保皇主义和右翼军国主义；《吉尔·布拉斯报》也保守，但保守得审慎，在这些报纸中最具有巴黎特色。

一个系着白围裙的堂倌跑了过来：

"这种报纸我们没有，先生，我们只订《集合报》《世纪报》《路灯报》和《小巴黎人报》。"

杜洛瓦怒气冲冲地说道："居然有这种酒店！那去给我买一份。"堂倌跑出去把报纸买来。杜洛瓦开始看自己的文章。他好几次大声地说："真好！真好！"目的是引起旁边那些顾客注意，使他们产生欲望，想知道这报上到底刊登些什么。他走的时候把报纸留在桌上。老板发现后叫他：

"先生，先生，您把报纸给忘了！"

杜洛瓦回答道：

"我不要了，我已经看过了。今天这报上有一篇非常有趣的文章。"

他没有明说是哪一篇，但他在离开时看到坐在他旁边的一个顾客拿起了他留在桌上的《法兰西生活报》。

他想道："我现在干什么呢？"他决定到原单位的办公室去领取那个月的工资，并提出辞职。他想到他的主任和同事们会显出怎样的脸色，不由得心花怒放。他想到主任会惊慌失措，就更加高兴。他走得很慢，以便不在九点半以前到达那里，因为财务科要到十点钟才开门。

他的办公室是个阴暗的大房间，冬天几乎整天都要点煤气灯。房间朝着一个狭窄的院子，院子的另一边是其他办公室。办公室里有六个职员，还有一个副主任，副主任坐在屏风后面的角落里。

杜洛瓦先去领一百一十八法郎二十五生丁的工资，工资装在黄信封里，放在负责发工资的职员的抽屉里。然后，他以胜利者的姿态走进大办公室，他在那里已度过许多日子。

他进去后，副主任波泰尔先生立即叫唤他：

"啊，是您呀，杜洛瓦先生？主任已经找了您好几次了。您知道，没有医生的证明，他是不允许别人连续请两天病假的。"

杜洛瓦站在办公室中央，十分引人注目。他以响亮的声音回答道：

"我又不在乎！"

职员们露出惊讶的神色，波泰尔先生惊慌失措地从屏风后面伸出头来，他待在里面，如同被关在一只盒子里。

他躲在里面是害怕穿堂风，因为他患有风湿病。他只在屏风的纸上戳了两个洞，以便监视自己手下的职员。

办公室里静得可听到苍蝇飞的声音。最后，副主任犹豫不决地问道：

"您说什么？"

"我说我又不在乎。今天我只是为了辞职才来的。我已在《法兰西生活报》当上编辑，每月工资五百法郎，另外还有爬格子的稿费。今天上午我已开始在那里工作。"

他本想多享受一会儿此时的快乐，却又忍耐不住，就像竹筒倒豆子般全都说了出来。

不过，产生的效果仍然十分完美。大家都愣在那里，一动不动。

于是，杜洛瓦说道：

"我现在去通知佩尔蒂伊先生，然后来向你们告别。"

他走出办公室去找主任，主任见到他就大声说道：

"啊！您来了。您知道我不允许……"

这位职员打断了他的话：

"别这样大喊大叫……"

佩尔蒂伊先生是个胖子，脸红得像鸡冠，他惊讶得目瞪口呆。

杜洛瓦接着说道：

"我对您这小地方烦透了。今天上午我开始在新闻界工作，待遇非常好。我有幸向您告辞。"

他走了出去。这下算是成功报复了。

他和老同事一一握手告别，但他们怕受到连累，不大敢跟他说话。由于办公室的门开着，大家都听到了他和主任的谈话。

他口袋里装着工资，走到街上。他在一家熟悉的价廉物美的饭店美美地吃了一顿午饭。他又买了一份《法兰西生活报》，还把它留在了他吃饭的餐桌上。然后，他走进好几家商店，买了一些小商品，叫商店给他送货上门，目的是让别人知道他名叫乔治·杜洛瓦。他还加上一句："我是《法兰西生活报》编辑。"

他说出住房所在的街道名称和门牌号码，并特地关照：

"你们把东西交给门房就行了。"

这时还不到上班的时间，他就走进一家石印店，在那里印名片立等可取，而且街上的行人都能看到。他叫店里印了一百来张名片，名片上他姓名下面印着他新的职务。

办完这一切，他来到报馆。

福雷斯蒂埃像上司接待下属那样不客气地接待他：

"啊！你来了，很好。我正好有几件事要你去办。请等我一分钟。我先要把自己的事情处理好。"

说完，他继续写信。

在大桌子的另一头，一个矮小的男人在写什么东西。此人脸色十分苍白，有点浮肿，非常肥胖，是个秃顶，头顶又白又亮，由于高度近视，写字时鼻子几乎碰到纸上。

福雷斯蒂埃对他问道：

"喂，圣波坦，你几点钟去采访我们约好的那些人？"

"四点钟。"

"你到时候把杜洛瓦这个小伙子带去。他已经来了。另外，你对他说说干我们这一行的诀窍。"

"一言为定。"

福雷斯蒂埃把脸转向自己的朋友，问道：

"你是否把关于阿尔及利亚的第二篇文章带来了？今天早晨刊登的第一篇文章很受欢迎。"

杜洛瓦愣住了，就结结巴巴地说道：

"没有——我本以为下午有时间写——可是我有许多事情要做——所以我没能……"

对方不满地耸了耸肩：

"如果你老是像这样不按时交稿，你就会断送自己的前程。瓦尔特老头在等着你的稿子，我只能对他说明天交稿。如果你以为不干事就能拿到钱，那就错了。"

沉默片刻后，他补充道：

"要趁热打铁，懂吗？"

圣波坦站起身来，说道：

"我要走了。"

于是，福雷斯蒂埃仰靠在椅背上，摆出发号施令的架势，把脸转向杜洛瓦：

"事情是这样的。两天前，中国将军李登发来巴黎访问，下榻大陆酒店①，来访的还有一位印度王公，名叫塔波萨希卜·拉马德拉奥·巴利，住在布利斯都酒店②。这两位你们去采访一下。"

然后，他转向圣波坦：

"别忘了我对你说的几个要点。你去问将军和王公，他们对英国在远东的阴谋有何看法，对英国的殖民统治制度有何想法，对欧洲特别是法国干预他们国家的事务有何希望。"

他停了一会儿，然后像演员跟幕后的人说话那样补充道：

"目前公众舆论十分关心这些问题，中国和印度对这些问题的看法，一定会使我们的读者兴趣盎然。"

他又对杜洛瓦叮嘱道：

"你好好看看圣波坦是怎么干的，他是个出色的记者。你要学

---

① 大陆酒店位于巴黎蒙塔波街三十号。
② 布利斯都酒店位于巴黎圣奥诺雷区街一百一十二号。

会在五分钟里让人把肚子里的话全说出来的本领。"

说完,他又神情严肃地写了起来,目的显然是要和下属保持距离,让他的老战友和新同事清楚地看到他在报社的地位。

他们刚出门,圣波坦就笑了起来,对杜洛瓦说:

"真是个吹牛大王!他竟对我们吹起牛来。他简直把我们看成他的读者。"

他们走到大街。老记者问道:

"您要喝点什么吗?"

"好的。天气真热。"

他们走进一家咖啡馆,要了清凉饮料。圣波坦开始聊了起来。他谈了所有的人和他们的报纸,说得细致入微,令人惊讶。

"老板?一个真正的犹太人!您知道,犹太人,你永远无法让他们改变。多么奇怪的民族[1]!"接着,他对以色列[2]的子孙特有的吝啬举出种种令人惊讶的例子:十个生丁也要节省,像厨娘那样讨价还价,死皮赖脸地非要别人减价,还有一整套放高利贷和抵押贷款的方法。

"除此之外,他什么也不相信,什么人都要蒙骗。他的报纸是半官方性质的,文章的观点五花八门,天主教的,自由主义的,共和派的,奥尔良派的,什么都有,像个廉价杂货店。他创办报纸的唯一目的,是支持他的证券交易和各种生意。他在这方面很

---

[1] 爱德华·德吕蒙的《犹太人的法国》(1886)是反犹太主义的"圣经"。
[2] 据《圣经·旧约》,以色列是以撒的儿子雅各。他和天使摔跤获胜,神给他取名为以色列。

有本事，靠一些没什么资本的皮包公司赚到了好几百万……"

他继续侃侃而谈，把杜洛瓦称为"我亲爱的朋友"。

"这个守财奴说话就像巴尔扎克笔下的人物。您想想，有一天，我在他的办公室里，老古董诺尔贝和堂吉诃德式的里瓦尔也在那儿，只见我们的总务处长蒙特兰来了，把他那只全巴黎都知道的羊皮公文包挟在腋下。瓦尔特抬起头来问道：'有什么新闻？'

"蒙特兰天真地回答道：'我刚把我们欠纸店的一万六千法郎的债还清了。'

"老板猛地站了起来，大家都吓了一跳。

"'您说什么？'

"'我刚把欠普里瓦先生的债还清了。'

"'您疯了！'

"'为什么？'

"'为什么……为什么……为什么……'

"他脱下眼镜，擦了擦镜片，然后，微微一笑，笑得十分古怪，每当他要说什么风趣话或强硬话时，他肥胖的面颊周围就会露出这种笑容。他用嘲笑而又肯定的口吻说道：'为什么？因为我们可以少付四千至五千法郎。'

"蒙特兰惊讶地说道：'但是，社长先生，所有的账目都清清楚楚，经我审核，并得到您的同意……'

"这时，社长又变得严肃起来，并说道：'没有人像您这样天真。您要知道，蒙特兰先生，债欠得多就能讨价还价。'"

说到这里，圣波坦像行家那样点了点头，并补充道：

"他像不像巴尔扎克笔下的人物，嗯？"

杜洛瓦没有看过巴尔扎克的书，但仍然肯定地回答道：

"当然像。"

接着，记者又说瓦尔特夫人是蠢女人，诺尔贝·德·瓦雷纳是老废物，里瓦尔则像费尔瓦克[①]。后来他谈到福雷斯蒂埃：

"至于这一位，他运气好，娶了这个妻子。"

杜洛瓦问道：

"他妻子究竟怎样？"

圣波坦搓了搓手：

"哦！是个狡猾的女人，十分机灵。她是老风流沃德雷克的情妇，沃德雷克伯爵给了她嫁妆，让她嫁给……"

杜洛瓦突然浑身发冷，一阵痉挛，真想把这个多嘴的家伙痛骂一顿，打他几个耳光。但是，他只是打断他的话，问道：

"圣波坦[②]是您的真名？"

对方爽快地回答道：

"不是，我名叫托马。圣波坦是报馆里给我起的绰号。"

杜洛瓦付了饮料费后说道：

"我看时间不早了。我们有两个大人物要采访。"

————————————

[①] 在手稿上，莫泊桑曾写下一个真实的记者的姓名：奥雷利安·肖尔，后用杜撰的名字取而代之。

[②] 法语中 potin（波坦）的意思是"闲话"。

圣波坦笑了起来：

"您真是天真！您以为我真的会去拜访那中国人和印度人，请他们谈论对英国的看法？对于《法兰西生活报》的读者来说，他们应该有怎样的看法，我难道不比他们更加清楚？这样的中国人、波斯人、印度人、智利人、日本人和其他国家的人，我已经采访过五百个。在我看来，他们的回答一模一样。我只要把最近一次采访后写的文章找出来，逐字逐句重抄一遍就行了。要改动的只是他们的相貌、姓名、头衔、年龄和随从。哦！在这些方面可不能出差错，否则我就会被《费加罗报》或《高卢人报》驳得体无完肤。不过，这方面的情况，布里斯都酒店和大陆酒店的门房用五分钟时间就能向我提供。我们抽着雪茄走到那里去。过后还可以向报馆报销五法郎的车费。亲爱的，这就是讲究实惠的做法。"

杜洛瓦问道：

"这样的话，当记者的收入应该是不错的啰？"

记者神秘地回答道：

"是的，但什么也比不上社会新闻栏，因为那里变相做广告。"

他们站起身来，沿着林荫大道向玛德莱娜教堂走去。突然，圣波坦对自己的同伴说道：

"您听着，您如果有事要办尽管走，我不需要您帮忙。"

杜洛瓦跟他握手告别。

他想到晚上要写那篇文章就心烦，开始考虑起来。他一边走一边把一些主意、感想、看法和轶事储存起来。他一直走到香榭丽舍大街的尽头，那里散步者寥寥无几，由于那几天天热，巴黎成了一座空城。

他在星形广场凯旋门附近的一家酒馆里吃了晚饭，沿着环城大道慢慢走到自己的住所，在桌子前坐下来工作。

但是，他一看到眼前这一大张白纸，脑子里想好的材料立即无影无踪，仿佛全都蒸发掉了。他竭力回想起零星的往事，不让它们消失，但这些往事想起来后又忘了，或者乱七八糟地一起涌现出来，他不知道应该如何表达和加工，也不知道应该从何写起。

经过一小时的努力工作，他写了五张纸，但只是有头无尾。他心里在想："我对这工作还不大熟悉，得再去学学。"他想到自己将再次跟福雷斯蒂埃夫人一起工作一个上午，在亲切、真挚和温馨的气氛中跟她长时间单独待在一起，不由高兴得浑身打战。他赶紧躺下睡觉，因为他现在反倒担心继续写下去会突然把文章写好。

第二天，他起床比平时稍晚，以推迟拜访的时间，并预先品尝这次拜访的乐趣。

他拉响朋友家的门铃时，已经十点多了。

男仆回答道：

"先生正在工作。"

杜洛瓦没有想到她丈夫会在家里。但他仍坚持要进去："请对他说是我，有要紧的事情。"

等了五分钟后，男仆把他带到书房，他曾在那里度过一个十分美好的上午。

福雷斯蒂埃现在坐在杜洛瓦曾坐过的座位上写字。他身穿便袍，脚趿拖鞋，头戴英国式无边软帽。他的妻子仍穿着那件白色晨衣，胳膊肘支在壁炉上，嘴里叼着一支香烟，正在口述。

杜洛瓦在门口停住脚步，低声说道：

“请原谅，我打扰你们了？”

他的朋友转过头来，怒容满面地埋怨道：

“你还要什么？快说，我们正忙着呢。”

杜洛瓦目瞪口呆，结结巴巴地说道：

“不要，没什么，对不起。”

福雷斯蒂埃勃然大怒：

“真见鬼！别浪费时间了。你闯进我的家里，绝不是为了对我们说声早安。”

杜洛瓦十分尴尬，就决定说了出来：

“不是……是这样的……因为……我那篇文章还是写不出来……你上次……你们上次……这样……这样……这样好……所以我希望……所以我才敢来……”

福雷斯蒂埃打断了他的话：

“你真会开玩笑！你以为我会替你干活，你只要月底到财务科拿工资就行了。不！你想得太美了！”

少妇继续抽烟，一声不吭，脸上似笑非笑，仿佛戴着和蔼可亲的面具，以掩盖她心里的讽刺挖苦。

杜洛瓦满面通红，结结巴巴地说道："请你们原谅……我本以为……我原来觉得……"接着，他突然用清晰的声音说道：

"我请您千万原谅，夫人，并再次向您表示衷心的感谢，感谢您前天替我写了那篇如此美妙的文章。"

然后，他躬身施礼，并对夏尔说道：

"我下午三点去报馆。"他说完就走了。

他迈着大步往家里走，一面低声抱怨道："好吧，我就是要把文章写出来，一个人写，给他们看看……"

回到家里，他在怒火的激励下，立刻开始写文章。

他接着福雷斯蒂埃夫人开了个头的恋爱故事写下去，加上许多连载小说的细节和夸张的描写，使用了中学生的笨拙文笔和士官的习惯用语。他花一个小时就写完了这篇荒诞不经、杂乱无章的文章，并很有把握地把它带到《法兰西生活报》报馆。

他在报馆遇到的第一个人是圣波坦。此人像同谋一般用力握了握他的手，并问道：

"我跟中国人和印度人的那篇谈话稿，您看过了吗？是不是相当有趣？全巴黎都觉得有趣。我可连他们的影子都没有见过。"

杜洛瓦没有看过报纸，赶紧拿了一份，把题为《印度和中国》的长文浏览了一遍，老记者则向他一一指出文中最有趣的段落。

福雷斯蒂埃突然走了进来，只见他气喘吁吁，急急忙忙，神色慌张：

"啊！好，我正要找你们两位。"

他把必须在当天晚上采访到的一组政治新闻告诉了他们。

杜洛瓦把写好的文章递给他。

"这是关于阿尔及利亚的第二篇文章。"

"很好,你给我,我来交给老板。"

谈话就此结束。

圣波坦拉着新同事走了出去。走到走廊里,他对杜洛瓦问道:

"你到财务科去过吗?"

"没有,去干吗?"

"去干吗?拿工资呗。您要知道,任何时候都得预支一个月的工资。谁也不知道明天会发生什么事。"

"这个嘛……我可是求之不得。"

"我给您向出纳介绍一下。不会有什么问题的。这里给钱很爽快。"

杜洛瓦去领了二百法郎的工资,还领了他前一天的那篇文章的稿费二十八法郎,连同他用剩的铁路办事处的工资,口袋里总共有三百四十法郎。

他从未有过这么多钱。他觉得自己富了,而且会一直富下去。

然后,圣波坦把他带到四五家跟他们竞争的报馆的办公室去闲聊,希望他负责采访的新闻已被别的记者搞到,这样他就可以通过内容丰富和诡计多端的谈话让他们透露出来。

到了晚上,杜洛瓦无事可干,就想到牧羊女游乐场去玩。他大胆地在检查处作了自我介绍:

"我叫乔治·杜洛瓦，是《法兰西生活报》的编辑。我上次跟福雷斯蒂埃先生一起来过，他答应给我搞几张门票，我不知道他是否想到了这件事。"

检票员看了看登记簿，上面没有他的名字，但检票员非常客气，对他说道：

"您进去吧，先生。您的要求可以自己去对经理提出，他一定会同意的。"

他走了进去，几乎立刻遇到了拉谢尔，就是他在第一个晚上带走的那个女人。

她走到他的面前：

"你好，亲爱的。你好吗？"

"很好，你呢？"

"我还不错。你不知道，从那天之后，我想过你两次。"

杜洛瓦得意地微微一笑：

"啊！啊！这说明什么呢？"

"这说明我喜欢你，大傻瓜。你什么时候愿意，我们可以再来一次。"

"你要是愿意，今天就来。"

"好的，我同意。"

"好，不过你听着……"他犹豫不决，有点不好意思把想说的话说出口，"那就是这次我没钱，我刚才在俱乐部里把钱都花光了。"

她盯着他看，凭着妓女的本能和经验，知道他在撒谎，因为她对男人的诡计多端和讨价还价已经习以为常。她说道：

"你真会开玩笑！你要知道，跟我来这一套可不大好。"

他尴尬地笑了笑：

"给十个法郎好吗？我只有这点钱了。"

她像因任性而不在乎钱的妓女，低声说道：

"随你的便，亲爱的，我只要你。"

她抬起那双着迷的眼睛，看着年轻人的小胡子，挽起他的胳膊，钟情地靠在他的身上：

"咱们先去喝一杯石榴汁，然后一起去转一圈。我想去歌剧院，像这样跟你一起去，让大家看看你。然后咱们早点回去，好吗？"

……

他在这个妓女家里睡到很晚，离开时天已经亮了。他立刻去买了一份《法兰西生活报》，激动地翻开报纸。他的文章没登出来。他站在人行道上，惶惶不安地浏览各个专栏的文章，希望最终能找到他想找的东西。

突然，他心情沉重，经过一夜的欢娱，他已经十分疲惫，再加上这件不顺心的事情，犹如大祸临头一般。

他上楼回到家里，不脱衣服就倒在床上睡着了。

几小时后，他走进编辑部办公室，来到瓦尔特先生面前：

"先生，今天早上，我发现我关于阿尔及利亚的第二篇文章没有登出来，非常意外。"

社长抬起了头，用生硬的声音说道：

"我把文章交给了您的朋友福雷斯蒂埃，请他看一下，他觉得不行，您得给我重写。"

杜洛瓦十分生气，一句话也不说就走了出去。他闯进老战友的办公室：

"你为什么不把我的文章登在今天早晨的报上？"

记者正抽着一支香烟，背靠在安乐椅的椅背上，两只脚搁在桌子上，鞋跟把刚开了个头的稿纸弄脏了。他说话的声音显得不耐烦，仿佛来自远方的洞穴深处。他说道：

"老板觉得文章写得不好，叫我还给你，让你重写。喏，就在那里。"

他用手指着镇纸压着的几张摊开的纸。

杜洛瓦十分尴尬，一句话也说不出来。福雷斯蒂埃看着他把稿子塞进口袋，就说道：

"今天，你先去警察局……"

他说出要去哪些地方和要采访哪些新闻。杜洛瓦想不出刻薄的话来回敬他，只好悄然离去。

第二天，他又把写好的稿子带来。稿子又退还给他。第三次重写后，他看到稿子仍未采用，就明白自己太急于求成，也知道只有福雷斯蒂埃能一手扶着他往前走。

因此，他不再提起《一个非洲轻骑兵的回忆》。既然环境如此，他决定做个机灵、圆滑的人，在等待时机的同时，努力做好记者的采访工作。

他熟悉了剧院的后台和政治的内幕、政界要人官邸的前厅和参议院的走廊、政府各部办公室职员自命不凡的面孔和睡眼惺忪的门房的愁眉苦脸。

他交往有部长、门房、将军、警察、亲王、权杆儿、妓女、大使、主教、皮条客、外国阔佬、社交界人士、赌博老千、出租马车夫、咖啡馆堂倌等，他跟这些人保持经常的联系，成了他们的朋友，既跟他们休戚相关，又对他们无动于衷。他对这些人都十分尊重，用同样的标准来衡量他们，用同样的目光来看待他们，因为这些人他天天看到，时刻看到，眼前的人换了一个，他脑子却来不及转过来，同时还因为他和他们谈的事情都跟他的工作有关。他觉得自己像个品酒师，依次品尝了所有的葡萄酒，最后连玛戈堡葡萄酒和阿尔让特伊葡萄酒^①也分不清了。

不久之后，他成了一名出色的记者，消息可靠，机变狡黠，报道迅速，目光敏锐，用对编辑的良莠了如指掌的瓦尔特老头的话来说，他是报馆的真正栋梁。

然而，他只能拿到每行十个生丁的稿酬以及二百法郎的固定工资。他老是逛大街、去咖啡馆、上饭店吃饭，开销很大，所以总是手头拮据，为此十分苦恼。

他看到有些同事的口袋里全是金币，不知道他们用什么秘密

①玛戈堡葡萄酒为法国名酒，阿尔让特伊葡萄酒则是普通葡萄酒。

方法才如此富裕，想要了解其中的诀窍。他妒火中烧，怀疑他们使用别人不知道的不正当手法，替人消灾捞取好处，还有一系列大家都接受的非法交易。他必须了解这个秘密，进入这个心照不宣的小圈子，让背着他坐地分赃的那些同事对他刮目相看。

晚上，他常常看着窗外来往的火车，考虑他可以使用的方法。

五

两个月过去了，九月份即将来临，但杜洛瓦期待的青云直上的好运，看来还要等很长时间才会来到。尤其让他难受的是他地位低下，但又不知道走哪条路才能爬上高峰，成为有钱有势、受人尊敬的人物。

他感到从事记者这个卑微职业，犹如被囚禁在围墙之中，无法出去。他受到别人的赏识，但这种赏识只跟他的地位相符。他帮了福雷斯蒂埃许多忙，但福雷斯蒂埃不再邀请他去吃晚饭，在各方面都把他当作下属看待，虽说像朋友那样用"你"来称呼他。

杜洛瓦有时也抓住机会发表一篇短文：他常写社会新闻，文笔变得流畅起来，而且已掌握他在写关于阿尔及利亚的第二篇文章时所缺乏的分寸，所以他的文章不会再有退稿的危险。但是，随心所欲地写专栏文章跟评论家论述政治问题的区别，就像在布洛涅林园的林荫道上行驶的马车上的车夫和主人的区别一样大。尤为难堪的是感到社交界把他拒之门外。他没有对他平等相待的朋友，也没有红颜知己，虽说好几位知名女演员有时因利害关系而亲热地接待他。

另外，他凭经验知道，这些女人不论是社交界的还是演艺界的，对他只有一时的冲动和片刻的好感。他还不认识能使他飞黄腾达的那种女人，所以像被绊索拴住的马匹那样焦躁不安。

他常常想去拜访福雷斯蒂埃夫人，但一想起他们最后一次见面的情景，他就心里难受。何况，他还在等待她的丈夫请他去进行这种拜访。后来，他想起了德·马雷尔夫人，想起她曾请他去做客。一天下午，他无事可干，就去拜访她。

她曾说过："三点以前我都在家。"

两点半，他拉响了她家的门铃。

她住在韦尔纳伊街一幢房子的五楼。

听到门铃声，一个女仆出来开门。女仆身材矮小，头发蓬乱，一边系着无边软帽的带子，一边回答道：

"是的，夫人在家，但我不知道她是不是起来了。"

说完，她推开了客厅虚掩着的门。

杜洛瓦走了进去。客厅很大，家具不多，陈设得不大整齐。几把旧扶手椅放在墙边，看来是女仆随手放的，因为你丝毫也看不出这是喜爱自己住宅的主妇的优雅布置。四幅拙劣的油画分别画着河上之舟、海上巨轮、平原磨坊和林中樵夫，挂在四壁护墙板的中央，由于挂的绳子长短不一，挂得歪歪斜斜。可以看出，画这样挂着已有很长时间，但女主人漠不关心，并未察觉。

杜洛瓦坐下来等候。他等了很长时间。一扇门终于打开，德·马雷尔夫人跑进客厅，身穿日本式粉红色丝晨衣，上面绣着金色的风景和蓝花白鸟。她大声说道：

"我竟然睡到现在。您来看我，真好。我以为您已经把我给忘了。"

她高兴地伸出双手。杜洛瓦看到房间的陈设简单，不再拘束，握住了她的双手，吻了其中的一只，因为他曾看到诺尔贝·德·瓦雷纳这样做过。

她请他坐下来，从头到脚地对他仔细端详："您的变化真大！您更有气派了。看来巴黎对您有好处。好吧，您给我讲讲新闻。"

他们随即像老朋友那样谈了起来，感到彼此在顷刻间就变得亲密无间，并产生一种信任、亲热和爱慕的感情，这种感情可以使两个性格相同、气味相投的人在五分钟内成为朋友。

突然，少妇中断了话头，惊讶地说道：

"我跟您待在一起有一种奇特的感觉，感觉自己认识您已经有十年了。我们在一起会成为好朋友的。您说对吗？"

他显出意味深长的微笑回答道："当然对。"

他觉得她穿着这件光彩夺目的柔软晨衣十分诱人，虽不像穿白色晨衣的女人那样苗条、妩媚和高雅，却更为性感，更加撩人。

福雷斯蒂埃夫人的微笑优雅而又不动声色，既对你百般诱惑，又叫你不要想入非非，仿佛在对你说"我喜欢您"，同时又说"您要规矩点"，你永远也猜不出这微笑的真正含义。他待在她的身边，只想拜倒在她的脚下，或是想亲吻她上衣的精美花边，慢慢地吮吸从双乳间散发出来的温馨香味。而待在德·马雷尔夫人身边，他感到自己有一种更加明确的兽欲，看到她轻柔的丝晨衣上隆起的部分，他的双手不禁微微颤动起来。

她说话滔滔不绝，每句话都表现出她才思敏捷，犹如掌握绝技的工人，正在完成别人认为十分困难的工作，使大家赞叹不已。他听着她说话，心里在想："这些话都值得记下来。要是让她谈论当天发生的事情，准能写出十分美妙的巴黎新闻。"

这时，有人在她进来的门上轻轻地敲了几下。她叫道："进来吧，宝贝。"女孩进来后径直走到杜洛瓦面前，把手伸给他。

母亲惊讶地低声说道："她被征服了。她完全变了。"年轻人吻了吻女孩，让她坐在自己身边，然后装出一本正经的样子，亲切地问她在他们上次见面后做了些什么事。她回答了他的问题，声音像笛子那样细声细气，样子却像大人那样严肃。

挂钟敲了三下。记者起身告辞。

"您要经常来玩，"德·马雷尔夫人说道，"我们可以像今天这样谈谈，跟您在一起我总是十分愉快。但是，为什么没有在福雷斯蒂埃家里再见到您呢？"

他回答道：

"哦！没什么，我事情多呗。希望我们俩最近还能在他们家见面。"

说完他就走了，心里充满了希望，他自己也不知道是为了什么。

他没有跟福雷斯蒂埃提起这次拜访。

此后几天里，他一直念念不忘，不仅没有忘记，而且总是感到这个女人就在他身边。他感到已得到她身上的什么东西，她肉体的形象留在他的眼中，她精神的情趣留在他的心中。她的形象在他脑中萦绕，在一个人身边愉快地度过了几个小时之后，往往会产生这种感觉。他仿佛着了魔似的，产生一种奇特而又亲切、忐忑不定却又美妙无比的神秘的感觉。

几天以后，他再次登门拜访。

女仆把他带到客厅，洛丽娜立刻出来了。她这次不是把手伸出来，而是把前额探过去，同时说道：

"妈妈要我请您等她一会儿。她过一刻钟再出来，她还没有穿好衣服。我先来陪您。"

杜洛瓦看到女孩彬彬有礼的样子，觉得十分有趣，就回答道："很好，小姐，我很高兴能跟您一起度过这一刻钟的时间，但我要预先告诉您，我不是一本正经的人，我整天都在玩耍。因此，我建议跟您玩一次猫儿上树的游戏。"

女孩愣了一下，然后像大人那样微微一笑。这个建议使她觉得有点突然，也使她惊讶。她低声说道：

"家里不是做游戏的地方。"

他答道：

"这个我倒不在乎。我什么地方都玩。来吧，您来捉我。"

他开始绕着桌子转圈，同时引她来追，她则走在他的后面，矜持而有礼地微笑着，不时伸出手想要抓住他，但始终没有放开脚步奔跑。

他不时停住脚步，俯下身子，等她犹豫不决地小步走到近前，他突然跳了起来，活像玩具盒子里跳出的魔鬼，然后一步跨到客厅的另一头。她觉得这样玩很有趣，终于笑了起来。她活跃起来，开始在他后面奔跑，当她觉得要抓住他时，发出快乐而羞怯的叫声。他移动椅子，堵住她的去路，让她不得不绕着一把椅子转一分钟，然后他离开这把椅子，抓住另一把椅子。现在洛丽娜跑了起来，完全投入这个快乐的新游戏之中，她脸上泛出红晕，每当他逃跑、绕弯或做假动作时，她就欣喜地猛扑过去。

最后一次，她认为抓住了他，他却突然把她抱在怀里，把她一直举到天花板上，叫道："猫儿上树啰！"

女孩非常高兴，两腿乱踢，想要挣脱出来，并放声大笑。

德·马雷尔夫人走了进来，样子很惊讶：

"啊！洛丽娜……洛丽娜愿意玩了……您有魔法，先生。"

他把女孩放到地上，吻了吻母亲的手，然后跟她一起坐了下来，女孩则坐在他们中间。他们想要谈话，但平时不爱说话的洛丽娜非常兴奋，老是在说话，只得把她送回房间。

她一声不吭就走了，眼里噙着泪水。

德·马雷尔夫人看到只剩下他们两人，就压低声音说道：

"您不知道，我在计划一件大事，想到了您。事情是这样的：我每星期都要去福雷斯蒂埃家吃晚饭，有时在一家饭店回请他们。我不喜欢在家里请客，也不会安排，对家务一无所知，不会做菜，什么也不会。我喜欢过自由自在的生活。因此我不时在饭店里请他们吃饭。但只有我们三个人不热闹，我的那些朋友又跟他们合不来。我对您说这些是为了说明这种不定期的邀请。您了解了，是吗？我请您星期六到里什咖啡馆①和我们聚会，时间是七点半。您知道这个咖啡馆吗？"

他愉快地接受了邀请。她接着说道：

"我们只有四个人，正好一桌。我们这些女人不大参加这种小型聚会，所以觉得很有趣。"

她身穿深栗色连衣裙，把腰部、臀部、胸部和手臂的轮廓全都展现出来，显得妖艳撩人。杜洛瓦看到，她这身讲究的衣着，跟她对住房明显的漠不关心形成鲜明的对照，他惊讶而又不安，但又不知道怎么会有这种感觉。

她身上穿的以及跟她的肌肤相贴的衣服都精美、雅致，但她

---

① 里什是这家咖啡馆老板的名字。这家著名咖啡馆位于意大利人大道，在勒佩勒蒂埃街的转角处。现在此地为巴黎国立银行所在地。

对周围的陈设却满不在乎。

他跟她告辞，并像上一次那样，有一种幻觉，觉得她仍在他身边。他期待着晚餐的那天来临，越来越急切。

他没钱买晚礼服，就又租了一套黑色礼服。他第一个来到咖啡馆，比约定的时间早到几分钟。

他被带到三楼的一个小房间里，墙饰为红色，唯一的窗子朝向林荫大道。

一张方桌上摆着四副餐具，桌上铺着白桌布，像涂过清漆那样闪闪发亮。两只高高的枝形大烛台上点着十二支蜡烛，玻璃杯、银餐具和火锅在烛光下发出喜悦的光辉。

窗外是一大片淡绿色，是被各个雅座里明亮的烛光照亮的一棵树的叶子。

杜洛瓦在一张低矮的沙发上坐了下来，沙发跟墙饰一样也是红的，沙发的弹簧已经用旧，他坐到上面就陷了下去，仿佛掉进了窟窿。他在这里到处听到大饭店特有的嘈杂声。有杯盘和银餐具的碰撞声，有雅座的门打开时从里面传出正在吃饭的宾客们的说话声。福雷斯蒂埃走了进来，以在《法兰西生活报》的办公室里从未有过的亲热跟杜洛瓦握了握手。

"两位女士一起来，马上就到。"他说道，"这样的晚餐真好。"

然后，他看了看桌子，叫人把一盏用作长明灯的煤气灯熄灭，因怕穿堂风又关上了一扇窗子，挑了个吹不到风的地方坐了下来，说道："我得十分小心，有一个月的时间我的情况有了好转，但这几天又不行了。可能是星期二走出剧院时着了凉。"

这时，房间的门打开，两位少妇走了进来，后面跟着侍应部领班。她们都戴着面纱，把脸遮住，以免别人注意。她们的模样既迷人又神秘，因为在这种地方，可能会遇到不正派的人。

福雷斯蒂埃夫人见杜洛瓦对她施礼，就埋怨他没有再去看她，然后她对女友莞尔一笑，补充道：

"跟我相比，您更喜欢德·马雷尔夫人，您有时间去看她。"

大家都坐了下来。德·马雷尔夫人见侍应部领班把酒单递给了福雷斯蒂埃，就大声说道：

"这两位先生要喝什么就给他们送来。至于我们俩，我们要冰镇的香槟酒，要上等的，例如甜香槟酒，别的什么都不要。"

领班出去后，她兴奋地笑着宣布：

"今晚我要一醉方休，我们要开怀畅饮——真正的畅饮。"

福雷斯蒂埃好像没有听到她的话。他问道：

"把窗子关上，您介意吗？这几天我的肺有点不大好。"

"没关系，您关好了。"

于是，他去把那扇半开的窗子关上，然后回来坐下，脸色恢复了平静。

他的妻子默无一言，显出心事重重的样子。她低着头看着桌子，脸上带着若有若无的微笑，仿佛老是在许下永不兑现的诺言。

奥斯坦德①牡蛎端了上来，娇小可爱，又肥又嫩，像是贝壳里长着的小耳朵，送到上腭和舌头之间就溶化了，滋味犹如带咸味的糖果。

喝完汤后，又端来鳟鱼，鱼肉粉红，活像少女的肌肤。大家开始聊了起来。

他们首先谈到一条马路新闻，说的是社交界的一位女士在雅座里和一个外国亲王一起吃饭，被她丈夫的朋友看到了。

福雷斯蒂埃认为这条桃色新闻十分好笑。两个女人则说那个饶舌的冒失鬼是个不懂人情世故的懦夫。杜洛瓦同意她们的看法，并一本正经地声称，一个男人不管是当事人、知情者还是一般的目击者，都有义务对这种事情守口如瓶。他还说：

"如果我们之间都能绝对保密，生活就会妙趣横生。女人们止步不前，往往是因为害怕秘密会被揭露。"

然后，他微笑地补充道：

"难道不是这样吗？

"如果她们不害怕会因片刻的欢娱而付出身败名裂、痛哭流涕的代价，有多少女人会满足自己一时的欲望，随心所欲地纵情欢娱一小时！"

他说得十分自信，富有感染力，好像在为自己的事情辩护。他仿佛在说："跟我搞，就不会有这种危险。试试就知。"

---

① 奥斯坦德是比利时西佛兰德省港口城市，以产牡蛎著称。

她们俩都注视着他，用目光表示赞许，觉得他说得对，并用友好的沉默表明，如果秘密肯定不会泄露，她们这些巴黎女人不可动摇的道德就不会坚持长久。

福雷斯蒂埃可说是躺在了沙发上，一条腿蜷曲在身体下面，餐巾塞在背心里，以免弄脏礼服。他突然像坚定的怀疑派那样大笑起来，说道：

"一点不错。要是肯定能保密，就一定会去乐一乐。唉，可怜的丈夫！"

于是，大家谈起了爱情。杜洛瓦认为爱情并非永恒，却能持久，它能建立一种联系，产生温柔的友谊和信任！感官的结合只是心灵结合的一种印记。但他竭力反对在感情破裂后几乎总是会产生的那种纠缠不清的嫉妒、势不两立、大吵大闹和痛苦的折磨。

他说完后，德·马雷尔夫人叹了口气：

"是啊，这是生活中唯一美好的东西，而我们却常常用无法满足的要求来败坏它。"

福雷斯蒂埃夫人一面玩弄餐刀，一面补充道：

"是啊……是啊……有人爱真好……"

她看来想得更远，她在想她不敢说出口的事情。

由于第一道正菜还没有端来，他们就不时喝一口香槟酒，剥一点小圆面包的皮吃。爱情的想法慢慢进入了他们的肉体，使他们的灵魂逐渐陶醉，犹如清澈的香槟酒一滴滴进入他们的喉咙，他们的血液随之变热，思想则变得模糊不清。

堂倌端来了乳羊排骨，又嫩又薄，排骨下面是厚厚一层切成小段的芦笋尖。

"啊！好东西！"福雷斯蒂埃大声说道。他们慢慢地吃着，品尝着美味的羊肉和像奶油一样滑腻的蔬菜。

杜洛瓦又开了口：

"我要是爱上一个女人，眼睛里就只有她一个，仿佛她周围的一切都不复存在。"

他说这话时十分自信，他在享受美酒佳肴的乐趣时，想到了爱情的乐趣，不由心花怒放。

福雷斯蒂埃夫人装出与己无关的样子，低声说道：

"两个人的手第一次紧紧地握在一起，一个问：'您爱我吗？'另一个说：'是的，我爱你。'这是世界上最最幸福的事情。"

德·马雷尔夫人刚一口气喝完一杯香槟酒，她在放下酒杯时愉快地说道：

"我可不大喜欢这种柏拉图式的精神恋爱。"

其他人听了都眼睛一亮，对她的话表示赞同，并开始傻笑起来。

福雷斯蒂埃在沙发上躺了下来，张开双臂，把它们靠在坐垫上，用严肃的声音说道：

"您的坦率值得称赞，这说明您是个讲究实际的女人。但我是否能问您，德·马雷尔先生对此有何高见？"

她慢慢地耸了耸肩，久久显出极其轻蔑的样子，然后用清晰的声音说道：

"德·马雷尔先生对此没有高见，他只有……只有放弃。"

于是，谈话不再涉及高雅的爱情理论，而是围绕着鲜花盛开的淫词浪语的园地进行。

这时，大家都在巧妙地暗示，在用词语揭开面纱，犹如撩起裙子，说话时狡猾无比，既胆大包天，又伪装巧妙，表面正经，实则下流。句子展现的是赤裸的形象，使用的却是遮羞的词语，使人在刹那间看到和想到说不出口的所有事情，使社交界人士能体验一种神秘而美妙的爱情，能在思想中进行肉体接触，用撩人的话表达出搂抱时难于启齿的秘密。这时端来了烧烤，即两边配有鹌鹑的竹鸡，后又端来豌豆，接着是肥鹅肝酱，同时还有叶子呈锯齿形的生菜，放在脸盆那样大的沙拉盘里如同青苔。他们吃了这些菜却不知道其中的滋味，因为他们一心在想他们谈论的事情，沉浸在爱情的氛围之中。

现在，两个女人都说得十分露骨，德·马雷尔夫人说话大胆而又自然，句句都在挑逗；福雷斯蒂埃夫人含蓄而又迷人，语调、声音、微笑和举止都羞羞答答，仿佛要使她嘴里说出的百无禁忌的话变得婉转，实际上却使这些话变得更加直言不讳。

福雷斯蒂埃完全躺在了沙发上，他不停地笑着、喝着、吃着，有时说上一句十分大胆、露骨的话，两个女人觉得他的话有点刺耳，同时也为了不失体面，就装出不好意思的样子，但持续的时间只有两三秒钟。每当他说出一句过于淫秽的话，他总要加上一句："好啊，孩子们。你们这样下去，最后非得干出蠢事。"

餐后点心端来了，然后是咖啡。喝了甜烧酒后，兴奋的头脑更加发热，更加迷迷糊糊。

德·马雷尔夫人就像在吃饭前说的那样喝醉了。她这个健谈的女人，高兴而又优雅地承认了这点。她为了使客人们高兴，故意夸大了自己喝醉的程度。

福雷斯蒂埃夫人现在默无一言，也许是出于谨慎。杜洛瓦觉得自己过于兴奋，难免会失言，就机灵地收敛起来。

有人点起了香烟，福雷斯蒂埃突然开始咳嗽。

他咳嗽得十分厉害，咳得喉咙疼痛。他脸色通红，额头出汗，用毛巾捂着嘴巴，几乎喘不过气来。咳嗽停下来后，他怒容满面地埋怨道："这种聚会对我毫无好处，真蠢。"他想到了可怕的疾病，愉快的情绪随之消失。

"我们回家。"他说道。

德·马雷尔夫人摇铃把堂倌叫来结账。账单几乎立刻给她送过来。她想看看清楚，但上面的数字在她眼前旋转。她把账单递给杜洛瓦。

"请拿着，您来替我付钱，我看不清楚，我酒喝得太多了。"

同时，她把钱包扔到他的手里。

一共是一百三十法郎。杜洛瓦把账单核实了一下，付了两张钞票，接过找头，低声问道：

"给多少小费？"

"您看着办吧，我不知道。"

他在盘子里放了五个法郎，然后把钱包还给少妇，对她说：

"要不要我送您回家？"

"当然啰。我现在连自己家的门也找不到了。"

他们俩和福雷斯蒂埃夫妇握手告别。杜洛瓦和德·马雷尔夫人一起乘上一辆出租马车走了。

他感到她紧挨着他，跟她一起坐在这漆黑的车厢里，时而被人行道上的煤气路灯突然照亮。透过她的袖子，他感到她肩头的热量。他想不出要跟她说什么话，一句话也想不出来，他的脑子因想要把她抱在怀里的迫切欲望而变得麻木不仁。

"要是我敢这样做，她会有什么反应呢？"他想道。他想起晚餐时低声说出的那些淫秽下流的话，胆子大了起来，但同时又怕出丑，所以不敢胡来。

她也一声不吭，一动不动地坐在自己那边。每当煤气路灯的光线照进车厢，他都看到她的眼睛闪闪发亮，如果不是这样，他会以为她已睡着。

"她在想什么呢？"他清楚现在不应该说话，只要说一句话，打破沉默，他的好运会随之消失。但他又没有胆量，不敢突然采取粗暴的行动。

忽然，他感到她的脚动了一下。她做这个动作生硬而又神经质，说明她等得不耐烦了，这也许是一种召唤。这个几乎难以察觉的动作使他全身的皮肤剧烈地颤动。他迅速转过身去，扑到她的身上，用嘴唇去吻她的嘴，用双手去抚摸她赤裸的肌肤。

她轻轻地叫了一声，想要直起身来，挣扎着要把他推开，但她随即屈从，仿佛无力做长时间的反抗。

但是，马车很快在她的住宅前停了下来，杜洛瓦觉得突然，想不出热情的话来感谢她，对她表达自己的感激和爱慕之情。然而，她没有站起来，也不动弹，显然因刚才发生的事惊呆了。他担心车夫怀疑，就首先下了车，把手伸给少妇。

最后，她一句话也没说，踉踉跄跄地从车上下来。他拉了拉门铃，门打开时，他惶恐不安地问道："我什么时候能再见到您？"

她用低得他几乎听不到的声音说道："明天中午来跟我一起吃饭。"说完她就消失在阴暗的前厅里，把沉重的大门关上，关门的声音像开炮一样响。

他给了车夫五个法郎，然后迈着胜利的步伐往前走，心里充满了喜悦。

他终于搞到了一个女人，一个有夫之妇！一个社交界女士！

真正的社交界女士！巴黎的社交界女士！这事情是多么容易而又出人意料！

以前，他认为要接近和征服这样一个令人朝思暮想的女人，就得百般小心、长期等待，就得大献殷勤、情话连篇，就得赞叹不已、频频送礼，开展巧妙的进攻。现在，他只是稍加进攻，他遇到的第一个女人就立刻委身于他，速度之快令他目瞪口呆。

"她喝醉了。"他心里想道，"明天准会变卦，有我哭的时候。"这个想法使他不安。后来他又想道："管他呢。现在我把她弄到了手，我就有办法把她留住。"

他幻想着荣华富贵，功成名就，桃花运不断。在这种模糊不清的海市蜃楼中，他突然看到一长列有钱有势、风度翩翩的女人，犹如天上经过的如花似玉的仙女，微笑着出现在他的眼前，然后一个接着一个地消失在他梦想的金色云彩之中。

他睡觉时做了很多梦。

第二天，他到了德·马雷尔夫人住的楼，上楼时有点激动。她会怎样接待他呢？她要是不见他呢？她要是不让他走进自己的家门呢？她要是说出……不，她要是说了什么，别人就会猜出事情的全部真相。因此，他才是这局势的主宰。

矮小的女仆开了门。她的脸色和平常一样。他放下心来，他本以为女仆见到他时会显出震惊的样子。

他问道：

"夫人好吗？"

她回答道：

"很好，先生，跟平时一样。"

她请他进入客厅。

他径直走到壁炉前面，检查自己的头发和衣服。他在镜子前整领带时，从镜子里发现少妇站在卧室门口看着他。

他装作没有看到她，他们就这样在镜子里看了几秒钟时间，在面对面地见面之前互相观察和窥视。

他转过身来。她一动不动，仿佛是在等待。他赶紧走了过去，结结巴巴地说道："我多么爱您！我多么爱您！"她张开双臂，倒在他的怀里，然后抬起头来看他，他们抱吻了很长时间。

他心里想道："比我想象的还要容易。非常顺利。"他们的嘴唇分开后，他微笑着，一句话也不说，竭力在目光中倾注无限的爱。

她也微笑着，女人们用这种微笑来表达自己的欲望、默许和委身的愿望。她低声说道：

"家里只有我们俩。我把洛丽娜送到一位女友家去吃午饭了。"

他叹了口气，吻着她两只手腕：

"谢谢，我爱您。"

于是，她挽起他的胳膊，仿佛他就是她的丈夫，并一直走到长沙发前，跟他并排坐了下来。

他得巧妙地开始引人入胜的谈话。他无法随心所欲地开始谈话，只好结结巴巴地说道：

"那么，您没有怪我啰？"

她用手捂住他的嘴：

"别说话！"

他们默无一言地待在一起，他们的目光交织在一起，他们炽热的手握在一起。

"我多想得到您！"他说道。

她再次说道："别说话。"

可以听到女仆在隔壁餐厅里移动盘子的声音。

他站起身来：

"我不想离您这么近。我会把持不住自己。"

门打开了：

"夫人，可以用餐了。"

他神情严肃地让她挽起胳膊。

他们面对面地坐着吃饭，不断相视微笑，心里只想着他们二人，沉浸在恋情刚开始的甜蜜之中。他们嘴里吃着，却不知在吃什么。他察觉到一只小脚在桌子下面动来动去，就用双脚把它抓住，用力夹着，不让它逃走。

女仆进进出出，漫不经心地把菜端来，把空盘子拿走，仿佛什么也没有看到。

吃完饭后，他们回到客厅，又在长沙发上并排坐了下来。

他渐渐向她靠近，想把她抱在怀里。但她总是冷静地把他推开：

"您当心点，有人会进来的。"

他低声问道：

"我什么时候能跟您单独待在一起，对您说我多么爱您？"

她凑到他的耳边低声说道：

"这几天我到您家里去看您。"

他感到自己的脸红了：

"可是……我家里……十分简陋……"

她莞尔一笑：

"没关系。我去看的是您，不是您的房间。"

于是，他追问她什么时候来。她定了下个星期靠后的一天，他请求她把日期提前，说话结结巴巴，两眼闪闪发亮，抚弄揉捏着她的双手，满脸通红，受到欲望的折磨。男女单独在一起吃完饭后，就会产生这种迫切的欲望。

她看到他苦苦哀求，觉得有趣，就一次又一次地把日期提前一天。但他还是说："明天……您说……明天。"

她最后同意了他的要求：

"好吧。就明天。五点钟。"

他高兴得松了口气。他们低声聊了起来，样子亲热，仿佛是二十年的老朋友。

突然一声铃响，他们都吓了一跳，两人一下子分了开来。

她低声说道："一定是洛丽娜。"

女孩走了进来，愣了一下，停住了脚步，然后拍着小手朝杜洛瓦跑了过去，她看到了他，高兴极了。她叫道：

"啊！漂亮朋友！"

德·马雷尔夫人笑了起来：

"啊！漂亮朋友！洛丽娜给您起了个绰号！这个绰号不错，是对您友好的表示。我以后也叫您'漂亮朋友'！"

他让女孩坐在自己的腿上，跟她玩他教过她的各种游戏。

三点缺二十分时，他起身告辞，前往报社。走到楼梯时，他又对着没有完全关上的门低声说道："明天，五点钟。"

少妇回答道："是的。"然后微笑着关上门。

他干完一天的工作，就考虑如何布置房间，以接待他的情妇，并尽量掩盖住房的破旧。他想出一个办法，准备在墙上钉一些日本的小摆设，就花了五个法郎买了许多日本版画、小扇子和小屏风，把墙纸上过于明显的污迹遮住①。他在窗玻璃上贴了透明的画片，上面画着河上之舟、红霞飞鸟、阳台上穿花衣服的女士和雪原上一队队黑衣小人。

他的房间里只能放一张床和一张桌子、一把椅子，布置后很快就像彩绘灯笼的内壁那样漂亮。他看到效果令人满意，就花了一个晚上的时间，把剩下的彩色纸片上的鸟雀剪下来贴在天花板上。

然后，他躺下睡觉，觉得火车的汽笛声犹如催眠曲一般。

---

① 当时巴黎有许多日本小摆设，特别是木版画，当时的画家如莫奈、德加和凡·高对这种画很感兴趣。

第二天，他很早就回家了，从食品杂货店买来一袋糕点和一瓶马德拉①葡萄酒。回家后他又出去一次，买来两只盘子和两只酒杯。他在梳妆台肮脏的木桌上铺上毛巾，把点心放在上面，面盆和水罐则藏在梳妆台下面。

然后，他开始等待。

她是五点一刻左右来的。她看到花花绿绿的图画十分高兴，大声说道：

"瞧，您家里真好。就是楼梯上人太多。"

他把她抱在怀里，透过面纱，激动地吻着她帽子下面前额上的头发。

一个半小时之后，他把她送到罗马街上的出租马车站。他待她坐进了车厢，就低声说道："星期二，时间不变。"

她回答："时间不变，星期二。"由于天色已黑，她把他的脑袋拉进车门，吻他的嘴唇。她见车夫对马打了一鞭，就叫道："再

① 马德拉为葡属北大西洋岛屿，盛产葡萄酒。

见，漂亮朋友。"疲惫的白马快步拉着破旧的马车走了。

在三个星期的时间里，杜洛瓦就这样每隔两三天接待德·马雷尔夫人一次，有时在上午，有时在傍晚。

有一天下午，他正在等她，听到楼梯上有很响的嘈杂声，就走到门口察看。一个小孩又哭又叫。一个男人怒气冲冲地叫道："这小鬼怎么又哭了？"一个女人用尖厉的声音气愤地回答道："那个到楼上记者家去的臭婊子，在楼梯平台上把尼古拉给撞倒了。这种婊子对楼梯上的小孩也不当心，难道还应该让她们进来？"

杜洛瓦十分害怕，退回房间，因为他听到下面一层楼的楼梯上传来裙子的窸窣声和急促的脚步声。

他把门关好后，很快就有人来敲门。他把门打开，德·马雷尔夫人冲进房间，只见她气喘吁吁，慌慌张张，结结巴巴地说道：

"你听到了吗？"

他装作什么也不知道。

"没有。什么事？"

"你知道他们骂我多凶？"

"是谁？"

"住在下面的那些穷鬼。"

"没听见。是怎么回事？你给我说说，好吗？"

她抽抽噎噎地哭了起来，一句话也说不出来。

他只好替她脱掉帽子，解开鞋带，让她躺在床上，用湿布轻轻地拍她的太阳穴。她哭得透不过气来。后来，她的情绪稍为平静了一点，她的满腔怒火这才爆发出来。

她要他立刻下楼，跟那些人去打架，把他们通通杀掉。

他反复说道："他们是工人，是粗人。你想想，这样做就要上法庭，你就会被认出、逮捕，就会败坏名声。为这种人败坏名声，不值。"

她又想到另一个问题："现在怎么办呢？这里我不能再来了。"

他回答道："非常简单，我搬家。"

她低声说道："对，不过这要花很长时间。"后来，她突然想出一个办法，顿时恢复了平静：

"不，你听着，我有办法了，你让我来办，你什么也不用管。明天上午，我给你寄一张蓝纸片①。"

她说的"蓝纸片"，是在巴黎市内传送的封口快信。

她现在微笑着，对自己想出的办法十分高兴，但又不愿说出，就狂热地进行千百种爱情的戏耍。

但是，她在下楼时仍十分紧张，紧紧地靠在情人的胳膊上，两腿发软。

他们没遇到任何人。

第二天，他起来得很晚，将近十一点时还躺在床上，送快信的邮递员给他送来了她答应寄来的蓝纸片。

杜洛瓦拆开快信，只见上面写着：

---

① 原文为 petit bleu（蓝纸片），指的是当时的 pneu（气压传送信）。

　　下午五点请到君士坦丁堡街一百二十七号。请门房
打开杜洛瓦夫人租的套间。吻你。

克洛

　　五点整，他走进一幢带家具出租的公寓大楼，找到门房并
问道：

　　"杜洛瓦夫人是不是在这儿租了一套房间？"

　　"是的，先生。"

　　"请带我去，好吗？"

　　门房对这些微妙情形习以为常，知道必须小心行事。他盯着
杜洛瓦看了一眼，然后在一长串钥匙里寻找：

　　"您就是杜洛瓦先生？"

　　"正是。"

　　他打开一个小套间的门。套间有两个房间，位于底楼，就在
门房对面。

　　客厅的墙上贴着印有花枝图案的墙纸，厅里放着一套桃花心
木家具，面料均为绿底黄色图案的棱纹平布，地上铺着图案为花
卉的地毯，地毯很薄，脚踩在上面能感觉到下面的本质地板。

　　卧室很小，床占据了四分之三的地方。床靠里放，头尾抵着
墙，带家具出租的公寓里都是这种大床。周围挂着厚厚的蓝色帷
幔，也是棱纹平布做的，床上铺着一条红缎鸭绒被，上面沾有一
些可疑的污迹。

杜洛瓦既不安又不满，心里想道："这套房子得花掉我好多钱。我又要借钱了。她干的事真蠢。"

门开了，裙子发出一阵窸窣声，克洛蒂尔德张开双臂，像一阵风似的跑了进来。她欣喜若狂。

"这好不好，你说，这好不好？不用上楼，又临街，在底楼！你可以从窗子进出，不让门房看到。我们可以在里面亲热！"

他冷冷地抱吻了她，不敢把已到嘴边的问题提出来。

她把一个大包放在房间中央的独脚小圆桌上。她打开包，从里面拿出一块肥皂、一瓶吕班牌香水、一块海绵、一盒发夹、一个扣纽钩①和一把小烫发钳，每当她额头上的发绺弄乱了，就用烫发钳卷好。

她像玩耍般放置东西，为每件东西找个合适的地方，放得津津有味。

她把抽屉一一打开，并说道：

"我以后得带点衣服来，需要时可以替换多方便。如果我出去买东西时正好下大雨，我就可以在这儿换上干衣服。我们每人都拿一把钥匙，另外还有一把留在门房那里，以备我们忘了带钥匙时用。这房子我租了三个月，当然是用你的名字租的，因为我不能说出自己的名字。"

于是他说道：

---

① 扣纽钩是用来扣鞋上、手套上纽扣的一种工具。

"付房租时，你告诉我，好吗？"

她直爽地回答道：

"钱已经付了，亲爱的！"

他接着说道：

"那么，我欠了你这笔钱啰？"

"不，亲爱的，这跟你没关系，这笔钱是我愿意花的。"

他装出生气的样子：

"啊！那怎么行！我绝不答应。"

她走到他的面前，双手放在他肩上，恳求道：

"我求你了，乔治。我希望我们的窝属于我，只属于我一人，这样我就非常高兴。这样不会惹你生气吧？为什么要生气呢？我想在我们的爱情里加上这点东西。你说你同意了，我的小乔乔，你说你同意了，好吗？……"她用目光、嘴唇和整个身体哀求他。

他让她哀求，脸上显出生气的样子，表示绝不答应，后来他让了步，觉得这样也合情合理。

她走了之后，他搓着手低声说道："她还是很不错。"但他并没有深思他这一天为什么会有这种想法。

几天后，他又收到一张蓝纸片，上面写道：

我丈夫在外面视察了一个半月，今晚回家。我们得暂停一个星期。亲爱的，真是苦差事！

你的克洛

杜洛瓦愣住了。他真的已经忘记她是有夫之妇。他真想见见她的丈夫，认识一下，只见一次。

他耐心地等待她丈夫离去。他在牧羊女游乐场度过了两个晚上，每次都在拉谢尔家过夜。

一天早晨，他收到一封快信，上面写着六个字：

下午五点。克洛。

他们都提前到达。她怀着深情扑到他的怀里，热情地吻遍了他的脸，然后对他说：

"等我们痛痛快快地爱过之后，你带我到什么地方去吃顿晚饭，好吗？我自由了。"

那天正是月初，杜洛瓦的工资早已预支，他平日得东借西讨地凑合着过日子，但那天他身上正好有钱，所以很高兴能有机会为她花钱。

他回答道：

"好的，亲爱的，你要去哪儿，我就陪你去。"

将近七点时，他们走出公寓，来到环城大道。她紧紧地挽着他，在他耳边说道："你要知道，我挽着你的胳膊出去，感到你在我身边，有多么高兴！"

他问道：

"到拉杜伊勒老头饭馆①去，好吗？"

她回答道："哦！不要，那儿太优雅了。我想去有趣的普通饭店，就是职员和女工常去的饭馆。我喜欢到城郊的跳舞咖啡馆去玩玩！哦！我们能去乡下多好！"

他对本街区的这种咖啡馆并不熟悉，他们就沿着环城大道游荡，最后走进一家酒店，酒店设有单独的餐厅。透过玻璃，她看到两个没戴帽子的小姑娘跟两个军人面对面坐在桌旁。

三个出租马车夫正在这狭长的餐厅里面吃饭，还有一个人在抽烟斗，看不出他从事的是什么职业，只见他两腿伸直，双手插在裤腰带里，躺坐在椅子上，后仰的头靠在椅背的横档上。他的礼服像是在陈列各种污迹，口袋鼓得像大肚子，里面露出两个酒

---

① 拉杜伊勒老头饭馆是著名的花园饭馆，于 1793 年开店，位于克利希大街七号，旁边是印象派画家聚会的盖尔布瓦咖啡馆。马奈曾在一幅画上描绘这家饭馆无拘无束的优雅气氛。

瓶的瓶颈、一块面包、一包用报纸包着的东西和一段下垂的绳子。他的鬈发浓密而又杂乱，脏得变成灰色，他的鸭舌帽掉在他椅子下面的地上。

克洛蒂尔德穿着优雅，一进来就引人注目。两对男女不再窃窃私语，三个马车夫停止争论，抽烟斗的人把烟斗从嘴里拿出，朝前面吐了口痰，稍稍转过头来观看。

德·马雷尔夫人低声说道："这儿真好。我们会很快活。下一次来，我要穿上女工的衣服。"她毫不拘束地在桌子前坐了下来，木桌面因食物的油污而变得发亮，上面还有泼出的饮料留下的污迹，而堂倌只是用抹布马马虎虎地擦一下，但她见了并不觉得难受。杜洛瓦有点拘束，也有点难为情，他想找衣钩挂他的礼帽，但没有找到，只好把它放在椅子上。

他们吃了一份蔬菜炖羊肉、一块羊腿肉和一盘生菜沙拉。克洛蒂尔德老是说："我喜欢这个，我是下等人的口味。我觉得在这儿要比在英国人咖啡馆①来得开心。"接着她又说："你要是想让我玩得痛快，就把我带到小酒店的舞厅去。我知道这儿附近有一家小酒店十分有趣，名叫'白王后'②。"

杜洛瓦很是意外，就问道：

"谁带你到那儿去过？"

---

① 英国人咖啡馆位于意大利人大道，离里什咖啡馆不远，就在马路对面的人行道上。
② 白王后酒店是大众酒店，这样的酒店在克利希城关周围有好几家。白王后酒店于1889年关门，并在此地建造了现在的红磨坊。

他看着她，看到她的脸红了，并且有点局促不安，仿佛这个突然提出的问题，在她心中唤起了一段不便启齿的回忆。对女人的这种犹豫只能猜测出来。她犹豫片刻后回答道："是个男友……"沉默片刻后又补充道："……已经死了。"

她低下脑袋，伤心得十分自然。杜洛瓦第一次想到这个女人过去的生活，他对此一无所知，就开始遐想起来。当然，她有过几个情人，但是哪种呢？是哪个阶层的呢？他不由对她产生一种模糊的嫉妒和敌意，因为在她的心中和生活中存在着他不知道的事情，存在着不属于他的东西。他看着她，对这个漂亮的藏着秘密的女人感到恼火。因为在此时此刻，她也许正在怀念一个或几个情人。他多么想弄清她的往事，并且要了解得一清二楚……

她又问了一次：

"把我带到白王后去，好吗？我们会像过节一样快活。"

他心里在想："哎！过去的事又算得了什么？我真傻，为这种事烦恼。"他微笑着回答道：

"当然好，亲爱的。"

他们走到街上后，她用说悄悄话的神秘语调低声说道：

"我以前一直不敢对你提出这样的要求，但你无法想象，我多么喜欢到那些女人不去、只有男人才去的地方去玩。在狂欢节的时候，我将穿上中学男生的服装。我穿上男生的服装肯定滑稽可笑。"

他们走到舞厅里面，她紧紧地倚靠着他，既害怕又高兴，对妓女和权杆儿看得出神。有时，她仿佛为了避免可能发生的危险，在看到神态严肃、一动不动地站着的保安警察时说道："这警察看上去真结实。"一刻钟后，她看够了，就叫他送她回家。

从此，那些老百姓寻欢作乐的不三不四的地方，他们都去玩了。杜洛瓦发现他的情妇非常喜欢像喝醉酒的大学生那样到处闲逛。

她通常来赴约时都身穿粗布连衣裙，头戴滑稽歌舞剧中侍女戴的无边软帽。她虽说竭力打扮得朴素大方，却仍然戴着戒指、手镯和钻石耳环，他请她把首饰拿下来时，她就说出这样的理由："没关系！别人会以为是人造钻石。"

她自以为伪装得十分巧妙，其实只是自欺欺人，就像鸵鸟把头钻进沙里。她就这样出入那些声名狼藉的小酒店。

她要杜洛瓦穿上工人的服装，但他执意不肯，仍像在林荫大道上散步的绅士，穿得衣冠楚楚，连把他的礼帽换成软毡帽也不同意。

对于他的固执己见，她用这样的理由来安慰自己："别人会以为我是女佣，交上了好运，遇到了社交界的年轻绅士。"她觉得这样的喜剧妙不可言。

他们就这样走到那些大众化小酒店熏黑的店堂里面，在旧木桌旁放不稳的椅子上坐了下来。店堂里弥漫着呛人的烟雾，夹杂着晚餐时残存的油炸鱼气味。几个穿工作服的男人喝着烧酒大声说话。堂倌把两杯樱桃酒放在他们面前，惊讶地看着这奇特的一对。

她浑身颤抖，既害怕又高兴，小口喝着红色果子酒，并用不安和发亮的眼睛环视四周。她吃下每一个樱桃，就觉得犯了个错误，把每一口灼热、辛辣的酒喝到喉咙里，就会产生强烈的快感，品尝到偷吃禁果的乐趣。

然后，她低声说道："咱们走吧。"于是，他们就走了。她低着头，走得很快，迈着女演员下场时的碎步，在喝酒的顾客中间走过，那些顾客把胳膊肘支在桌上，用怀疑和不满的目光看着她经过。她走到门外，长长地舒了口气，仿佛刚脱离可怕的险境。

有时，她哆嗦着对杜洛瓦问道：

"要是有人在这种地方骂我，你会怎么办？"

他勇敢地回答道：

"我当然会保护你！"

她高兴地紧紧抓住他的胳膊，心里产生模糊的欲望，希望被人辱骂后受到他的保护，希望看到男人们为她打架，甚至希望这些男人和她的心上人打起来。

但是，这种每星期进行两三次的外出，开始使杜洛瓦厌倦。另外，一段时间以来，他已经很难搞到支付车费和饮料费的半个路易。

现在，他生活特别拮据，比他在北线铁路办事处当职员时还要困难，因为他在当记者的头几个月里总以为第二天就能赚到大钱，所以花钱大手大脚，从来不算一算，结果把钱全部花完，也没有办法再搞到钱。

最简单的办法是向财务科借钱，但这个办法很快就不能用了，因为他已向报馆预支了四个月的工资和六百法郎的稿费。另外，他还欠福雷斯蒂埃一百法郎，欠借钱慷慨的雅克·里瓦尔三百法郎，此外还有许多说不出口的小笔债务，金额为二十法郎或一百个苏。

圣波坦虽说很有办法，但被问到能用什么办法再搞到一百法郎时，他也一筹莫展。杜洛瓦对这种囊空如洗的状况非常恼火，他现在的开销更大，所以更为窘迫。他心里对所有的人都在暗暗生气，为了一句话，为了一件鸡毛蒜皮的小事，他的怒火随时会爆发出来。

他有时心里在想，他没有大手大脚，也没有花天酒地，怎么会每月平均花费一千法郎。后来他算了一下，一顿午饭八个法郎，晚饭在林荫大道的一家大饭店里吃要花十二法郎，加起来就是一个路易，再加上在不知不觉中花掉的十来个法郎零用钱，总共就是三十法郎。一天花三十法郎，一个月就是九百法郎。这还不包括买衣服、鞋子和内衣以及洗衣等费用。

因此，到十二月十四日那天，他口袋里连一个子儿也没有了，脑子里也想不出弄到一点钱的办法。

于是，他就采用以前常用的办法，中午不吃饭，下午在报馆工作，心里憋着气，又忧心忡忡。

将近四点钟时，他收到情妇寄来的蓝纸片，上面写着："我们一起去吃晚饭，好吗？吃完饭去兜一圈。"

他立刻回信："吃晚饭不行。"随即他又想，放弃和她一起度过快乐的时光实在太傻，就加上一句："但是，我九点钟在我们的屋子里等你。"

为了节省寄快信的邮费，他派办公室的一个听差去送信，然后考虑用什么办法来解决晚饭问题。

到了七点钟，他还没有想出任何办法。他肚子饿得十分难受。于是，他只好采用迫不得已的办法。他见同事们一个接着一个地全部离去，只剩下他一个人，就马上摇了摇铃。老板的传达留下来看管各个办公室，听到铃声就走了过来。

杜洛瓦站在那儿，烦躁地在各个口袋里寻找，然后暴躁地说道：

"福卡尔，我把钱包忘在家里了，我要到卢森堡宫出席晚宴，请借给我五十个苏的车钱。"

传达从背心口袋里拿出三个法郎，并问道：

"杜洛瓦先生，够了吗？"

"行了，行了，足够了。谢谢。"

杜洛瓦拿了这些银币，跑下楼梯，到一家小饭店去吃晚饭，他没钱的时候就去这种饭店吃饭。

九点钟，他在小客厅里一面伸着脚烤火，一面等待情妇。

她冒着街上的寒风，兴冲冲地来了。

"你要是同意，"她说道，"我们先去转一圈，十一点钟再回到这里来。这样的天气很适合散步。"

他声音低沉地回答道：

"为什么要出去呢？在这儿很好嘛。"

她没有脱帽，接着说道：

"你要知道，今晚的月光好极了，去散散步真快乐。"

"也许是，但我不想散步。"

他说这话时像在生气。她感到惊讶和不快，就问道：

"你怎么啦？你干吗做出这种样子？我想去转一圈，我看不出这事怎么惹你生气了。"

他怒气冲冲地站了起来。

"我不是生气，我是烦恼。就是这样！"

她这种女人，看到别人顶撞就生气，看到别人无礼就发怒。

她非常生气，显出倨傲的样子，冷冷地说道：

"我不喜欢别人这样对我说话。那么，我就一个人出去，再见！"

他知道情况严重，就赶紧朝她跑过去，握住她的双手亲吻，并结结巴巴地说道：

"请原谅我，亲爱的，请原谅我。今天晚上我心里很烦，动不动就发脾气，我不开心是因为工作上的事情。"

她的气消了一点，但还没有完全消除，就回答道：

"这与我无关。你别把气出在我身上。"

他把她抱在怀里，拉着她走到长沙发旁边：

"你听着，我的宝贝，我不想让你不高兴，刚才的话我是随口说出，没有仔细考虑过。"

他硬叫她坐在沙发上，自己则跪在她的面前：

"你原谅我了吗？你对我说，你原谅我了。"

她冷冷地低声说道："好吧，但你下次不要这样。"

她站起身来，补充道："现在，我们出去转一圈。"

他仍然跪在地上，用手抱住她的双腿，结结巴巴地说道：

"我求求你，咱们待在这儿吧。我求你了。你答应我吧。今晚我多想跟你单独待在一起，待在火炉旁边。你说声'好的'，我求求你，你说声'好的'。"

她清晰而又生硬地回答道：

"不。我一定要出去，你这是心血来潮，我绝不会同意。"

他坚持己见：

"我求求你，我是有原因的，有个十分重要的原因……"

她再次说道：

"不。你要是不想陪我出去，我就走了。再见。"

她从他的手里挣脱出来，走到门口。他朝她奔了过去，把她抱在怀里：

"你听着，克洛，我的小克洛，你听着，你答应我吧……"她没有回答，摇了摇头，表示不同意。她不让他亲吻，竭力从他的怀抱里挣脱出来，想要出去。

他吞吞吐吐地说道：

"克洛，我的小克洛，我是有原因的。"

她停了下来，看着他的脸：

"你在撒谎……什么原因？"

他的脸红了，不知该说什么。她十分气愤，接着说道：

"你知道自己在撒谎……不要脸的东西……"她含着眼泪，拼命一挣，从他的怀里挣脱出来。

他再次抱住她的肩膀，心里难受，准备把实情都说出来，以免关系破裂。他用绝望的声音说道：

"因为我身无分文……就是这样。"

她停了下来，盯着他看，想从他的目光中看出他说的是否是真话：

"你说什么？"

他面红耳赤："我是说我身无分文。你知道吗？连二十个苏、十个苏也没有。我们走进咖啡馆，我连付一杯黑茶藨子酒的钱也没有。你非要我说出这种丢脸的事。我不能陪你出去，等我们在咖啡馆里坐了下来，要了两杯饮料之后，我不能平静地对你说我没有钱付账……"

她仍然盯着他看：

"那么……这……是真的啰？"

他立刻把所有的口袋都翻了出来，裤子、背心和礼服的口袋全都翻了出来。他低声说道：

"瞧……现在……你满意了吗？"

她突然张开双臂，热情地跳起来搂住他的脖子，结结巴巴地说道：

"哦！我可怜的宝贝……我可怜的宝贝……我要是知道就好了！你怎么会弄成这样？"

她让他坐下来，自己则坐在他的腿上，然后搂住他的脖子，不断地吻他，吻他的小胡子，吻他的嘴，吻他的眼睛，并一定要他说出他怎么会这样拮据。

他编造了一个动人的故事。他说他父亲经济困难，他只好解囊相助。他不但把自己的全部积蓄都给了父亲，而且还欠了许多债。

他补充道：

"我至少有半年时间要忍饥挨饿，因为我已经没有钱了。算了，生活中难免有困难的时候。总之，人不值得为钱而烦恼。"

她在他耳边低声说道：

"我借给你一些钱，好吗？"

他严肃地说道：

"你真好，我的宝贝，但我们别再谈这事了，我求求你。你再说我会不高兴的。"

她不说了。然后，她搂住他，低声说道：

"你绝不会知道我是多么爱你。"

那天，他们如胶似漆地度过了销魂的夜晚。

临走时，她微笑着说道：

"嗯！一个人处于你这种状况，要是发现口袋里还有忘记用掉的钱，发现里面掉进了一个硬币，那就有意思了。"

他肯定地回答道：

"啊！那当然啰。"

她说月色很好，想要步行回家。她看着月亮，像是着了迷一样。

那时正值初冬，夜里寒冷而又晴朗。行人和马匹在刺骨的寒气中匆匆而过。人行道上响起皮鞭的声音。

她跟他分手时问道：

"咱们后天再见，好吗？"

"当然好。"

"时间不变？"

"时间不变。"

"再见，亲爱的。"

他们亲热地吻别。

他迈着大步往回走，心里在想明天要想出什么办法才能混过去。他打开房门，在背心的口袋里找火柴，却摸到一个硬币，十分惊讶。

他点好灯，立刻把硬币拿出来看。是一枚二十法郎的金路易！

他傻眼了，开始思考起来。

他翻来覆去地察看金币，心里想它怎么会意想不到地出现在他的口袋里。它是不可能从天上掉进去的。

突然，他猜到了，怒不可遏。确实，他的情妇刚才谈到掉进口袋里的硬币，说人在穷困的时候会遇到这种情况。这钱是她给的。真丢脸！

他气愤地骂道："好！后天我来接待她！到时候要她好看！"

他上床睡觉时十分生气，感到受了侮辱。

他很晚才醒来，觉得肚子饿了。他想再睡一觉，睡到下午两点才起来。后来他想："这样也无济于事。我总得再弄到点钱。"于是，他走了出去，希望到街上能想出办法。

办法没有想出来，但经过每家饭店时，吃饭的强烈欲望使他垂涎三尺。到中午，他还没有想出任何办法，就突然做出决定："算了！我就用克洛蒂尔德给的二十法郎去吃饭。反正我要到明天再把钱还给她。"

于是，他花了二法郎五十生丁，在一家饭店吃了午饭。走进报馆后，他把三个法郎还给了传达。"给，福卡尔，这是你昨晚借给我的车钱。"

他一直工作到晚上七点。然后他去吃了晚饭，在这笔钱中又

花了三个法郎。他晚上喝了两杯啤酒，这样，他那天共花掉九法郎三十生丁。

但他在二十四小时内既不能借到钱，又不能弄到钱，所以第二天他又在应该在那天晚上还的二十法郎中用掉六法郎五十生丁。这样，他去约会时，口袋里只剩下四法郎二十生丁了。

他的情绪如同疯狗，他下定决心要立刻把事情说清楚。他要对情妇说："你要知道，我发现了你那天放在我口袋里的二十法郎。这钱我今天不能还给你，因为我的情况没有好转，我也没有时间去考虑钱的问题。但我在下次见面时一定把钱还给你。"

她来了之后温柔而又殷勤，并且小心翼翼：他将怎样来接待她呢？她长时间抱吻他，以免一见面就进行解释。

而他心里在想："待会儿有充分的时间来谈这个问题。我要见机行事。"

但这晚他没有找到机会，这个微妙的话题一拖再拖，所以什么也没说。

她也没说要出去，整晚都极为迷人。

他们在将近午夜时才分开，约定到下星期三再见面，因为德·马雷尔夫人好几个晚上在外面有饭局。

第二天，杜洛瓦吃完午饭付钱时，去找他剩下的四个硬币，却发现硬币有五个，其中一个是金币。

起初他以为昨天店里弄错了，把二十法郎的金币找给了他，但他后来明白了，心里怦怦直跳。因为老是受人施舍，他觉得丢脸。

他十分后悔当时什么也没说！要是他说话强硬，这种事就不会发生了。

在四天的时间里，他千方百计想弄到五个路易，但都白费力气，最后把克洛蒂尔德的第二个路易也用掉了。

他板着脸对她说："你要知道，别再开前几天晚上的那种玩笑了，因为我会生气的。"虽然如此，她在下一次见面时，仍设法在他的裤子口袋里塞进了二十法郎的硬币。

他发现了这钱，骂了声"他妈的！"就把钱放到背心的口袋里，以便一伸手就能拿到，因为他连一个生丁也没有了。

他这样安慰自己："我会把这些钱一起还给她的。这就算是向她借的。"

在他的苦苦哀求下，报馆的出纳最终同意每天给他一百个苏。这些钱正好够他吃饭，但不能使他凑齐六十法郎。

然而，克洛蒂尔德再次游兴大发，晚上要到巴黎所有不正派的地方去玩。他在他们冒险般的散步之后总会发现一枚金币，有时出现在他的一个口袋里，有时在他的鞋里，有时在他的表盒里，后来他也不那么生气了。

既然他目前无法满足她的某些欲望，那就让她自己花钱去买，而不是忍痛割爱，这样做不是理所当然吗？

另外，他把她给的钱都记了账，以便有朝一日还给她。

一天晚上，她对他说："你相信吗，我从没有去过牧羊女游乐场。你带我去那儿，好吗？"他犹豫了一下，因为他担心见到拉谢尔。然后他又想："别管她！我反正没有结婚。要是她看到我，也能看出我的处境，就不会跟我说话。另外，我们坐的是包厢。"

他这样决定还有一个原因：他很高兴利用这个机会请德·马雷尔夫人免费在游乐场的包厢里观看演出。这是对她的一种报答。

他让克洛蒂尔德待在马车里，自己先去拿票子，以免让她看到票子是游乐场送的，然后再回来接她。他们进场时，检票员都对他们施礼。

环形走廊里挤满了人。他们花了很大的力气才从嘈杂的男人和游荡的女人中间挤了过去。最后，他们找到了自己的包厢，在里面坐了下来，处于固定的乐池和走廊里的人流之间。

但是，德·马雷尔夫人不看向舞台，而是只注意在她背后走来走去的那些妓女。她不时回过头去看她们，渴望触碰她们，摸摸她们的上衣、面颊和头发，好弄清她们到底是怎样的人。

她突然说道：

"有一个胖胖的棕发女郎一直在盯着我们看。我还以为她要跟我们说话。你看到了吗？"

他回答道："没有。你大概弄错了。"其实他早已看到了她。她就是拉谢尔，在他们周围走来走去，只见她怒目圆睁，嘴里骂骂咧咧。

刚才，杜洛瓦在穿过人群时和她擦肩而过，她低声对他说"你好"，还使了个眼色，意思是说："我明白。"但他担心被情妇看到，就冷淡地昂首而过，还轻蔑地噘着嘴。这个妓女心里酸溜溜的，就转过身来，再次走到他的身边，用更响亮的声音说道："你好，乔治。"

他还是没有理睬。于是，她来了劲儿，非要他像熟人那样跟她打个招呼。她不断在包厢后面走来走去，等待合适的时机。

她发现德·马雷尔夫人在看着她，就立刻用手指戳了一下杜洛瓦的肩膀：

"你好。近来好吗？"

但他没有回头。

她接着说道：

"怎么？你过了星期四就变成聋子了？"

他没有回答，装出看不起的样子，不屑跟这个坏女人说话，以免败坏自己的名声。

她笑了起来，笑得像疯子一样，并且说道："你难道真的变成了哑巴？也许是这位夫人把你的舌头给咬掉了？"

他火冒三丈，气呼呼地说道：

"是谁让你说话的？你给我滚开，否则我就叫人把你抓起来。"

她两眼冒火，挺起胸脯骂道：

"啊！是这样！你去叫人呀，不要脸的东西！你跟一个女人睡过觉，见了面至少要打个招呼。今天你跟另一个女人在一起，就不认识我了，真是不讲道理。刚才我在你身边走过，你只要跟我打个招呼，我就不会来打扰你。但你架子十足，那你就等着，我

会找你算账的！啊！我遇到你，你连个招呼也不打……”

她还要没完没了地骂下去，但德·马雷尔夫人已打开包厢的门，跑了出去，穿过人群，发疯似的寻找出口。

杜洛瓦跟在她后面跑了出去，竭力想追上她。

拉谢尔看到他们逃走了，就得意扬扬地叫道：

“抓住她！抓住她！她偷了我的情人。”

观众纷纷笑了起来。两位先生想开开玩笑，就抓住逃跑的女人的肩膀，想把她带走，并企图亲吻她。但杜洛瓦及时赶到，拼命把她救了出来，跟她一起跑到街上。

她迅速跳上一辆停在游乐场门口无人乘的出租马车。他跟在她后面跳了上去。车夫问道：“去哪儿，先生？”他回答道：“你要去哪儿就去哪儿。”

马车慢慢地走了，在石块铺砌的路面上摇摇晃晃。克洛蒂尔德情绪激动，用双手捂着脸，喘不过气来，一句话也说不出。杜洛瓦不知道该怎么办，也不知道说什么是好。

后来，他听到她在哭，就结结巴巴地说道："你听着，克洛，我的小克洛，你听我解释！这不是我的错……那个女人是我以前认识的……是在刚来的时候……"

她突然把双手从脸上拿开，热恋的女人发现自己被情人欺骗时的愤怒让她又能说出话来。她说得很快，句子断断续续，含糊不清地喘着气说道："啊！……坏蛋……坏蛋……你真下流……怎么会这样？……真丢脸……哦！天哪！……真丢脸！……"

后来，她想得越来越清楚，也悟出了其中的可疑，就越来越生气："你是用我的钱来养她，是吗？……我的钱给了她……给了这个妓女……哦！坏蛋！……"

她顿了一下，仿佛在寻找更厉害的骂人话，但她又想不出来。突然，她像吐痰那样骂了出来："哦！……猪……猪……猪……你用我的钱来养她……猪……猪！……"

她再也想不出别的骂人话，就重复道："猪……猪……"

突然，她探身到车外，抓住车夫的袖子，"停车！"然后打开车门，跳到街上。

乔治想跟着她跳下去，但她叫道："我不准你下来！"她叫得很响，行人都走过来围观。杜洛瓦怕她大吵大闹，不敢动弹。

她从口袋里拿出钱包，在路灯的光线下寻找零钱。她拿出二法郎五十生丁，放在车夫的手里，用颤抖的声音对他说道：

"给……这是车钱……我来付……替我把这个坏蛋送到布尔索街，在巴蒂尼奥勒火车站那儿。"

围观的人群发出快活的笑声。一位先生说道："干得漂亮，小妞！"一个小流氓走到马车的两个车轮中间，把头伸进打开的车门，用极尖的声音叫道："晚安，宝贝！"

马车又动了，车后是一片笑声。

六

第二天，乔治·杜洛瓦醒来时感到忧伤。

他慢慢穿好衣服，在窗前坐下，开始思考。他觉得全身酸痛，仿佛前一天曾被人用棍子痛打了一顿。

最后，他觉得必须弄到点钱，就首先前往福雷斯蒂埃家。

他的朋友正伸着双脚在书房里烤火，接待了他。

"你怎么起得这么早？"

"有一件非常重要的事情。我欠了一笔债，关系到我的名誉。"

"是赌债？"

他犹豫了片刻才承认：

"是赌债。"

"数目大吗？"

"五百法郎！"

实际上他只欠了二百八十法郎。

福雷斯蒂埃怀疑地问道：

"是欠谁的债？"

杜洛瓦不能立刻回答。

"……是欠……欠……欠一位德·卡尔勒维尔先生的。"

"啊！他住在什么地方？"

"在……在……"

福雷斯蒂埃笑了起来："在子虚乌有街，对吗？我认识这位先生，亲爱的。如果你要二十法郎，我还可以借给你，但再多就没有了。"

杜洛瓦拿了借给他的金币。

然后，他挨家挨户来到所有熟人的家里，将近下午五点时，他总共借到八十法郎。

他还缺二百法郎，就只好死了心。他把借到的钱留着，低声说道："算了，我别去为这个婊子烦恼。我等凑足了钱再还给她。"

半个月里，他省吃俭用，过着循规蹈矩的生活，决心这样过下去。但到后来，他又欲火中烧。他仿佛好几年没有抱过女人一样，看到任何女人，都会激动得如痴似狂，如同重新看到陆地的水手。

因此，一天晚上，他又去了牧羊女游乐场，希望在那里找到拉谢尔。他一进去就看到了她，因为她几乎总是在游乐场里。

他伸出手，微笑着朝她走去。她从头到脚把他打量了一番：

"您找我干吗？"

他装出笑脸：

"得了，别装腔作势了。"

但她转过身去，说道：

"我不跟绿背 ① 交往。"

她用了最厉害的骂人话。他热血上涌，面孔通红，只好独自回家。

福雷斯蒂埃身体有病，十分虚弱，一直在咳嗽。他在报馆里让杜洛瓦日子难过，总是挖空心思叫他干一些繁难的苦差事。有一天，他心里很烦，又咳了很长时间，咳得透不过气来，他见杜洛瓦没有给他搞到需要的消息，就埋怨道："见鬼，你比我想象的还要蠢。"

杜洛瓦真想打他耳光，但还是忍住了，在离开时自言自语道："我早晚会压你一头。"他脑子里迅速出现一个想法，补充道："我要让你戴绿帽子，老兄。"他对这个计划颇感得意，搓着手走了。

他打算从第二天起执行这个计划。他去拜访福雷斯蒂埃夫人，摸摸情况。

他进门时看到她正躺在长沙发上看书。

---

① 指衣服背部为绿色的杈杆儿。

她躺着没动，只是转过脸来，把手伸给他，说道："您好，漂亮朋友。"

他仿佛被人打了一记耳光："您为什么这样叫我？"

她微笑着回答道：

"上星期我见到了德·马雷尔夫人，知道了她家里给您起了什么绰号。"

他看到少妇显得和蔼可亲，就放下心来。另外，他又有什么可害怕的呢？

她接着说道：

"您把她给宠坏了！至于我嘛，别人都想不起来看看我。而且是绝无仅有。"

他在她旁边坐了下来，以好奇的目光看着她，如同收藏家在欣赏小型的艺术品。她十分迷人，一头柔软的金发，仿佛是为了让人抚摸才长出来的。他想道：她肯定比那个女人要好。他感到自己会马到成功，觉得她就像树上的果子，一伸手就能摘到。

他坚决地说道："我没来看您，是因为这样更好。"

她听不懂，就问道：

"怎么？为什么？"

"为什么？您没有猜到？"

"没有，一点也没有。"

"因为我爱上了您……哦！有一点，只有那么一点点……但我不想堕入情网……"

她没有显出惊讶的样子，也没有显得不快或高兴。她仍然若无其事地微笑着，平静地回答道：

"哦！您还是可以来的。谁爱我都不会长久。"

跟这句话相比，他对她说话的语调更加意外，就问道：

"为什么？"

"因为这是白费力气，我会立刻让人明白。您要是早点把自己的担心告诉我，我就会让您放心，并让您尽量早些来这儿。"

他用哀婉动人的声音大声说道：

"人要是这样，就能控制自己的感情！"

她朝他转过身来：

"亲爱的朋友，在我看来，一个恋爱的男人不能算是活人。他会变得愚蠢，不但愚蠢，而且危险。如果有人爱上了我，或者自以为爱上了我，我就不再跟他们保持密切的关系，因为他们首先使我厌烦，其次是因为我觉得他们像疯狗一样不可靠，随时都会发疯。因此，我对他们进行精神上的检疫隔离，直到他们痊愈。请您别忘记这点。我清楚地知道，你们的爱情就像一种食欲，而我的爱情恰恰相反，是一种……一种……心灵的沟通，而男人们是不相信这一点的。对于爱情，你们是只知其表，而我却知其实质。但是……请您正面看着我……"

她不再微笑，脸色平静而又冷淡，一个字一个字清楚地说出：

"我绝不会，永远不会成为您的情妇，您要知道。因此，如果您非要实现这种欲望，那就不仅白费力气，而且十分有害……

现在……话已经说清楚了……那就让我们交个朋友，成为好朋友，而且是赤诚相见的真正朋友，您说好吗？……"

他知道她的话犹如终审判决，任何努力都不会有丝亳结果。因此，他立即做出决定。他很高兴能在生活中有她这样一位同盟者，向她伸出了双手：

"我听候您的吩咐，夫人。"

她从声音中听出了他的诚意，也伸出了双手。

他依次吻了她的双手，然后抬起头，直爽地说道："唉，我以前要是遇到像您这样的女人，就会高兴地娶她为妻！"

这次她感动了，因为女人们爱听说到她们心坎里的恭维话。她听了这句话也很喜欢，迅速向他投以感激的目光，这种目光能使男人拜倒在女人的石榴裙下。

后来，她见他想不出话来改变话题，就用一个指头戳在他的手臂上，柔声柔气地对他说道：

"我现在立刻开始履行朋友的义务。亲爱的，您不大灵活……"

她犹豫了一下，问道：

"我可以直说吗？"

"可以。"

"直言不讳？"

"直言不讳。"

"那么，您该去看望瓦尔特夫人，她对您十分欣赏，您要博得她的欢心。您要设法去恭维她，虽说她为人正派，您要听清楚我的话，她十分正派。哦！别指望对她做出偷鸡摸狗的事情。您要是给人以良好的印象，就能得到更多的好处。我知道您在报馆里的地位还很低下。但您不必担心，他们接待所有的编辑都同样客气。您去吧，您要相信我的话。"

他微笑地说道："谢谢，您是个天使……是个守护天使。"然后，他们又聊了其他的事情。

他想要证明他喜欢待在她的身边，就待了很长时间。他在离开时又问道：

"说定了，咱们是朋友，对吗？"

"一言为定。"

他觉察到刚才的恭维话起了作用，就强调地补充道：

"如果您有朝一日当了寡妇，我就报名候补。"

说完，他拔腿就跑，让她来不及生气。

要去拜访瓦尔特夫人，杜洛瓦有点为难，因为他没有获准去看望她，他也不想贸然行事。老板对他很好，欣赏他的工作，有困难的工作总是派他去。他为什么不利用对他的宠信进入老板的家门呢？

因此，有一天，他起得很早，在开市时就赶到菜市场，花了十来个法郎买了二十来只上等的梨。他把梨放在筐里，用绳子仔细地捆好，看着像是从远方运来的，然后送交老板娘家的门房，并附上他的名片，上面写着：

乔治·杜洛瓦今晨收到诺曼底寄来的水果，请瓦尔特夫人笑纳。

第二天，他在报馆的信箱里收到一个信封，里面有瓦尔特夫人的名片，上面写着：

非常感谢乔治·杜洛瓦先生。我每星期六在家。

到了星期六，他登门拜访。

瓦尔特先生住在马尔泽布大道两幢连在一起的房子里，是房子的业主，其中一幢房子已出租，这是讲究实际的人省钱的办法。两幢房子只有一个门房，住在两个大门之间的地方，为业主和房客拉铃通报有人来访。他身穿类似教堂助理的漂亮制服，白色的长袜裹着胖胖的腿肚子，制服上饰有金色的纽扣和猩红色的翻领，使这两个大门都具有富家公馆的堂皇气派。

客厅在二楼，客厅前为候见室，室内饰有挂毯，门上均有门帘。两个仆人坐在椅子上打盹。其中一个接过杜洛瓦的大衣，另一个接过他的手杖，并抢先几步，打开一扇门，然后闪在一边，让客人进去，又对着一个空无一人的套间大声通报客人的姓名。

年轻人局促不安，他从一面镜子里看到有几个人坐着，但好像在很远的地方，就四处张望。他开始时弄错了方向，因为镜子使他看走了眼，随后他穿过两个空无一人的客厅，走进一间贵妇用的小客厅，只见墙上饰有蓝底金花蕾的丝织品，四位女士坐在圆桌旁低声谈话，桌上放着几杯茶。

杜洛瓦在巴黎住了几年，现在又当了记者，经常接触名流，十分自信，但他见到进门时的排场，穿过了几个无人的客厅，又觉得有点胆怯。

他结结巴巴地说道："夫人，我十分冒昧……"同时用目光寻找女主人。

她向他伸出了手，他俯身握住。她对他说："先生，您来看我，真是太好了。"她指着一把椅子请他坐下。他以为椅子很高，结果坐下时几乎摔倒。

大家都不说话。一位女士先开了口，说天气冷得厉害，但还不够冷，不能阻止伤寒病流行，也不能滑冰。每个女士都对巴黎进入霜冻期发表了意见。然后，她们谈了自己喜欢哪个季节，举出的理由都平淡无奇，犹如房间里的灰尘不值得注意。

门轻轻地响了一下，杜洛瓦不由转过头去，他透过两块没有镀锡的玻璃，看到一位胖胖的女士走了进来。她走进小客厅后，一位女客立刻站了起来，跟大家握手告辞。年轻人目送她穿过其他客厅，看到她黑衣服背部的墨玉珠在闪闪发亮。

人来人去，忙乱片刻，又静了下来。大家立刻自动改变话题，谈起摩洛哥问题和东方国家的战争，还谈到英国在南非遇到的麻烦。

这几位女士凭记忆来谈论这些事情，犹如在背诵一出经常排练、合乎礼仪的社交界喜剧。

又来了一个客人，是个金发拳曲的矮小女子。她来了之后，一个又高又瘦的中年妇女起身告辞。

大家谈起了利内先生进入法兰西文学院的可能性。新来的女士坚信他会败在卡巴农－勒巴先生手下，后者曾把《堂吉诃德》改编成优美的法语诗剧。

"今年冬天，这部诗剧将在奥德翁剧院上演，你们知道吗？"

"啊！确实如此。我一定去看这部改编得文学味十足的剧作。"

瓦尔特夫人回答得十分优雅，态度平静而又超脱，对她要说的话从不犹豫不决，因为她总是胸有成竹。

她发现天色已黑，就摇铃叫下人掌灯。她一面听大家叽叽喳喳地谈话，一面在想她忘了去石印店印制下次晚宴的请帖。

她有点胖，但仍然漂亮，处于即将人老珠黄的危险年龄。她能保持秀美的容貌，全靠精心保养，小心呵护，注意卫生和使用护肤品、化妆品。她对任何事情都处理得恰如其分，显得稳重而又通情达理，她这种女人的思想跟法式花园一样井井有条，其中没有出人意料的地方，却不乏妩媚之处。她头脑清醒，有着敏锐、审慎和可靠的理智，不会想入非非。她还心地善良，为人忠厚，对所有的人和事都能做到心平气和、宽宏大量。

杜洛瓦一言不发，别人也没有跟他说话，他显得有点拘谨，这些女士仍在谈法兰西文学院的事，她们喜欢这个话题，总要谈很长时间。她看到这种情况，就问道：

"杜洛瓦先生，您了解的情况应该比别人多，您喜欢谁当选呢？"

他毫不犹豫地回答道：

"在这个问题上，夫人，我从不去考虑那些候选人的优点，因为对他们的优点，总是有人提出异议，我考虑的是他们的年龄和健康状况。我不会去问他们有什么头衔，而是去问他们有什么疾病。我不会去了解他们是否曾把洛普·德·维加①的作品译成韵文，但会去打听他们的肝脏、心脏、肾脏和脊髓的状况。在我看来，肥胖症、蛋白尿特别是初期脊髓痨要比研究柏柏尔人②诗歌中祖国概念的四十部天花乱坠的著作重要一百倍。"

听了这番议论，在座的人都惊讶得说不出话来。

瓦尔特夫人微笑着问道："为什么呢？"

他回答道："因为我只去打听能使女士们高兴的事情。然而，夫人，法兰西文学院真正能使你们感兴趣，是在一位院士去世的时候。院士死得越多，你们就越是高兴。但要让他们死得快一点，就得是那些老头和病人当选。"

他见大家仍有点惊讶，就补充道：

"实际上我跟你们一样，也很喜欢在巴黎新闻栏中看到某个法

---

① 维加 (1562—1635)，西班牙剧作家、诗人。一生创作剧本一千五百余部，现存四百余部，戏剧代表作有《羊泉村》《克里特的迷宫》《亚历山大的伟绩》等，打破了古典戏剧的三一律，对西班牙民族戏剧的发展影响很大。诗集有《诗韵集》《神圣诗韵集》《精神谣曲》等。他还著有诗体论著《当代写作喜剧的新艺术》、田园小说《阿卡迪亚》等。
② 柏柏尔人为北非土著，散居于摩洛哥、阿尔及利亚、突尼斯、利比亚和埃及的部落里。

兰西文学院院士去世的消息，并且立刻会想：'由谁来接替他？'接着自己排起了名单。这是一种游戏，每当一位不朽者① 去世时，巴黎的所有沙龙都玩这种十分有趣的游戏，并称之为'死神和四十个老头的游戏'。"

这些女士虽然还有点困惑，但已露出笑容，因为他的看法很准确。

他站起身来，做出了结论："女士们，是你们在任命院士，但你们任命他们只是为了看到他们去世。因此，你们要挑选年老的当院士，要非常老，越老越好，这样，剩下的事你们就不用去操心了。"

说完，他十分潇洒地走了。

他刚走，一位女士就说道："这小伙子很有趣。他是谁？"

瓦尔特夫人回答道："是我们的一位编辑。他现在在报馆里的工作还不大起眼，但我相信他很快会青云直上。"

杜洛瓦迈着舞步，高兴地走到马尔泽布大街上。他对自己的退场扬扬得意，低声说道："良好的开端。"

那天晚上，他跟拉谢尔言归于好。

下一个星期他双喜临门。一是他被任命为社会新闻栏② 负责人，二是他应邀去瓦尔特夫人家吃晚饭。他立刻看出这两件事之间的

---

① 即法兰西文学院院士。
② 社会新闻栏是重要栏目，设在报纸头版，在头条文章的后面，是对政治、艺术、社交、体育等各种事件的评论，可说是每天的历史，是巴黎人谈话的话题。

联系。

《法兰西生活报》主要是一份营利性报纸，因为老板爱财如命，办报纸和当议员不过是他赚钱的方法。他笑里藏刀，表面上正人君子，实际上阴险狡诈，他不管要做什么事情，都指派经他试探、考验、考察并认为狡诈、大胆和灵活的人去做。他任命杜洛瓦为社会新闻栏负责人，是因为他觉得这小伙子是个人才。

在此之前，这个职务由编辑部秘书布瓦勒纳尔先生担任。此人是老记者，为人正派，办事认真，像小职员那样谨小慎微。三十年来，他在十一家报馆里当过编辑部秘书，但办事的方式和观察事物的方式没有丝毫改变。他离开一个编辑部来到另一个编辑部，如同换个饭店吃饭，几乎没有发现菜肴的味道并非完全相同。他对政治主张和宗教信仰感到陌生。他不论在哪家报馆工作都忠心耿耿，而且办事内行，经验丰富。他工作时像瞎子那样视

而不见，像聋子那样听而不闻，像哑巴那样默无一言。但是，他恪守职业道德，对于从职业角度来看是不正派、不合法和不正确的事情，他是绝不会去干的。

瓦尔特先生欣赏他，但还是常常希望由另一个人来负责社会新闻栏，因为用他的话来说，这个专栏是报纸的脊髓。通过这个专栏，报纸可以发表新闻，散布谣言，并对公众和公债产生影响。在两次社交界晚会的报道之间，要善于不动声色地塞进重要的东西，并且要暗示而不是明言。必须用言外之意使人猜出你想说的意思，用辟谣的方法使谣言得以证实，或者用证实的方法使宣布的事实无人相信。在社会新闻栏中，必须使每个人每天都能在其中至少找到一行他感兴趣的文字，这样所有的人都会来看这个专栏。总之，所有的人和所有的事，各个阶层和各行各业，巴黎和外省、军队和画家、教士和大学、法官和交际花，都必须考虑到。

领导这个专栏和指挥记者组的人，应该时刻保持清醒的头脑，时刻严阵以待，并且要疑神疑鬼、深谋远虑、老奸巨猾、机警灵活、诡计多端，同时具有正确无误的嗅觉，能一眼看出伪造的新闻，能判断出什么事该讲，什么事该瞒，能猜出什么新闻会对公众产生影响，而在报道这条新闻时，他应该设法扩大其影响。

布瓦勒纳尔先生长期在报界工作，但不够沉着和灵活，特别是缺乏天生的狡诈，而这正是猜出老板每天的心思所必需的本领。

杜洛瓦将会把这个工作做得尽善尽美，他会大大加强报纸的编辑力量，用诺尔贝·德·瓦雷纳的话来说，让这份报纸"在公债的深水区和政治的浅滩上航行"。

《法兰西生活报》的策划者和真正的编辑是在报社社长发起或支持的投机买卖中获利的六名议员。在国民议会里他们被称为"瓦尔特帮",令众人羡慕,因为他们跟瓦尔特合伙赚钱,或通过他来赚钱。

政治编辑福雷斯蒂埃只是这些实业家的傀儡,是他们暗示的意图的执行者。他的那些重要文章是在他们授意下撰写的。他总是把文章拿到家里去写,据他说是为了安静。

为使报纸具有文学味和巴黎味,报馆聘请了两位风格不同的名作家,一位是雅克·里瓦尔,为时事栏撰稿;另一位是诺尔贝·德·瓦雷纳,写诗和故事,按照新派的说法,是写短篇小说。

另外,报社用低价聘请了几位评论家,分管艺术、绘画、音乐和戏剧,还请了一位负责刑事新闻的编辑和一位负责赛马新闻的编辑,这些人是从一大批什么事都肯干的雇佣文人中挑选出来的。笔名分别为"红裳女"和"玉手夫人"的两位社交界女士,则寄来有关社交界的小品文,讨论时装、高雅的生活、礼节、人情世故等问题,还披露那些贵妇人的隐私。

于是,《法兰西生活报》在所有这些人的操纵之下,"在深水区和浅滩上航行"。

杜洛瓦被任命为社会新闻栏负责人后十分高兴,这时又收到一张石印的请帖,上面写着:"瓦尔特先生和夫人于一月二十日星期四晚上设家宴,请杜洛瓦先生光临。"

他对这接踵而来的新的恩惠喜出望外，像吻情书那样狂吻请帖。然后他去找出纳讨论经费这个大问题。

社会新闻栏负责人一般都有个人预算，用来支付记者的费用和他们送来的新闻稿的稿酬。稿件的质量参差不齐，如同果农送到水果商贩那儿的水果。

刚上任时，报馆每月拨给杜洛瓦一千二百法郎，他准备把这笔钱的大部分留作自用。

在他的再三催促下，出纳给他预支了四百法郎。他起初确实想把欠德·马雷尔夫人的二百八十法郎先还掉，但他几乎立刻想到，这样他手头就只剩下一百二十法郎，而要搞好他新的工作，这点钱肯定不够用，于是他决定过一些时间再还债。

他花了两天忙自己的安置工作，在整个编辑部共用的房间里，他接管了一张独用的办公桌和几个放信函的柜子。他坐在房间的一头，而布瓦勒纳尔则坐在另一头。后者年纪虽大，头发却仍然乌黑，总是披落在稿子上面。

房间中央的长桌供外勤编辑使用，通常被当作长凳来坐，有人坐在桌沿把腿垂在桌边，有人则盘坐在桌子中央。有时五六个人盘坐在这张桌子上，锲而不舍地玩比尔包开，样子活像形象古怪的中国瓷人。

杜洛瓦最终也迷上了这种游戏，并且在圣波坦的指点下成为高手。

福雷斯蒂埃的病情越来越重，觉得最后买的那套用群岛的木

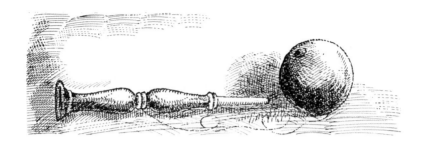

材做的漂亮的比尔包开分量太重，就交给杜洛瓦使用。杜洛瓦一边用有力的胳膊玩弄着这只用绳系着的大黑球，一边低声数着："一——二——三——四——五——六。"

他去瓦尔特夫人家吃晚饭那天，首次连续得了二十分。"真是个好日子，"他想道，"我鸿运高照。"因为在《法兰西生活报》的各个办公室里，玩比尔包开球技术高明，就能出人头地。

他很早就离开编辑部，好回家换衣服。他走到伦敦街时，看到前面有一个小个子女人在快步疾走，很像德·马雷尔夫人。他脸上发热，心怦怦直跳。他穿过马路去看那女人的侧面。她停了下来，也准备穿过马路。他发现看错了，这才松了口气。

他常常在想，他要是面对面遇到她，该怎么办呢？是跟她打招呼，还是装出没有看到她的样子？

"我是不会看到她的。"他想道。

天气很冷。路边的水结成厚厚一层冰。人行道十分干燥，在煤气路灯的光线下呈灰色。

年轻人回家后心里在想："我得换个住房。现在这样的住房已经不合适了。"他既烦躁又高兴，真想在屋顶上狂奔。他从床边走到窗口，不断大声说道："运气来了！是运气！我得给爸爸写信。"

他不时给父亲写信，他的每封信都给诺曼底的小酒店带来莫大的快乐。酒店位于公路旁高高的山坡上，从那里可以俯瞰鲁昂和广阔的塞纳河谷。

有时，他也会收到一只蓝色信封，上面的地址是用颤抖的大字写的。父亲来信的开头总是这么几句话：

"亲爱的儿子：

"来信是为了告诉你，我和你母亲一切都好。这里没有什么新闻。但我要告诉你……"

他心里很想知道村里的事情，如邻居的消息以及土地和收成的情况。

他在小镜子前系着白领带，心里不断在想："我明天得给爸爸写信。要是老人家看到我今晚去的那幢房子，一定会大吃一惊！唉，我待一会儿去吃的那顿晚饭，他以前可从未吃过。"他突然想起小酒店的厨房，厨房黑乎乎的，位于空荡荡的店堂后面，墙上挂着一排平底锅，发出暗淡的黄光，一只猫蹲在壁炉旁边，鼻子对着炉火，样子活像狮头、羊身、龙尾的吐火怪物，木桌因年代长久和泼洒的汁水而变得十分油腻，一碗汤在桌子中央冒着热气。在两只盘子之间，点着一支蜡烛。他仿佛看到一男一女，即他的父母，他们是动作迟钝的农民，正在小口喝汤。他知道他们苍老的脸上的每一条皱纹，以及他们胳膊和头部的每一个动作。他甚至知道他们每天晚上面对面吃晚饭时所说的话。

他还想道："我得回去看看他们了。"这时，他打扮完毕，就吹灭蜡烛，走下楼去。

他沿着环城大道走，不时有妓女走来和他搭讪。

他把胳膊一甩，对她们回答道："别来烦我！"他声音轻蔑，仿佛她们在侮辱他、看轻他……她们把他看作什么人了？这些婊子难道连人也分不清楚？他身穿黑礼服，到非常有钱、出名、重要的人物家里去吃晚饭，自觉已判若两人，成了真正的社交界绅士。

他十分自信地走进几个高大的青铜烛台照明的候见室，毫无拘束地把手杖和大衣交给迎上前来的两个仆人。

所有的客厅都灯火通明。瓦尔特夫人在第二个也是最大的客厅里接待来宾。她带着迷人的微笑来迎接他。他跟比他早到的菲尔曼先生和拉罗舍－马蒂厄先生握了手。这两个人是议员，也是《法兰西生活报》的匿名编辑。拉罗舍－马蒂厄先生在报馆里有着特殊的威望，因为他在国民议会有很大影响。大家都认为他有朝一日会当部长。

接着，福雷斯蒂埃夫妇来了。女的一身粉红，十分迷人。杜洛瓦看到她跟两位议员非常亲热，不由惊讶。她在壁炉旁跟拉罗舍－马蒂厄先生低声交谈了五分多钟。夏尔显得筋疲力尽。他一个月里瘦了很多。他不停地咳嗽，嘴里老是说："今年我得下决心到南方去过冬。"

诺尔贝·德·瓦雷纳和雅克·里瓦尔一起到来。接着，客厅里面的一扇门开了，瓦尔特先生走了进来，跟他一起进来的还有两个高大的姑娘，一丑一俊，年龄都在十六岁至十八岁之间。

杜洛瓦虽然知道老板有子女，这时仍大吃一惊。他从未想到过社长的女儿，犹如不去想永远不会去的遥远国度。另外，他以为她们年纪还小，而现在却看到她们已长大成人。现实和想象截然不同，使他有点心神不定。

介绍之后，她们先后向他伸出了手，然后在一张大概是专门留给她们的小桌旁坐了下来，开始在一个小柳条筐里翻动一大堆丝线筒管。

大家还在等余下的客人，都一声不吭，显得有点拘束，因为大家白天从事的工作不同，这时想的事情也不一样，在晚宴前就会出现此类情况。

杜洛瓦闲着无聊，就抬头朝墙上观看，瓦尔特先生显然想要夸耀自己的财产，远远地招呼他："您在看我的画？"

"我的"两个字说得特别响。"我来给您介绍。"说完，老板拿起一盏灯走来，使他能看清画的细部。

"这些是风景画。"他说道。

在护墙板中央，有一幅巨大的油画，作者是吉耶梅，画的是暴风雨将临时的诺曼底海滩。下面是哈皮涅斯[①]画的树林，然后是吉约梅画的阿尔及利亚的一个平原，地平线上有一只骆驼，腿长高大，活像一座奇特的建筑物[②]。

瓦尔特先生走到旁边的一面墙前，像司仪那样用严肃的声调宣布："伟大的绘画作品。"那里有四幅画：一是热尔韦克斯[③]的《医院探病》，二是巴斯蒂安－勒帕热[④]的《农妇收割》，三是布格罗[⑤]的《寡妇》，四是让－保罗·洛朗斯[⑥]的《行刑》。第四幅作品画的是旺代的一个教士背靠着教堂的墙壁站着，一排身穿蓝色军装的共和国士兵正对他执行枪决。

老板指着下面一块护墙板，严肃的脸上浮现出一丝微笑："这

---

① 哈皮涅斯(1819—1916)，法国风景画家。

② 瓦尔特显然对印象派一无所知。他拥有的风景画的画家是二流画家，但在当时很受欢迎。安托万·吉耶梅(1842—1918)谨慎地仿效柯罗、多比尼和库尔贝，因此画过"暴风雨将临时的诺曼底海滩"这类主题；画骆驼的是居斯塔夫·吉约梅(1840—1887)，他几乎一直在阿尔及利亚工作，专门画北非的风景，出过一本题为《阿尔及利亚绘画》的纪念画册。

③ 亨利·热尔韦克斯(1852—1929)，法国历史和风俗画家。他的《医院探病》使人想起两幅著名绘画：《佩安大夫在圣路易医院传授医术》(1887)和《在主宫医院解剖》(1876)。

④ 巴斯蒂安－勒帕热(1848—1884)，法国画家。

⑤ 布格罗(1825—1905)，法国画家，是19世纪上半叶法国学院派绘画重要的代表人物。

⑥ 让－保罗·洛朗斯(1838—1921)，法国历史画家，以描绘庄重、阴森的场景著称。

些是想象派的作品。"首先看到的是让·贝罗[1]的一幅小油画，名叫《上层和下层》。画中一位漂亮的巴黎女郎正走在一辆行驶中的有轨电车的楼梯上。她的脑袋出现在电车的上层，坐在上面的先生们看到这张年轻的脸蛋转向他们，显出贪婪而又满意的表情；而站在下层的男人们看着姑娘的大腿，表情各不相同，有的气愤，有的垂涎。

瓦尔特先生手里拿着灯，放荡地笑着，不断说道："嗯？有意思吗？有意思吗？"

然后，他说："这幅是兰伯特[2]的《救生》。"

画中有一张撤去餐具的桌子，一只小猫蹲在桌子中央，惊讶而困惑地注视着一只掉在水杯里将要淹死的苍蝇。猫的一只爪子已经抬起，准备迅速把苍蝇捞出来，但还没有打定主意，仍在犹豫不决。它该怎么办呢？

接着，老板指着德塔伊[3]的一幅画，名叫《上课》，画的是一个士兵在营房里教一只鬈毛狗击鼓，说："多风趣！"

杜洛瓦笑着表示同意，并赞叹不已：

"真妙！真妙！真……"

这时，德·马雷尔夫人走进客厅。他听到身后响起她的声音，

---

① 让·贝罗（1849—1935），法国画家，主要描绘社交界肖像和巴黎生活场景。

② 路易斯－尤金·兰伯特（1825—1900），法国画家。《救生》完全是朗贝尔的风格。他有许多画描绘猫，因此被称为"猫画家兰伯特"。

③ 爱德华·德塔伊（1848—1912），法国画家。他父亲是军队的供货商。他是军旅画家，主要作品有《白炮台》《梦》《尚皮尼战役》《马队平原骑行》等。

突然住了口。

老板继续用灯照着画，并一一进行解释。

现在，他指的是莫里斯·勒卢瓦①的水彩画《障碍》。画上一乘轿子停在街上，街道因两个平民百姓打架而堵塞，这两个人身强力壮，打起架来犹如大力士一般。一位美女把头伸出轿子的窗口观看。她看起来既不着急，也不害怕，对这两个粗人的打架还有点欣赏。

瓦尔特先生又说："我还有其他一些画，放在另一些房间里，但作者都不大出名，地位也不是很高。这里是我的方形展厅。现在我正在收购一些青年画家的作品。这些画家十分年轻，我把他们的作品存放在内室，等他们成名后再拿出来。"然后，他压低声音说道："现在是买画的大好时机。画家们快要饿死了。他们分文全无……"

但是，杜洛瓦视而不见，听而不闻。德·马雷尔夫人就在他的背后。他该怎么办呢？要是他跟她打招呼，她是会把头转过去不理睬他，还是会对他蛮横无理？但要是他不跟她打招呼，别人又会怎么想呢？

他心里想道："还是等一会儿再说吧。"他非常不安，一时间甚至想装出身体突然不适的样子，以便溜之大吉。

---

① 莫里斯·勒卢瓦（1853—1940），插图画家、戏剧及电影导演。他于1907年创办戏装史协会，于1920年把藏品赠给巴黎市，是戏装博物馆的初期展品。莫泊桑无疑把他跟他的哥哥路易（1843—1884）混为一谈，路易曾创办法国水彩画家协会。

墙上的画都已看完。老板把灯放回原处，去跟最后到的女客打招呼，杜洛瓦则独自把这些画从头再看一遍，仿佛他对这些画百看不厌。

他心乱如麻。该怎么办呢？他能听到众人说话的声音，知道谈话的内容。福雷斯蒂埃夫人叫他："喂，杜洛瓦先生。"他向她跑了过去。她要向他介绍一位女友，这位女友要举办一次晚会，很想在《法兰西生活报》的社会新闻栏里登一条消息。

他结结巴巴地说道："当然可以，夫人，当然可以……"

这时，德·马雷尔夫人就在他的身边。他不敢转身离开。

突然，他觉得自己精神错乱，因为她大声说道：

"您好，漂亮朋友。您难道不认识我了？"

他迅速转过身去，只见她站在他面前，面带微笑，眼睛里充满着快乐和友好的表情。她向他伸出了手。

他惶恐不安地握住她的手，担心她会耍弄阴谋诡计。她泰然自若地补充道：

"您现在怎样了？怎么看不到您了？"

他无法平静下来，结结巴巴地说道："我有许多事情，夫人，有许多事情要做。瓦尔特先生要我做一个新的工作，我忙得不可开交。"

她仍然盯着他看，在她的眼睛里，他只看到善意。她回答道："这我知道。但这不是忘记朋友的理由。"

这时，一个胖女人走了进来，他们俩就分开了。这个女人穿着袒胸露肩的衣服，胳膊红，脸颊也红，衣着和发型都极为讲究，走路时步履沉重，看到她走路的样子，就知道她大腿又粗又壮。

杜洛瓦见大家都对她十分敬重，就问福雷斯蒂埃夫人：

"这女人是谁？"

"是佩尔斯米尔子爵夫人，笔名'玉手夫人'。"

他感到惊讶，真想笑出声来：

"玉手夫人！玉手夫人！我还以为是像您那样的少妇呢！这难道是玉手夫人？啊！她真好！非常好！"

一个男仆在门口通报：

"夫人，晚餐准备好了。"

晚餐的饭菜十分平常，但吃得倒很快活。在这种晚餐上，大家无所不谈，但又仿佛什么也没说。杜洛瓦的一边坐着老板的长女，即丑陋的萝丝小姐，另一边坐着德·马雷尔夫人。夫人虽说神态自然，说话也像平时那样风趣，但杜洛瓦坐在她旁边仍有点局促。开始时他心神不定，十分拘束，犹豫不决，就像走了调的乐师。但到后来，他逐渐定下心来。他们的目光不断相遇，互相询问，他们眉来眼去，亲密得令人肉麻，就像过去一样。

突然，他觉察到桌子底下有什么东西轻轻碰了一下他的脚。他慢慢地把腿伸了过去，碰到了邻座的腿，但她并没有把腿缩回去。他们都没有说话，把脸转向坐在另一边的客人。

杜洛瓦的心怦怦直跳，把膝盖又靠过去一点。作为回答，对方也用膝盖轻轻地推了一下。这下他心里明白，他们已旧情复萌。

后来他们说了些什么？没什么要紧的话。但每当他们注视对方时，他们的嘴唇就会微微颤抖。

不过，年轻人想要讨好老板的千金，就不时跟她说上一句话。她回答时跟她母亲一样，对该说的话从不犹豫不决。

佩尔斯米尔子爵夫人坐在瓦尔特先生右边，摆出贵族夫人的架子。杜洛瓦看着她就好笑，就对德·马雷尔夫人低声问道：

"您是否认识笔名叫'红裳女'的那位？"

"当然认识，就是利瓦尔男爵夫人。"

"她是否也是这个模样？"

"不是，但一样滑稽。她瘦长个子，六十岁，头戴假鬈发，说话喜欢用英国腔，思想是王朝复辟时期的，穿着也是那个时期的式样。"

"这些耍笔杆子的怪人，是从什么地方给挖出来的？"

"贵族的遗老遗少，总是资产阶级暴发户收留的对象。"

"没有其他原因？"

"完全没有。"

接着，老板、两位议员、诺尔贝·德·瓦雷纳和雅克·里瓦尔开始讨论政治问题，一直讨论到吃餐后点心的时候。

大家都回到客厅之后，杜洛瓦又走到德·马雷尔夫人身边，盯着她看，想从她眼睛里看出她的心思：

"今晚您要不要我送您回去？"

"不要。"

"为什么？"

"因为我每次在这儿吃晚饭，都由我的邻居拉罗舍-马蒂厄先生把我送到家门口。"

"我什么时候再能见到您呢？"

"明天中午您到我家来吃饭。"

说了这些话，他们就分开了。

杜洛瓦觉得晚会乏味，没待多久就走了。下楼的时候，他赶上了比他先走一步的诺尔贝·德·瓦雷纳。老诗人挽起杜洛瓦的胳膊。他在报馆里不用担心别人会跟他竞争，他和杜洛瓦的工作又完全不同，所以他现在对这个年轻人就像祖父对孙子那样慈爱。

"那么，您陪我走一段路，好吗？"他说道。

杜洛瓦回答道："非常乐意，亲爱的老师。"

于是，他们沿着马尔泽布大道慢慢地往下走去。

那天夜里，巴黎几乎空无一人。这种寒冷的夜晚，好像比其他夜晚更为空旷，星星也显得更高，寒风仿佛带来了什么东西，是从比星星还要远的地方带来的。

起初，他们俩都没有说话。后来，杜洛瓦想找些话说，就先开了口：

"那位拉罗舍-马蒂厄先生看来非常聪明，也很有才学。"

老诗人低声问道："您真是这样看的？"

年轻人感到意外，犹豫地说道："是的。另外，他被认为是国民议会里最有才能的议员之一。"

"也许是。盲人国里独眼龙称王呗。您要知道，这些人都是庸才，因为他们的思想无法跨越金钱和政治这两堵墙。他们学究气十足，亲爱的，关于我们喜欢的事，跟他们却无话可谈。他们的聪明被埋在淤泥里面，确切地说是在粪池底下，就像在阿尼埃尔的塞纳河那样。

"唉！思想开阔的人使你感到仿佛站在海边，自由自在地呼吸着来自大海的空气，可要找到这样的人谈何容易。这样的人我倒认识几个，但都已不在人世①。"

诺尔贝·德·瓦雷纳说话时声音清晰，但有所克制，要是他放声说话，他的声音会在静谧的夜晚鸣响。他显得又激动，又忧心忡忡，这种忧伤有时降临人的心灵，会使其微微颤动，犹如冰封的大地一样。

他接着说道："不过，既然万事到头终归空，才能多一点或少一点，又有什么关系呢？"

他不作声了。这天晚上，杜洛瓦心里高兴，就微笑着说道：

"今天您闷闷不乐，亲爱的老师。"

诗人回答道：

"我一向如此，孩子。几年以后，您也会像我一样。人生就像山坡。人往上爬时，总是看着山顶，就心里高兴，但等您爬到上面，就会突然看到下坡以及终点，也就是死亡。人上坡时觉得

---

① 指福楼拜这样的人，至少莫泊桑是这样想的。

慢，下坡时就觉得快。在您这样的年龄，人是快活的，希望得到许多的东西，虽然总是得不到。在我这样的年龄，人已没有任何期望……只是在等待死亡。"

杜洛瓦笑了起来：

"哎，听到您的话，我的心也凉了。"

诺尔贝·德·瓦雷纳接着说道：

"不，今天您还不能理解我的意思，但您以后会想起我此刻对您说的话。

"您要知道，人总会有那么一天，就像大家说的那样，会笑不起来，而对许多人来说，这一天会来得很早，因为在人注视着的这一切后面会看到死亡。

"哦！死亡这个词，您恐怕还不知道其中的含义。在您这样的年龄，这个词毫无意义。但在我这样的年龄，这个词令人生畏。

"是的，人会突然理解它的含义，会无缘无故地开了窍，到那时，生活就完全变了样。十五年来，我一直感受着死亡的折磨，仿佛我身体里有一只啮齿动物在咬我。时间一个月又一个月、一个小时又一个小时地过去了，我逐渐感到它在毁坏我，就像毁坏即将倒塌的房屋。它把我弄得面目全非，连我自己也认不出来。三十岁时，我身强力壮，精神饱满，容光焕发，可现在，这些已荡然无存。我看到它把我的头发染成白色，但那么缓慢，慢得既巧妙又恶毒！它拿走了我绷紧的皮肤，拿走了我的肌肉和牙齿，拿走了我过去的整个身体，只给我留下绝望的灵魂，但这样的灵魂它也即将拿走。

"是的，它已把我一小块一小块地拿走，真是无赖！它以缓慢而又可怕的方式，一秒钟又一秒钟地完成了摧毁我身体的长期工作。现在，在我做的任何事情中，我都感到自己正在死亡。我每走一步路就离它更近，我的每个动作和每次呼吸都在加快它可恶的工作。呼吸、睡觉、吃喝、工作、梦想，我们所做的一切都是死亡。总之，生就是死！

"哦！这些您将来一定会知道！您只要考虑一刻钟就会明白。

"您在期待什么？爱情？再做几次爱，您就会变成阳痿。

"还期待什么？金钱？要钱干什么？供养女人？真是艳福不浅！大吃大喝，变成胖子，因痛风发作而整夜叫喊？

"还有呢？荣誉？既然已不能用爱情的形式来得到它，它又有何用？

"还有呢？最后总是死亡。

"现在，我看到它离我很近，往往想伸手把它推开。死亡覆盖大地，充满空间。我到处都看到它。路上被轧死的小动物，落叶，在一位朋友胡须里看到的一根白毛，这一切都使我心碎，都在对我叫喊：'这就是死亡！'

"我做的一切，我看到的一切，我吃的和喝的，我喜欢的一切，如皎洁的月光、初升的太阳、广阔的海洋和美丽的河流，还有夏夜沁人心脾的和风，全都给它搞砸了！"

他慢慢地走着，有点气喘，把心里的想法说了出来，几乎忘记有人在听他说话。

他接着说道："人死了绝不能复生，永远不能……人们保存着塑像的模子，有模子就能铸造出同样的塑像，但我的身体、面孔、思想和欲望永远不会再现。虽说世上会生出几百万、几十亿的人，他们在几个平方厘米的脸上，会长着跟我一样的鼻子、眼睛、前额、面颊和嘴巴，有着跟我一样的灵魂，但我不能死而复生。这些人不计其数，表面上大同小异，实际上完全不同，在他们身上，绝不会有我的任何特点。

"去依附什么？去向谁求救？我们能相信什么？

"所有的宗教都是愚蠢的，它们的道德幼稚可笑，它们的许诺自私自利，真是愚蠢之极。

"只有死亡才确定无疑。"

他停了下来，抓住杜洛瓦大衣领子的两只角，慢吞吞地说道：

"请想一想所有这些，年轻人，想上几天、几个月、几年，您对生活的看法就会改变。您要摆脱一切束缚，要做出超人的努力，在活着的时候摆脱您的躯体、利益、思想和整个人类，以便在其他地方观看，到那时您就会知道，浪漫主义和自然主义的争论是多么微不足道，讨论财政预算又是多么无关紧要。"

他又走了起来，并加快脚步。

"但是，您也会像绝望者那样感受到可怕的忧伤。您会在变幻莫测的环境中进行疯狂的挣扎，就像即将淹死的人那样。您会向四面八方叫喊'救命'，但没有人会理睬您。您伸出双臂，呼唤别人，让别人帮助您，爱您，安慰您，救您！但没有人会来。

"我们为什么会这样痛苦？因为我们出生后要过的主要是物质生活，而不是精神生活。但是，我们思考的结果，是我们的智力增长，而我们的生活条件却始终不变，两者间就出现了比例失调。

"您看看那些凡夫俗子，只要没有大难临头，他们就心满意足，不会因世上的不幸而痛苦。对这种不幸，野兽也没有任何感觉。"

他又停了下来，考虑了几秒钟的时间，然后显出厌倦和听天由命的样子：

"我已经完了。我没有父母，没有兄弟姐妹，没有妻子孩子，也没有天主。"

沉默片刻之后，他补充道："我只有诗韵。"

接着，他仰面苍穹，对着苍白的满月朗读道：

> 天色漆黑，月色暗淡，
>
> 我在苍穹寻找这难题的答案。

他们走到协和桥，过桥时两人默无一言，然后沿着波旁宫①往前走。诺尔贝·德·瓦雷纳又开口说道：

① 波旁宫位于塞纳河左岸的奥赛滨河街，在协和广场对面。1722 年为波旁公爵夫人所建，并在 18 世纪和 19 世纪改建。现为法国国民议会所在地，跟法国外交部的大楼毗连，但两幢建筑并不相通。

"结婚吧，我的朋友，我这样的年纪还打着光棍儿，这滋味您是无法体会的。今天我孤身一人，极为苦恼，晚上在炉边独守空房。每当这时才感到，我孤独地活在世上，极为孤独，却又处于模糊的危险之中，被陌生而可怕的事物包围，我不认识的邻居跟我只有一墙之隔，但我觉得他跟窗外的星星一样遥远。我浑身发热，既痛苦又害怕，寂静的屋子使我胆战心惊。独自一人居住的房间里静得深沉而又凄凉。不但肉体周围寂静，而且灵魂周围寂静。要是一件家具发出干裂的声音，您连心也会颤抖，因为在这死气沉沉的屋子里，您以为不会有任何声音。"

他再次沉默。然后补充道：

"人老了，总得有几个孩子！"

他们已走到勃艮第街的中央。诗人在一幢高楼前停了下来，拉了门铃，握了握杜洛瓦的手，并对他说道：

"年轻人，把老头子啰里啰唆的话都忘掉吧，去过您这种年龄的生活。再见！"

说完，他消失在黑暗的走廊里。

杜洛瓦心情沉重，继续往家里走。他感到刚才有人给他看了一个布满白骨的坑，他有朝一日也会掉进这坑里。他低声说道："哎，他在家里想必不会快乐。即使让我坐在剧场楼厅的座位上，我也不想看他那些思想表演，真见鬼！"

这时，一个香气扑鼻的女人走下马车，往家里走去。他停下脚步让她过去，贪婪地吸着散发在空气中的马鞭草和鸢尾的香味。

他的心肺因希望和喜悦突然颤动起来。他想到明天又能见到德·马雷尔夫人，一股暖流顿时传遍了全身。

一切都在向他微笑，生活在亲切地接待他。实现自己的愿望，这有多好！

他在陶醉中进入了梦乡，第二天一早就起来，在布洛涅林园街走了一圈，然后去赴约会。

夜里风向变了，气温有所回升，这时天气暖和，阳光明媚，犹如四月的天气。那天早晨，在明亮的天空和温和的天气召唤下，布洛涅林园的常客都走出了家门。

杜洛瓦慢慢地走着，吮吸着春天像糖果般甜美的空气。他穿过星形广场上的凯旋门，走到大街上，向着骑马散步的人迎面走去。他看到他们有的骑马小跑，有的策马奔驰，这些男女骑士都是社交界的有钱人，但他现在对他们已不是十分羡慕。他几乎叫得出他们所有人的名字，了解他们有多少财产，知道他们生活的

秘史，因为他从事的职业使他对巴黎的名人和丑闻都了如指掌。

这时，女骑士一个个走了过去，她们身材苗条，穿着深色的呢料紧身服，神情傲慢，难以接近，许多骑马的女士都露出这种表情。杜洛瓦觉得好玩，就像教堂里背诵祷文那样低声背诵她们过去的情人或别人认为是她们情人的姓名、爵位和职务。有时，他不说"唐克莱男爵，图尔-昂盖朗亲王"，而是低声地说"莱斯博斯①方面，有滑稽歌舞剧院的路易丝·米肖，巴黎歌剧院的萝丝·马克坦"。

这种游戏他玩得非常开心，仿佛在道貌岸然的外表之下，他看出了一成不变的男盗女娼，觉得快乐、兴奋和安慰。

接着，他大声说道："一群虚伪的家伙！"并用目光寻找其中那些丑闻昭著的骑士。

他看到的许多骑士有赌博作弊的嫌疑，因为对他们来说，俱乐部是重要的财源，也是唯一的财源，当然这些钱并不是用正当的手段得来的。

另一些骑士十分出名，却全靠妻子的年金收入生活，这是众所周知的事实，还有一些骑士靠情妇的年金收入生活，大家对此确信无疑。许多人还清了债（这种行为值得称道），但别人猜不出他们还债的钱是从何而来（这是见不得人的秘密）。他看到一些金融家，他们拥有巨大的财产，却是靠盗窃起家，但他们到处

---

① 莱斯博斯为爱琴海东部希腊岛名，即米蒂利尼岛，因相传居于岛上的古希腊女诗人萨福为同性恋，故指女子同性恋。

受到欢迎，在显赫的贵族府邸被视为上宾。还有一些人受人尊敬，他们经过时小市民都要脱帽行礼，但他们在国家的大企业里肆无忌惮地营私舞弊，而对于了解社交界底细的人来说，这已不是什么秘密。

这些人都神色傲慢，嘴唇显得骄矜，目光盛气凌人，他们有的留颊髯，有的蓄髭须。

杜洛瓦仍然在笑，说道："真卑鄙！一群淫棍，一帮强盗！"

这时，一辆马车经过，马车敞篷，低矮而又漂亮，由两匹瘦瘦的白马拉着疾驰而去，鬃毛和马尾迎风飞舞。驾车的是一位年轻妇女，身材矮小，头发金黄，是著名的交际花，两个青年马夫坐在她的身后。杜洛瓦停下脚步，想对这位靠卖笑起家的暴发户鼓掌致意，因为在这群显赫的伪君子散步的时候，她大胆地展示了她在床上赚得的引以为豪的奢侈生活。他模糊地感到，他和她之间有着某种共同的东西，有一种自然的联系，觉得他们是同类，有着相同的灵魂，觉得他要取得成功，也应采用同样大胆的方法。

他又慢慢地走了回来，心里暖乎乎的，十分满意。他到达过去情妇的门口时，比约定的时间早了一点。

她用双唇来迎接他，仿佛他们之间未曾断绝关系，她一时间甚至忘记在家里要小心谨慎，不能搂搂抱抱。她亲着他小胡子拳曲的末梢，并对他说道：

"亲爱的，你知不知道我有了烦心事？我本想咱们能好好过一个蜜月，可我丈夫却请假回来，要在家里住一个半月。但我不希望一个半月都见不到你，特别是在我们上次争吵之后。我是这样安排的，下星期一你来我家吃晚饭，我已经跟他谈起过你，到时候我把你介绍给他。"

杜洛瓦犹豫不决，有点为难，因为他还从未跟妻子被他占有的男人见过面。他担心会因某件事而露出马脚，如有点拘束、一个眼神或其他什么事情。他结结巴巴地说道："不，我想最好还是不要跟你丈夫认识。"她很惊讶，睁着天真的眼睛站在他面前，并坚持道："为什么？真是少见多怪！这种事每天都有！我没想到你这么傻。"

他被刺伤了：

"那么，好吧，我下星期一来吃晚饭。"

她补充道：

"为了把事情搞得十分自然，我把福雷斯蒂埃夫妇也请来。不过，我并不喜欢在家里招待客人。"

在下星期一前，杜洛瓦没去多想这次见面，但到了那天他走上德·马雷尔夫人家的楼梯时，却奇怪地局促起来，这不是因为他不想跟她丈夫握手，不想喝他的酒、吃他的面包，而是他在担心有什么事情，却又说不出到底是什么事。

他被带到客厅，像往常那样等待着。后来，卧室的门开了，他看到一个身材高大的男人朝他走来，此人胡子雪白，佩戴勋章，神态严肃，衣冠端正，彬彬有礼地说道：

"我妻子经常和我谈起您，先生，我很高兴和您认识。"

杜洛瓦迎上前去，竭力装出真挚的样子，用力握了握主人伸出的手。然后，他坐了下来，却想不出该对主人说什么话。

德·马雷尔先生在壁炉里加了一块木柴，并问道：

"您干新闻工作，已经有很久了吧？"

杜洛瓦回答道：

"只有几个月。"

"啊！您升得真快。"

"是的，相当快。"于是，他东拉西扯地谈了起来，对说话的内容并没有多加考虑，说的无非是不熟悉的人们常说的无关紧要的事情。现在他已定下心来，开始觉得这情景十分有趣。他看着德·马雷尔先生严肃、可敬的脸，真想咧嘴笑出来，心里在想："我让你戴了绿帽子，老兄，我让你戴了绿帽子。"他做了坏事，心里却又得意，就像偷了别人东西却没有受到怀疑的小偷那样高兴，这种欺骗别人的乐趣真是美滋滋的。杜洛瓦突然想跟这个男人交个朋友，取得他的信任，向他叙述生活中秘密的事情。

德·马雷尔夫人突然走了进来，用不可捉摸的微笑目光看了他们一眼，然后朝杜洛瓦走去，但他不敢在她丈夫面前吻她的手，而他平时却一直这样做。

她平静而又快活，仿佛对什么事都习以为常，加上她生性狡黠，所以觉得这次见面是十分自然的事情。这时洛丽娜来了，她走过来把额头探给乔治吻，但比平时更加文静，父亲在场使她害怕。她母亲对她说："哎呀，你今天不再叫他'漂亮朋友'了。"

女孩脸红了，仿佛她母亲走漏了风声，说出了不该说的事情，泄露了她心里感到做得有点不对的秘密事情。

福雷斯蒂埃夫妇来到时，大家看到夏尔的身体状况，大吃一惊。不到一个星期，他变得瘦骨嶙峋，脸色十分苍白，而且不断咳嗽。他说他们将于星期四前往戛纳疗养，这是医生的明确嘱咐。这晚他们很早就走了。杜洛瓦摇着头说道：

"我看他情况不妙。他活不长了。"

德·马雷尔夫人神色平静地表示同意："哦！他完了！他找到这样的妻子，真是福气。"

杜洛瓦问道：

"她帮了他很多忙？"

"可以说什么事都是她做的。她什么都知道，什么人都认识，但又装出没有去见任何人的样子。她能得到她想要的东西，只要她想要，什么时候要都行。哦！这个女人比谁都精明、灵活，而且诡计多端。对于想飞黄腾达的男人，她可是个宝贝。"

乔治接着说道：

"她一定会很快再婚的，是吗？"

德·马雷尔夫人回答道：

"是的。她要是看上一个人……譬如说一个议员……我丝毫也不会奇怪……除非……这位议员不愿意……因为……因为……也许有很大的障碍……是道德方面的……总之，就是这样。我什么也不知道。"

德·马雷尔先生渐渐不耐烦，低声埋怨道：

"你老是让人去猜测我不喜欢的许多事情。我们绝不要去管别人的闲事。我们只要心安理得就行了。这应该是对所有人都适用的一个原则。"

杜洛瓦告辞走了，心里乱七八糟，脑子里充满着模糊不清的计划。

第二天，他去看望福雷斯蒂埃夫妇，只见他们就要整理好行装。夏尔躺在长沙发上，对自己的呼吸困难夸大其词，不断说道："我一个月前就该去了。"然后，他向杜洛瓦安排了报馆里的一系列事情，虽说这一切已跟瓦尔特先生商量和安排好了。

乔治在临走时用力握住老战友的双手："那么，老兄，希望早日见面！"福雷斯蒂埃夫人把他一直送到门口。他急忙对她说道："您没有忘记我们的协议吧？我们既是朋友又是同盟者，对吗？因此，如果需要我，不管是什么事情，您都不要犹豫不决。只要发一封电报或写一封信就行了，我听候吩咐。"

她低声说道："谢谢，我绝不会忘记。"她的眼睛也在对他表示感谢，而且表示得更加深沉、更加温柔。

杜洛瓦下楼时看到德·沃德雷克先生正在慢慢地上楼，他已在她家里见过伯爵一面。伯爵愁眉苦脸，也许是因为他们要走。

记者为了显示自己是社交界人士，就殷勤地向他施礼。

对方客气地还了礼，但态度有点傲慢。

福雷斯蒂埃夫妇在星期四晚上走了。

七

夏尔离开后，杜洛瓦在《法兰西生活报》编辑部的地位随之提高。他在几篇重要文章上署了名，也在他写的社会新闻上署名，因为老板要求每个人对自己的稿件负责。他进行了几次论战，并以智取胜。他跟政治家保持着经常的联系，逐渐成为机智、敏锐的政治编辑。

在自己的前景中，他只看到一个黑点，即一份喜欢发难的小报。该报不断攻击他，或者不如说是在攻击《法兰西生活报》社会新闻栏负责人。这家名叫《羽笔报》的小报的匿名编辑说，瓦尔特先生的社会新闻栏负责人专登耸人听闻的消息。每天都有这类恶毒、尖刻的含沙射影的攻击。

有一天，雅克·里瓦尔对杜洛瓦说道："您真沉得住气。"

杜洛瓦含糊不清地说道："您叫我怎么办呢？又不是直接攻击。"

有一天下午，他走进编辑室，布瓦勒纳尔先生递给他一份《羽笔报》：

"瞧，又有一篇叫您难堪的按语。"

"啊！说的是什么？"

"无关紧要的小事，说风化警察逮捕了一个名叫奥贝尔的女人。"

乔治接过递给他的报纸，看到在"杜洛瓦的游戏"这一标题下写道：

> 本报曾刊登奥贝尔女士被名声不佳的风化警察逮捕的消息，但《法兰西生活报》的著名记者今天告诉我们，该女士纯属本报杜撰。然而，此人家住蒙马特尔的松鼠街十八号。另外，瓦尔特银行的人员支持一贯纵容他们交易的巴黎警察局局长的手下是出于何种目的或能获得何种利益，我们是一清二楚的。至于上述那位记者，他对一些耸人听闻的好消息保守秘密，但他最好还是把其中一条说给我们听听：第二天被否定的某些死亡的消息，未曾进行过的战斗的消息，对某些国王未曾作过的重要

讲话的报道。总之，全是有关"瓦尔特利益"的消息，或者对某些受人欢迎的妇女的晚会稍加披露的消息，或者对为我们的几位同行提供可观收入的某些产品的优点稍加介绍的消息。

年轻人看了之后不仅恼火，而且惊得目瞪口呆，他知道这里面有什么东西使他十分难堪。

布瓦勒纳尔又问："这条消息是谁给您的？"

杜洛瓦想了一想，但没有想起来。后来，他突然想了起来："啊！对了，是圣波坦。"然后，他把《羽笔报》上的这段话又看了一遍，看出是在指责他受贿，他的脸顿时红了起来。

他大声说道："怎么，他们说我被人收买，要……"

布瓦勒纳尔打断了他的话：

"当然是啰。这对您是件麻烦事。老板对这种事特别注意。在社会新闻栏中，这是家常便饭……"

正在这时，圣波坦走了进来。杜洛瓦跑到他的面前：

"《羽笔报》的按语，您看到了吗？"

"看到了。我刚才去了奥贝尔女士的家。这位女士确有其人，但她并没有被抓起来。这是毫无根据的谣言。"

杜洛瓦立即去见老板。他觉得老板有点冷淡，眼睛里显出怀疑的神色。听了这个情况之后，瓦尔特先生回答道："您亲自到这位女士家里去一次，然后进行辟谣，不能让别人再写此类攻击您的文章。我说的是以后。这种事十分麻烦，对报馆、对我和对您都是如此。记者不容怀疑，就像恺撒的妻子那样 ① 。"

杜洛瓦请圣波坦带路，跟他一起乘上出租马车，对车夫叫道："蒙马特尔的松鼠街十八号。"

这是一幢大楼，要爬六层楼。一个身穿羊毛短上衣的老妇人来开门。她看到圣波坦时说道："您又来找我干吗？"

他回答道：

"我给您带来一位先生，他是便衣警察，想了解一下您的事情。"

她请他们进屋，并说了起来：

"您走了之后又来了两个人，是一家报馆的，我不知道是哪一家。"然后，她又转身对杜洛瓦说："那么，是先生想要了解情况啰？"

"是的，您是否被风化警察逮捕过？"

她举起双臂：

"没有的事，先生，从来没过。事情是这样的：我常去一家肉店买肉，老板态度很好，但分量不足。我发现了好几次，但什么也没说。有一天，我叫他称两斤排骨，因为我女儿和女婿要来。我发现他给我称的是碎骨头，是排骨的骨头不错，但不是我要的排骨。这骨头我可以用来做荤杂烩，但我要的是像样的排骨，而不是别人不要的碎骨头。所以我不要，他就骂我是老耗子，我骂

---

① 据普卢塔克《恺撒传》，恺撒在把妻子庞佩娅休掉时说："恺撒之妻不容怀疑。"

他是老骗子。这样，我们就越吵越凶，在肉店前围观的人有一百多个，这些人一边看一边笑个不停。后来，一个警察来了，他要我们到警察分局去说说清楚。我们去了那儿，分局里说我们都不对，放我们走了。从此之后，我就到别的肉店去买肉了。我不想吵架，就不从那家肉店的门口走过。"

她停了下来。杜洛瓦问道："就这些？"

"就这些，都是事实，亲爱的先生。"说完，她给他端来一杯黑茶藨子酒，但他谢绝了。她希望他在报道里写上老板短斤缺两的事。回到报馆之后，杜洛瓦写出了答复：

> 《羽笔报》一名粗制滥造的匿名记者，从身上拔下一根羽毛当笔，就一位老妇人的事对我横加指责，硬说她曾被风化警察逮捕过，而我对此加以否定。我去看望了奥贝尔女士，她至少有六十岁，她向我详细叙述了她因排骨分量不足而跟肉店老板争吵，并因此向警察分局局长进行解释的情况。
>
> 事实就是如此。
>
> 至于《羽笔报》记者含沙射影的攻击，我对此不屑一顾。另外，既然对方没有署名，我也无须做出回答。
>
> 　　　　　　　　　　　　　　　　　乔治·杜洛瓦

瓦尔特先生和刚到报馆的雅克·里瓦尔认为这样写已经足够，

决定把这篇按语登在当天的社会新闻后面。

杜洛瓦很早就回家了。他有点激动，也有点不安。对方会怎样回答呢？此人又是谁？为什么进行这种粗暴的攻击？记者脾气都很暴躁，所以这种蠢事会越闹越大。他夜里没有睡好。

第二天，他看了看登在报上的他的按语，感到印出来后比他写好时更加咄咄逼人。他觉得有些词句可以写得婉转一些。

他整天焦躁不安，夜里又没有睡好。他天一亮就起来，去买一份《羽笔报》，因为报上应该有回答他反驳的文章。

天气又开始转冷，冰结得很厚。路边的水在流动时结了冰，在人行道旁形成两条冰带。

报纸还没有送到报亭，杜洛瓦不由想起他第一篇文章《一个非洲轻骑兵的回忆》登在报上的那天。他的手脚冻僵、发痛，手指和脚趾尤其如此。他绕着玻璃报亭跑了起来。报亭里，卖报的女人蹲在脚炉旁烤火，从小窗口只能看到她羊毛风帽里露出的鼻子和冻得发红的面颊。

送报的终于来了，他把一叠大家等待的报纸送进窗口。卖报的女人把一张摊开的《羽笔报》递给杜洛瓦。他粗粗看了一下，没有看到自己的名字。他正要松一口气，却发现他找的东西在两个破折号之间：

《法兰西生活报》的杜洛瓦先生对我们的消息予以否认，但与此同时，他撒了谎。不过他承认名叫奥贝尔的女人确有其人，并曾被警察带到警察分局。因此，只需在"警察"前加上"风化"二字。

有些记者的良心和才能水平相同。

路易·朗格勒蒙

杜洛瓦的心开始剧烈地跳动。他回家换了衣服，却不知道自己在干什么事。有人侮辱了他，而且这样严重，他不能有任何犹豫。为了什么？一桩小事。一个老妇人和肉店老板吵架的事。

他迅速穿好衣服，来到瓦尔特先生的家里，这时还不到上午八点。

瓦尔特先生已经起身，正在看《羽笔报》。

"那么，"他看到杜洛瓦后，神色严肃地说道，"您不能后退啰。"

年轻人没有回答。报社社长接着说道：

"您马上去找里瓦尔，他会帮助您的。"

杜洛瓦含糊不清地说了几句就走了。他去找这位专栏作家。作家还在睡觉，听到门铃声才起了床。他看了这条新闻后说道：

"天哪，只有这样干了。您看由谁来当第二证人？"

"我可不知道。"

"布瓦勒纳尔？您看怎样？"

"好的，就布瓦勒纳尔。"

"您剑术行吗？"

"一点不行。"

"啊！见鬼！那手枪呢？"

"会一点。"

"好。所有的事情都由我来安排，您去练习一下。请等我一会儿。"

他去了盥洗室，很快就出来了。他已洗好脸，刮了胡子，穿得整整齐齐。

"请跟我来。"他说道。

他住在一幢小楼的底层。他把杜洛瓦带到地下室。地下室很大，已改建为击剑厅和射击场，临街的窗口已全部堵死。

他点燃了一排煤气灯，煤气灯一直装到第二个房间的尽头，那里竖立着一个漆有红蓝两色的铁人靶。他把从后面上子弹的两支新式手枪放在桌上，用短促的声音发出口令，犹如在决斗场上。

"准备！"

"放！——一、二、三。"

杜洛瓦情绪消沉地服从命令，举起双手瞄准、射击。他在少年时代常用父亲的老式马枪在院子里打鸟，所以现在多次击中假人靶的腹部，雅克·里瓦尔见了十分满意，就说："好——很好——很好——您能行——您能行。"

他临走时对杜洛瓦说：

"就这样，您一直练到中午。这些是子弹，别担心会把子弹打完。我到时候来接您去吃饭，并把消息告诉您。"

说完他就走了。

杜洛瓦独自一人又打了几枪，然后坐了下来，开始思考起来。

这种事真蠢！它能说明什么呢？决斗之后，骗子难道就不是骗子了？正人君子受到侮辱，去跟坏蛋拼命，又能得到什么呢？他的思想在黑暗中游荡，他不禁想起诺尔贝·德·瓦雷纳说的话，老诗人曾谈到人的思想贫乏，见解平庸，道德幼稚！

他大声说道："见鬼，他说得真有道理！"

他口渴，听到身后有滴水的声音，见是淋浴器，就凑到喷头上喝水。然后，他又开始沉思。地下室里阴森森的，就像在坟墓里一样。车轮从远处传来低沉的声音，犹如远去的暴风雨隆隆作响。现在会是几点钟呢？时间在这里流逝，就像在监狱里一样，除了狱卒来送饭之外，没有任何时间的标志。他等待着，等了很久很久。

突然，他听到脚步声和说话声。雅克·里瓦尔来了，布瓦勒纳尔也来了。他一看到杜洛瓦就叫道："事情解决了！"

杜洛瓦以为收到了道歉信，事情就此了结。他的心怦怦直跳，结结巴巴地说道："啊！……谢谢。"

专栏作家接着说道："那个朗格勒蒙倒很爽快，一口答应我们提出的全部条件。距离二十五步，听口令举起手各放一枪。举起手打要有把握得多。喂，布瓦勒纳尔，您想想我刚才对您说的话。"

他拿起手枪，开始射击，一面说明举起手时如何使瞄准线保持不变。

然后他说：

"现在我们去吃饭吧。已经过了十二点。"

他们来到附近的一家饭店。杜洛瓦几乎一句话也不说地只吃饭，免得显出害怕的样子。吃完饭他跟布瓦勒纳尔一起去报馆。他心不在焉，机械地处理完自己的工作。报馆里都觉得他有胆量。

三四点钟时，雅克·里瓦尔来了，和他握了手。经商定，第二天上午七点，他的两个证人乘双排座四轮马车到他家里来接他，然后去韦齐内 ① 的树林，决斗将在那里进行。

事情来得如此突然，他无法插手，来不及说一句话，不能说出自己的看法，也没有表示同意或反对，快得使他晕头转向、惊慌失措，对发生的事情感到莫名其妙。

他在将近九点时回到家里。晚饭是在布瓦勒纳尔家里吃的。布瓦勒纳尔对他体贴备至，整天都陪着他。

现在只剩下他一个人了。他迈着大步迅速在房间里走了几分钟的时间。他心里乱七八糟，无法思考任何问题。他心里只想着"明天决斗"这件事，只感到模糊而又强烈的不安。他当过兵，向阿拉伯人开过枪，但这就像打猎时向野猪开枪一样，对他并没有很大的危险。总之，该做的事他都做了。他表现出应有的勇气。别人会谈论他，称赞他，祝贺他。想到这里，他就像思想受到剧烈震动时那样，大声说道：

---

① 韦齐内是法国伊夫林省市镇，在巴黎西部。

"这个人真是蛮不讲理！"

他坐了下来，开始思考。里瓦尔刚才把对方的名片交给他，因为上面有地址。他随手把名片扔在小桌上。这张名片，他白天曾看过二十次，这时又看了一遍。上面只印着：路易·朗格勒蒙，蒙马特尔街一百七十六号。

他仔细看着这些印在一起的文字，感到神秘莫测，其含义令人不安。"路易·朗格勒蒙"，这个人是谁？有多大年纪？身高多少？长什么样子？一个毫不相干的陌生人，为了老妇人和肉店老板吵架这件小事，竟然心血来潮，无缘无故地来打扰你的生活，这种事难道不令人气愤？

他再次大声说道："蛮不讲理！"

他一动不动地坐着、想着，眼睛盯着这张名片看。他看着这张纸片，越看越生气，因憎恨而生气，其中还掺杂着奇特的难受感觉。这件事真蠢！他在桌上拿起一把修指甲的剪刀，在印着的名字中间戳了进去，就像对着人戳了一刀。

这么说，他将去决斗，而且是用手枪决斗！为什么他没有选择剑呢？如果用剑，他手上或胳膊上被刺上一剑就完事了，而用手枪，结果如何却难以预料。

他说道："好吧，得勇敢点。"

他自己的说话声音使他不寒而栗，不由环顾四周。他开始觉得自己过于紧张。他喝了一杯水就睡了。

他一上床就把灯吹灭，闭上眼睛。

房间里很冷，他在被窝里却觉得很热，怎么也睡不着。他在床上翻来覆去，仰躺了五分钟，然后侧躺，先朝左面，后朝右面。

他仍觉得口渴，便起来喝水。然后又不安："我会害怕吗？"

听到房间里每一个熟悉的声音，他的心为什么会怦怦直跳？他的杜鹃叫声报时钟即将敲响时，发条发出轻微的吱嘎声，他听了会吓一跳。他要是不张开嘴巴呼吸，就会透不过气来。

他开始像哲学家那样进行思考，探索此事的种种可能："我会害怕？"

他当然不会害怕，因为他已决心干到底，因为他已决定进行决斗，绝不发抖。但是，他紧张极了，不禁在想："会不会不由自主地害怕起来？"他产生了怀疑，也感到不安和恐惧！如果有一种力量比他的意志更强，能压倒一切而又无法抗拒，那将会怎样呢？是啊，那会怎样呢？

当然，他会去决斗，因为他想去。但是，他要是发抖呢？他要是昏过去呢？于是，他想起自己的地位、名誉和前途。

突然，他产生一种奇特的愿望，想要爬起来照照镜子。他点燃蜡烛。他在光滑的镜面上看到自己的脸，几乎认不出来，仿佛从未见到过似的。他的眼睛显得大大的，脸色苍白，是的，他的确十分苍白。

一个想法突然像子弹那样进入他的脑袋："明天，在这个时候，我也许已经死了。"他的心开始狂跳起来。

他朝床那边转过身去，清楚地看到自己仰躺在他刚才离开的被单里面。他面颊凹陷，犹如死人，双手白得毫无血色，而且完全不再动弹。

于是，他害怕自己的床，为了不再看到它，他就去开窗，朝窗外观看。

一股寒气随之进入室内，使他浑身的皮肤刺痛，他喘着气，不由后退一步。

他想到生火，就把火慢慢地拨旺，但没有回过头去。他双手碰到东西时有点颤抖，是神经质的颤动。

他头脑失常，思想飞速旋转，变得断断续续，不可捉摸，十分痛苦。他脑子糊里糊涂，就像喝醉酒一样。

他不断在想："我该怎么办？我会变成什么样子？"

他开始走了起来，机械地重复道："我要坚强，非常坚强。"

然后，他又想道："我要给父母写信，以防出事。"

他又坐了下来，拿了一本信纸，在上面写道："亲爱的爸爸、妈妈……"

但他觉得，在这种悲壮的时刻，这样的称呼过于亲昵。他把第一张纸撕掉后重写："亲爱的父亲、母亲，天一亮我就要去决斗，由于可能会……"

他不敢再写下去，猛地站了起来。

现在，这种思想使他感到压抑。他将要决斗，这事他无法避免。他到底在想些什么呢？他想要决斗，对此他有不可动摇的愿望和决心。他尽管感到自己有意志的力量，却觉得自己可能没有足够的力气，不能一直走到决斗场上。

他的牙齿不时互相碰撞，在嘴里发出咯咯的响声。他想道：

"我的对手是否曾决斗过？他常去靶场吗？他是否出名？是否是射击好手？"他从未听到过这个名字。但是，此人如果不是出色的手枪射手，就不会毫不犹豫地一口答应使用这种危险的武器。

于是，杜洛瓦开始想象他们的决斗，想象他自己的姿势和他对手的穿着。他设想决斗的各个细节，想得精疲为竭。突然，他看到黑洞般又小又深的枪口对着他，即将射出一颗子弹。

他突然感到可怕的绝望。他浑身哆嗦，阵阵发抖。他咬紧牙齿，以免叫出声来，真想在地上打滚，手想要撕什么东西，嘴想要咬什么东西。这时，他看到壁炉上有一只杯子，想起柜子里还有一瓶烧酒，只喝过一点点，因为他仍保持军人的习惯，每天早晨都要喝酒杀虫。

他拿起酒瓶，含着瓶口贪婪地大口大口喝了起来。他喝到透不过气来，才把瓶子放下。瓶里的酒喝掉了三分之一。

他很快就觉得胃里像火烧一般。这股热气随之传到四肢，他脑子麻木，但也变得坚定。

他想道："我有办法了。"他皮肤发烫，重又把窗子打开。

天开始亮了，周围安静，天气寒冷。天上的星星逐渐消失在明亮的苍穹之中，而在铁道的深沟里，绿色、红色和白色的信号渐渐黯然失色。

首批机车从车库里开出，鸣着汽笛去寻找首批列车。其他机车不断在远处发出尖厉的呼唤声，这是它们醒来时的叫声，犹如田野里晨鸡报晓的鸣叫声。

杜洛瓦想道："所有这些，我也许再也看不到了。"他感到自己会再次变得软弱，就做出了强烈的反应："对，在决斗前什么也不能想，这是防止怯阵的唯一办法。"

他开始梳洗。刮胡子时，他在刹那间再次软弱起来，因为他心里在想，这也许是他最后一次看到自己的脸。

他又喝了一口烧酒，并把衣服穿好。

接下来的时间十分难熬。他踱来踱去，竭力使自己的情绪稳定下来。他听到敲门声时，差一点仰面跌倒在地，因为他的精神受到极大的震动。是他的两位证人来了！

他们都穿着皮大衣。里瓦尔握了握他的委托人的手，说道："天气冷得像西伯利亚一样。"接着，他问道："你还好吗？"

"好，很好。"

"情绪稳定吗？"

"非常稳定。"

"好，这样就行。您喝过、吃过东西了吗？"

"是的，我什么也不需要。"

为了当证人，布瓦勒纳尔特地佩戴了黄绿两色的外国勋章，杜洛瓦从未看到他戴过。

他们下了楼。一位先生在双篷四轮马车里等候他们。里瓦尔做了介绍："勒布吕芒大夫。"杜洛瓦跟大夫握了手，并含糊不清地说道："谢谢您。"他在前排座位上坐了下来，觉得坐在硬邦邦的东西上，不禁像弹簧那样跳了起来。一看才知道是装手枪的盒子。

里瓦尔连声说道："不！决斗者和医生坐在里面！"杜洛瓦终于听明白了，就在医生旁边坐了下来。

两位证人也上了车，车夫驱马出发。他知道要去什么地方。

放手枪的盒子使大家都不舒服，杜洛瓦尤其如此，因为他情愿不要看到它。大家先把盒子放在背后，但这样会碰痛腰部，后来又把它竖放在里瓦尔和布瓦勒纳尔中间，但它老是要倒下来。最后只好把它放在脚下。

谈话无精打采，虽说医生讲了几则趣闻。只有里瓦尔和他搭话。杜洛瓦本想显示自己的机智，但他担心自己的思路会不连贯，反而流露出内心的不安。他一直提心吊胆，生怕自己发抖。

马车很快就到了乡下。时间是九点左右。这是严冬的上午，大自然闪闪发光，犹如又硬又脆的水晶。树木披霜，如同渗出的冰晶。土地在脚下嘎吱作响。干燥的空气能把细微的声音传到远方。蓝天像明镜一样发亮。耀眼、冰冷的太阳在空中慢慢移动，把光线照到冰冻的万物上，却并未带来丝毫的温暖。

里瓦尔对杜洛瓦说道：

"手枪我是在加斯蒂纳·勒内特射击厅 ① 买的。老板亲自给枪

---

① 加斯蒂纳·勒内特射击厅在当时十分著名，用于练习手枪射击。莫泊桑常去。现在还有这个名称的武器商店，也很有名。

装上子弹。盒子已用火漆封好。不过，用我们的枪还是用对手的枪，待会儿要由抽签决定。"

杜洛瓦机械地回答道：

"谢谢您。"

接着，里瓦尔为杜洛瓦做了详细的介绍，因为他不希望他的委托人出任何差错。每一点他都要解释好几遍："当有人问'先生们，你们准备好了吗？'的时候，你们就大声回答：'准备好了！'"

"当有人命令'开枪！'时，你们就赶快举起手，在说'三'之前开枪。"

杜洛瓦心里反复说道："当有人命令'开枪！'时，我就举起手，——当有人命令'开枪！'时，我就举起手，——当有人命令'开枪！'时，我就举起手。"

他就像小孩背书那样，不厌其烦地低声背着这句话，以便牢牢记住。"当有人命令'开枪！'时，我就举起手。"

马车驶进一片树林，往右拐开到一条林荫道上，然后再往右拐。里瓦尔突然打开车门，对车夫叫道："在那儿，从这条小路走。"马车进入了一条车辙条条的道路，两边都是低矮的树丛，边缘结冰的枯叶在那里抖动。

杜洛瓦一直在低声地说：

"当有人命令'开枪！'时，我就举起手。"他心里在想，如果出了车祸，就什么都解决了。哦！要是能翻车该有多好！只要摔断一条腿就行！……

这时，他看到林中空地的另一头停着一辆马车，四位先生正在跺脚取暖。他顿时呼吸困难，只好把嘴张开。

两位证人先下车，接着下车的是医生和决斗者。里瓦尔已拿了放手枪的盒子，跟布瓦勒纳尔一起朝迎面而来的两个陌生人走去。杜洛瓦看到双方都客气地施礼，然后在空地上走着，有时看着地上，有时朝树木观看，仿佛在寻找会掉下来或飞走的某个东西。接着，他们计算脚步，并用力把两根手杖插入冻土。然后，他们又聚在一起，掷硬币猜正反面，就像孩子玩耍一样。

勒布吕芒大夫向杜洛瓦问道：

"您感觉好吗？不需要什么吗？"

"不需要，什么也不需要，谢谢。"

他感到自己像发疯一样，仿佛正在睡梦之中，觉得自己被某种神奇的东西裹住。

他害怕了？也许害怕？但他并不知道。他周围的一切全都变了。

雅克·里瓦尔走了回来，满意地对他低声说道：

"都准备好了。我们运气好，挑到了我们想要的手枪。"

杜洛瓦无所谓。

别人帮他脱大衣，他就让别人脱。别人检查了他礼服的所有口袋，看看是否有能护身的证件或皮夹子。

他像祈祷那样反复默诵着："当有人命令'开枪！'时，我就举起手。"

接着，有人把他带到插在地上的一根手杖前面，并把手枪交给他。这时，他看到有一个人站在他对面，离他很近。此人身材矮小，大腹便便，是个秃头，戴着眼镜。这就是他的对手。

这个人他看得十分清楚，但他只想着这句话："当有人命令'开枪！'时，我就举起手。"在寂静的空间里响起了说话声，这声音仿佛来自十分遥远的地方，这声音问道：

"先生们，你们准备好了吗？"

乔治叫道：

"准备好了！"

于是，这个声音命令道：

"开枪……"

他不再去听其他声音，没有任何发现，也没有任何感觉，只感到自己举起了手，用全身的力气扣动扳机。

他没有听到任何声音。

但他立即看到自己的枪口冒出一缕轻烟。他对面的人仍然站着，姿势也仍然那样。他也看到一缕白烟升到了对方的头顶上面。

他们都已射击。事情就此结束。

他的两个证人和医生在他身上摸来摸去，解开他一件件衣服的纽扣，不安地问道："您没有受伤吧？"他随口回答道："没有，我觉得没有。"

跟对手一样，朗格勒蒙也没有受伤。雅克·里瓦尔用不满的口气低声说道："用这种该死的手枪总是这样，要么都打不中，要么都被打死。真是讨厌！"

杜洛瓦又惊又喜，一动不动地站着："事情结束了！"他手里还紧握着枪，别人只好把它拿走。现在他觉得自己仿佛跟整个世界进行了决斗。事情结束了。真走运！他突然感到自己有勇气向任何人挑战。

双方的证人交谈了几分钟，约好当天碰头，以便起草决斗纪要，然后大家上了车。马车夫在座位上笑着，挥着响鞭驾车回去。

他们四人在林荫大道上吃了饭，谈论决斗的事。杜洛瓦谈了自己的感受。

"这对我毫无影响，丝毫也没有。你们想必已经看到了？"

里瓦尔回答道：

"是的，您表现很好。"

决斗纪要写好后交给杜洛瓦，让他登在社会新闻栏里。他惊讶地看到，纪要里写着他跟路易·朗格勒蒙先生开了两枪。他有点不安，就问里瓦尔：

"但我们只开了一枪。"

对方微微一笑：

"是的，一枪……每人开一枪……加起来就是两枪。"

杜洛瓦对这个解释满意了，就不再问了。瓦尔特老头抱吻了他：

"真棒，真棒，您捍卫了《法兰西生活报》的大旗，真棒！"

当天晚上，乔治来到各大报馆和林荫大道上各家大咖啡馆。他两次遇到自己的对手，对方也出来露露面。

他们见面后都没有跟对方打招呼。如果其中一人受伤，他们就会互相握手。另外，两人都发誓说确实曾听到对方的子弹呼啸而过。

第二天将近十一点时，杜洛瓦收到一张蓝纸片："天哪，我真害怕！今天下午请到君士坦丁堡街来，让我抱吻你，我的心肝。你真勇敢——我爱你。——克洛。"

他前去赴约。她扑到他的怀里，拼命吻他：

"哦！亲爱的，今天早上我看了报纸，你知道我是多么激动。哦！你讲给我听听。把事情的经过都告诉我。我想知道。"

他只好把事情的经过详详细细地说了一遍。她问道：

"决斗前一天夜里，你一定没有睡好！"

"不，我睡得很好。"

"要是我，就一定睡不着。你对我说说，决斗场上是什么样子。"

他说得富有戏剧性：

"当时，我们面对面站着，相距二十步，只比这个房间长三倍。雅克先问我们是否准备好了，然后下达命令：'开枪。'我立刻举起了手，把手臂伸直，但我瞄准了他的头部，这样就错了。我那支手枪扳机很紧，而我习惯用扳机很松的手枪。由于扳动扳机时用力过大，这一枪就打高了。不过，也没有高多少。那个混蛋枪法很好。他的子弹在我的太阳穴边上飞过。我还听到子弹飞过的声音。"

她坐在他的腿上，把他抱在怀里，仿佛为了分担他的危险。她结结巴巴地说道：

"哦！我可怜的心肝，我可怜的心肝……"

等他说完之后，她对他说道：

"你不知道，我已经不能没有你了！我要见到你，但我丈夫在巴黎时，这样就不大方便。有时，在你早晨起床之前，我有一个小时的空闲时间，我可以来抱吻你，但我不想走进你那幢可怕的屋子。怎么办呢？"

他突然灵机一动，问道：

"你这里房租多少？"

"每月一百法郎。"

"那么，这套房间的租金就由我来付，我搬到这里来住。我那套房间跟我新的职务已不相称了。"

她思考了片刻后回答道：

"不。我不要。"

他很奇怪：

"为什么？"

"因为……"

"这不是理由。这套房间对我非常合适。我既来之，则安之。"

他笑了起来：

"另外，房子是用我的名义租的。"

但她还是不同意：

"不，不，我不要……"

"那到底是为什么呢？"

于是，她压低声音，温柔地说道："因为你会把别的女人带到这里来，我可不愿意。"

他很气愤：

"绝不会这样。我可以向你保证。"

"不，你会带别的女人来的。"

"我向你发誓。"

"千真万确？"

"千真万确。我用名誉担保。这是我们的家，只属于我们俩。"

她动了情，紧紧地把他抱住：

"这样我就同意，亲爱的。但你知道，你要是骗我一次，只要一次，我们就一刀两断，永不来往。"

他说不会这样，并再次发了誓。他们说好他当天就搬过来，这样她路过时可以进来看他。

后来她对他说：

"不管怎样，你星期天来我家吃晚饭。我丈夫觉得你讨人喜欢。"

他十分得意：

"啊！真的？……"

"是的，你把他征服了。另外，你听着，你曾对我说过，你是在乡下庄园里长大的，是吗？"

"是的，怎么了？"

"这么说，你应该懂一点农活啰？"

"是的。"

"那么，你就对他谈谈园艺和收割的事，这是他的爱好。"

"好，我记住了。"

她没完没了地抱吻他之后走了，这场决斗使她对他更加喜欢。

杜洛瓦在去报馆时想道："多奇怪的女人！多幼稚的头脑！她要什么，喜欢什么，又有谁知道呢？这对夫妻真是奇怪！是谁异想天开把一个老头和没有头脑的女人配成一对？是什么原因使督察娶了女大学生？真是个谜！谁知道呢？也许是爱情。"

后来，他得出结论："总之，这个情妇不错，我要是把她放了，那就太蠢了。"

八

　　这次决斗之后，杜洛瓦成为《法兰西生活报》首屈一指的专栏编辑之一。但是，他察觉要发现新的想法难于登天，就只好夸大其词，说什么世风日下，道德败坏，爱国热情衰退，法兰西的荣誉患了贫血症（他想到"贫血症"这个词，十分得意）。

　　德·马雷尔夫人爱开玩笑，疑心病重，但又十分轻信，这就是通常说的"巴黎思想"。她嘲笑杜洛瓦的长篇议论，用一句俏皮话就能把它们戳穿。在这种时候，他就微笑着回答道："哎！这些东西能使我以后出名。"

　　他现在住在君士坦丁堡街。他搬来了全部家当，即一只箱子、一把刷子、一把剃须刀和一块肥皂。少妇每星期要来两三次，都是在他起床前来，来后迅速脱掉衣服，钻到他的被窝里面，因外面寒冷而浑身哆嗦。

杜洛瓦则在每星期四晚上到她家里去吃饭。他跟她丈夫谈论农业，以博得这个男人的好感。他自己也喜欢农事，所以他们俩有时说得津津有味，连他们的女人坐在长沙发上打盹也没有察觉。

在这种时候，洛丽娜也睡着了，有时睡在父亲的腿上，有时睡在漂亮朋友的腿上。

记者走后，德·马雷尔先生总要用他平时用来议论小事的口吻说道："这个小伙子真好。他很有学问。"

二月份即将结束。早上走在街上，从卖花的女商贩拉的车子旁走过，已能闻到堇菜花的香味。

杜洛瓦的生活犹如没有乌云的蓝天。

然而，有一天晚上，他回家时看到从他家门底下塞进的一封信。他看了看邮戳，看到"戛纳"二字。他把信拆开，只见信上写道：

亲爱的先生和朋友：

您对我说过，我有什么事都可以找您帮忙，对吗？那么，我现在要您做一件令人痛苦的事情，就是请您来帮我的忙，在夏尔临终前来陪伴我。他也许过不了这个星期，虽说他还能起床，但医生已跟我打了招呼。

我日夜看着这奄奄一息的情景，心力交瘁。我想到临终的时刻即将到来，觉得十分害怕。这种事情我只能请您帮忙，因为我丈夫已没有亲属。您是他的老战友，他为您打开了报馆的大门。来吧，我恳求您。除了您之外，我没有别人可叫。

> 您可以信赖的忠实朋友
>
> 玛德莱娜·福雷斯蒂埃
>
> 于戛纳若丽别墅

一种奇特的感觉如清风般吹进乔治的心坎。他感到解脱，感到自己前面变得开阔，就低声说道："我当然要去。可怜的夏尔！我们都会有这种结局！"

他向老板转述了少妇来信的内容，老板埋怨了几句，但还是准了假。他再三说道：

"但您要快点回来，我们这儿不能没有您。"

第二天，乔治·杜洛瓦乘坐七点钟的特快列车前往戛纳。出发前他写快信告诉了马雷尔夫妇。

他于第二天下午四点左右到达戛纳。

一个跑腿的把他带到若丽别墅。别墅建造在半山腰的枞树林里，树林从卡内镇延伸到朱昂湾，里面有许多白色的房屋。

别墅矮小，是意大利式建筑，位于道路旁边，道路穿过树林，蜿蜒而上，每次转弯都能看到美妙的景色。

男仆打开了门，并大声说道：

"哦！先生，夫人等您等得十分着急。"

杜洛瓦问道：

"您的主人好吗？"

"哦！不好，先生。他活不长了。"

年轻人走进客厅，只见墙上饰有粉红色波斯织物，印着蓝色花纹。窗子又高又宽，在窗口能看到城市和大海。

杜洛瓦低声说道："啊，这别墅真漂亮。这笔钱他们是从什么地方搞到的？"

他听到裙子的窸窣声，就转过身来。

福雷斯蒂埃夫人向他伸出双手："您真好，您来了太好了！"突然，她抱吻了他。然后，他们互相端详。

她脸色有点苍白，有点消瘦，但气色仍然很好，由于模样更为娇弱，也许比以前还要漂亮。她低声说道：

"他很可怕，您看，他知道自己完了，就对我进行残酷的折磨。我已经对他说您来了。您的行李在什么地方？"

杜洛瓦回答道：

"我把它留在车站里，因为我不知道您要我住在您家附近的哪家旅馆。"

她犹豫片刻后接着说道：

"您就住在这儿，在别墅里。另外，您的房间已准备好了。他随时都会死的，如果死在夜里，我就只有一个人在这儿。我派人去把您的行李拿来。"

他躬身施礼：

"悉听尊便。"

"现在，我们到楼上去。"她说道。

他跟着她上楼。她打开二楼的一扇门，杜洛瓦看到窗边的扶手椅上坐着一个死尸般的人，正看着他，此人裹着毯子，在夕阳的红色光线下显得十分苍白。他几乎认不出他了，只是猜出坐着的是他的朋友。

房间里有高烧病人的气味，还有汤药、乙醚和柏油的气味，形成一股肺病患者的房间特有的不可名状的浊气。

福雷斯蒂埃微微抬起了手，吃力而又缓慢。

"你来了，"他说道，"你来给我送终。我谢谢你。"

杜洛瓦装出笑脸："给你送终！这可不是有趣的场面，我才不会为了这个来戛纳。我是来看你的，顺便也休息一下。"

对方低声说道："请坐。"说完，他低下头，仿佛陷入绝望的沉思。

他呼吸急促，气喘吁吁，有时发出呻吟般的声音，仿佛想告诉别人，他病得多么厉害。

他妻子见他不会再说话，就走到窗边靠在窗上，朝远处的水平线仰了仰头，说道：

"您看看那儿！美吗？"

在他们前面的山坡上，别墅如星罗棋布一般，山坡往下延伸，直至城市，只见城市横卧在海边，呈半圆形，头在右面的防波堤那儿，堤的上方是老城，城里耸立着一座古老的钟楼，脚在左面的十字岬角，与莱兰群岛相对。在蓝色的海水里，这些岛屿就像两个绿色斑点。它们在海面上显得十分平坦，犹如漂浮其上的两片巨大树叶。

远处，在防波堤和钟楼上方，则是海湾另一边的水平线，青色的群山在光彩夺目的天空上勾画出一条奇特而又美妙的曲线，山峰有圆有尖，有的呈钩形，最后是一座形状像金字塔的大山，山脚伸入大海之中。

福雷斯蒂埃夫人指着那座山："这是埃斯泰雷尔山。"

阴暗的山峰后是红色的天空，天红如血，发出金光，肉眼不能多看。

对黄昏时的这种壮丽景色，杜洛瓦不由多看了几眼。

他想不出恰当的词语来表达自己的赞美，就低声说道：

"哦！是的，真漂亮！"

福雷斯蒂埃抬起头，对妻子说道：

"你让我呼吸点儿新鲜空气。"

她回答道：

"你要小心，时间晚了，太阳落山了，你会着凉的，你知道，这样对你的身体毫无好处。"

他的右手烦躁地动了一下，因为无力，没能打出一拳。他气得脸都歪了，显出死到临头的样子，嘴唇薄薄的，面颊消瘦，颧骨突出。他低声说道：

"我对你说，我胸闷。既然我已经完了，我早一天死或晚一天死又有什么关系……"

她把窗子完全打开。

吹进来的微风轻拂，使他们三人都觉得意外。这春风柔和、温暖而又宁静，已带有山坡上灌木和野花沁人心脾的芳香。风里还带有松脂的浓烈气味和桉树的辛辣味道。

福雷斯蒂埃急促而又兴奋地吸着这股气息。他双手的指甲紧紧抓住椅子的扶手，怒气冲冲地低声叫道：

"你把窗关上。我不舒服。我情愿死在地窖里。"

他妻子慢慢把窗关上，然后把前额贴在玻璃上，朝远处观看。

杜洛瓦浑身不自在，他本想跟病人谈谈，让病人平静下来。

但是，他想不出任何话来安慰病人。

他含含糊糊地说道：

"那么，你到了这里之后，没有好点吗？"

对方不耐烦地耸了耸肩："这你都看到了。"说完，他又低下了头。

杜洛瓦接着说道：

"真见鬼，这里要比巴黎好多了。在那里还是隆冬，既下雪，又下冰雹，还下雨，天色又暗，下午三点就要点灯。"

福雷斯蒂埃问道：

"报馆里有什么新闻？"

"什么新闻也没有。他们找了个名叫拉克兰的年轻人来接替你的工作。他是从《伏尔泰报》来的，但还不老练。你应该回去了！"

病人含糊不清地说道：

"我？我现在要到六尺深的地下去搞专栏了。"

这种固定不变的想法，像按时敲响的钟声不断出现，每想到一件事、每说一句话都会出现。

接着是长时间的沉默，既痛苦又深沉。这时，落日的余晖慢慢消失，红色的天空渐渐暗淡，上面的群山变成乌黑一片。夜幕开始降临，阴暗的彩霞发出熄灭的炭火般的余光，照到房间里面，仿佛给家具、墙壁、帷幔和各个角落染上红黑混杂的色调。壁炉上的镜子映照出远处的水平线，活像是一摊血。

福雷斯蒂埃夫人仍然一动不动地站着，脸贴着玻璃，背朝着房间。

这时，福雷斯蒂埃开始说话，声音断断续续，气喘吁吁，使人听了十分难受：

"落日的景象，我还能看到几次？……八次……十次……十五次或二十次……也许是三十次，但不会再多了……你们这些人有的是时间……而我却完了……我死后，还会这样……跟我活着时一样……"

他沉默了几分钟后，接着说道：

"我看到的一切都使我想到，过几天我就看不到所有这些东西了……真可怕……那时我就什么也看不到了……看不到世上的一切……平常使用的最小物品……玻璃杯……盘子……能在上面舒舒服服地休息的床铺……马车。晚上乘马车出去兜风，真开心……所有这些，我多么喜欢。"

他十只手指神经质地在椅子的两个扶手上轻轻地敲着，仿佛在弹钢琴。他每次沉默都比他说话时更令人难受，因为你会感到他一定是在想一些可怕的事情。

杜洛瓦突然想起诺尔贝·德·瓦雷纳在几星期前对他说的话："现在，我看到它（死亡）离我很近，往往想伸手把它推开……我到处都看到它。路上被轧死的小动物，落叶，在一位朋友胡须里看到的一根白毛，这一切都使我心碎，都在对我叫喊：'这就是死亡！'"

那天，他并没有听懂这些话的意思，现在，他看着福雷斯蒂埃，才理解其中的含义。他感受到一种从未有过的令人难受的焦虑不安，仿佛可怕的死神就在这气喘吁吁的病人坐着的扶手椅上，就在他伸手可及的地方。他真想站起来就走，离开这里，立刻回到巴黎！哦！他要是知道这样，就不会来了。

现在，夜幕已笼罩整个房间，犹如提前盖在这个垂死者身上的裹尸布。只有窗子还能看到，在比较明亮的窗玻璃上，显出少妇纹丝不动的身影。

福雷斯蒂埃恼怒地问道：

"怎么，今天不点灯了？这就叫照料病人？"

窗玻璃上的黑色身影消失了，屋里响起了电铃的声音。

一个仆人很快走了进来，把一盏灯放在壁炉上。福雷斯蒂埃夫人对丈夫说道：

"你想睡觉还是下楼去吃晚饭？"

他低声说道：

"我下楼。"

他们等待开饭，三个人又一动不动地待了将近一个小时，他们只是偶然说上一句话，说的话普普通通，无关紧要。沉默的时间仿佛过长，死神徘徊的房间里的空气默默地凝固了，会产生一种神秘莫测的危险。

最后宣布开饭。杜洛瓦觉得吃饭的时间特别长，长得没完没了。他们都没有说话，默默无声地吃着饭，用手把面包撕碎。仆人在一旁伺候，走来走去，但没有一点声音，因为脚步声会使夏尔恼火，所以仆人穿着软底拖鞋。只有木座钟的钟摆在进行有规律的机械运动，发出刺耳的滴答声，打破了屋里的寂静。

吃完饭，杜洛瓦借口身体疲倦，立刻回到自己的房间。他把胳膊肘支在窗上，看着天空中的一轮满月，只见月亮像圆球形的巨灯，把冷清而又朦胧的光线投射到一座座别墅的白墙上，在海面上洒下鱼鳞般闪烁的柔和光斑。他想找个理由，尽快离开这里，最终想出计策：他将会说收到几份电报，瓦尔特先生召他回去。

但是，第二天醒来时，他觉得离开这里的办法都行不通。福雷斯蒂埃夫人绝不会相信他的把戏，这样他就会因自己的胆怯而失去他的忠诚所带来的全部好处。他心里想道："唉！真烦，算我倒霉，生活里总会有不愉快的时候，另外，这种情况也许不会拖得很长。"

那天天空一片蔚蓝，南方的这种蓝色会使你心情愉快。杜洛瓦觉得这时去看望福雷斯蒂埃时间还太早，就走下山坡，一直走到海边。

他回去吃午饭时，仆人对他说道："主人已问起过先生两三次。请先生上楼去主人的房间。"

他走到楼上。福雷斯蒂埃坐在扶手椅上，似乎已经睡着。他的妻子躺在长沙发上看书。

病人抬起了头。杜洛瓦问道：

"那么，你好吗？我看你今天上午挺精神。"

对方低声说道：

"是的，好一点了，我又有力气了。你赶快跟玛德莱娜一起去吃午饭，因为我们要乘车去兜一圈。"

少妇跟杜洛瓦单独待在一起时对他说：

"瞧！今天他自以为病好了。他一大早就提出了计划。待一会儿我们去朱昂湾买彩陶，是为我们在巴黎的套间购置的。他一定要出去，但我非常担心会出事。路上颠簸，他会受不了的。"

马车来了之后，福雷斯蒂埃在仆人的搀扶下一步步走下楼梯。他看到马车后，立刻要人把车篷放下来。

他的妻子表示反对：

"你会着凉的。这样做简直是发疯。"

他坚持己见：

"不会的，我好多了。这我清楚。"

起初，马车行驶在林荫小道上，道路两边都是花园，这使戛纳成为英国式的花园。然后，马车驶入通往昂蒂布的公路，沿着海岸行驶。

福雷斯蒂埃介绍了当地的情况。他首先指给杜洛瓦巴黎伯爵[①]的别墅，又一一说出其他别墅主人的名字。他很快活，但这种快活是身患不治之症的病人装出来的，并不可靠。他没有力气伸出手臂，只好竖起手指，指指点点。

"瞧，那是圣玛格丽特岛和城堡，巴赞[②]曾从城堡中逃出。留下这座城堡，是为了让人记住这件事。"

接着，他想起团里的一些往事，说出几个军官的名字，这些

---

① 巴黎伯爵 (1838—1894)，法国国王路易·菲利普 (1773—1850) 之孙。

② 巴赞 (1811—1888)，法国元帅。1870 年被任命为洛林军区司令，普法战争中在色当被围，向德军投降。1873 年被判死刑，后改为 20 年徒刑，被关在圣玛格丽特岛的城堡中，逃跑后前往西班牙。

名字使他们想起一些故事。这时，道路拐弯，朱昂湾突然全部呈现在眼前，远处是海湾里的白色村庄，另一头是昂蒂布岬角。

福雷斯蒂埃忽然像孩子那样高兴，并结结巴巴地说道：

"啊！舰队，你就要看到舰队了！"

果然，在广阔的海湾中央，有六七条大军舰，犹如一个个岩礁，上面长着枝叶浓密的树木。这些军舰奇形怪状，而且巨大，舰上赘生物般的突出部分、塔楼和船首冲角都陷入水中，仿佛要在海底扎根。

这些军舰看上去十分笨重，仿佛被拴在海底，真不知道它们怎么会移动。一座浮动的炮台又圆又高，形状像瞭望台，犹如建造在礁石上的灯塔。

这时，一条巨大的三桅船在它们旁边经过，向大海驶去，船上的白帆都已扬起，显出欢快的样子。相比之下，三桅船显得雅致、美观，而军舰则像蹲在水上的钢铁怪物。

福雷斯蒂埃竭力说出这些军舰的名字："科尔贝号""絮弗朗号""迪佩雷海军上将号""无畏号""毁灭号"。然后，他又做了纠正："不，我弄错了，那条是'毁灭号'。"

他们来到一幢高大的屋子前面，只见上面写着"朱昂湾艺术彩陶商店"，马车绕着一块草坪转了一圈，然后停在屋子门前。

福雷斯蒂埃想买两只花瓶放在他的书橱上。但他不能下车，大家就把花瓶的样品一个个拿给他看。他挑选了很长时间，并征求他妻子和杜洛瓦的意见：

"你知道，这要放在我书房里的书橱上。我坐在扶手椅上，随时都能看到它们。我要古色古香的，希腊式的。"

他仔细观看样品，叫人再拿一些出来给他看，然后又要最初看过的那几只。最后，他选定了，付了款，要店里马上把货送去。

"我过几天就回巴黎。"他说道。

他们回去途中，海湾边上突然刮起一阵冷风，朝一个小山谷的弯曲处吹去，病人开始咳嗽起来。

起初只是咳一阵，没什么关系，但后来越咳越厉害，不停地咳，然后是打嗝和嘶哑地喘气。

福雷斯蒂埃喘得透不过气来，每当他想呼吸一下，他就开始咳嗽，咳得喉咙像撕裂一般疼痛，仿佛要把肺咳出来似的。不论用什么办法，都无法把他的咳嗽止住。回到家里，只好把他从马车上抬下来，一直抬到他的房间。杜洛瓦抬他的双腿，每咳嗽一次，他的脚都要抖动一下。

暖和的床铺并没有使他的咳嗽停下来。他一直咳到半夜十二点钟。最后是麻醉药止住了这致命的阵咳。病人睁着眼睛坐在床上，一直待到天亮。

他说的第一句话是把理发师叫来，因为他每天早晨都要刮胡子。他起床后准备刮胡子，但不得不立刻被扶回床重新躺下，因为他的呼吸变得急促而又困难，福雷斯蒂埃夫人见了害怕，把刚躺下的杜洛瓦叫醒，叫他去请医生。

他立刻请来了加伏大夫，大夫开了一瓶药水，并叮嘱了几句。

记者送他出去时询问了病人的情况。大夫回答道：

"他快要死了，过不了明天上午。请您告诉那位可怜的少妇，并去请一位神甫。我已无能为力。但我还是随时听从您的吩咐。"

杜洛瓦请人把福雷斯蒂埃夫人叫来：

"他快要死了。大夫建议去请神甫。您说该怎么办？"

她犹豫了很长时间，考虑停当后才慢吞吞地说道：

"好吧，从许多方面来看……这样更好……我让他有点思想准备，对他说神甫想见他……不过，我也不知道该怎么办。请您帮个忙，替我去找一位神甫，挑选一下。请一个不会对我们过于装腔作势的神甫。让神甫只管忏悔，其他事我们就免了。"

年轻人带来一位老年神甫，神甫有求必应，很适合做这件事。他走进垂死者的房间后，福雷斯蒂埃夫人立刻出来，跟杜洛瓦一起在隔壁房间里坐了下来。

"这使他震惊。"她说道，"我谈到神甫时，他的脸显出惧怕的神情，仿佛……仿佛他有了……有了……一种预感……您知道……他终于知道自己完了，知道只有几小时的时间……"

她脸色苍白，接着说道：

"他脸上的表情，我永远不会忘记。他那时肯定看到了死神。他看到了……"

他们听到神甫说话的声音。神甫的耳朵有点聋，所以说话的声音比较响。他说道：

"不，不，您还没有落到这种地步。您有病，但丝毫没有危险。

我是作为朋友和邻居来看望您的。"

福雷斯蒂埃的回答，他们听不清楚。老神甫接着说道：

"不，我现在不让您领圣体。这件事等您身体好了之后再谈。您要是想趁我在这儿时做忏悔，我倒觉得再好也没有了。我是牧人，我会抓住一切机会把我的羊群引入正路。"

接着是长时间的沉默。福雷斯蒂埃气喘吁吁，用沙哑的声音在说话。

突然，神甫说话的腔调变了，用主祭在祭台上说话的腔调说道：

"天主无比仁慈，请背诵《悔罪经》吧，我的孩子。您也许把它忘了，我来帮助您。请跟着我念：我向万能的主忏悔……向贞洁的圣母玛利亚忏悔……"

他不时停下来，以便让垂死者跟上他。然后他说：

"现在，请您忏悔……"

少妇和杜洛瓦不再动弹，感到一种奇特的不安，因焦虑的期待而心情激动。

病人低声说了些话。神甫重复道：

"您有过阿谀奉承的罪孽……这是什么性质，我的孩子？"

少妇站起身来说道：

"咱们到下面的花园里去待一会儿。不应该听他的秘密。"

于是，他们走到门前，在一张长凳上坐了下来，长凳上方是鲜花盛开的玫瑰，前面是一丛石竹，在清新的空气中散发出浓烈的馨香。

沉默几分钟后，杜洛瓦问道：

"您要在这儿待很长时间才回巴黎吧？"

她回答道：

"哦！不。事情办完后，我立刻回去。"

"要再过十几天？"

"是的，最多十几天。"

他接着说道：

"他难道没有一个亲属？"

"没有，只有几个远房亲戚。他的父母在他小时候就已去世。"

他们俩都看着一只蝴蝶，蝴蝶在石竹上吸取花蜜，从一朵花飞到另一朵花，迅速拍着翅膀，它停在花上时，翅膀仍在慢慢地拍着。他们默无一言，久久地坐在那儿。

仆人前来报告，说"神甫先生已把事情办完"。于是他们一起上楼。

神甫握着他的手：

"再见，我的孩子，我明天上午再来。"

说完他就走了。

他刚一出去，垂死者就喘着气，竭力向妻子伸出双手，结结巴巴地说道：

"请救救我……请救救我……亲爱的……我不要死……我不要死……哦！请救救我……请你们告诉我该怎么办，你们去把大夫

叫来……他要我吃什么药我都吃……我不要……我不要……"

他哭起来。大滴泪水从他眼中流出，落到他瘦削的面颊上。他干瘪的嘴角皱了起来，就像小孩伤心时那样。

这时，他落到床上的双手缓慢而有节奏地动了起来，仿佛要拿被单上的什么东西。

他的妻子也哭了起来，并含糊不清地说道：

"不，这没关系。你只是发了一次病，明天就会好的，你又是昨天出去累着了。"

福雷斯蒂埃的呼吸比奔跑后刚停下的狗还要急促，快得使人无法计算，弱得几乎无法听见。

他仍然在说：

"我不要死！……哦！天哪……天哪……天哪……我会出什么事呢？我什么也看不到了……再也看不到了……永远看不到了……哦！天哪！"

他看到自己前面有个别人看不见的可怕东西，两眼露出恐惧的表情。他的双手仍然吃力而又可怕地颤动着。

突然，他浑身颤抖了一下，含糊不清地说道：

"公墓……哦……天哪！"

他不再说话，一动不动地躺着，神色惊慌，呼吸急促。

时间渐渐过去。中午，附近一个修道院的钟敲了十二下。杜洛瓦走出房间，去吃点东西。过了一小时，他回到房间。福雷斯蒂埃夫人什么也不想吃。病人一动不动地躺着。他瘦削的手指仍然在被单上动来动去，仿佛想把被单拉到脸上。

少妇坐在床脚的扶手椅上。杜洛瓦拿了一把扶手椅在她旁边坐了下来。他们静静地等待着。

一个看护也在那儿，是医生派来的。她在窗旁打盹。

杜洛瓦刚要睡着，觉得发生了什么事情。他睁开眼睛，刚好看到福雷斯蒂埃闭上眼睛，那两只眼睛犹如熄灭的灯火。垂死者的喉咙里轻轻地打了个嗝，两道血随之从他嘴角流出，流到他的衬衣上。他的双手不再可怕地动弹。他的呼吸已经停止。

他的妻子立刻明白发生了什么事，尖叫一声，跪倒在地，伏在被单上号啕大哭。杜洛瓦感到意外，惊慌失措，机械地在胸前画了个十字。这时，看护已经醒了，她走到床边，说道："完了。"杜洛瓦逐渐恢复了镇静，仿佛得到了解脱，就舒了一口气，并低声说道："这比我想象的要快。"

人死后，开始时大家一阵惊慌，痛哭流涕，但接下来得办理后事。杜洛瓦跑来跑去，一直忙到天黑。

他回来时饥肠辘辘。福雷斯蒂埃夫人也吃了点东西。饭后，他们坐在死者的房间里守灵。

床头柜上点着两支蜡烛，旁边放着一个盘子，盘里一枝金合欢浸泡在水里，因为需要的黄杨树枝没有找到。

他们只有两人，孤男寡女，年纪轻轻，守在死者的身旁。他们默无一言，看着死者，进行思考。

杜洛瓦待在尸体旁边，在阴暗中心里不安，就老是看着尸体。

在摇曳的烛光下，这张瘦削的脸显得更加凹陷。杜洛瓦的眼睛和思想被这张脸吸引得迷住了，所以一直盯着它看。这就是他的朋友夏尔·福雷斯蒂埃，昨天还跟他说过话！一个人生命的终结，是多么奇特而又可怕的事情！哦！他现在想起时刻对死亡胆战心惊的诺尔贝·德·瓦雷纳说的话："人死了绝不能复生。"虽说世上会生出几百万、几十亿的人，他们大同小异，有两只眼睛，一个鼻子，一张嘴巴，一个脑袋，脑袋里也有思想，但躺在这张床上的人绝不会复活。

在若干年的时间里，他曾经像所有人那样生活、吃饭、欢笑、爱和希望。但现在他完了，永远完了。一生！就这么几天，以后什么也没了！一个人出生、长大、幸福、期待，然后死亡。永别了！你不管是男是女，都不能死后复生！然而，每个人都有着无法实现的热切希望，希望自己永生，每个人都是大宇宙中的小宇宙，每个人都会很快化为乌有，变成培育新芽的肥料。植物、动物、人类、星辰和大千世界都先生后死，变化无穷。昆虫、人类或行星都不能死后复生！

一种巨大而又模糊的恐惧，压在杜洛瓦的心头，他惧怕的是无穷无尽、不可避免的虚无，这种虚无一直在摧毁所有短暂而可怜的生灵。他已经在它的威胁下低了头。他想到只能活几小时的飞虫、只能活几天的走兽、只能活若干年的人和能存在若干世纪的土地，它们之间到底有什么区别？只是多见到几次晨曦而已。

他把目光转开，不再去看尸体。

福雷斯蒂埃夫人低着头，好像也在想一些伤心的事情。在她悲愤的脸上，她的金发那么美丽，年轻人的心里不由产生甜蜜的感觉，犹如希望掠过一般。他还要度过这么多年的时间，又何必伤心呢？

他开始仔细地看她。她陷入沉思之中，没有去注意他。他心里想道："不过，生活中唯一美好的东西是爱情！怀抱着自己心爱的女人！这就是人生的最大乐趣。"

这个死者真走运，找到了这样聪明、迷人的伴侣。他们是怎样认识的？她怎么会同意嫁给这个平庸的穷小子？她怎么会把他培养成一个人才？

于是，他想到这两个人生活中隐藏的种种秘密。他想起别人在背后对沃德雷克伯爵的窃窃私语。据说，伯爵给了她嫁妆，并安排了这门婚事。

现在，她会怎么办呢？她会嫁给谁呢？是像德·马雷尔夫人认为的那样，嫁给一位议员？还是嫁给一个比福雷斯蒂埃更强、前途无量的小伙子？她是否已胸有成竹？他多么想知道啊！但是，他为什么要关心她想要做的事呢？他心里在想，并发现他的不安是因秘而不宣的模糊想法而产生的，这种想法隐藏在内心深处，只有在灵魂深处寻找时才能发现。

是的，他为什么不去进行尝试，把她弄到手呢？他跟她结合在一起，就会强劲有力，就会令人生畏！他一定会平步青云，飞黄腾达！

他为什么不会成功？他清楚地感到她喜欢他，知道她对他的感情不仅仅是好感，而是一种爱慕之情，这种爱慕在两个性格相同的人之间产生，不仅因为他们都被对方的魅力所吸引，还因为他们之间有一种默契。她知道他聪明、果断、坚忍不拔，是她可以信赖的伙伴。

她不是在这个紧要关头把他叫来的吗？为什么她要叫他呢？他难道不应把这点看作一种选择、供认和确定？她在即将成为寡妇之时想到了他，可能是因为已把他看作她未来的伴侣和盟友？

他迫不及待，想把这件事弄得一清二楚，想询问她，并了解她的意图。他后天就要走了，不能再跟这个少妇单独待在这幢房子里。因此，他必须抓紧时间，在回巴黎之前巧妙地弄清她的计划，不能让她改变主意，去答应另一个男人的追求，造成无法挽回的事实。

房间里寂然无声，只有壁炉上的座钟发出金属有规律的滴答声。

他低声问道：

"您一定很累吧？"

她回答道：

"是的，但我主要是难过。"

在这死气沉沉的套间里，他们说话的声音显得十分奇特，使他们俩都惊讶了。他们突然对死者的脸看了一眼，仿佛都以为他会动弹，会对他们说话，就像在几小时前那样。

杜洛瓦接着说道：

"哦！这对您是巨大的打击，您的生活会完全改变，真是对心灵和生活的巨大震荡。"

她没有回答，只是长长地叹了口气。

他继续说道：

"一个年轻妇女，像您这样孑然一身，真是难过。"

他停了一下。她什么也没说。他含糊不清地又说道：

"不管怎样。您知道我们之间订的条约。我完全听候您的吩咐。我是属于您的。"

她向他伸出了手，对他投以忧郁而又温柔的目光，这种目光会使人心花怒放。

"谢谢，您真好，太好了。要是我能为您做些什么事，我也会说：请相信我吧。"

他握住她伸给他的手，一直紧紧地握着，非常想吻吻它。最后，他下了决心，把它拿到嘴边，久久地吻着这细嫩、温馨的皮肤。

后来，他觉察到自己对女友爱抚的时间未免过长，就放开了她的小手。她把手软绵绵地放到膝盖上，严肃地说道：

"是的，我要一个人过了，但我尽量鼓起勇气。"

他不知道怎样才能使她明白，他十分乐意娶她为妻。当然，在此时此地，面对朋友的遗体，他不能对她明说，但是，他觉得自己能想出模棱两可、转弯抹角却又十分得体的词句，这种词句含义隐晦，但能含蓄地说出你想说的话。

但是，这尸体直挺挺地躺在他们面前，使他很不自在，他觉得尸体把他们俩分隔开来。另外，从刚才他就感到这门窗紧闭的房间里有一种可疑的气味，即来自尸体胸腔的腐烂气味，这是躺在床上的可怜死者向守灵的亲属散发出来的第一股腐臭，这种可怕的气味即将充满他的棺材。

杜洛瓦问道：

"能不能把窗子打开一点？我闻到空气里有腐烂的气味。"

她回答道：

"是的，我也刚闻到。"

他走到窗前，把窗子打开。夜晚清新的空气进入室内，床边两支蜡烛的火焰随之摇曳。月亮像前天晚上一样，把明亮的光线静静地洒在一座座别墅的白墙上，洒在波光粼粼的广阔海面上。杜洛瓦深深地呼吸着，突然感到充满了希望，仿佛幸运之神正摇摇晃晃地向他走来。

他转过身去。

"您来呼吸点新鲜空气，"他说道，"天气真好。"

她慢慢地走到他的身旁，把胳膊肘支在窗上。

于是，他低声说道：

"您听我说，希望您理解我的意思。我在这种时候讲这样的事情，您可千万不要生气，但我后天就要离开您了，等您回到巴黎之后，再讲这事也许已为时过晚。事情是这样的……我只是个穷

小子，没有钱，也没有地位，这您知道。但是，我有志气，自以为有点小聪明，而且我已走上轨道，方向对头。跟功成名就的男人在一起，您知道能得到什么；跟开始创业的男人在一起，您不知道他会走到哪里。您可能会倒霉，但也可能会走运。有一次在您的家里，我曾对您说过，我最大的愿望是要娶像您这样的女人为妻。这个愿望，我今天再对您说一遍。您不必回答我，让我说下去。我不是在对您提出要求。在此时此地提这样的要求是可恶的行为。我只是想让您知道，您只要说一句话就能使我幸福，您可以把我当作兄弟般的朋友，但如果您愿意，也可以把我变成您的丈夫，让您知道我的心和人都是属于您的。我不要您现在就回答我，也希望我们不要再在这里谈论此事。等我们在巴黎重逢之后，您再把您的决定告诉我。在此之前，只字不提，好吗？"

他说这些话时没有看她，仿佛他是对着自己前面的黑夜讲这番话的。她一动不动地站着，仿佛没有听到他的话。她也看着自己前面，用茫然的目光盯着月光下广阔而又苍白的景色观看。

他们在一起待了很长时间，肩并着肩，肘靠着肘，默默地沉思着。

后来，她低声说道：

"有点冷了。"说完，她转过身去，走到床边。他也跟着走了过去。

他走到近旁时，闻到福雷斯蒂埃确实开始发臭，就把他的扶手椅移开一点，因为他无法长时间忍受这种腐臭。

"明天上午就得把他入殓。"她回答道。

"是的，是的，已经说好了，木匠八点钟左右来。"

杜洛瓦叹了口气："可怜的小伙子！"她也长长地叹了口气，显得既伤心又无可奈何。

现在，他们已对他的死习以为常，所以不大去看他，并开始在心里接受这一事实。而在刚才，他们还对他的死感到气愤和反感，因为明白自己也会死。

他们不再说话，继续按规定守灵，不去睡觉。但在将近午夜十二点时，杜洛瓦首先睡着。他醒来时，看到福雷斯蒂埃夫人也睡着了。他换了个姿势，坐得更舒服一点，又闭上眼睛，并低声抱怨道："真该死！还是睡在被窝里舒服。"

突然，一个响声把他惊醒。看护走进房间。天已大亮。少妇坐在对面的扶手椅上，看来也和他一样被惊醒了。她在椅子上坐了一夜，脸色有点苍白，但仍然漂亮，气色也好，显得十分可爱。

这时，杜洛瓦对尸体看了一眼，不禁打了个寒战，惊叫道："哦！他的胡子！"在几小时的时间里，他的胡子长了出来，而且是在开始腐烂的皮肤上，长得跟活人在几天时间里长出来的胡子一样长。他们为死者身上继续存在的这种生命力而目瞪口呆，仿佛看到了可怕的奇迹，看到了僵尸复活的威胁，看到了一种令人恐惧的反常现象，这件事会把人弄得神志不清。

然后，他们俩都去休息，一直睡到十一点钟。醒来后，他们为夏尔入殓，顿时心下轻松、安定。他们面对面坐下来吃午饭，又想谈些令人快慰和高兴的事情，回到现实生活之中，因为他们已把死者的后事料理好。

窗子敞开，温暖的春风吹进屋内，带来在门口盛开的石竹花的香味。

福雷斯蒂埃夫人请杜洛瓦一起到花园里去转一圈。他们在小草坪周围慢慢地走着，高兴地呼吸着充满枞树和桉树清香的温暖空气。

突然，她开始对他说话，但没有把头转向他，就像他昨夜在房间里对她讲话时那样。她说话很慢，声音不高，但十分严肃：

"您听着，亲爱的朋友，我已经……仔细考虑了……您对我提出的建议，我不想一句话也不回答您就让您离开这里。不过，我也不会对您说同意或不同意。我们再等一等，看一看，我们之间会有更多的了解。您从自己这方面多考虑一下。您不要一时冲动。但是，我在可怜的夏尔尚未入土之前就对您谈论此事，是因为您对我谈了这番话之后，应该让您清楚地知道我是怎样的人，如果您的性格对我……对我……不能理解和容忍，那么，您就不必再抱有您曾对我说过的那种想法。

"您要弄清楚我的意思。对我来说，婚姻不是一条锁链，而是一种联合。我希望自由，完全自由，即我的行为、举止、外出保持自由，而且永远如此。我不容许别人监视、嫉妒和议论我的行为。当然，我可以保证，我绝不会败坏娶我为妻的男人的名声，也绝不会让他的名字被人耻笑。但是，这个男人也必须保证对我平等相待，把我看作盟友，而不是下属，也不是百依百顺的妻子。我知道，我的想法与众不同，但我绝不会改变自己的想法。就是这样。

"我还要补充一句：您不要回答我，您回答既没有用，也不合适。等我们以后见面时，也许可以再来谈所有这些事。

"现在，您去转一圈吧。我要去给他守灵。晚上见。"

他久久地吻着她的手，然后，一句话也不说就走了。

晚上，他们到吃饭时才见面。吃完饭，他们上楼回到各自的房间，因为他们都精疲力竭。

第二天，夏尔·福雷斯蒂埃被葬在戛纳的公墓，仪式十分简

单。乔治·杜洛瓦想乘下午一点半的快车返回巴黎。

福雷斯蒂埃夫人把他送到车站。他们等待开车的时刻来临，在月台上慢慢地走着，一面谈些无关紧要的事情。

火车到了，列车很短，只有五节车厢，是真正的快车。

记者选好座位，然后下车，又跟她谈了一会儿。他突然心里难受，非常后悔离她而去，仿佛要和她永别一般。

列车员叫道："去马赛、里昂、巴黎的旅客，请上车！"杜洛瓦上了车，把胳膊肘支在车门上，又和她说了几句话。火车头上汽笛长鸣，列车慢慢开动。

年轻人探身车外，看着少妇，只见她一动不动地站在月台上，目送他离去。在即将看不到她的时候，他突然把双手放在嘴上，向她送出飞吻。

她也给了他一个飞吻，但动作含蓄，犹豫不决。

第 二 部

一

乔治·杜洛瓦恢复了以前所有的生活习惯。

他现已迁居君士坦丁堡街底楼的小套间，过着循规蹈矩的日子，仿佛准备开始新的生活。他跟德·马雷尔夫人的关系就像夫妻一样，仿佛他在预先练习，以适应将来发生的事情。他们俩在一起时过着平静而有规律的生活，他的情妇常常惊讶，笑着说道："你管家里的事比我丈夫还行，情况没必要改变。"

福雷斯蒂埃夫人尚未回来，她还待在戛纳。他收到她的一封信，说她要到四月中旬才能回来，但一句话也不提他们离别前说的事。他等待着。现在他已决定，即使她显得犹豫不决，他仍要想方设法娶她。他相信自己的运气，也相信自己的魅力，他隐约感到自己具有一种不可抗拒的力量，能使所有的女人为之倾倒。

一封短信使他知道，决定性的时刻即将来到。

我已回巴黎。请来见我。

玛德莱娜·福雷斯蒂埃

信上只有这两句话。信是上午九点收到的。他于当天下午三点走进她的家门。她妩媚地微笑着，向他伸出双手，他们四目相视，看了几秒钟的时间。

然后，她低声说道：

"您真好，在那么令人害怕的时候为我跑了一趟。"

他回答道：

"您命令我做的事，我都会去做。"

他们坐了下来。她打听消息，询问瓦尔特夫妇、所有的同事和报馆的情况。她常常想到报馆。

"我非常想念这些事，"她说道，"非常想念。我思想上成了记者。怎么办呢？我喜欢这个职业。"

她没有说下去。从她的微笑、说话的声音和所说的话，他觉得理解了她的意思，感到其中包含着一种要求。他虽说曾告诫自己不要操之过急，但仍然结结巴巴地说道：

"是这样！……您为什么……为什么……不以……不以杜洛瓦

的名义……重操……旧业呢？"

她忽然又严肃起来。她把手放在他的胳膊上，低声说道：

"咱们还是别谈此事。"

但他猜到她已同意，就双膝跪下，狂吻她的双手，一面结结巴巴地重复道：

"谢谢，谢谢，我多么爱您！"

她站起身来。他也跟着站了起来。他发现她脸色十分苍白。这时他才明白她可能早就喜欢他了。他把面前的她一把抱住，久久地吻着她的前额，吻得温柔而又庄重。

她往边上一闪，从他怀里挣脱出来，严肃地说道：

"您听着，我的朋友，我还没有做出任何决定。但是，我可能会同意。不过，您要答应我守口如瓶，直至我解除对您的约束。"

他发了誓就走了，心里十分高兴。

从此之后，他去看望她时小心谨慎，不要求她明确地表示同意，因为她在谈论未来和说到"以后"制订计划时，总将他们两人的生活合在一起说。这种说话方式其实是在不断进行回答，而且比明确的同意更好、更高雅。

杜洛瓦工作勤奋，花钱很少，想要省下一些钱，以免结婚时身无分文。他过去大手大脚，现在却一毛不拔。

夏天过去，秋天接踵而来，谁也没有产生任何怀疑，因为他们见面次数很少，而且他们见面又极其自然。

一天晚上，玛德莱娜盯着他看，对他说：

"您还没有把我们的计划告诉德·马雷尔夫人？"

"没有，我的朋友。我答应您守口如瓶，所以没有对任何人说过。"

"那么，现在可以告诉她了。我负责通知瓦尔特夫妇。这件事这个星期就办，好吗？"

他的脸红了。

"好的，明天就去说。"

她慢慢把目光移开，仿佛不想看到他局促不安的样子，说：

"要是您同意，我们可以在五月初结婚。这个时间很合适。"

"我什么都听您的，十分乐意。"

"五月十日是星期六，我很喜欢，因为那天是我的生日。"

"行，就五月十日。"

"您的父母住在鲁昂附近，对吗？您好像对我说起过？"

"是的，鲁昂附近的康特勒村。"

"他们是干什么的？"

"他们是……他们是靠少量的年金收入生活。"

"啊！我很想认识他们。"

他犹豫了一下，十分为难地说：

"不过……那个，他们是……"

然后，他像男子汉那样做出决定：

"亲爱的朋友，他们是乡下人，是开小酒店的，他们用劳动得来的血汗钱供我读书。我并不是因为他们而脸红，但他们……直来直去……又土里土气，您可能会不习惯。"

她娇媚地微笑着，脸上显出温柔而又善良的表情。

"不会的。我会非常喜欢他们。我们要去看望他们。我一定要去。这件事我以后再跟您谈。我也出生在小户人家……但我父母双亡。我已没有亲人……"她把手伸给他，并补充道，"……只有您。"

他心里十分感动，对她心悦诚服，还从未有任何女人使他如此倾倒。

"我想到了一件事情，"她说，"不过，这件事很难说清楚。"

他问道：

"到底是什么？"

"嗯，是这样，亲爱的，我像所有的女人一样，也有我的……我的爱好和小算盘，我喜欢闪光的东西、悦耳的东西。我很想有个贵族的姓氏。我们结婚时，您是否能……给自己弄出个贵族的姓？"

这次是她的脸红了，仿佛她要他做一件不诚实的事情。

他爽快地回答道：

"这事我也经常在想，但我觉得有难度。"

"为什么？"

他笑了起来：

"因为我怕成为笑柄。"

她耸了耸肩：

"绝不会，绝不会。大家都这样做，没有人会笑话。您只要把姓一分为二，变成'杜·洛瓦'就行了。"

他立刻以内行的口气回答道：

"不，这样不行。这样做太简单、太普遍，别人太熟悉了。我想用我家乡的名称，先作为笔名，以后慢慢加到我的姓氏后面，然后再把我的姓一分为二，就像您对我建议的那样。"

她问道：

"您的家乡是康特勒吗？"

"是的。"

但她犹豫不决：

"不行，我不喜欢它的词尾。喂，我们是否能把这个词……就是'康特勒'改动一下？"

她拿起桌上的羽笔，潦草地写下几个字，研究它们的外形。突然，她大声说道：

"您看，您看，搞出来了。"

她把一张纸递给他，只见上面写着"杜洛瓦·德·康泰尔夫人"。

他考虑了几秒钟，然后一本正经地说道：

"好，非常好。"

她十分高兴，不断说道：

"杜洛瓦·德·康泰尔，杜洛瓦·德·康泰尔，杜洛瓦·德·康泰尔夫人。妙，真妙！"

她确信无疑地补充道：

"您一定会看到，这个姓很容易被大家接受。不过得抓住机会，因为时间一过就来不及了。从明天开始，您写专栏文章就署名D.德·康泰尔，而社会新闻则署名杜洛瓦。这种事报上每天都有，您用一个笔名，没有人会奇怪。到我们结婚时，我们还可以再改动一下，并对朋友们说，您以前不用'杜'是因为谦虚，是因为您的地位，或者干脆什么也不说。您父亲叫什么名字？"

"亚历山大。"

她连续低声说了两三遍"亚历山大，亚历山大"，听听每个音节的发音，然后在一张白纸上写道：

"亚历山大·杜·洛瓦·德·康泰尔先生和夫人敬告各位，其子乔治·杜·洛瓦·德·康泰尔先生和玛德莱娜·福雷斯蒂埃夫人喜结良缘。"

她把这张纸拿到稍远的地方观看，觉得效果不错，十分高兴，便说道：

"只要想点办法，什么事都能办到。"

他决定从此就用"杜·洛瓦"这个姓，甚至以"杜·洛瓦·德·康泰尔"为姓，所以走到街上时，觉得自己的地位又有了提高。他走起路来更加神气，头抬得更高，小胡子翘得更加精神，活像真正的贵族。他心里高兴，很想告诉行人：

"我名叫杜·洛瓦·德·康泰尔。"

但是，他回到家里，想起德·马雷尔夫人，就立刻感到不安。他马上提笔写信，约她第二天见面。

"这事不好办。"他想道,"她一定会对我大发脾气。"

后来,他决定对她采取忍受的态度,因为他生来无忧无虑,对生活中不愉快的事不大放在心上。他开始写一篇不切实际的文章,建议征收新的税收,以保证预算的收支平衡。他提出对姓氏前有表示贵族的介词的人每年征税一百法郎,对有爵位的人,从男爵到亲王,每年征税五百至一千法郎①。

他在文章后署名 D. 德·康泰尔。

第二天,他收到情妇寄来的蓝纸片,说她下午一点钟到。

他等待她时,心里有点焦躁不安,虽说他已决定速战速决,开门见山地把事情和盘托出,等最初的激动过去之后,再跟她心平气和地讲道理,对她说他不能一直做单身汉,说既然德·马雷尔先生总是不死,他就只好对她割爱,另找一个女人来作为合法的伴侣。

然而,他心情很激动。听到门铃响,心就开始怦怦直跳。

她扑到他的怀里:"你好,漂亮朋友。"她觉得他的拥抱缺乏热情,就仔细地对他看了看,问道:

"你怎么啦?"

"请坐。"他说道,"我们来好好谈谈。"

她坐了下来,但没脱帽子,只是把面纱撩到额头上面,然后等待着。

---

① 这篇文章似乎异想天开,但直接受到昂古莱姆的议员拉罗舍·儒贝尔十分认真的提案的启示,他的姓被莫泊桑用来创造议员拉罗舍-马蒂厄这个人物。

他眼睛往下面看，准备着自己的开场白。他慢条斯理地说道：

"亲爱的朋友，你可以看出我心烦意乱、难受，对我要跟你说的事情十分为难。我爱你，真心爱你，因此，我对我要告诉你的消息感到难受，但我更难受的是让你伤心。"

她脸色发白，觉得浑身发抖，就结结巴巴地说道：

"是什么事？你快点说！"

他装出心情沉重的样子，一个人在宣布使别人痛苦的好消息时就会这样。他说话声音悲伤，但语气坚决："我要结婚了。"

她叹了口气，仿佛即将失去知觉，这是出自肺腑的痛苦叹息。她气喘吁吁，难过得说不出话来。

他见她一声不吭，就接着说道：

"你无法想象，我在做出这一决定之前是多么痛苦。但是，我没有地位，也没有金钱。我孤身一人，落魄巴黎。我身边需要有个人来给我出主意，安慰我，支持我。我要找的是合伙人和同盟者，我现在已经找到。"

他停了下来，希望她会做出回答，以为她会勃然大怒，大发脾气，破口大骂。

她把一只手按在胸口上，仿佛要阻止心怦怦直跳，呼吸仍然十分急促，胸脯起伏不定，脑袋也随之颤动。

他握住她放在椅子扶手上的那只手，但她骤然把手抽了回去。然后，她仿佛患了痴呆症，低声说道：

"哦！……天哪……"

他跪倒在她的面前，但不敢碰到她，她的沉默让他难受，情愿看到她暴跳如雷。他结结巴巴地说道：

"克洛，我的小克洛，你要理解我的处境，你要了解我的地位。哦！我要是能娶你为妻，是多么幸福！但你是有夫之妇。我又有什么办法呢？你想一想，好吗？你想一想！我得在社会上站住脚，但我要是没有家室，就不能做到这点。你要知道！……有时，我真想杀死你的丈夫……"

他说话声音温柔、低沉而又迷人，像音乐一样动听。

在情妇一动不动的眼睛里，他看到两滴泪水慢慢变大，流到面颊上，而另外两滴泪水已在眼角上出现。

他低声说道：

"哦！你别哭，克洛，你别哭，我求求你。你哭得我的心也碎了。"

于是，她竭力克制自己，以保持自尊和骄矜之气。她仿佛就要哭出声来，用颤抖的声音问道：

"她是谁？"

他犹豫片刻，但知道不说不行：

"玛德莱娜·福雷斯蒂埃。"

德·马雷尔夫人浑身一颤，但默无一言，只是全神贯注地思考着，似乎已忘记他还跪在她的脚下。

晶莹的泪珠不断在她双眼中出现、流下。

她站起身来。杜洛瓦猜出她要不告而辞，既不责备他，也不原谅他。他心里感到自己受到了伤害和侮辱。他希望她不要走，用双手抱住她的裙子，紧紧抓住她裙子里圆圆的双腿。他感到她两腿挺直，不想让他抱住。

他恳求道：

"我求求你，你不要这样离开。"

她把他从上到下地看着，眼睛湿润，目光绝望，她眼睛妩媚而又悲伤，流露出女人心中的全部痛苦。她结结巴巴地说道："我没……我没什么可说的……我没有……任何办法……你……你做得对……你……你……选择了需要的女人……"

她往后一退，从他手里挣脱出来，走了，而他也没有试图把她多留一会儿。

屋里只有他一人了，他站起身来，觉得头昏眼花，仿佛当头挨了一棒。然后，他打定了主意，低声说道："对，不算坏也不算好。行了……没有大吵大闹。我就喜欢这样。"他如释重负，突然感到自由自在，可以毫无拘束地开始新的生活。他对着墙壁打起了拳击，出拳很重，为自己的成功和力量陶醉，仿佛他和命运之神交过了手。

后来，福雷斯蒂埃夫人问他："您对德·马雷尔夫人说过没有？"

他平静地回答道："说过了……"

她用发亮的眼睛询问他。

"她没有难过？"

"没有，一点也没有。相反，她觉得这样很好。"

这消息很快就传到各处。有些人惊讶，另一些人认为是意料之中的事，还有些人只是微微一笑，说明这件事并没有令他们意外。

现在，年轻人在专栏文章上署名 D. 德·康泰尔，在社会新闻上署名杜洛瓦，在他开始撰写的政治文章上署名杜·洛瓦。他每天有一半时间在未婚妻家里度过，她对他像兄弟那样亲热，但已有一种隐蔽的真情，一种像弱点那样掩盖着的欲望。她决定婚礼将秘密举行，只请证婚人出席，在举行婚礼的那天晚上，他们将动身前往鲁昂。第二天，他们就可以抱吻记者年老的父母，并将在老人身边住几天。

杜洛瓦曾竭力劝她放弃这一计划，但没有成功，最后只好听从她的安排。

因此，在五月十日这个大喜的日子里，新婚夫妇没有邀请任何客人，所以认为不必举行宗教婚礼，就在市政府举行了短暂的仪式之后，回家收拾行李，然后来到圣拉扎尔火车站，乘晚上六点的那班火车前往诺曼底。

进入车厢之前，他们只说了二十句话。车厢里只有他们二人。他们感到火车开动之后，立刻四目相视，笑了起来，以掩盖他们不愿让别人察觉的局促不安。

列车缓慢地穿过长长的巴蒂尼奥勒火车站，然后跨越从巴黎旧城墙遗址到塞纳河畔像患了疥疮般的平原。

杜洛瓦和妻子不时说上几句无关紧要的话，然后转过头去朝车窗外面观看。

列车驶过阿尼埃尔的桥时，他们看到河里全是船只、渔民和划船的游客，不由心花怒放。五月的骄阳斜照着这些船只和平静的水面。河水仿佛，既不流动，也没有漩涡，在夕阳炎热而灿烂的光线下凝固了。河流中央有一艘帆船，为了利用微弱的风力，在两个船舷张开三角形的巨大白帆，活像展翅欲飞的大鸟。

杜洛瓦低声说道：

"我很喜欢巴黎郊区，我记得在那儿吃过油炸鱼，这是我一生中最美好的回忆。"

她回答道：

"还有划船。太阳落山时在河里划船是多么快活！"

然后，他们都不开口了，仿佛他们都不敢重提过去的生活。他们默默地坐着，也许已经在品尝惋惜的诗意。

杜洛瓦坐在妻子对面，握住她的手，慢慢地吻着。

"我们回来之后，"他说道，"有时可以到夏图去吃晚饭。"

她低声说道："我们有这么多事情要做！"说话的语气似乎在说："必须牺牲美好的生活，去做实用的事情。"

他仍然握着她的手，心里焦急地在想，用什么办法才能去抚摸她。即使在天真无邪的姑娘面前，他也不会局促不安，但是，他发现玛德莱娜机灵而又狡黠，不敢鲁莽行事。他担心被她看成幼稚无知的人，担心显得过于腼腆或过于粗鲁，行动过于缓慢或过于迅速。

他握着她的手，不时轻轻地捏一下，但她没有反应。他说道：

"我觉得很奇怪，您会成为我的妻子。"

她显出意外的样子：

"为什么？"

"我不知道，我觉得奇怪。我想抱吻您，但我惊讶的是，我竟有这个权利。"

她把面颊靠近他，他像吻姐妹那样吻了她。

他接着说道：

"我第一次看到您时，您知道，就是福雷斯蒂埃请我去吃晚饭的那天，心里就在想：'唉，我要是能找到这样的女人就好了。'现在这已成为事实，我找到了。"

她低声说道：

"您真好。"她仔细地看着他，眼睛始终带着微笑。

他心里在想："我太冷淡了。我真蠢。我得迅速行动。"于是，他问道：

"您和福雷斯蒂埃是怎么认识的？"

她用调皮而又挑衅的神情回答道：

"我们去鲁昂是为了谈他？"

他的脸红了："我真蠢。您把我吓得忐忑不安。"

她听了乐不可支："我？不可能吧？怎么会这样呢？"

他坐到她身旁，紧挨着她。她突然叫道："哦！一头鹿！"

列车穿越圣日耳曼森林，她看到一头受惊的鹿，从一条小路上跳了过去。

她从打开的车窗向外面观看时，他俯下身子，像情人那样在她头发后面的脖子上久久地吻了一下。

她一动不动地待了几分钟时间，然后抬起了头：

"您弄得我怪痒的，别闹了。"

但是，他没有走开，而是用拳曲的小胡子在她洁白的皮肤上慢慢地擦来擦去，这长时间的抚摸，会把人弄得软绵绵的。

她扭动着身子：

"别闹了。"

他把右手从她背后伸过去，把她的头转到他这边来，然后像老鹰捕食一般扑过去吻她的嘴。

她挣扎着，把他推开，想挣脱他。她最后总算摆脱出来，连

声说道：

"您别闹了。"

他不再听她的话，把她紧紧抱住，用贪婪和颤抖的嘴唇吻她，想让她躺倒在座位的坐垫上。

她用力挣脱出来，并迅速站了起来：

"哦！得啦，乔治。别闹了。我们不是小孩子了，我们可以等到了鲁昂再来嘛。"

他仍然坐着，脸色通红。这些话合情合理，使他冷静了下来：

"好吧，我就等着，"他高兴地说道，"但我在到达以前是不会再说二十句话了。您想想，我们现在才到普瓦西。"

"那就由我来说。"她说道。

她慢慢地在他身边坐了下来。

她确切地说出他们回去后要做的事。他们将保留她和第一个丈夫住的那个套间，杜洛瓦也将继承福雷斯蒂埃在《法兰西生活报》的职位和待遇。

另外，在他们结婚前，她已像实业家那样稳妥地安排了家里的一切财务。

他们虽然是合作伙伴，但财产分开，对将来可能发生的情况都做了安排，如死亡、离婚、生一个或几个孩子。男方自称带来四千法郎，但其中的一千五百法郎是借来的，其余的是当年的积蓄。女方带来四万法郎，据她说，是福雷斯蒂埃留给她的遗产。

她又谈到了福雷斯蒂埃，并把他说成学习的榜样：

"这个小伙子非常节约，非常规矩，非常勤奋。他要是活着，过不了多久就会发财。"

杜洛瓦不再听她说话，而是一心在想别的事情。

她有时停下来想一下，然后接着说道：

"过三四年，您每年也能挣到三四万法郎。夏尔要是活着，也能挣到这么多钱。"

乔治开始觉得她这堂课上得太长，就回答道：

"我觉得我们不是为了谈论他才去鲁昂的。"

她在他面颊上轻轻地拍了一下：

"对，是我错了。"

她笑了。

他把双手放在膝盖上，装得像乖孩子一样。

"您这样就像傻子。"她说道。

他反驳道：

"这是您刚才要我扮演的角色，我只能这样。"

"为什么？"

"因为家里由您当家作主，我的人也归您管。这是您的事，因为您是寡妇！"

她很惊讶：

"您这是什么意思？"

"您有经验，可以消除我的无知，您结婚的实践可以使我这个幼稚的单身汉开开窍。嘿，这就是我的意思！"

她大声说道：

"这太过分了！"

他回答道：

"就是这样嘛。我不了解女人，嘿，而您却了解男人，因为您是寡妇，嘿，今天晚上……由您来教我，嗯，您要是愿意，现在就可以开始教，嘿。"

她高兴地大声说道：

"哦！这件事您可以包在我的身上！……"

他像中学生背书那样，结结巴巴地说道：

"当然啰，嘿，我要靠您。我甚至希望您把扎实的知识教给我……用二十节课……十节教基础……阅读和语法……另外十节是提高和修辞……我一无所知，嘿。"

她觉得有趣，大声说：

"你真傻。"

他接着说道：

"既然你开始用'你'来称呼我，我就照此办理。我要对你说，亲爱的，我越来越爱你了，我的爱是与秒俱增。我觉得鲁昂真远！"

他现在是用演员的腔调说话，脸部装出滑稽的表情，逗少妇开心，因为她平时看到的都是放荡不羁的文人的装腔作势和插科打诨。

她从侧面看着他，觉得他确实迷人，不由产生想吃树上果子的欲望，但又犹豫不决，因为理智要她等到上餐后点心时再吃水果。

她产生这种想法，脸上不由泛起红晕，就说道：

"我的小学生，请相信我的经验，因为我对此深有体会。在车厢里接吻没有意思，会叫人恶心。"

接着，她的脸变得更红，低声说道：

"绝不能今年就吃了明年的粮食。"

他听出这樱桃小口里说出的话是话中有话，十分兴奋，就傻乎乎地笑着。他在胸口画了个十字，嘴里念念有词，像是在祈祷，然后宣布：

"我刚才已得到圣安东尼 ① 的庇护，不受诱惑。现在我已心如铁石。"

夜幕慢慢降临，轻纱般透明的阴影覆盖在右边的广阔田野上。列车在塞纳河畔行驶。河流像一条光滑而又宽阔的金属带子，在铁道旁伸展开来。两个年轻人看到落日的余晖在天上涂抹的火红色斑点在水面上映照出来。这些光亮斑点逐渐暗淡，颜色加深，令人伤心地变得阴暗。田野沉浸在黑暗之中，凄惨地发出死亡的战栗，每天黄昏都使大地这样战栗。

夜晚的这种忧郁，从打开的车窗进入车厢，渗透到年轻夫妇的心里，他们刚才还这么快活，现在却默无一言。

---

① 圣安东尼 (251—356)，古埃及隐修士。他年轻时即信奉基督，以隐居旷野苦修来接近上帝，不为魔鬼的恐吓或诱惑所动。以后他广收信徒，成为基督教隐修苦行的创始人。

他们偎依在一起，看着五月明媚的白昼就这样消逝了。

到了芒特，车厢里点了一盏小油灯，油灯摇曳的黄色光线，照到座位上软垫的灰色呢面料上。

杜洛瓦搂着妻子的腰，紧紧地抱着她。他刚才强烈的欲望，渐渐变成一种无精打采的柔情，他想要得到令人欣慰的爱抚，就是摇晃着孩子哄他入睡的那种爱抚。

他轻声轻气地说道：

"我会非常爱你，我的小玛德。"

这柔和的声音感动了少妇，使她全身迅速地颤动了一下。她见他把面颊靠在她温暖的胸脯上，就俯下身子，把嘴凑了过去。

他们默默地吻着，吻得长久而又深切，然后突然狂热地抱在一起，经过气喘吁吁的短暂扭斗，终于激动而又笨拙地交合在一起。事后，他们仍搂抱着，但两人都有点失望。他们的身子软绵绵的，但还柔情蜜意，一直抱到汽笛长鸣，宣布列车即将进入下一个车站。

她用手指理了理鬓角两边散乱的头发，说道：

"真蠢。我们都是顽童。"

但他仍然吻着她的双手，吻了一只又吻另一只，既迅速又狂热。他回答道：

"我爱你，我的小玛德。"

到达鲁昂之前，他们几乎一动不动地坐着，脸贴着脸，眼睛望着窗外的夜色，有时可看到屋里的灯光一闪而过。他们紧紧地依偎在一起，心满意足，沉浸在遐想之中，越来越希望更加亲密、更加自由地抱在一起的时刻尽快来临。

他们在一家窗子朝着码头的旅馆住了下来，吃了一点晚饭就上床了。

第二天上午刚到八点，女仆就来叫醒他们。

他们喝完放在床头柜上的那杯茶，杜洛瓦看了看妻子，然后像刚发现宝藏的幸运者那样，突然把她抱在怀里，并结结巴巴地说道：

"我的小玛德，我感到非常爱你……非常……非常地爱……"

她信任而满意地微笑着，一面还吻他，一面低声说道：

"也许……我也是。"

但他仍然对这次探亲感到担心。他曾多次提醒妻子，一再告诫她，使她有个思想准备。他觉得最好再提醒她一次。

"你知道，他们都是农民，是乡下的农民，而不是喜剧里的农民。"

她笑了起来：

"我知道，你对我说过好多次了。好了，你起来吧，让我也起来。"

他跳下床，去穿袜子：

"我们在家里会住得非常不舒服，非常不舒服。我房间里只有一张铺草垫的旧床。在康特勒没有钢丝床。"

她显得非常高兴：

"太好了。在……你身边……睡不好……早上又被公鸡叫醒，真有意思。"

她穿上宽大的法兰绒白晨衣，杜洛瓦立刻认了出来。他看到这件晨衣不大高兴。为什么？他清楚地知道，这种晨衣他妻子有整整一打。但是，她为什么不能把这些衣服通通扔掉，再买一些新的来穿呢？虽说这没有关系，但他还是希望她把和前夫在一起时穿的晨衣、睡衣和内衣全部换掉。他觉得这柔软、温暖的衣料上保存着福雷斯蒂埃接触后留下的某种东西。

他点了一支香烟，朝窗边走去。

他看到港口和宽阔的河流，河边停满了带有轻巧桅杆的货轮和低矮的汽船，码头上机器转动，发出隆隆的响声，在给这些船卸货。这种景象，他虽说早已熟悉，但现在看到仍然很激动。他大声说道：

"啊，真美！"

玛德莱娜跑了过来，把双手搭在丈夫的一个肩上，落落大方地倚靠在他的身上，既高兴又激动，连声说道：

"哦！真好看！真好看！想不到会有这么多船！"

一小时后，他们出发了，因为在几天前就已说好，他们将在两位老人家里吃午饭。他们乘坐的那辆生了锈的敞篷出租马车，发出锅匠铺里锅子摇晃的声音。马车沿着一条又长又难看的大路行驶，然后穿越有一条小河流过的草原，接着就开始爬坡。

玛德莱娜坐在这辆旧马车里，晒着暖烘烘的太阳，仿佛沐浴在温暖的阳光和田野的空气之中。她身体疲倦，就睡着了。

她丈夫把她叫醒。

"你看。"他说道。

马车走完了斜坡三分之二的路程，停了下来。那里是著名的景点，所有的旅客都要来此一游。

只见下面是广阔的谷地，既长又宽，清澈的河流弯弯曲曲，贯穿其间。河水从那边流来，河面上有许多岛屿，河流绕了一个圆弧形的弯，穿过鲁昂之前呈圆弧形。接着，城市在右岸出现，笼罩在薄薄的晨雾之中，屋顶上阳光闪烁；有成千座小巧玲珑的钟楼，有尖有平，犹如一件件精工细雕的巨大工艺品；或方或圆的塔楼戴着饰有纹章的冠冕；还有警钟楼和小尖塔；一片哥特式教堂。而俯瞰这些建筑物的，是主教堂的青铜尖顶，尖顶形状奇特，又大又丑，也许是世界上最高的尖顶。

但在对面，在河的另一边，是广阔的圣塞弗郊区，那里的工厂烟囱林立，又细又高，顶端呈圆锥形。

跟钟楼兄弟相比，烟囱数目更多，一直散布到远处的田野，这些用砖砌成的圆柱，把黑色煤烟吐向蓝色的天空。

在这些烟囱中，最高的是"雷电"[①]的火泵般的大烟囱，跟人工建造的建筑物中名列第二[②]的奇阿普斯的金字塔[③]一样高，几乎

[①] "雷电"高136米，是巨大的蒸汽机，用于鲁昂市供水系统。
[②] 当时埃菲尔铁塔尚未建造。科隆大教堂高达160米，在"人工建造的建筑物"中名列第一。
[③] 即胡夫金字塔，高达146.5米。奇阿普斯是胡夫（活动时期为公元前26世纪）的希腊名，他是古埃及第四王朝第二代法老。

跟她骄傲的大姐即那座大教堂的尖顶一样高，"雷电"看来是工厂区烟囱的女王，而大教堂的尖顶则是宗教建筑尖顶的女王。

在工业区后面，有一座枞树林。塞纳河在两个城区之间穿过，继续向前流去。沿岸山峦起伏，山顶上树木苍翠，山坡上时而露出白色的岩石。然后，河水划出一道长长的圆弧之后，消失在地平线上。河面上货船来来往往，牵引它们的汽船像苍蝇那么小，吐出一股浓烟。岛屿排列在水面上，要么互相连接，要么相距甚远，像一颗颗大小不一的绿色念珠。

出租马车的车夫等待这两位旅客观赏完毕。他凭经验知道各类游客观赏的时间。

但车夫重新驾车前进时，杜洛瓦突然看到，在几百米远的地方，有两位老人迎面走来，他立刻跳下马车喊道："他们来了。我认出他们了。"

过来的是两个农民，一男一女，他们步履蹒跚，摇摇晃晃地走着，有时两人的肩膀会碰在一起。男的矮胖，脸色红润，有点发福，年纪虽老却仍然健壮；女的瘦长，背驼，愁容满面，是从小就在田里干累活的女人，从来不露出笑脸，即使丈夫跟顾客一起饮酒说笑时也是如此。

玛德莱娜也下了车，她看到这两个人可怜巴巴地走过来，不由一阵心酸，她想不到自己会这样难受。他们没有认出这位英俊的先生就是他们的儿子，也绝不会想到这位穿浅色连衣裙的漂亮夫人是他们的儿媳妇。

他们默无一言，迅速地走着，去迎接他们盼望的孩子，没有去注意这两个跟着马车行走的城里人。

他们刚要走过去，乔治笑着叫道：

"你好，杜洛瓦老爹。"

他们俩突然停了下来，先是一愣，后是一惊。老妇先明白过来，她仍然站着不动，结结巴巴地说道：

"你是我们的儿子？"

年轻人回答道：

"是的，是我，杜洛瓦大妈！"他走了过去，亲热地在她面颊上吻了两下。接着，他又跟已脱下帽子的父亲抱吻。他父亲戴的是鲁昂时兴的鸭舌帽，面料为黑色丝绸，帽子很高，就像牛贩子戴的那种。

然后，杜洛瓦介绍道："这是我妻子。"两个乡下人看了看玛德莱娜，就像在看稀奇古怪的东西，父亲心里又惊又喜，母亲心里妒火中烧。

老头生性快乐，又喝了苹果酒和烧酒，高兴，露出狡黠的眼神，大胆地问道：

"我可以抱吻她吗？"

儿子回答道："当然可以。"玛德莱娜局促不安地把面颊伸过去，这个农民亲了两个响吻，然后用手背擦了擦嘴。

农妇也吻了吻儿媳妇，但抱有敌意，所以不大亲热。不，这不是她想要的儿媳妇，她要的是身体壮实、精神饱满的农家姑娘，脸红得像苹果，身体圆得像种马。可这位夫人浓妆艳抹，浑身麝香味，似乎不大正经。在老妇人看来，所有的香水都是麝香。

他们四人都跟在载有新婚夫妇行李的马车后面走。

老头挽着儿子的胳膊，放慢脚步走在后面，关心地问道：

"喂，干得好吗？"

"好，很好。"

"行，太好了！跟我说说，你媳妇有钱吗？"

乔治回答道：

"有四万法郎。"

父亲轻轻地吹了声口哨，表示赞赏，低声说道："真行！"他对这个数目惊讶万分。然后，他深信不疑地补充道："没说的，这女人漂亮。"他觉得儿媳妇对他的胃口。过去，他被认为是这方面的行家。

玛德莱娜和婆婆肩并肩地走着，一句话也不说。两个男人赶上了她们。

他们走到村子。村子不大，位于公路旁边，路的两边各有十幢房屋，都是乡镇的房子和破旧的农舍，有的用砖砌，有的用土垒，屋顶有的盖茅草，有的铺石板瓦。杜洛瓦老爹的"美景酒店"，是一座简陋的平房，建有阁楼，位于村口的左侧。门上挂着一根松枝，在古代，这表示过路人口渴可以进去喝一杯。

在店堂里，餐桌上已摆好餐具，餐桌由两张桌子拼成，上面铺着两条餐巾。一个前来帮忙的女邻居，看到来了一位如此漂亮的夫人，恭恭敬敬地行了个屈膝礼。她认出乔治后大声说道："耶稣基督，是你吗，孩子？"

他高兴地回答道：

"是的，是我，布吕兰大妈！"

他立刻抱吻了大妈，就像他刚才抱吻父母那样。

然后，他朝妻子转过身去：

"你到我们房间里去，"他说道，"把你的帽子脱了。"

他带她走进右面那扇门，来到一间冷丝丝的房间，只见地上铺着方砖，墙壁用石灰刷得雪白，床上挂着棉布床帏。一个带耶稣受难像的十字架挂在圣水缸上面，两幅彩色图画是这间令人难受的干净房间的唯一装饰，一幅画的是保尔和薇吉妮①站在一棵蓝

---

① 保尔和薇吉妮是法国作家贝纳丹·德·圣皮埃尔 (1737—1814) 的同名小说的主人公。他们生于法兰西岛，长大后相互爱恋。薇吉妮被接回法国，因拒绝包办婚姻而失去财产继承权，在回法兰西岛时遇风暴死于海中，保尔也因悲伤过度郁郁而亡。

色的棕榈树下，另一幅画的是拿破仑一世骑着黄马。

他们单独待在一起后，他立刻抱吻了玛德莱娜：

"你好，玛德。我很高兴见到了两位老人家。在巴黎时不想他们，但见了面还是很高兴。"

这时，老头用拳头敲着隔板叫道：

"喂，喂，饭烧好了。"

"该去吃饭了。"

这是乡下人的午饭，吃了很长时间，菜一道道很多，但配得不好，香肠接在羊后腿后面，摊鸡蛋接在香肠后面。杜洛瓦老爹喝了苹果酒和几杯葡萄酒后来了劲儿，滔滔不绝地说着他只有在喜庆节日时才讲的笑话，据他说，这些低级下流的故事是他那些朋友的亲身经历。这些故事杜洛瓦全都知道，但他仍然笑着，因为他陶醉在故乡的气氛之中，回忆起对家乡和童年时代熟悉的地方的眷恋，产生了各种各样的感觉，回忆起各种各样的往事和以前的各种事物，这些都是微不足道的事情，如门上的刀痕，一把放不稳的椅子使人想起一件小事，泥土的气息，来自邻近的森林的树脂和树木浓烈的气味，还有住房、小溪和厩肥的气味。

杜洛瓦大妈没有说话，神情仍然忧郁而又严肃，用仇恨的目光窥视着儿媳妇。她是农村的老年妇女，因艰苦的劳动而手生茧子，四肢变形，对这个城里女人自然深恶痛绝，觉得这个女人是被天主弃绝的魔鬼，是游手好闲、作恶多端的荡妇。她不时站起身来，去端菜、倒酒，把长颈大肚玻璃瓶里发酸的黄色饮料或酒瓶里带泡沫的橙红色甜苹果酒倒入各人的酒杯。酒瓶的塞子在开启时会跳出来，如同柠檬汽水的瓶塞。

玛德莱娜吃得少，说得也少。她闷闷不乐，但嘴上仍挂着平时的微笑，不过笑得没精打采、无可奈何。她又失望又伤心。为什么？是她要来的。她知道是到农民家里来，而且是贫苦的农民。她平时不爱幻想，可在当时，她对他们又是如何幻想的呢？

她懂自己吗？女人是总对不可能的东西有所期待吗？她在远处时，是否把他们想象得富有诗意？不是，但也许更加高雅，更有感情，更有风度。然而，她并不希望他们像小说里描写的那样与众不同。那么，他们使她不快，是因为无数看不见的小事，是因为许多难以察觉的粗鲁，是因为他们生来土里土气，还是因为他们的言谈、举止和快活？

她想起自己的母亲，她从未和别人谈起过母亲。她母亲是小学教师，在圣但尼长大，后被人勾引失身，在贫困中郁郁而死，当时玛德莱娜才十二岁。一个陌生人把这个小姑娘抚养成人。也许是她的父亲？他是谁呢？她不大清楚，这只是她的猜测。

午餐还没有结束。一些顾客走进店堂，跟杜洛瓦老爹握了握手，看到他儿子后赞不绝口，朝少妇那边看了看，狡黠地眨了眨眼，意思是说："好家伙！乔治·杜洛瓦的老婆真不赖。"

另一些不大熟悉的顾客在木桌前坐了下来，叫道："一瓶葡萄酒！"——"一杯啤酒！"——"两杯白兰地！"——"一杯拉斯帕伊酒①！"接着，他们开始玩多米诺骨牌，把黑白两色的长方形骨牌敲得很响。

杜洛瓦大妈不停地走来走去，愁眉苦脸地伺候客人，一会儿收钱，一会儿用蓝围裙的角擦桌子。

店堂里全是陶土烟斗和廉价雪茄散发的烟雾。玛德莱娜开始咳嗽，问道："我们出去好吗？我受不了了。"

饭还没有吃完。杜洛瓦老爹不大高兴。玛德莱娜站起身来，走到门前，在路边一把椅子上坐了下来，等公公和丈夫把咖啡和烧酒喝完。

过一会儿，杜洛瓦来到她的身边，说道：

"咱们从这儿下山，一直走到塞纳河边，好吗？"

她愉快地表示同意：

"好的！咱们走吧。"

他们下了山，在克鲁瓦塞租了一条船，游弋在一个小岛周围，度过了下午的时光。游船在河水的微波中轻轻摇晃，他们在柳树的树荫下泛舟，在暖和的春风中半睡半醒。

天黑后，他们回到山上。

吃晚饭时，点了一支蜡烛。对于玛德莱娜来说，这顿饭比午饭更加难受。杜洛瓦老爹已经半醉，所以不再说话。大妈仍然板着面孔。暗淡的烛光在灰色的墙上映照出几个人头的影子，头上

---

① 拉斯帕伊酒是一种甜烧酒，跟本笃会修士酿制的甜烧酒类似。这种酒由著名化学家、政治家弗朗索瓦-樊尚·拉斯帕伊酿成。这种酒现已不像本书发表时那样流行，但仍在生产。

鼻子巨大，手动的时候也奇大无比。有时，一个人稍微转动身子，侧面对着摇曳的黄色烛火，墙上就出现一只巨手的黑影，手里举着的叉子，像干草叉那样大，往魔鬼般张开的大嘴移动。

吃完饭，玛德莱娜不愿待在阴暗的店堂里，立刻把丈夫拉到外面，因为里面总是有旧烟斗和泼出的饮料发出的刺鼻烟味和酒味。

"你已经厌烦了。"他说道。

她想要否认，但他不让她说：

"你别说。我看出来了。你要是同意，我们明天就走。"

她低声说道：

"好的。我同意。"

他们慢慢地走着。那天晚上很暖和，柔和而深沉的夜幕里，仿佛充满着轻微的沙沙声和呼吸声。他们进入一条狭窄的小道，上面是参天大树，两边是漆黑一片的灌木丛。

她问道：

"我们在什么地方？"

他回答道：

"在森林里。"

"森林大吗？"

"很大，是法国最大的森林之一①。"

————————

① 指鲁马尔森林，是法国国有森林，面积4000公顷，位于鲁昂西部。

小道上可闻到一股泥土、树木和苔藓的气味，这气味似乎一成不变，是茂密的树木中既新鲜又陈旧的香味，产生于芽苞的浆液和密林中干燥、腐烂的野草。玛德莱娜抬起头，看到树梢之间星星闪烁，虽说连吹动树枝的微风也没有，她仍感到周围的枝叶如大海的波涛在隐约起伏。

奇怪的是，她心里突然哆嗦一下，皮肤也随之颤动起来，一种模糊的焦虑不安揪住了她的心。为什么？她不知道。在这拱顶般微微颤动的绿叶之下，她感到自己晕头转向，仿佛将要淹死，处于危险之中，又被众人抛弃，孤零零地待在尘世之中。

她低声说道：

"我有点害怕。我想回去。"

"好，咱们就回去。"

"那……我们明天就回巴黎？"

"好的，就明天。"

"明天上午？"

"你要明天上午就明天上午。"

他们回到家里。两个老人都已睡了。她睡得不好，不断被各种声音吵醒，因为乡下的这些声音，她以前从未听到过，如猫头鹰的叫声，关在墙外草棚里一头猪的呼噜声，以及从午夜起一只公鸡的啼鸣声。

天刚亮，她就起来准备动身。

乔治把他要回去的事告诉父母，他们俩都呆住了，但立刻明白他要走的原因。

父亲只是问了一句：

"你过些日子还会来吗？"

"会的。在夏天。"

"这样就好。"

大妈低声埋怨道：

"你做的事，但愿不要后悔。"

他给父母留下二百法郎，以消除他们的不满。一个孩子去叫出租马车，到十点左右叫来了，新婚夫妇吻别了乡下的老人后就上车走了。

马车下坡时，杜洛瓦笑了起来：

"瞧，"他说道，"我早就对你说过。我不应该让你认识我的父母，就是杜·洛瓦·德·康泰尔先生和夫人。"

她也笑了起来，并回答道：

"我现在很高兴。他们是老实人，我开始喜欢他们了。到巴黎后，我要寄些小礼物给他们。"

然后，她低声说道：

"杜·洛瓦·德·康泰尔……你会看到，在收到我们的结婚通知书时，不会有人惊讶。我们告诉别人，我们在你父母的领地里住了一个星期。"

她靠在他的身边，轻轻地吻了吻他小胡子的末梢："你好，乔！"

他回答道："你好，玛德。"说着，他搂住她的腰。

从远处望去，在上午的阳光照耀下，河谷里的大河犹如一条展开的银色带子，工厂区的烟囱向天空吐着乌云般的煤烟，而在老城区，则耸立着钟楼的尖顶。

二

　　杜洛瓦夫妇回到巴黎已有两天。记者仍干以前的工作，他要等到辞去社会新闻栏负责人的职务之后，才能最终接管福雷斯蒂埃的工作，专搞政治新闻。

　　那天晚上，他心情愉快地上楼回家，回到他前任的住宅去吃晚饭，一心想着过一会儿就要去抱吻妻子。他对妻子肉体的魅力赞赏不已，不由自主地对她百依百顺。在路过洛雷特圣母街下首的一家花店时，他想到买一束花给玛德莱娜，就买了一大束初开的玫瑰，花蕾芳香扑鼻。

　　走到新居的每一层楼，他都要扬扬得意地照照镜子，而看到这些镜子，他就会想起第一次走进这屋子的情景。

他忘了带钥匙，就按了按门铃。来开门的是原来的男仆。他听从妻子的建议，留下了这个仆人。

乔治问道："夫人回来了吗？"

"回来了，先生。"

穿过餐厅时，他看到桌上摆着三副餐具，十分意外。客厅的门帘没有放下，他看到玛德莱娜正把一束玫瑰花插在壁炉上的花瓶里，那束花跟他买的一模一样。他有些不快，仿佛有人把他的想法和殷勤偷学去了，也像他那样期待着其中的乐趣。

他进去时问道："你请了一位客人？"

她仍在插花，头也不回就回答道："也是，也不是。是我的老朋友沃德雷克伯爵，他每星期一都在这儿吃晚饭，今天也像过去一样来了。"

乔治低声说道：

"啊！很好。"

他手里拿着花，站在她的背后，真想把花藏起来或扔掉。但他仍然说道：

"瞧，我给你带来了玫瑰花！"

她突然转过身来，笑容满面地叫道：

"啊！你想到了这个，真好。"

她怀着真诚的喜悦，向他伸出双臂，把嘴唇送了过去，这使他快慰。

她接过花，闻了闻，高兴得像个孩子，把花插在插好花的花瓶旁边的一只空花瓶里。插好后，她看看是否好看，并低声说道：

"真高兴！这下我可把壁炉布置好了。"

她立刻自信地补充道：

"沃德雷克这个人很有意思，你很快就会成为他的朋友。"

门铃响了一声，伯爵到了。他进来时神色平静，无拘无束，就像走进自己的家门。他彬彬有礼地吻了吻少妇的手，然后转向她丈夫，诚恳地伸出了手，并问道：

"亲爱的杜·洛瓦，你好吗？"

他已不像过去那样面孔铁板，神情严肃，而是和蔼可亲，这说明情况发生了变化。记者见伯爵跟他打招呼，受宠若惊，赶紧笑脸相迎。五分钟后，两个人就像是相识十年的好友。

这时，玛德莱娜眉开眼笑地对他们说道：

"你们谈吧。我要到厨房去看看。"她出去时，两个男人都以目光相送。

她回来时，听到他们在谈戏剧，是谈论一出新戏。双方的看法不谋而合，两人的意见完全相同，眼中不禁流露出相见恨晚的意思。

晚饭吃得很开心，气氛亲切、友好。伯爵到很晚才走，他和这对漂亮的夫妇待在一起非常高兴。

他走了以后，玛德莱娜立刻对丈夫说道：

"他真好，是吗？你了解他后，就会觉得他和初次相识时完全不同。他是个忠实、可靠的好朋友。啊！要是没有他……"

她没有把心里的想法说完。乔治回答道：

"是的，我感到他非常讨人喜欢。我觉得会跟他相处得十分融洽。"

但她立刻接着说道：

"你不知道，今晚在睡觉以前，我们还得工作。晚饭前我没来得及告诉你，因为沃德雷克来了。我刚得到重要消息，是有关摩洛哥的消息 ①。这消息是拉罗舍-马蒂厄告诉我的，他是国民议会议员，也是未来的部长。我们得写出一篇大文章，而且要引起轰动。我有一些事实和数字。我们立刻开始工作。喂，你拿灯。"

---

① 在《吉尔·布拉斯报》上发表的文章有"埃及"二字。莫泊桑希望更紧密地联系当时的政治现状，同时又不显示真实的历史。摩洛哥及其发生的事件，在此实际表示突尼斯在 1881 年至 1882 年发生的事件。

他拿了灯，跟她一起走进书房。

书柜里仍放着那些书，只是上面多了三只花瓶，是福雷斯蒂埃临死前一天在朱昂湾买的。桌子下面，死者的皮暖脚套等着杜·洛瓦去穿。他坐下来后，拿起蘸水笔的象牙笔杆，笔杆尾部留有死者咬过的齿痕。

玛德莱娜把身体靠在壁炉上，点了一支香烟，讲了她得到的消息，然后说出自己的想法，以及她拟定的文章提纲。

他一边专心地听她说，一边用潦草的字迹记着笔记。他写完后，立即提出不同的意见，把问题重新研究一下，把它扩大并加以发挥，已不是一篇文章的提纲，而是反对现任内阁的作战计划。这一次攻击只是战斗的开始。他的妻子听得津津有味，不再抽烟，她顺着乔治的思路，看到了十分广阔和遥远的地方。

她不时低声说道：

"是的……是的……很好……非常好……这样很有力……"

等他讲完后，她说道：

"现在咱们写吧。"

但是，文章的开头他总是写不好，很难找到合适的词语。于是，她悄悄地走了过来，在他的肩膀上俯下身子，在他耳边低声说出开场白的句子。

有时，她犹豫了一下，便问道：

"你是不是想这样说？"

他回答道：

"是的，就是这样。"

她用来中伤内阁总理的词句，具有女人特有的尖刻和恶毒。她既嘲笑总理的相貌，又嘲笑他的政策，写得滑稽可笑，使人在捧腹大笑之时，感到批评得入木三分。

有时，杜·洛瓦也加上几行，使一次攻击更加深刻、有力。另外，他也善于心怀叵测地暗示，这种本领他是在写社会新闻时学到的。他觉得玛德莱娜认为确信无疑的事实有问题或会带来麻烦时，就用巧妙的笔法让读者猜出这一事实，或是把这一事实强加于读者的思想，这样做比他明确说出这一事实的效果更好。

文章写好后，乔治用夸张的语调高声朗读了一遍。他们一致认为文章写得妙不可言，相视而笑，既高兴又惊讶，仿佛他们刚才都向对方显示了自己的才能。他们四目相视，互相钦佩，真可谓惺惺惜惺惺。接着，他们热烈拥抱，因为他们的爱慕之情从思想传到了肉体。

杜·洛瓦又拿起灯："现在，睡觉。"他说话时目光如炬。

她回答道：

"您先走，主人，因为您照亮了道路。"

他走进卧室，她跟在后面，一面用手指轻轻地搔他衣领和头发之间的颈背，让他走得快点，因为他很怕别人这样搔他。

文章署名乔治·杜·洛瓦·德·康泰尔，发表后引起了轰动。国民议院也为之震惊。瓦尔特老头向作者表示祝贺，并任命他为《法兰西生活报》政治新闻部负责人。社会新闻部仍由布瓦勒纳尔负责。

于是，该报对领导国家事务的内阁开战，进行巧妙而猛烈的进攻。攻击总是击中要害，而且事实俱全，有时讽刺，有时严肃，有时滑稽，有时恶毒，攻击得准确无误、连续不断，所有的人都对此感到惊讶。其他报纸不断转引《法兰西生活报》的文章，而且是整段整段地引述。当权的人士都在询问，能否用省长的职位来封住这位陌生而又顽强的敌人的嘴。

杜·洛瓦在各个政治团体中逐渐成为知名人物。别人跟他握手的力量和脱帽的姿势，使他感到自己的影响在不断扩大。另外，他妻子思维敏捷，消息灵通，交友甚广，也使他惊讶和赞叹不已。

他回家时，常常在客厅里看到一位参议员、国民议会议员、法官或将军在跟玛德莱娜谈话，他们把她当作老朋友，跟她非常亲热，但又非常正经。这些人她是在什么地方认识的？据她说，是在社交界认识的。但她如何能得到他们的信任和喜爱？这点他弄不清楚。

"她可以成为出色的外交家。"他想道。

她常常在吃晚饭时才回家，回家时气喘吁吁，脸色通红，微微颤抖，面纱没脱就说道：

"今天我搞到了好消息。你想想，司法部长刚任命的两位法官参加过混合委员会。我们要打他一棍，让他永世难忘。"

果然，他们对这个部长打了一棍，第二天又是一棍，再过一天打了第三棍。国民议会议员拉罗舍-马蒂厄每星期二到泉水街来吃晚饭，而沃德雷克伯爵则是每星期一来。议员来时欣喜若狂，跟这对夫妻紧紧地握手。他不断说道："天哪！真厉害。这样干，我们怎么会不成功呢？"

他所希望的成功，就是得到他觊觎已久的外交部长的职位。

他是多面派政客，既没有政治信仰，也不是十分能干。既不是浑身是胆，也没有真才实学。他原是外省的律师，在省会可算是英俊男子，能周旋于各个激进党派之间保持平衡，像是共和派的耶稣会会士，也像迅速生长的毒草，在普选的民众排泄出来的粪堆上，长出的这种毒草数以百计。

他像乡下人那样不择手段地使用权谋，使他在同事中成为强者，在潦倒狼狈、一事无成的国民议会议员中鹤立鸡群。他仪表堂堂，彬彬有礼，不摆架子，和蔼可亲，能够功成名就。他在社交界春风得意，在当时鱼龙混杂、碌碌无为的高级官员中也踌躇满志。

人们到处在谈论他："拉罗舍一定能当上部长。"他比别人更加确信，自己能当上部长。

他是瓦尔特老头的报馆的重要股东之一，在许多金融业务中是瓦尔特的同行和合伙人。

杜·洛瓦支持他时信心十足，也对自己的未来抱有模糊的希望。另外，他只是继续干着福雷斯蒂埃开始的事业。拉罗舍-马蒂厄曾答应福雷斯蒂埃，在胜利之日来到后授予他十字勋章。现在，这枚勋章将佩戴在玛德莱娜的新丈夫的胸前，事情就是这样。总的说来，没什么变化。

大家都觉得没什么变化，所以杜·洛瓦的同事们老是跟他开同样的玩笑，使他生气。

他们都不叫他的名字，而叫他福雷斯蒂埃。

他刚到报馆，就有人叫道："喂，福雷斯蒂埃。"

他装作没有听见，去拿他信格里的信件。那声音又叫了起来，而且叫得更响："喂！福雷斯蒂埃。"随即传来几个人沉闷的笑声。

杜·洛瓦走到社长办公室时，叫他的人拦住了他：

"哦！请原谅。我是想跟你说话。真蠢，我老是把你当作可怜的夏尔。原因是你的文章非常像他的文章。大家都弄不清是怎么回事。"

杜·洛瓦什么也没有回答，但他怒火中烧，心里对这个死鬼憋着一肚子气。

政治新闻部的新主任和老主任所写的专栏文章在风格和构思上有着明显的相似之处，当大家惊讶时，瓦尔特老头说道：

"是的，这是福雷斯蒂埃的风格，但内容更加充实，更加刚劲有力，更有阳刚之气。"

有一天，杜·洛瓦偶然打开放置比尔包开的柜子，看到他前任的比尔包开的木棒上都系着黑纱，而他玩的那副，就是他在圣波坦的指导下练习的那副，木棒上系着粉红色的缎带。所有的比尔包开都按大小整齐地放在同一块搁板上，搁板上还放着一块牌子，就像博物馆里的标牌，上面写着："原系福雷斯蒂埃及其同人收藏，现属无政府担保的继承人福雷斯蒂埃－杜·洛瓦所有。藏品经久耐用，能在各处使用，外出旅行时也可携带。"

他平静地关上柜子的门，但用大家都能听到的声音说道：

"愚蠢和嫉妒无所不在。"

但是，他的自尊心和虚荣心受到了伤害。文人的这种虚荣心和自尊心十分敏感，一受到触动就会发怒，记者和天才的诗人都是如此。

"福雷斯蒂埃"这个姓使他感到刺耳，他害怕听到这个姓，一听到就脸红。

他觉得这个姓是辛辣的嘲笑，不但是嘲笑，简直就是侮辱。他仿佛听到此人在叫："你的工作是妻子帮你做的。她现在这样做，就像过去帮她丈夫干一样。要是没有她，你什么也不是。"

他清楚地知道，要是没有玛德莱娜，福雷斯蒂埃就什么也不是，但要说到他，那就走着瞧吧！

他回家之后，脑子里仍在想这件事。现在，整幢房子都使他想起那个死鬼。所有的家具和小摆设，他接触到的所有东西，都使他想起那个人。他最初并没有去想这件事，但同事们老是开同样的玩笑，就在他心里挖出了一个伤口，他过去并不在意的许多小事，现在都会刺痛这个伤口。

他拿起一件东西，就会立刻看到夏尔的手也放在上面。他现在只看和只用他以前用过的东西，即他自己购买、喜爱和占有的东西。乔治在想到他的朋友及其妻子以前的关系时也会恼火。

他有时对自己心里产生的这种莫名其妙的厌恶感到惊讶，扪心自问："见鬼，这到底是怎么回事？我并不嫉妒玛德莱娜的那些男友。对她所做的事情，我从未不安。她回来还是出去都是自由自在。但一想起夏尔这个畜生，我就恼火！"

他心里又想："实际上，他只是个傻瓜。也许我不快的就是这点。我生气的是，玛德莱娜竟会嫁给这样的蠢货。"

他心里不断想道："这个女人怎么会一时冲动，看中这样一个畜生？"

他的怨恨因无数鸡毛蒜皮的小事而与日俱增。这些事如针扎一般刺痛了他的心，因为玛德莱娜、男仆或女仆只要说一句话，就会使他想起那个死鬼。

一天晚上，爱吃甜食的杜·洛瓦问道：

"为什么没有甜食？你从来不叫人做甜食。"

少妇快活地回答道：

"不错，这点我没有想到。原因是夏尔不喜欢甜食……"

他克制不住自己，不耐烦地打断了她的话：

"啊！你要知道，夏尔开始使我厌烦。这也是夏尔，那也是夏尔。夏尔喜欢这个，夏尔喜欢那个。既然夏尔已经死了，那就别去打扰他了。"

玛德莱娜惊讶地看着丈夫，不知道他为什么会突然发火。但她聪明过人，很快就猜出他心里在想什么，知道他对死者的嫉妒与日俱增，是因为所有的一切都使他想起此人。

她也许觉得他这样想很幼稚，但她心里很得意，所以一句话也没有回答。

他为没能克制住自己的火气而后悔。那天晚上，吃完饭之后，他们在写一篇第二天要交的文章时，他觉得脚在皮里子暖脚套里不舒服。他无法把脚套转过来，就把它一脚踢开，笑着问道：

"夏尔的脚难道老是怕冷？"

她也笑着回答道：

"哦！他生前害怕感冒，他的肺弱。"

杜·洛瓦恶狠狠地接着说道："这点他已证实。"然后他讨好地补充道："我运气好。"说完，他吻了吻妻子的手。

但在睡觉时，他仍然无法摆脱这个念头，就再次问道：

"夏尔怕穿堂风吹进耳朵，睡觉时是否戴棉布帽子？"

她对他的玩笑听之任之，就回答道：

"不是，是在额头上扎一条色彩鲜艳的头巾。"

乔治耸了耸肩，用屈尊俯就的姿态蔑视地说道：

"真傻！"

从此之后，夏尔成了他谈话中不可或缺的题材。他时刻提到他，并装出极其怜悯的样子，称之为"可怜的夏尔"。

如果他在报馆里听到别人叫他两三次福雷斯蒂埃，他回家后就进行报复，不断恨恨地嘲笑坟墓里的死人。他谈论死者的缺点、可笑之处和心胸狭窄，说的时候扬扬得意，还加以发挥和夸大，仿佛想在妻子心中消除一个可怕情敌的影响。

他不断说着："喂，玛德，福雷斯蒂埃这个傻瓜有一天想要向我们证明，胖子比瘦子更加健壮，你记得吗？"

然后，他想了解死者私生活的种种秘密，少妇觉得说不出口，但他硬要她说。

"说吧，你讲给我听听。他在这种时候一定非常可笑，是吗？"

她嘴唇一动，低声说道：

"好了，你别去说他了。"

他接着说道：

"不，告诉我！这畜生在床上确实笨手笨脚！"

他最后总是得出这样的结论：

"真粗野！"

六月底的一天晚上，他在窗边抽烟，由于天气很热，他想出去散步。

他问道：

"我的小玛德，到布洛涅林园去走走好吗？"

"当然好。"

他们乘上一辆敞篷出租马车，先到香榭丽舍大街，然后到布洛涅林园街。那天晚上没有风，热得像蒸笼，巴黎的空气如过热蒸汽，被人们吸入肺内。大批出租马车载着一对对情侣在树荫下行驶。马车一辆接着一辆地驰去。

乔治和玛德莱娜津津有味地看着搂抱在一起的一对对情侣，只见他们坐在车上，女的穿浅色连衣裙，男的穿深色服装。情侣们乘坐的一辆辆马车，如同一条长河，在炎热的星空下流向布洛涅林园。这时，只有车轮在泥地上滚动的沉闷声音。马车一辆辆过去，每辆车上坐着两个人，他们背靠软垫，默无一言地偎抱着，欲火中烧，想入非非，激动地等待着粘皮贴肉的时刻来到。在阴暗和炎热之中，仿佛到处都在接吻，使人感到柔情荡漾、兽欲蔓延，空气也更加闷热。这些人都一对对搂抱在一起，因同样的想法和热情而陶醉，使他们周围产生一种狂热的气氛。这些马车都满载着爱，仿佛处于抚摸的旋涡之中，在驶过的地方留下令人春心荡漾、心神不定的淫荡气息。

乔治和玛德莱娜觉得自己受到这种柔情的感染。他们轻轻地握住对方的手，一句话也不说，因闷热的空气和激动的心情感到有点透不过气来。

过了巴黎旧城墙遗址，马车拐弯，他们就互相抱吻。她有点不好意思，就含糊不清地说道：

"我们都是顽童，跟去鲁昂时一样。"

长龙般的马车队在进入矮树林后分散开来。在年轻人走的通往湖泊的小路上，马车之间的距离稍微拉开了一点。树荫下夜色深沉，树叶和树枝下流水潺潺的小溪使空气变得清新，繁星点点的广阔夜空也使人有一种清凉的感觉，这一切使车内情侣的亲吻显得更加妩媚动人、神秘莫测。

乔治低声说道："哦！我的小玛德。"说着他把她紧紧抱住。

她对他说：

"你是否记得你家乡的森林？真阴森可怕。我觉得那森林无边无际，里面都是可怕的野兽。而这里的树林却十分迷人。你会感到风在抚摸你。我清楚地知道树林的另一边是塞弗尔。"

他回答道：

"哦！在我家乡的森林里，只有鹿、狐狸、狍子和野猪这样的野兽，而且到处都有守林人的屋子。"

守林人① 这个词就是死者的姓，现在从他嘴里说出，使他感到意外，仿佛有人在矮树丛里向他叫出这个姓。他突然闭口不言，浑身不自在，这种使人恼火却又无法消除的嫉妒一直在折磨着他，一段时间以来把他的生活弄得一团糟。

过了一分钟，他问道：

"以前，你晚上是否常常和夏尔一起乘车到这儿来？"

她回答道：

"是的，常常来。"

他突然感到揪心的烦躁，想要立刻回家。但是，福雷斯蒂埃的形象又回到他的脑海之中，紧紧地抓住他不放。他的思想和谈话都无法再离开此人。

他用恶意的口吻问道：

---

① 法语为 forestier，音译为"福雷斯蒂埃"。

"你说说，玛德，好吗？"

"说什么，我的朋友？"

"你是否给可怜的夏尔戴过绿帽子？"

她显出不屑的神色，低声说道：

"你老是说这种话，真讨厌。"

但他并没有善罢甘休。

"得了，我的小玛德，你老老实实地承认吧。嗯？你给他戴了绿帽子，对吗？你要承认你给他戴了绿帽子，好吗？"

她跟所有的女人一样，觉得这个词刺耳，就一声不吭。

他固执地接着说道：

"见鬼！如果有人戴绿帽子，那准是他。哦！是的。哦！是的。要是知道福雷斯蒂埃戴过绿帽子，我会非常高兴。嗯！傻乎乎的样子，对吗？"

他看到她在微笑，觉得她也许想到了某件往事，就坚持问道：

"好了，你说吧。说了有什么关系呢？相反，你对我承认你欺骗过他，把这件事告诉我，一定非常有趣。"

确实，他非常希望这个既可恨又可恶的死鬼夏尔成为笑柄。然而……他想知道此事，是因为他还有一种模糊不清的想法。

他再次说道：

"玛德，我的小玛德，我求求你说出来吧。他这是罪有应得。你要是不让他戴这顶帽子，那就是你的错。好了，玛德，你承认吧。"

现在，她也许觉得他非要她承认非常有趣，因为她不时发出短促的笑声。

他把嘴凑到妻子的耳边：

"好了……好了……你承认……好吗？"

她猛地把身子移开，并生硬地说道：

"你真蠢。这样的问题难道可以回答？"

她说这话时声音非常奇特，使她丈夫不禁打了个寒战。他愣在那儿，神色惊慌，有点气喘，仿佛精神上受到了震动。

现在，马车在湖边行驶，天空仿佛把星星撒在湖面上。两只天鹅在夜色中隐约可见，在水面上慢慢地游着。

乔治对车夫叫道：

"咱们回去。"马车掉过了头，跟别的马车交错而过。这些马车徐徐行驶，巨大的车灯如眼睛一般在夜幕笼罩的林园里闪闪发光。

她这话说得多么奇特！杜·洛瓦心里想道："这是否就是承认？"他突然确信，她曾欺骗过前夫，感到火冒三丈。他真想痛打她，掐她的脖子，把她的头发拔下来！

哦！她要是对他回答道："但是，亲爱的，我只有跟你好才会欺骗他。"如果这样，他就会紧紧地拥抱她，热烈地喜爱她！

他一动不动地坐着，双臂交叉在胸前，眼睛看着天空，脑子里乱糟糟的，无法进行思考。他只是感到越来越恨，越来越气，男人知道女人在外面乱搞，心里都会有这种感觉。他第一次模糊地感到这种焦虑不安，即丈夫怀疑后的不安！总之，他嫉妒了，为死者嫉妒，为福雷斯蒂埃嫉妒！以奇特的方式嫉妒，嫉妒得令人伤心，这种嫉妒里突然增加了对玛德莱娜的恨。既然她欺骗了前夫，他又怎么能相信她呢？

然而，他的思想逐渐平静下来。他竭力克制自己的痛苦，想道："所有的女人都是妓女，对她们应该利用，而不能有任何付出。"

他心中的痛苦到了嘴里，变为轻蔑和厌恶的话语。但是，他没有把这些话说出口。他心里不断想道："世界属于强者。我应该鹤立鸡群。"

马车行驶得越来越快，驶过了巴黎旧城墙遗址。杜·洛瓦看到前面的天上有一片红光，犹如巨大的炼铁炉的炉火。他听到隐约的嘈杂声持续不断，由无数不同的声音组成，这声音沉闷，时近时远，是模糊而巨大的生命颤动，是巴黎这位精疲力竭的巨人在这夏夜中的呼吸。

乔治想道："我生气真蠢。人人为自己嘛。有胆量就会胜利。任何事都是自私的产物。与其为女人和爱情而自私，不如为名利而自私。"

星形广场上的凯旋门在城市入口处出现，犹如巨腿分开的丑陋巨人，准备在前面的大道上迈开脚步。

乔治和玛德莱娜的马车跟回家的车队汇合在一起，这些马车将把一对对默默无言地搂抱在一起的情侣送到他们向往的床上。

从他们旁边驶过的，仿佛是陶醉在欢娱和幸福之中的整个人类。

少妇对丈夫在想的心事已猜出几分，就柔声柔气地问道：

"你在想什么，我的朋友？你已有半个小时没说一句话了。"

他冷笑着回答道：

"我在想那些相互吻抱的蠢货。我心里在想，生活中确实还有别的事情要做。"

她低声说道：

"是的……不过，有时候这样也不错。"

"不错……不错……但那是在没有更好的事情可做的时候！"

乔治仍在想着，他剥去了生活诗情画意般的外衣，越想越气，恶狠狠地想道："我要是像最近一段时间那样，总是拘束，什么都不想要，心神不定，忧心忡忡，折磨自己，那就太蠢了。"福雷斯蒂埃的形象在他脑子里出现，但一点也没有使他难受。他觉得他们俩已重归于好，又成了朋友。他真想对他叫道："晚上好，老兄。"

玛德莱娜见他默无一言，很不自在，就问道：

"回家之前，我们到托尔托尼咖啡馆去吃杯冰激凌好吗？"

马车停在一家音乐咖啡馆门口。大门上，煤气灯构成发亮的花环。他瞟了她一眼。在灯光照耀下，他看到她一头金发，侧影秀丽。

他想道："她真漂亮。唉！这样也好。强中自有强中手，我的伙伴。但是，我要是仍然为了你而折磨自己，北极就会变成热带。"然后，他回答道："当然好，亲爱的。"

为了不让她猜到他的心思，他抱吻了她。

少妇感到丈夫的嘴唇冷若冰霜。

但是，他仍像平时那样微笑着，并把手伸给她，在咖啡馆的台阶前扶她下车。

三

第二天，杜·洛瓦走进报馆，就去找布瓦勒纳尔。

"亲爱的朋友，"他说道，"我想请你帮个忙。一段时间以来，大家觉得叫我福雷斯蒂埃很有趣，但我开始感到这样叫很傻。你是否能心平气和地对同事们说，如果有人再开这种玩笑，我就要打他耳光。为了开这样的玩笑而挨上一剑是否值得，这要由他们去考虑。我请你帮忙是因为你办事稳重，能够阻止事情激化，同时也因为你在我决斗时当过我的证人。"

布瓦勒纳尔同意帮这个忙。

杜·洛瓦出去采访，一小时后回到报馆。没有人再叫他福雷斯蒂埃了。

他回家时听到客厅里有几个女人说话的声音，便问道："谁在里面？"

男仆回答道："瓦尔特夫人和德·马雷尔夫人。"

他的心跳有点加快。他想道："啊，走着瞧吧。"接着，他开了门。

克洛蒂尔德坐在壁炉的角上，窗外射入的阳光照在她身上。乔治感到，她看到他时脸色有点发白。他先对瓦尔特夫人和像哨兵那样坐在她两边的女儿们施礼，然后转向他过去的情妇。她把手伸给他。他抓住她的手，故意用力握了一下，意思是说："我仍然爱您。"她也握了一下作为回答。

他问道：

"上次一别，如隔百年，您身体好吗？"

她从容不迫地回答道：

"很好。您呢，漂亮朋友？"

然后，她转向玛德莱娜，问道：

"我仍然叫他漂亮朋友，你同意吗？"

"当然同意，亲爱的，你要什么我都同意。"

这句话似乎话里有话，带有讽刺的味道。

瓦尔特夫人谈到雅克·里瓦尔这个单身汉将在家里举办一次聚会，即一次盛大的击剑比赛，社交界的一些女士将前往观看。她说道：

"这一定很有趣。但遗憾的是，没有人陪我们去，因为我丈夫有事不能去。"

杜·洛瓦立刻毛遂自荐。她表示同意："我和我的两个女儿都十分感谢您。"

他看着瓦尔特的小女儿，心里想道："她非常不错，这个小苏姗，非常不错。"她的样子就像弱不禁风的金发洋娃娃，过于矮小，但十分苗条，腰如柳枝，臀部和胸部丰满，脸蛋小巧玲珑，蓝灰色的眼睛明亮得如同上了釉的瓷器，仿佛由富有想象力的画师精心描绘而成，皮肤光滑细嫩，洁白无瑕，一头鬈发蓬松却错落有致，犹如令人赏心悦目的淡云薄雾，酷似高级洋娃娃的头发，那些小女孩常常抱着的比她们还要高大的洋娃娃。

姐姐萝丝长得丑陋，胸部平坦，毫无可取之处。这种姑娘，别人不会去注意她们，不会跟她们说话，也不会去谈论她们。

母亲站起身来，把身子转向乔治：

"那么，这件事我就拜托您了。星期四下午两点，我在家恭候。"

他回答道：

"这件事您就包在我的身上，夫人。"

她走后，德·马雷尔夫人立刻站起身来。

"再见，漂亮朋友。"

这次，是她紧紧握着他的手，而且握了很长时间。他被这种无声的爱情表露所感动，对这个放荡不羁、孩子气十足的小女人又产生了感情，因为她也许确实爱他。

"我明天就去看她。"他想道。

客人都走了之后，玛德莱娜立刻笑了起来，笑得爽朗而又快活，盯着他看：

"你要知道，你让瓦尔特夫人动心了。"

他怀疑地回答道：

"怎么可能呢？"

"是这样，我可以向你保证。她和我谈起你的时候兴奋极了。在她来说这十分奇怪！她想为两个女儿找到像你这样的丈夫！……幸好是她，这种事没什么关系。"

他不知道她说这话是什么意思：

"什么叫没什么关系？"

她这种女人对自己的判断有十分的把握，就回答道：

"哦！瓦尔特夫人为人正派，从未有人说过她半句闲话。你要知道，是从未说过。她在任何方面都无可指责。至于她的丈夫，你和我都知道他是怎样的人。可她却完全不同。她嫁给了一个犹太人，已经相当痛苦，但她仍对他忠贞不贰。她是个正派的女人。"

杜·洛瓦很意外：

"我还以为她也是犹太人呢。"

"她？完全不是。她是玛德莱娜教堂举办的所有慈善事业的大施主。她连婚礼也是在教堂里举行的。我不知道是老板自称受过洗礼，还是教会对此睁一只眼闭一只眼。"

乔治低声说道：

"啊！……那么……她……看上我了？……"

"确实如此，一点没错。如果你还没有结婚，我就劝你去求婚……是向苏姗求婚，而不是向萝丝求婚，你说对吗？"

他卷着小胡子回答道：

"嗯！不过，那母亲也还不错。"

玛德莱娜有点不大耐烦：

"你要知道，亲爱的，那母亲我倒希望你去试试。不过我并不担心。她这样的年纪是不会再失足的。这种事得早一点儿干。"

乔治心里想道："我难道真的能娶苏姗为妻？……"

然后他耸了耸肩："啊！……真是疯了……她父亲难道会同意我的求婚？"

尽管如此，他还是决定以后要更加注意观察瓦尔特夫人对他的态度，但没有去考虑能从中得到什么好处。

整个晚上，他都在回忆他跟克洛蒂尔德的那段罗曼史，回忆那些温柔而又淫荡的往事。他想起她的滑稽可笑和妩媚动人，想起他们外出游玩的情景。他不断想道："她确实非常可爱。对，我明天就去看她。"

第二天，他吃完午饭，立刻去韦尔纳伊街。来给他开门的还是那个女仆。她像小资产阶级家庭的用人那样，不拘礼节地问道：

"您好吗，先生？"

他回答道：

"很好，我的孩子。"

他走进客厅，听见有人在钢琴上做音阶练习，弹得不大熟练。弹琴的是洛丽娜。他以为她会走过来搂住他的脖子。可她却神态严肃地站了起来，像大人那样彬彬有礼地施了礼，然后神气十足地走了。

她的样子像是受到委屈的女子，这使他很意外。这时，她母亲走了进来。他握住她的双手并吻了一下。

"我多么想您。"他说道。

"我也是。"她说道。

他们坐了下来，微笑着四目相视，都想和对方亲嘴。

"我亲爱的小克洛，我爱您。"

"我也是。"

"那么……那么……你不是非常恨我啰？"

"是，也不是……这使我很难受，但后来我明白了你的道理。当时在想：'唉！他总有一天会回到我的身边。'"

"我当时不敢来。我心里在想：我会受到怎样的接待？我不敢来，但又很想来。另外，你倒说说，洛丽娜是怎么回事。她只对我问了一声好，就气呼呼地走了。"

"我也不知道。但是，自从你结婚之后，她就不允许别人谈起你。我真的觉得她嫉妒了。"

"怎么会这样！"

"是真的，亲爱的。她不再叫你漂亮朋友，而是叫你福雷斯蒂埃先生。"

杜·洛瓦脸红了。然后，他坐到少妇的近旁：

"把嘴凑过来。"

她把嘴凑了过去。

"我们能在什么地方再见面呢？"他问道。

"嗯……在君士坦丁堡街。"

"啊！……那套间难道没有退掉？"

"没有……我把它留下了！"

"你把它留下了？"

"是的，我想你会回到那儿去的。"

他心里既高兴又自豪。这么说，这个女人深深地爱着他，爱得真心实意，始终不渝。

他低声说道："我爱你。"然后，他问道："你丈夫好吗？"

"好，很好。他刚在这儿住了一个月，他是在前天走的。"

杜·洛瓦不禁笑了起来：

"真巧！"

她天真地回答道：

"哦！是的，真巧。不过，他在这儿也不会碍事。这你知道！"

"这倒是的。再说，他这人也讨人喜欢。"

"那你呢，"她问道，"你的新生活过得怎样？"

"不好也不坏。我妻子是伙伴和合作者。"

"别的就没了？"

"别的没了……至于感情……"

"我非常清楚。不过，她很可爱。"

"是的，但她不会使我神魂颠倒。"

他坐到克洛蒂尔德的近旁，低声说道：

"我们什么时候再见面？"

"嗯……明天……你说好吗？"

"好的。明天，下午两点？"

"下午两点。"

他站起身来准备走，随后又有点为难地说道：

"你知道，我想独自承担君士坦丁堡街那个套间的费用。我一定要这样。再让你出钱，就太不像话了。"

听到这话，她深情地吻了吻他的双手，低声说道：

"你想要怎样就怎样。我只要把它留着给我们见面就行了。"

杜·洛瓦心满意足地走了。

他走到一家照相馆，看到橱窗里陈列着一张女人的照片，这个女人身材高大，眼睛大大的，使他想起瓦尔特夫人。"真是一模一样，"他想道，"应该说她还不错。我怎么从未注意过她？我倒要看看她星期四会怎样对待我。"

他一面走一面搓着双手，心里非常高兴，高兴自己在各方面都取得了成功。这是能干的男人在取得成功后的窃喜。这种妙趣横生的喜悦，产生于虚荣和肉欲的满足，来自女人的百般柔情。

星期四那天，他问玛德莱娜：

"你是否去里瓦尔家看击剑比赛？"

"哦！不去。我不感兴趣。我要到国民议会去。"

于是，他去接瓦尔特夫人，乘的是敞篷马车，因为那天天气晴朗。

他意外地发现她显得如此年轻、漂亮。她身穿浅色服装，上衣露得较多，在金黄色的花边下面，胸部高高耸起。他从未看到她像今天这样容光焕发。他觉得她确实很性感。她神色安详，举止端庄，是一位泰然自若的母亲，所以男人好色的眼睛不大会去注意她。另外，她谈的只是众所周知、平淡无奇的事情，因为她通情达理，思想有条不紊，从不走极端。

她的女儿苏姗身穿粉红色套装，仿佛是华托①刚画好的油画。苏姗的姐姐却像是负责陪伴这位漂亮的小姑娘的女教师。

在里瓦尔家门口，已经停着一排马车。

杜·洛瓦让瓦尔特夫人挽着自己的胳膊，跟她一起走了进去。

击剑比赛是为了给巴黎第六区的孤儿募捐而举办的，得到了跟《法兰西生活报》有关系的所有国民议会议员和众议员的妻子的赞助。

瓦尔特夫人答应带两个女儿来观看比赛，但拒绝当主持人，原因是她一般只参加由神职人员组织的慈善活动，这并不是因为她十分虔诚，而是因为她认为自己嫁给了一个犹太人，必须保持

---

① 华托（1684—1721），法国画家，以游乐图著称。画风富于抒情性，具有现实主义倾向，作品有《发舟西苔岛》等。

教徒的样子。记者组织的这次活动具有共和派的色彩，可以被看作是反教会的。

三个星期以来，各种倾向的报纸都刊登了如下消息：

> 我们杰出的同行雅克·里瓦尔别出心裁地提出了乐善好施的设想，为了给巴黎第六区的孤儿募捐而组织一次规模盛大的击剑比赛，地点是与他单身汉的套间毗邻的漂亮击剑厅。
>
> 请柬由参议员拉卢瓦涅、勒蒙泰尔和里索兰的夫人以及著名的国民议会议员拉罗舍-马蒂厄、佩尔斯洛尔和菲尔曼的夫人发出。募捐将在比赛中间的休息时进行，所得捐款将立即交给第六区区长或区长代表。

这是脑子灵活的记者给自己做的变相广告。

雅克·里瓦尔在寓所门口迎接来宾。屋里设有小吃部，费用从收入中扣除。

然后，他殷勤地用手指了指通往地下室的小楼梯，地下室已被他改建为击剑厅和射击厅。他说道："在下面，女士们，在下面。击剑比赛在地下室举行。"

他看到社长夫人，赶紧跑上前去，然后他跟杜·洛瓦握了手："您好，漂亮朋友。"

杜·洛瓦感到意外：

"谁对您说……"

里瓦尔打断了他的话：

"就是我们面前的瓦尔特夫人，她觉得这个绰号起得很好。"

瓦尔特夫人满脸通红：

"是的，如果我对您更加熟悉，我想我也会像小洛丽娜那样叫您'漂亮朋友'。这个绰号对于您十分合适。"

杜·洛瓦笑了起来：

"那么，夫人，您就这样叫吧。"

她垂下眼睛：

"不行，我们还不大熟悉。"

他低声说道：

"我希望我们能更加熟悉，不知您是否同意？"

"再说吧。"她说道。

走到小楼梯口时，他闪在一旁，让夫人先下去。楼梯口点着一盏煤气灯。从明亮的日光中突然走到这暗淡的灯光之下，未免有一种凄凉的感觉。从这螺旋式楼梯下面传来地下室的气味，其中有暖烘烘的潮气，有因比赛而擦过的墙壁的霉味，有令人想起宗教仪式的安息香的香味，还有女人身上散发出来的吕班香水以及马鞭草香精、鸢尾香粉和堇菜植物的香味。

在楼梯上可以听到嘈杂的人群响亮的说话声。

整个地下室灯光通明。煤气灯用花叶边饰，威尼斯式的彩纸灯笼隐藏在绿叶丛中。这些绿叶遮住了起硝的墙壁，所以墙壁上只能看到枝叶。天花板上饰有蕨类植物，地上铺着树叶和鲜花。

大家都觉得这样布置十分优雅。在里面的小间里搭起了比赛用台，两边各有一排椅子，为裁判席。

地下室里放有长凳，每排十条，左右两边都有，可供二百来人就座，但邀请的来宾有四百名。

比赛台前，已有好几个年轻人在向观众摆着姿势。他们身穿击剑服，身材苗条，四肢细长，挺着胸脯，翘着胡子。观众说出他们的名字，指出哪些是击剑教师，哪些是业余爱好者，他们都是击剑界的知名人士。在他们周围，一些身穿礼服的男子在交谈，有老有少，看起来像是击剑者的亲属。这些人也想引人注目，想被人认出并叫出名字。他们是穿便服的击剑能手和花剑行家。

几乎所有的长凳上都坐着妇女，她们的衣裙窸窸窣窣，说话叽叽喳喳。她们扇着扇子，就像在剧院里那样，因为这个铺着树叶的洞穴已热得像蒸笼一般。有个爱开玩笑的人不时叫道："大麦茶！汽水！啤酒！"

瓦尔特夫人和她的两个女儿走到给她们留在第一排的座位前。杜·洛瓦把她们安置好后准备离开，低声说道：

"我只好失陪了，因为男人不能坐在长凳上。"

但瓦尔特夫人犹豫不决地回答道：

"不过，我很想让您留在这儿。您可以把击剑者的名字告诉我。您站在这条长凳旁边，是不会妨碍别人的。"

她用温柔的大眼睛看着他，坚持说："您就和我们待在一起吧……先生……漂亮朋友先生。我们需要您。"

他回答道：

"我听您的……十分乐意，夫人。"

这时，周围都在议论："这地下室真有意思，布置得真好看。"

这个拱形大厅，乔治非常熟悉！他想起他在决斗前一天曾在这儿待了一个上午。当时，他在第二个房间里，独自面对着白纸板靶子，靶子如同可怕的大眼睛盯着他看。

这时，从楼梯上传来雅克·里瓦尔的声音："女士们，比赛马上开始。"

六位男士穿着紧身服装，以显示发达的胸肌。他们走到台上，在裁判席上坐了下来。

观众们互相传告他们的名字，德·雷纳尔迪将军是裁判长，身材矮小，蓄着浓密的小胡子；约瑟凡·鲁代是画家，身材高大，秃顶，留着长长的胡子；马泰奥·德·于雅尔、西蒙·拉蒙塞尔和皮埃尔·德·卡尔万是三位风雅的年轻人；还有一位是击剑教师加斯帕尔·梅勒龙。

房间的两边挂着两块牌子。右边那块上写着：克雷弗克尔① 先生，左边那块上写着：普吕莫② 先生。

他们都是优秀的二级击剑教师。他们上台后，表情冷酷，样子像军人，动作有点僵硬，像木偶那样举剑行礼，然后开始攻击

---

① 原文为 Crèvecœur，意思是：伤心。
② 原文为 Plumeau，意思是：鸡毛掸子。

对方。他们穿着用棉布和白色皮革制成的击剑服，犹如两个打扮成士兵的丑角，为了取乐而打着玩。

有时可以听到有人在叫："刺中了！"于是，六位裁判像行家那样点了点头。观众只看到两个活木偶伸着手臂跳来跳去，他们看不出什么名堂，但都非常满意。不过，他们觉得这两个击剑者姿势不大优美，样子有点滑稽，不由想起元旦那天在街上出售的摔跤木偶。

第一对选手赛完后，由普朗通先生和卡拉潘先生上场。他们都是击剑教师，但一个是平民，一个是军人。普朗通先生十分矮小，卡拉潘先生非常肥胖，胖得像只皮球，仿佛只要用花剑一刺，就能把这个用肠衣制成的充气大象弄瘪。大家都笑了。普朗通先生像猴子那样跳来跳去。卡拉潘先生只动手臂，身体的其他部分纹丝不动，原因是太胖。他每隔五分钟冲刺一次，用全身的重量和浑身的力量往前冲，仿佛是下了平生最大的决心。刺完后，他要花九牛二虎之力才能站直身子。

行家们说他击剑有力，毫无破绽。观众们相信行家的评价，对他十分赞赏。

接着上场的是波里翁先生和拉帕尔姆先生。他们一个是击剑教师，一个是业余爱好者，都像在不停地做着体操。他们发疯似的你追我赶，吓得裁判拿着椅子避开。他们不断从比赛台的一头跑到另一头，一个在后面追，一个在前面逃，跳起来脚步有力，却又滑稽可笑。他们不时往后微微一跳，使女士们哈哈大笑，有

时往前猛冲，又使人心惊肉跳。这场击剑比赛双方都在小跑步，一个姓名不详的顽童大声说出了自己的看法："你们别折腾了，时间到了！"观众对这种大煞风景的话感到恼火，就发出"嘘"声。这时传来了行家的评价：两位击剑者都强劲有力，只是有时缺乏应变能力。

在击剑比赛的上半部分，最后一场是雅克·里瓦尔和比利时著名击剑教师勒贝格的精彩比赛。里瓦尔深受女士们的欣赏。他确实是美男子，长得身材匀称，肢体柔软、灵活，而且比前面上场的选手更有风度。他防御和冲刺的姿势具有社交界人士的某种优雅，使人看了舒服，而他的对手恰恰相反，虽说动作刚劲有力，却落入俗套。"可以看出他是有教养的人。"大家都这样说。

他胜了，大家对他报以掌声。

但是，楼上响起一种奇特的声音，使观众不安。这是踏步的声音，还有嘈杂的笑声。二百名客人无法到地下室来，就自己想办法来玩乐。在螺旋式小楼梯上挤着五十来个男人。地下室变得极为闷热。人们叫着："闷死啰！——渴死啰！"那个爱开玩笑的人的叫声压倒了喊喊喳喳的谈话声。他尖叫道：

"大麦茶！汽水！啤酒！"

里瓦尔穿着击剑服，满面通红地跑了过来，说道：

"我去叫人把清凉饮料送来。"他跑到楼梯上。但是通往底楼的道路已被堵住。楼梯上挤满了人，要穿过这道人墙，就像在天花板上打个洞那样困难。

里瓦尔叫道："你们叫人给女士们送一些冰镇饮料来！"

五十个声音跟着叫喊："冰镇饮料！"一个托盘终于出现。但托盘上只有几只空杯子，里面的饮料已在半路上给喝掉了。

一个响亮的声音叫道：

"在里面要闷死了，快点结束，让我们走吧。"

另一个声音说道："募捐！"所有的观众都热得直喘气，但还是高兴地跟着说道："募捐……募捐……募捐……"

于是，六位女士开始在长凳中间走来走去，可以听到银币落到钱包里的轻微声音。

杜·洛瓦把知名人士的名字告诉瓦尔特夫人。他们是社交界人士和记者，是各家大报和老报社的记者。这些记者看不起《法兰西生活报》，并根据自己的经验，对该报持保留态度。这类政治和金融性报纸的销声匿迹，他们见得多了，因为这些报纸是鬼鬼崇崇地搞起来的，会因一个部长的下台而被人打垮。现场有几位画家和雕塑家，这些人一般都喜欢运动；还有一位诗人，是法兰西语文学院院士，大家都对他指指点点；另外有两位音乐家和许多外国贵族。杜·洛瓦在这些贵族的姓名后面都加上 Rast（意思是 Rastaquouère①），据他说，是为了模仿英国人，因为英国人都要在名片上加上 Esq.②。

有人对他叫道："您好，亲爱的朋友。"原来是沃德雷克伯爵。杜·洛瓦对女士们表示抱歉，走过去跟伯爵握手。

他回来时说道："沃德雷克很可爱。他有贵族气派。"

瓦尔特夫人没有回答。她有点累，每呼吸一次胸部就起伏一次，这引起了杜·洛瓦的注意。有时，他遇到"老板娘"的目光，只见她目光不安、犹豫，落在他身上后立刻避开。他心里想道："啊……啊……啊……我难道把她也给迷住了？"

募捐的女士一个个走了过去。她们的钱包里装满了银币和金币。这时，台上挂起了一块新的牌子，上面写着："特别节目"。裁判们又上台就座。大家都等待着。

两个女子上台了。她们手握花剑，身穿击剑服，上面穿深色运动衫，下面穿只能遮住大腿一半的短裙，护胸十分突出，使她们只好把头仰起。她们都年轻、漂亮，微笑着向观众致意。大家报以经久不息的掌声。

---

① 法语，意为：来路不明的外国阔佬。
② 即英语 Esquire 的缩写，意为：先生。

在甜言蜜语的嘈杂声和窃窃私语的玩笑声中，她们摆好了防御的姿势。

裁判的嘴上都露出亲切的微笑，对她们的每次冲刺都低声叫好。

观众都十分欣赏这场比赛，并对两位女选手不断叫好。她们点燃了男观众的欲火，唤起了女观众的兴趣，这些巴黎女人生来喜欢略带放荡的俏皮、粗俗的风雅和装腔作势的优美，喜欢音乐咖啡馆的女歌手和轻歌剧里的歌曲。

每当有一位女选手冲刺，观众就会高兴得骚动起来。而当女选手把丰腴的后背转向观众，他们就会张大嘴巴，睁大眼睛。他们看得最多的并不是她们手腕的动作。

比赛结束，大家对她们狂热地鼓掌。

接下来是一场佩剑比赛，但没有人观看，因为大家的注意力都被上面的声音所吸引。有几分钟时间，大家听到移动家具的巨大响声，家具在地板上拖来拖去，仿佛是在搬家。突然，钢琴声透过天花板传了下来，大家清楚地听到有节奏的脚步声。上面的客人正在跳舞，以弥补看不到比赛的损失。

击剑厅的观众先是哄堂大笑，然后，女士们产生了跳舞的欲望，就不再去看台上的比赛，并开始大声说话。

迟到的客人竟会组织舞会，大家觉得这种想法很有意思。这些人真会自得其乐。大家都想到上面去。

这时，又有一对选手在台上施礼。他们威风凛凛地摆出防御的姿势，所有的目光都注视着他们的动作。

他们往前冲刺，然后直起身来，显得优雅而又灵活，而且用力得当，很有把握，动作利落，步伐正确，招式有板有眼，连这群外行的观众也看得赞不绝口。

他们泰然自若，反应迅速，灵活而有章法，一招一式都经过周密的考虑，看似缓慢，其实快如闪电，他们炉火纯青的剑术尤为引人注目。观众认为自己看到的是一场优美而又罕见的表演，认为这两位剑客显示了一流的剑术，把灵活、狡诈、机智和敏捷的特点发挥到登峰造极的地步。

观众目不转睛地观看比赛，没有人再开口说话。比赛结束后，他们互相握手，观众大声叫好，有的顿足，有的叫喊。所有的人都知道了他们的名字：塞尔让和拉维尼亚克。

大家头脑发热，变得喜欢吵架。男人们看着自己的邻座，一心想要吵架。你只要微微一笑，别人就会觉得是在挑衅。手里从未拿过花剑的人们也挥舞手杖，做出进攻和防御的动作。

人们陆续从小楼梯上去，想去喝点东西。他们上去一看，只见跳舞的人已把东西吃完喝光，勃然大怒。可跳舞的人临走时还抱怨说，请了两百个人来，却又没什么东西给他们看，真不像话。

上面连一块蛋糕也没有了，一滴香槟、果汁或啤酒都没有，一块糖、一个水果也没有，什么都没有，一点儿也没有。他们已把吃的和喝的东西扫荡一空。

大家请仆人们把情况详细叙述一遍。他们装出愁眉苦脸的样子，心里却在暗暗发笑。"女士们比男士们还要厉害，"他们说，"她们又吃又喝，简直要吃出病来。"这番话真像是幸存者在叙述敌人入侵后如何把城市抢劫一空。

该走了。有些先生后悔捐了二十法郎。他们愤怒的是，上面的人大吃大喝，却一毛不拔。

主持募捐的女士们募集到三千多法郎。扣除所有的开支，剩下二百二十法郎，捐给第六区的孤儿。

杜·洛瓦陪着瓦尔特家母女三人等待马车。

他送老板娘回去时，坐在她的对面，再次遇到她温柔的目光，但她的目光躲躲闪闪，看来是局促不安。他心里想道："啊，我觉得她上钩了。"他觉得自己确实有桃花运，不由露出微笑，因为德·马雷尔夫人跟他旧梦重温之后，对他爱得更加狂热。

他愉快地走进家门。

玛德莱娜在客厅里等候他。

"我听到了消息。"她说，"摩洛哥事件变得错综复杂。过几个月，法国很可能会派遣远征军去该国。不管怎样，此事可以用来推翻现任内阁，拉罗舍则可乘此机会入主外交部。"

杜·洛瓦想逗弄妻子，就装出一点也不相信的样子。他认为，没有人会这样愚蠢，去重干突尼斯的傻事。

但是，她不耐烦地耸了耸肩。"我对你说肯定没错！我对你说肯定没错！你难道不知道，这是关系到他们发财的大问题？今天，亲爱的，搞政治手腕的人不能说'去找女人'，而要说'去找事件'。"

他低声说道："算了吧！"并显出蔑视的样子，惹她生气。

她真的生气了.

"瞧，你跟福雷斯蒂埃一样幼稚。"

她话里有刺儿，以为他会发怒。但他微笑着回答道：

"是福雷斯蒂埃这个戴绿帽子的？"

她心里一震，低声说道：

"哦！乔治！"

他显出傲慢的样子，冷嘲热讽地说道：

"怎么？那天晚上，你不是承认福雷斯蒂埃是戴绿帽子的？"

他接着补充道："可怜的家伙！"语气里流露出深深的同情。

玛德莱娜把背对着他，不屑回答。沉默片刻之后，她说道：

"星期二我们家有客人来，拉罗舍－马蒂厄夫人和佩尔斯米尔子爵夫人一起来吃晚饭。你去邀请里瓦尔和诺尔贝·德·瓦雷纳，好吗？我明天到瓦尔特夫人和德·马雷尔夫人家里去。也许我们还能请到里索兰夫人。"

一段时间以来，她利用丈夫在政治上的影响拉上一些关系，把需要《法兰西生活报》支持的参议员和国民议会议员的妻子请到家里来，不管她们是否愿意。

杜·洛瓦回答道：

"很好。我负责去请里瓦尔和诺尔贝。"

他满意地搓着双手，因为他想出了一个有趣的玩笑，可以使他的妻子难堪，也能发泄自己心里的怨恨，因为自从他们乘车去布洛涅林园兜风以来，他产生了模糊而又痛苦的嫉妒。他每次提到福雷斯蒂埃，都要加上"戴绿帽子的"。他清楚地知道，玛德莱娜最终会恼羞成怒。那天晚上，他找到十次机会，用漫不经心的声调挖苦地说出"福雷斯蒂埃这个戴绿帽子的"这几个字。

他不再憎恨死者，他在为死者报仇。

他妻子装作没听见，在他面前仍然微笑地显出于己无关的样子。

第二天，她要去邀请瓦尔特夫人，但他想抢先一步，好跟老板娘单独待在一起，看看她是否真的爱上了他。这事使他觉得有趣，也使他感到得意。另外……如有可能……为什么不去……

他到马尔泽布大街时只有两点钟。仆人请他在客厅里等待。

瓦尔特夫人出来后，急忙高兴地把手伸给他。

"是什么风把您吹来的？"

"不是什么风，而是想见到您。一种力量把我推到了您的家里，我也不知道是怎么回事，所以无可奉告。我来了，就是这样！我来得这么早，话又说得这样直率，您能原谅我吗？"

他说这些话既像在献殷勤，又像在开玩笑，嘴上带着微笑，声音却严肃认真。

她很惊讶，有点脸红，结结巴巴地说道：

"但是……真的……我不明白……您使我意外……"

他补充道：

"这是爱情的表示，是用轻快的调子说的，为的是不使您感到害怕。"

他们肩并肩坐了下来。她把这话看成是玩笑。

"那么，这个表示……是真的啰？"

"当然啰！我早就想对您这样表示，可以说是在很久以前。但我又不敢。别人都说您非常严厉，非常古板……"

她恢复了镇静，就回答道：

"您为什么要选择今天呢？"

"我不知道。"然后他压低声音，"或者不如说，从昨天起，我心里只想着您。"

她脸色突然发白，结结巴巴地说道：

"好了，别孩子气了，咱们谈别的事情吧。"

这时，他突然跪倒在地，把她吓了一跳。她想站起来，但他用双手抱住她的腰，硬是让她坐着。他用热情的声音不断说道：

"是的，我真的爱您，而且早就爱了，爱得发狂。您不要回答我。你要我怎么办呢？我简直疯了！我爱您……哦！要是您知道，我多么爱您！"

她气喘吁吁，透不过气来，想要说话，却一句也说不出来。她想用双手把他推开，还抓住他的头发，不让他的嘴靠近自己，因为她感到这张嘴正朝她的嘴凑过来。她的头向左右迅速摆动，又闭上眼睛，以便不再看到他。

他隔着裙子摸她，用手揉着她，她在这粗暴而有力的抚摸下难以自制。他突然站起身来，想把她紧紧地抱在怀里，但她乘他松手的一刹那，往后一退，挣脱出来，从一把扶手椅逃到另一把扶手椅。

他觉得这样追逐滑稽可笑，就在椅子上坐了下来，双手捂着脸，装出抽抽噎噎的样子。

后来，他站起身来，叫着"永别了！永别了！"就走了。

他在候见室平静地拿了手杖，走到街上，心里想道：

"啊，行了。"

他来到邮局，给克洛蒂尔德发了个蓝纸片，约她第二天见面。

他在平时回家的时间回到家里，对妻子问道：

"怎么样，你要请的人都请到了？"

她回答道：

"是的，只有瓦尔特夫人不能肯定是否有空。她在犹豫。她对我说什么义务呀，良心呀，真是莫名其妙。总之，我觉得她样子很滑稽。这没有关系，不过我还是希望她能来。"

他耸了耸肩：

"那当然，她会来的。"

不过，他也没有把握。在晚宴那天以前，他一直心神不定。

那天上午，玛德莱娜收到老板娘的一个便条："我好不容易才安排好，晚上我来看你们。但是，我丈夫不能陪我来。"

杜·洛瓦想道："我没有再到她家里去，这样做对极了。她已平静下来。要小心。"

　　但是，他在等待她到来时，心里还是有点不安。她到来时十分平静，样子有点冷淡、高傲。他装得毕恭毕敬，小心谨慎，百依百顺。

　　拉罗舍-马蒂厄夫人和里索兰夫人是跟丈夫一起来的。佩尔斯米尔子爵夫人谈了上流社会的新闻。德·马雷尔夫人身穿黄黑两色的西班牙礼服，十分迷人。这套礼服设计别致又窄小，勾画出她的柳腰、胸脯和丰满的手臂，使她小鸟似的脑袋显得更加精神。

　　杜·洛瓦让瓦尔特夫人坐在自己右边，吃饭时只和她谈些正经的事情，敬重得有点过分。有时他看看克洛蒂尔德。"她确实比其他女人更加漂亮、精神。"他想道。然后，他又把眼睛转向妻子，觉得她也长得不错，虽然他对她心怀不满，怒气难消。

　　他对老板娘有欲望，是因为把她弄到手很难，另外也由于男人总是喜新厌旧。

　　她想早点回家。

　　"我送您回去。"他说道。她婉言拒绝。他坚持己见：

　　"您为什么不要呢？您这样使我非常难受。您别让我觉得您还在生我的气。您看，我现在多么平静。"

　　她回答道：

　　"您不能就这样把客人丢下不管。"

　　他微微一笑：

　　"唉！我只离开二十分钟嘛。大家是不会在意的。要是您拒绝

我，您会让我伤心的。"

她低声说道：

"那么，我就同意。"

他们刚进入车厢，他就抓住她的手，热烈地吻着：

"我爱您，我爱您。请让我对您说这句话。我不会碰您。我只是想不断对您说我爱您。"

她结结巴巴地说道：

"哦！……您刚才答应过我……这样不好……这样不好……"

他装作在竭力克制自己，后来又压低声音说道：

"您看，我已克制住自己。不过……但是，请让我只对您说这句话……我爱您……每天都对您这样说……是的，请让我到您家里去，在您面前跪五分钟，看着您可爱的脸蛋对您说出这三个字。"

她让他握着她的手，并气喘吁吁地回答道：

"不，我不能，我不要。您要想想别人会怎么说，要想想我的仆人和我的女儿。不，不，这不可能……"

他接着说道：

"看不到您，我就再也活不下去了。不管是在您的家里还是在别的地方，我都必须看到您，哪怕一天看到一分钟也好，让我摸摸您的手，呼吸您裙子扇起来的空气，欣赏您身体的曲线和您那双美得使我神魂颠倒的大眼睛。"

她微微颤抖，听着这套爱情的陈词滥调，结结巴巴地说道：

"不……不……这不可能。您别说了！"

他知道，要把这个单纯的女人弄到手不能着急，要让她同意和他约会，约会的地点先由她说，然后再由他来定。他在她耳边低声说道：

"您听着……必须这样……我要见到您……我在您家门口等……就像穷人一样……但我要见到您……我要见到您……就在明天……"

她反复说道："不，不，您别来。我是不会见您的。您要想想我的女儿。"

"那么，您就说说我在什么地方可以见到您……在街上……随便在什么地方……在您定的时间……只要我能见到您……我会向您施礼……我对您说：'我爱您。'说完就走。"

她方寸已乱，但仍在犹豫。这时，马车来到她府邸的大门前，她赶紧低声说道：

"好吧，明天下午三点半，在圣三会教堂。"

她下车后，对车夫叫道：

"送杜·洛瓦先生回府。"

他回家时，妻子问他：

"你到什么地方去了？"

他低声回答道：

"我去邮局发了一封急电。"

德·马雷尔夫人走了过来：

"请您送我回家，漂亮朋友。我到这么远的地方来吃晚饭，只有这个条件，您知道吗？"

然后，她转向玛德莱娜：

"你不会吃醋吧？"

杜·洛瓦夫人慢吞吞地回答道：

"不，不会。"

客人都走了。拉罗舍－马蒂厄夫人的样子像外省的矮小女仆。她父亲是公证人。她出嫁时，拉罗舍只是个碌碌无为的律师。里索兰夫人是个自命不凡的老妇人，给人的印象就像是以前的接生婆，其知识是在阅览室里学到的。佩尔斯米尔子爵夫人瞧不起她们。她厌恶地用"玉手"去握她们的俗手。

克洛蒂尔德披着花边状绉纱披肩。她跨出大门走到楼梯平台上，对玛德莱娜说道：

"你的晚饭真好。过不了多久，你这儿将是巴黎一流的政治沙龙。"

她跟乔治走进车厢后，立刻把他抱在怀里：

"哦！亲爱的漂亮朋友，我越来越爱你了。"

他们乘坐的马车像小船一样摇摇晃晃。

"在这儿没有我们的房间好。"她说道。

他回答道："哦！是的。"但他心里在想瓦尔特夫人。

四

　　七月骄阳似火，圣三会教堂的广场上几乎空无一人。酷暑笼罩着巴黎，仿佛上面的空气烧热后分量重了，都落到城市里面，这空气火辣辣的，吸到肺里十分难受。

　　教堂前面，喷水池喷出来的水，落下来时有气无力，仿佛流得累了，懒洋洋的。水池的水面上漂浮着树叶和纸屑，水看上去有点发绿，犹如稠密的黏液。

　　一只狗跃过石砌的池沿，跳进这浊水里洗澡。在教堂门前的环形小花园里，有几个人坐在长凳上，用羡慕的目光看着这只动物。

杜·洛瓦掏出怀表：还只有三点钟。他早到了半个小时。

他想到这次约会，不由笑了起来。"对她来说，教堂可以派各种用场。"他心里想道，"她嫁给了犹太人，教堂会安慰她。她去教堂，在政界是表现一种反对态度，在上流社会则是贤淑之举。教堂还是她幽会情人的隐秘之处。因此，人们把教会当作晴雨两用伞来使用。天气晴朗时当手杖，有太阳时当阳伞，下雨时当雨伞，不出去时把它留在候见室里。这样的女人数以百计，她们不把仁慈的上帝放在眼里，却又不希望别人说天主的坏话，有时还要让天主替她们拉皮条。要是情人提出在旅馆里开房间，她们会觉得太下流，但她们认为在祭坛下面谈情说爱十分自然。"

他在水池的周围慢慢地走着。然后，他又看了看钟楼上自鸣钟的时间。自鸣钟比他的怀表快两分钟，这时是三点零五分。

他认为最好还是待在教堂里面，就走了进去。

一股凉气向他迎面袭来，就像在地窖里那样。他愉快地吸了口凉爽的空气，然后在大殿里走了一圈，好熟悉这个地方。这时传来另一个有规律的脚步声，脚步声时而中断，又重新响起，在宽阔的大殿里跟他在高高的拱顶下发出的响亮脚步声互相呼应。他非常好奇，想看看这个散步者。找到后一看，原来是个秃顶、肥胖的男子，倒背的手拿着帽子，仰着头走着。

到处可看到一位老妇人双手捂着脸，跪在地上祈祷。

在里面会产生孤独、荒凉和宁静的感觉。阳光透过彩画玻璃窗照了进来，看上去十分柔和。

杜·洛瓦感到在里面"真是'绝佳'"。

他走到门口，再次看了看怀表。还只有三点十五分。他在主道的入口处坐了下来，因不能抽烟而遗憾。这时，仍能听到那位肥胖的先生在大殿的祭坛旁慢慢踱来踱去的脚步声。

有人走了进来。乔治猛然回过头去。只见一位平民女子，身穿粗呢裙子，在第一排椅子旁跪了下来，十指交叉，目光朝天，一动不动地跪着，全神贯注地祈祷。

杜·洛瓦兴致勃勃地看着她，心里在想是什么烦恼、痛苦和绝望在折磨着这颗脆弱的心。她家境清寒，这是看得出的。她也许还有个把她打得半死不活的丈夫，或者有一个奄奄一息的孩子。

他心里想道："可怜的人们。有些人是在受苦。"他对残酷无情的老天感到气愤。接着他又想到，这些穷人至少相信上天在关心他们，认为他们的身份以及债务和财产的情况已在天上登记入册。"这'上天'，到底在什么地方？"

教堂里静悄悄的，使杜·洛瓦浮想联翩，对万物有了一种看法，不禁说道："这一切真没意思。"

裙子的窸窣声使他高兴得浑身打战。她来了。

他站起身来，赶紧迎上前去。她没有把手伸给他，只是低声说道：

"我时间不多，马上就要回去。您跪在我旁边，以免别人注意我们。"

她在大殿里往前走，寻找一个合适而又安全的地方，犹如对家里的情况了如指掌的主妇。她脸上戴着厚厚的面纱，走路时脚步很轻，几乎不发出声音。

她走到祭坛旁边，回过头来，用教堂里说话惯用的神秘声调低声说道：

"在侧道里好。这里太显眼。"

她在主祭坛的圣体龛前深深地鞠了一躬，又行了个屈膝礼，然后往右转，朝门口走了几步路。接着，她不再犹豫，拿过一只跪凳跪了下来。

乔治拿了旁边一只跪凳，等两人跪好不动之后，他装出祈祷的样子。

"谢谢，谢谢。"他说道，"我爱您。我希望永远能对您说这句话，告诉您我是怎么开始爱上您的，我第一次看到您时是怎样被您迷住的……我希望有朝一日能把自己的心掏出来，把这些全说给您听，您说好吗？"

她听着他说话，像是在苦思冥想，仿佛她什么也没有听到。她用手捂着嘴回答道：

"我真傻，让您对我这样说话，我真傻，竟来到这里，我真傻，竟去做这种事情，并让您以为这种……这种……这种爱情会发展下去。请您把这件事忘掉，一定要忘掉，别再对我谈这种事。"

她等待着。他想用果断而又热情的语言来回答她，但由于不能用姿势来配合，所以没有把话说出口。

后来，他还是开了口：

"我不期待什么……也不希望什么。我爱您。不管您态度如何，我都会不断对您说这句话，说得铿锵有力、满怀热情，说得您最终理解这句话的含义。我要在您的身体里倾注我的爱，把它倒在您的灵魂里，一个字一个字地倒，一小时一小时地倒，一天又一天地倒，使它像一滴滴掉下来的甜酒那样，把您的灵魂浸透，使您的心软下来，并使您以后对我说：'我也爱您。'"

他觉得她那靠着他的肩膀在发抖，她的胸部在上下起伏。她迅速地低声说道：

"我也爱您。"

他浑身一震，仿佛脑袋被重重地打了一下。他叹了一口气：

"哦！天哪！……"

她气喘吁吁地接着说道：

"我难道应该对您说这句话？我感到自己犯了罪，真可鄙……我……有两个女儿……但我不能……我不能……我不会相信！……我绝不会想到……这力量那么大……使我身不由己。您听着……您听着……除了您之外……我没有爱过任何人……我可以对您发誓。我爱您，已有一年了，偷偷地爱，在心灵深处爱。哦！我痛苦过，斗争过，我再也忍不住了，我爱您……"

她用手指交叉的双手捂着脸哭了。她激动极了，全身都在颤抖。

乔治低声说道：

"把您的手给我，让我摸摸，让我捏捏。"

她慢慢地把手从脸上移开。他看到她面颊上全是泪水，睫毛上挂着的一滴泪水即将落下。

他抓住她的手，紧紧地握着：

"哦！我真想把您的眼泪全都吃下去。"

她说话的声音很轻，显得有气无力，犹如呻吟一般：

"您不要败坏我的清白……我已经不知所措！"

他真想笑出来。在这个地方，他怎么败坏她的清白？他把握着的那只手放在自己心口，并问道："您觉得它跳得快吗？"因为热情的话他已说完。

但在这时，那个散步者有规律的脚步声已越来越近。他已经走遍各个祭坛，现在正从右面的耳堂往下走，这至少已经是第二次了。瓦尔特夫人听到此人走到她躲藏的柱子旁边，就把手从乔治的手里抽出来，再次用双手捂住脸。

他们俩一动不动地跪着，仿佛都在热情地向上天祈求。那位肥胖的先生从他们身边走过，漫不经心地看了他们一眼，朝教堂下首走去，他仍背着手拿着帽子。

杜·洛瓦想在圣三会教堂以外的地方跟她约会，就低声说道：

"明天我可以在什么地方见到您？"

她没有回答。她仿佛失去了知觉，变成了祈祷女人的塑像。

他又说道：

"明天，我在蒙索公园和您见面，好吗？"

她那不再用手捂着的脸转过来对着他。她的脸铁青，因极度痛苦而抽搐着。她断断续续地说道：

"让我一个人待着……现在，让我一个人待着……您走开……您走开……只要五分钟……您在旁边，我太痛苦了……我要祈祷……我不能……您走开……让我祈祷……一个人祈祷……五分钟……我不能……让我祈求上帝……宽恕我……拯救我……让我一个人待着……待五分钟……"

她愁眉苦脸，痛苦万分，杜·洛瓦只好一声不吭地站了起来。他犹豫片刻后问道：

"我待一会儿再来，好吗？"

她点了点头，意思是说："好的，待一会儿再来。"于是，他向祭坛走去。

于是，她想要祈祷。她拼命祈求上天，呼唤天主。她身体抖动，丧魂落魄，仰首叫道："请可怜我吧！"

她愤怒地闭上眼睛，以便不再看到刚离开的男人！她要把他赶出自己的思想，她拼命挣扎，但在她痛苦的心里出现的不是她期待的天主，而是这个小胡子拳曲的年轻人。

一年以来，她就这样斗争着，每日每晚都想摆脱这种越来越清晰的念头，忘掉他的形象，但他的形象不断出现在她的梦中，仿佛附在她的身上，使她夜里不得安眠。她觉得自己已被捕获，犹如网中的野兽，然后被捆绑起来，被扔到这个男人的怀里，这个男人战胜和征服她的武器，是他嘴唇上的胡子和眼睛里的色彩。

现在，她在这座教堂里，待在天主的身边，却感到比在家里时还要软弱无力、不知所措。她无法祈祷，心里只想着他。她看到他走开就难受。但她仍在绝望地挣扎，拼命地抵抗，用全部的精神力量来呼救。她真想一死了之，而不愿这样堕落下去，因为她从未失足过。她杂乱无章地低声说出祈求的话语，但她仍在倾听在穹顶下逐渐远去的乔治的脚步声。

她知道已经完了，斗争也没用！但她还不想屈服。她突然神经紧张起来，这种紧张会使女人心跳加快，大喊大叫，身子蜷曲，倒在地上。她四肢颤抖，清楚地感到自己会倒在地上，在跪凳之间打滚，发出阵阵尖叫。

这时，有人快步走了过来。她转过头去，看到是位神甫。于是，她站起身来，向他跑去，伸出合着的双手，结结巴巴地说道："哦！请救救我！请救救我！"

他惊讶地停下脚步：

"您要什么，夫人？"

"我要您救我。请可怜可怜我。您要是不来救我，我就完了。"

他看着她，心里在想她是否疯了。他说道：

"我能为您做些什么？"

神甫是个年轻人，身材高大，有点肥胖，面颊丰满，肉往下垂，胡子刮得十分干净，只留下浅黑色的须根。他是城里漂亮的助理司铎，出入富裕的街区，给有钱的女人做忏悔。

"请接受我的忏悔，"她说道，"并给我出出主意，给我以力量，告诉我该怎么办！"

他回答道：

"我听忏悔的时间是每星期六下午三点到六点。"

她紧紧抓住他的胳膊，不断说道：

"不行！不行！不行！要马上听！一定要这样！他在这儿！在这个教堂里！他在等我。"

神甫问道：

"谁在等您？"

"一个男人……他要把我毁掉……您要是不来救我，他就要把我占有……我再也逃不脱他的手心……我过于软弱……过于软弱……真软弱……真软弱！……"

她跪倒在地，抽抽噎噎地哭着：

"哦！您可怜可怜我，神甫！您救救我，看在天主的分上，您救救我！"

她抓住他的黑袍，使他无法走掉。他不安地环顾四周，看看是否有心怀叵测之徒或虔诚的信徒看到这个女人跪在他的面前。

最后，他知道自己跑不掉了。

"您起来吧，"他说道，"我正好带着告解室的钥匙。"他从口袋里掏出一串钥匙，从中挑出一把，快步走向木结构小室。这些小室是人类灵魂的垃圾箱，信徒把自己的罪孽全倒在里面。

他从中间的那扇门走了进去，然后把门关上。瓦尔特夫人冲进旁边的小间。她虔诚而又充满希望，结结巴巴地说道：

"请为我祝福，神甫，我犯了罪。"

杜·洛瓦绕着祭坛走了一圈，从左面的耳堂往下首走。他走到中间，看到那位秃顶、肥胖的先生仍在悠闲地走着，就思忖道：

"这家伙想在这儿干什么？"

这个人也放慢了脚步，盯着乔治看，显然想跟他说话。此人走到近前，躬身施礼，彬彬有礼地问道：

"先生，请原谅，我打扰您了。您是否能告诉我，这座教堂是什么时候建造的？"

杜·洛瓦回答道：

"这个嘛，我也不大清楚，我想是二十年前或二十五年前建造的。我是第一次来这儿。"

"我也是，我从未来过。"

这时，记者产生了兴趣，就接着说道：

"我觉得您参观得非常仔细。您连细小的地方都要研究。"

此人显出无奈的样子：

"我不是来参观的，先生，我在等我的妻子，她约我在这儿见面，但到现在还迟迟不来。"

他沉默片刻后接着说道：

"外面真热。"

杜·洛瓦对他仔细观看，见他相貌和善，突然觉得他像福雷斯蒂埃。

"您是外省人？"他问道。

"是的。我是雷恩人。那您呢，先生，您是出于好奇才进入这座教堂的？"

"不是。我在等一个女人。"

记者跟他施礼后，微笑着走开了。

走近大门时，他又看到那穷苦的女人，见她仍跪在那儿祈祷。他心里想道："见鬼！她祈祷真有耐心。"他不再感动，也不再可怜她。

他从她身边走过，开始从右面的耳堂慢慢地往上首走，好去找瓦尔特夫人。

他从远处观看他刚才离开她的地方，但没有看到她，十分惊讶。他以为自己看错了柱子，就一直走到最后一根柱子，然后再往回走。她走了！他既惊讶又气愤。然后他又以为她在找他，就在教堂里又转了一圈。他找不到她，就在她跪过的凳子上坐了下来，希望她会来那儿找他。他等待着。

不久之后，轻轻的说话声引起了他的注意。在教堂的这个角落里，他没有看到任何人。那么，这说话声是从哪里来的？他站起身来寻找，在旁边的祭坛里看到了告解室的一扇扇门。在其中一扇门的下面，有一小段裙子露在外面，拖在地上。他走到近前，仔细察看里面的女人。他认出了她。原来她在忏悔！……

他真想抓住她的肩膀，把她从这个小间里拉出来。接着他又想道："算了！现在轮到神甫，明天轮到我。"他在告解室小间对面的地方平静地坐下来等待。想到这次约会，他不禁傻笑起来。

他等了很长时间。瓦尔特夫人终于站了起来。她转过身来，看到了他，就走到他的面前。她的脸冷淡而又严肃。

"先生，"她说道，"我请您别陪着我，别跟着我，也不要再一个人到我家里来。您来我是不会见您的。永别了！"

她走的时候神气十足。

他没有去拦住她，因为他的原则是凡事不要急于求成。神甫有点局促不安地从自己的小间里走了出来。杜·洛瓦径直朝他走去，用眼睛盯着他看，冲着他的脸低声说道：

"要不是您穿着这件袍子，我就会在您讨厌的脸上狠狠地打两个耳光。"

然后，他转过身去，吹着口哨走出教堂。

那位肥胖的先生站在门口，头上戴着帽子，双手倒背着，已经等得不耐烦了，这时正环视着宽阔的广场和通往广场的各条街道。

杜·洛瓦走到他身边，两人互相施礼。

记者闲着无事，就来到《法兰西生活报》的报馆。在门口，他看到听差们忙忙碌碌的样子，知道发生了异乎寻常的事情，就赶紧走进社长办公室。

瓦尔特老头烦躁地站在那里，用断断续续的句子口述文章，讲完一段就向他周围的记者布置任务，对布瓦勒纳尔叮嘱几句，又拆阅几封信。

看到杜·洛瓦进来，老板高兴得叫了起来：

"啊！真走运，漂亮朋友来了！"

他有点不好意思，立刻住了口，并表示道歉：

"请您原谅我这样叫您，我被今天发生的事情弄得糊里糊涂。另外，我从早到晚都听到妻子和女儿叫您'漂亮朋友'，最后我自己也这样叫您了。您不会生我的气吧？"

乔治笑了起来：

"一点不会。这个绰号我听了绝不会生气。"

瓦尔特老头接着说道：

"很好。那么，我就像大家一样叫您漂亮朋友。嗯，现在发生了重大事情。内阁倒台了，三百一十票赞成，一百零二票反对。我的假期又得推迟，而且是无限期地推迟。今天是七月二十八日。西班牙因摩洛哥的事生了气。迪朗·德·莱纳及其同伙因此垮台。我们已经完全卷了进去。马罗受命组织新内阁。他任命布坦·德·阿克尔将军为陆军部长，任命我们的朋友拉罗舍-马蒂厄为外交部长。他自己任内阁总理，兼任内政部长。我们的报纸将成为官方的喉舌。我在写头版头条的文章，只是简单地宣布各项原则，给部长们指明道路。"

老头微微一笑，接着说道：

"当然啰，是他们打算走的路。但关于摩洛哥问题，我需要一点有趣的东西，譬如说一个新闻报道，一篇引人注目、能引起轰动的专栏文章，我也不知道什么好。您说呢？"

杜·洛瓦考虑片刻后回答道：

"您要的东西我有。我给您写一篇文章，分析我们在非洲的全部殖民地的政治形势，即左面的突尼斯、中间的阿尔及利亚和右面的摩洛哥的形势，谈论居住在这片广阔的土地上的各个民族的历史，叙述在摩洛哥边境的一次旅行，旅行的终点是任何欧洲人均未涉足的菲吉格大绿洲，该绿洲是目前冲突的起因。您看好吗？"

瓦尔特老头大声说道：

"太好了！题目是什么？"

"《从突尼斯到丹吉尔①》！"

"太妙了。"

于是，杜·洛瓦去找《法兰西生活报》的合订本，从中找出他的第一篇文章《一个非洲轻骑兵的回忆》。他只要把文章换个题目，修改一下，重新打一遍，就是一篇十全十美的文章，因为他的第一篇文章谈的就是殖民政策、阿尔及利亚的居民和在奥兰省的一次旅行。

他用了三刻钟的时间，就把文章修改完毕并重新打好。修改后的文章切合当前的形势，并对新内阁大加赞扬。

社长看完文章后说道：

"很好……很好……很好……您是个人才。我向您祝贺。"

杜·洛瓦回家吃晚饭，对这一天非常满意，虽说他在圣三会教堂遭到失败，但他还是清楚地感到自己赢了这一局。

---

① 丹吉尔为摩洛哥北部港口城市。

他的妻子正焦急地等待着他，见到他回来就大声说道：

"拉罗舍出任外交部长了，你知道吗？"

"知道，我刚才还就此写了一篇有关阿尔及利亚的文章。"

"写的什么？"

"这个你知道，就是我们一起写的第一篇文章《一个非洲轻骑兵的回忆》，我只是根据当前的形势略做修改。"

她莞尔一笑。

"啊！是的，这非常合适。"

她思考片刻后接着说道：

"我在考虑第二篇文章，就是你当时应该写出来，但……半途而废的那篇。这篇文章，我们现在可以动手写了。这样，我们会写出一组结合形势的好文章。"

他在自己的汤盆前坐了下来，回答道：

"很好。现在已没有任何障碍，福雷斯蒂埃这个戴绿帽子的已经死了。"

她被刺伤了，就立刻用生硬的语气回答道：

"这个玩笑太不合时宜了，而且开的时间也太长了，我请你别再开下去了。"

他想要挖苦她几句。这时，有人给他送来了快信，信上没有署名，只有两句话："我昏了头，请您原谅。明天下午四点，请去蒙索公园。"

他一看就明白了，心花怒放。他把蓝纸片塞进口袋，对妻子说道：

"我不再开这种玩笑了，亲爱的。这样做是愚蠢的。这我知道。"

说完，他就开始吃饭。

他一面吃饭，一面反复想着这两句话："我昏了头，请您原谅。明天下午四点，请去蒙索公园。"这就是说，她屈服了。这两句话的意思是："我投降了，我是属于您的，您什么地方要，什么时候要，都行。"

他不禁笑了起来。玛德莱娜问道：

"你怎么啦？"

"没什么。我在想我下午遇到的一个神甫，他脸色慈祥。"

第二天，杜·洛瓦准时来到约会地点。公园的长凳上都坐着人，有热得受不了的平民，也有无精打采的女佣，她们带来的孩子在小路的沙土地上打滚，而她们仿佛已进入梦乡。

他在小型古代废墟里找到了瓦尔特夫人，那里有处泉水。她不安地沿着构成环形的小圆柱走着，显出愁眉苦脸的样子。

他对她施了礼。她立即说道：

"这公园里人真多！"

他乘机说道：

"是的，不错。那就到别的地方去，好吗？"

"什么地方？"

"随便什么地方。譬如在马车里。您把您那边的窗帘放下，就不会被别人看到了。"

"好的，我觉得这样好。在这里，我怕得要命。"

"那么，过五分钟，您到大道^①那边的公园门口来找我。我叫好马车后在那儿等您。"

说完，他就跑着走了。她在马车上找到了他，把她那边的车窗用窗帘遮好，然后问道：

"您叫车夫把我们送到什么地方去？"

乔治回答道：

"您什么都不用管，他都知道。"

他已把他在君士坦丁堡街的那个套间的地址告诉了车夫。

她接着说道：

"您无法想象，我为了您是多么痛苦，又受到多大的精神折磨。昨天我在教堂里态度冷淡，是我想避开您，而且不惜任何代价。跟您单独待在一起，我真是害怕。您原谅我了吗？"

他握住她的双手：

"是的，是的。我这样爱您，还有什么不能原谅您呢？"

她用哀求的目光看着他。

"您听着，您要尊重我，这点您必须答应……并且不要……不要……否则的话我就不能再跟您见面了。"

他起先没有回答。他在小胡子下面露出狡黠的微笑，这种微笑会使女人心神不定。他后来低声说道：

---

① 即库塞尔大道，在蒙索公园北面。

"我是您的奴仆。"

于是，她开始对他讲述，她在获悉他将娶玛德莱娜·福雷斯蒂埃为妻时，是如何发现自己爱着他的。她说得很详细，连一些日期和内心想法也说了。

她突然不作声了。马车刚刚停下。杜·洛瓦打开车门。

"这是什么地方？"她问道。

他回答道：

"请您下车，到这幢房子里去。在这儿我们会更加安静。"

"这究竟是什么地方？"

"是我的家。是我结婚前住的套间，我现在又把它租下了……只租几天……这样我们就有地方见面。"

她想到要跟他单独待在一起，非常害怕，就紧紧抓住坐垫，嘴里结结巴巴地说道：

"不，不，我不要！我不要！"

他口气坚决地说道：

"我向您发誓，一定尊重您。"

一个酒店老板站在门口，好奇地看着他们。她害怕极了，赶紧跑进屋子。

她想要上楼。他抓住她的胳膊：

"是这儿，在底楼。"

说完，他把她推进自己的住房。

他关上门后，立即像老鹰抓小鸡那样把她抓住。她拼命挣扎、反抗，断断续续地说道：

"哦！天哪！……哦！天哪！……"

他激动地吻着她的脖子、眼睛和嘴唇，使她无法避开他狂热的抚摸。她把他推开，避开他的嘴，同时却不由自主地还吻他。

突然，她停止了挣扎。她被制服了，服服帖帖，听任他把她的衣服脱掉。他把她的衣服一件件剥掉，既熟练又迅速，就像贴身女仆一样。

她从他手中夺过她的贴身短上衣，把脸遮住。她站在那里，赤裸着雪白的身体，脱下的衣裙都掉在脚下。

他让她穿着鞋子，抱着她向床边走去。她用有气无力的声音在他耳边低声说道："我对您发誓……我对您发誓……我从未有过情人。"这就像年轻姑娘在说："我对您发誓，我是处女。"

他心里在想："这个我毫不在乎。"

五.

　　秋天到了。杜·洛瓦夫妇在巴黎度过整个夏天。在国民议会议员们进行短暂休假的时候，他们在《法兰西生活报》上发动了一场运动，对新内阁大肆吹捧。

　　虽说才十月初，但议会两院已准备复会，因为摩洛哥的形势已变得十分危险。

　　实际上，无人相信会派兵去丹吉尔，虽说在议会休会的那天，右翼议员朗贝尔·撒拉逊伯爵发表了一篇连中间派也为之鼓掌的妙趣横生的讲话，并像过去印度的一位著名总督那样，用自己的小胡子和内阁总理的颊髯^①打赌，说既然前内阁曾派兵突尼斯，新内阁也会加以仿效，派一支军队去丹吉尔，这样做是为了对称，如同在一个壁炉上要放两只花瓶。

他还补充道："实际上，非洲的土地是法国的壁炉，先生们，这个壁炉在烧我们最好的木材，而且通风口大，要用银行的纸币来点燃。

"你们像艺术家那样心血来潮，用你们花大钱买来的突尼斯小摆设来装饰壁炉的左角，你们将会看到，马罗先生会仿效他的前任，用摩洛哥小摆设来装饰壁炉的右角。"

这个讲话闻名遐迩^②，给杜·洛瓦提供了题材，使他写出了有关阿尔及利亚殖民地的十篇文章，即他在刚进报馆时写的那篇文章的续篇。他坚决支持派遣军队的想法，虽说他相信不会出兵。他弹起了爱国主义的调子，并用言辞轻蔑的论据作为武器，猛烈攻击西班牙，这种论据一般用来攻击跟你的国家有利害冲突的国家。

《法兰西生活报》跟当局有着众所周知的关系，所以地位大大提高。它在各家大报之前发表政治新闻，用转弯抹角的方式说出它的部长朋友们的意图。巴黎和外省的各家报纸都从该报获取信息。大家都引用它的文章，对它望而生畏，开始对它肃然起敬。它不再是一伙政治投机者不可靠的喉舌，而是内阁公开的机关报。拉罗舍-马蒂厄是该报的灵魂，杜·洛瓦则是其传声筒。瓦尔特老头是默无

---

① 指朱尔·费里的颊髯。他是莫泊桑的嘲笑对象之一。
② 莫泊桑在此暗指布罗伊公爵的讲话。

一言的国民议会议员和花言巧语的社长，善于隐藏在幕后，据说在暗中从事摩洛哥铜矿的一笔大买卖。

玛德莱娜的沙龙已成为影响巨大的中心，每星期都有好几位内阁成员来此聚会。内阁总理也在她家吃过两次晚饭。以前，政治家的妻子都不大愿意踏进她家的大门，现在，她们都以做她的朋友为荣，去她家的次数要比她去她们家的次数来得多。

在她家里，外交部长简直就像主人。他什么时候都会来，来时带着电报、情报和消息，对这家的丈夫或妻子进行口述，仿佛他们都是他的秘书。

部长走后，只剩下杜·洛瓦和玛德莱娜两人。这时，他就发起火来，声音里威胁恫吓，言辞中含沙射影，抨击这平庸的新贵盛气凌人的态度。

但是，她总是轻蔑地耸了耸肩，并且说："那你就像他一样当上部长，你也可以趾高气扬。但在没有当上的时候，你就免开尊口。"

他捻着小胡子，对她侧目相视。

"别人还不知道我的本事，"他说道，"有朝一日他们也许会知道。"

她用充满哲理的话回答道：

"日久自明。"

议会两院复会的那天早上，少妇尚未起床，就对丈夫千叮万嘱。他正在穿衣服，准备到拉罗舍－马蒂厄先生家去吃午饭，并在议会开会前听取这位部长的指示，以便撰写第二天在《法兰西生活报》上发表的政论文章,这篇文章是以非正式的方式宣布内阁的真实计划。

玛德莱娜说道:

"你特别不要忘记问他,贝隆克尔将军是否像外面传说的那样已被派到奥兰。如果是,那就意义重大。"

乔治不耐烦地回答道:

"我要做的事,我跟你一样清楚。你让我安静一点,不要啰唆。"

她心平气和地接着说道:

"亲爱的,我要你对部长说的事情,你总是忘记一半。"

他埋怨道:

"你的部长把我烦死了。他是个傻瓜。"

她仍然平静地说道:

"他是我的部长,也是你的部长。他对你的用处要比对我的用处更大。"

他把脸朝她稍微转过去一点,冷笑道:

"对不起,他没有追求我。"

她慢吞吞地说道:

"也没有追求我。但是,他可以让我们飞黄腾达。"

他沉默片刻后说道:

"如果要我在你的爱慕者中做出选择,我倒是比较喜欢老傻瓜沃德雷克。他现在怎么样?我已有一个星期没看到他了。"

她若无其事地回答道:

"他病了。他写信给我，说是痛风发作，躺在床上不能起来。你应该去看看他情况如何。你知道他非常喜欢你，你去他会很高兴的。"

乔治回答道：

"好的，一定去，今天下午就去。"

他梳洗完毕，戴好帽子，看看是否忘记了什么。他看到一切准备就绪，就走到床边，吻了吻妻子的额头：

"晚上见，亲爱的，我最早也要到十点钟才能回来。"

说完他就走了。

拉罗舍-马蒂厄先生在家里等他。那天他十点钟吃午饭，因为在议会复会之前，内阁将在十二点举行会议。

在餐桌旁，只有他们俩和部长的私人秘书，因为拉罗舍-马蒂厄夫人不想改变自己的就餐时间。他们就座后，杜·洛瓦立刻谈起他的文章。他指着文章上的一行文字，同时查阅在几张名片上做的潦草记录。他说完后问道：

"亲爱的部长，您看有什么地方需要修改？"

"不多，亲爱的朋友。在摩洛哥问题上，您也许有点过于肯定。您谈到出兵的事，要仿佛将会出兵，但同时又要暗示不会出兵，您也丝毫不相信会这样做。您要使公众在字里行间猜出，我们绝不会去冒这个险。"

"好的。我明白了，我也会让读者明白我的意思。我妻子要我在这个问题上问您，贝隆克尔将军是否会被派到奥兰。根据您刚才说的话，我得出的结论是不会。"

政治家回答道：

"不错。"

然后，他们谈到即将召开的会议。拉罗舍－马蒂厄开始高谈阔论起来，并在考虑他的话在几小时后会对同事们产生什么印象。他挥动右手，有时举起叉子，有时举起餐刀，有时举起一块面包，他不是看着在座的人，而是在对想象中的大会说话，他侃侃而谈，言辞像甜烧酒一样甘美。他年轻、漂亮，头发梳得整齐，嘴唇上细细的小胡子像蝎子尾巴那样往上翘起，抹过发蜡的头发在中间分开后成弧形，然后紧贴两鬓，这在外省男子看来是漂亮的发式。他虽然年轻，但已经发胖，显得有点臃肿，鼓起的肚子把背心绷得紧紧的。私人秘书在悠闲地吃喝，他对上司的夸夸其谈显然已习以为常。杜·洛瓦看到别人高升，嫉妒地想："哼，笨蛋！这些政治家都是蠢货！"

他把自己的才能和这位部长喋喋不休的本领进行比较，心里在想："妈的，我只要有十万法郎，在鲁昂地区美丽的家乡竞选议员，把我那些狡诈、愚蠢的诺曼底同乡都好好地发动起来，我也会成为政治家，而且要比这帮目光短浅的下流胚强得多。"

拉罗舍－马蒂厄先生一直谈到喝咖啡的时候。后来，他见时间已晚，摇铃吩咐准备马车。他把手伸给记者：

"您清楚了吗，亲爱的朋友？"

"非常清楚，亲爱的部长，您放心好了。"

杜·洛瓦慢慢地朝报馆走去，准备撰写文章，因为他在下午四点钟前没有任何事情。四点钟时，他要到君士坦丁堡街去见德·马雷尔夫人，他每星期去那儿见她两次，是在星期一和星期五。

但是，他走进编辑部时，有人递给他一封封口的快信。信是瓦尔特夫人寄来的，上面写着：

> 我必须在今天跟你谈谈。事情非常重要，非常重要。请你两点钟在君士坦丁堡街等我。我可以帮你一个大忙。
>
> 你至死不渝的女友　维吉妮

他骂道："他妈的! 烦死了。"他火冒三丈，立刻走了出来，他这样的情绪已无法工作。

一个半月以来，他一直想跟她断绝关系，却无法熄灭她爱情的火焰。

她失足后悔恨万分，在其后的三次约会中，对情人拼命责备和咒骂。他厌倦了她的大吵大闹，对她这种喜怒无常的中年妇女已失去兴趣，就采取疏远的办法，希望这桩风流韵事就此结束。但是，她仍然缠住他不放，死心塌地投身爱河，就像有人投河时脖子上拴了块石头。他顺从她是因为心软，也是为了讨好和尊重她，而她则把他禁锢在狂热和疲乏的爱情之中，并用自己的温情来折磨他。

她希望每天都见到他，随时用快信把他叫来，好在街角、商店或公园里匆匆见上一面。

她总是对他说这么几句话，说她喜欢他、崇拜他，临别时还对他发誓，说"她看到了他，感到十分幸福"。

他做梦也没有想到她竟会这样。她竭力用纯真的优雅和稚气的爱情来引诱他，但在她这种年龄，这样做显得滑稽可笑。她以前品行端正，心地纯洁，从未动过情，对淫荡的事一无所知。现在，这个端庄的女人却突然发生了变化。她那四十岁左右的平静生活，仿佛是平淡的夏天之后的凄凉秋天，又像是萧飒的春天，开的全是纤弱的小花，还有开不出花的蓓蕾。这是少女般的奇特爱情，虽然姗姗来迟，却热烈而又天真。她会突然冲动起来，像十六岁的少女那样低声叫喊，说出令人难受的甜言蜜语，做出宛如少女却像老妇的媚态。她一天要给他写十封信，写得傻里傻气、疯疯癫癫，文笔古怪，既富有诗意，又滑稽可笑，还像印第安人那样喜欢用飞禽走兽的名称。

他们俩单独在一起时，她立刻像个顽皮、肥胖的女孩，亲热而又笨拙地抱吻他，嘴巴噘得奇形怪状，还跳跳蹦蹦，下垂的乳房在上衣里抖动。

他特别感到恶心的是，听到她叫他"我的耗子""我的狗""我的猫""我的心肝""我的青鸟""我的宝贝"，看到她每次委身于他时，都要像少女那样装出羞答答的样子，做出她自以为可爱的害怕动作，玩放荡的女寄宿生的小把戏。

她问道："这张嘴属于谁？"他要是不立即回答"属于我"，她就会反复问下去，问到他气得脸色发白为止。

他认为，她应该知道在谈情说爱时要掌握分寸，灵活谨慎，做得恰到好处。另外，她是成熟的女人，已经当了母亲，又是社交界女士，在委身于他时应该稳重一点，激动时要十分含蓄，也许还要流出眼泪，但不是朱丽叶的眼泪，而是狄多①的眼泪。

她不断对他说：

"我多么爱你，我的孩子！你也这样爱我吗，我的娃娃？"

他一听到她叫他"我的孩子""我的娃娃"，就不禁想叫她"我的老太婆"。

她对他说道：

"我顺从了你，真是发疯。但我并不后悔。爱情真好。"

这些话从这张嘴里说出，使乔治很是恼火。她低声说出"爱情真好"，就像在台上演戏的天真少女。

另外，她笨拙的抚摸，使他难受。这个美男子弄得她热血沸腾，吻得她欲火中烧，她则紧紧地抱着他，动作笨手笨脚，却又专心致志，使杜·洛瓦不禁要笑出声来，觉得她活像牙牙学语的老人。

她紧紧地抱着他，用深沉而又可怕的目光热情洋溢地看着他，这种目光是某些青春已逝的女人所特有的，她们在最后一次爱情中全力表现。她用默不作声、微微颤动的嘴咬他，用丰腴、温暖、疲倦而又无法满足的肉体压着他，像顽皮的女孩那样扭动着身子，并

---

① 狄多是希腊神话中迦太基女王和建国者。传说是柏洛的女儿，皮格马利翁的姐妹。曾嫁给自己的叔父，叔父被皮格马利翁杀害后，她逃到非洲。她与特洛伊王埃涅阿斯相爱，二人相处很长时间，当众神命埃涅阿斯返回时，她因失望而自杀。

用娇滴滴的声音对他说：

"我多么爱你，我的孩子！多么爱你！让你的小女人好好地乐一乐！"

在这样的时候，他真想骂娘，拿起帽子往外走，把门砰的一声关上。

起初，他们常常在君士坦丁堡街见面，但杜·洛瓦怕遇到德·马雷尔夫人，就千方百计寻找借口，拒绝在那里约会。

那时，他几乎每天都要去瓦尔特夫人家，有时去吃午饭，有时去吃晚饭。她在桌子底下和他握手，在门后跟他亲嘴。但他喜欢和苏姗玩耍，因为她滑稽的举动使他开心。她样子像洋娃娃，脑子却聪明、机灵，心思难以预料、阴险狡猾，常常像集市里的小木偶那样炫耀自己。她嘲笑所有的事和人，而且用词尖刻。乔治在这方面为她助兴，鼓励她去冷嘲热讽，所以两人十分投机。

她老是叫唤他：

"您听着，漂亮朋友，到这儿来，漂亮朋友。"

他立刻离开她的母亲，朝这个小姑娘奔去，她就在他耳边低声说些损人的话，然后两人开心地笑了起来。

然而，他对她母亲的爱情，从讨厌变为难以克制的厌恶。他只要见到她，只要听到她的声音、想起她，就会生气。因此，他不再去她家，不回答她的来信，也不去理睬她的召唤。

她终于看出他不再爱她，痛苦极了。但是，她仍然不死心，就窥伺他，跟踪他，等候他，在放下窗帘的马车里等，在报馆门口等，在他家门口等，在她以为他会经过的街上等。

他想要粗暴地对待她，骂她、打她，并对她明确表示："得了，我受够了，您烦死我了。"但是，由于《法兰西生活报》的关系，他还是有所克制，就态度冷淡，但在冷淡中仍保持尊敬的态度，只是有时说话生硬，他想用这种办法让她知道，他们之间的关系总得结束。

她仍然执迷不悟，千方百计想把他弄到君士坦丁堡街去，而他则时刻担心两个女人有一天会在门口迎面相遇。

相反，过了一个夏天，他对德·马雷尔夫人的感情却更加深厚。他称她为"小淘气"，她显然讨人喜欢。他们俩性格相似，都是浪迹天涯的冒险族，他们是社交界的流浪者，跟大路上的流浪者相似。

这对恋人度过了一个美妙的夏天。他们像寻欢作乐的大学生一样，溜到阿尔让特伊、布吉瓦尔、梅宗、普瓦西去吃午饭或晚饭，一连几个小时在河上划船，在河边采摘野花。她喜欢吃塞纳河的油炸鱼、白葡萄酒烩肉和洋葱烧鱼块，喜欢小酒店门前的凉棚和划船人的叫声①。他喜欢在天气晴朗时和她一起出去，坐在郊区双层客车的顶层上，说些高兴的无聊话，穿过巴黎郊区的农村，一些资产者木屋式的别墅如嫩芽般散布其间。

有时候，他必须返回巴黎，到瓦尔特夫人家去吃晚饭。这时，

---

① 我们知道，在塞纳河上泛舟，是莫泊桑十分喜欢的事，他常常会在中短篇小说中提到，如《一次郊游》《伊薇特》《保罗的女人》等。

他想起刚分手的年轻情妇，就憎恨这个死缠着他的年老情妇，因为在河边的草地上，年轻的情妇已满足了他的情欲，并得到了他的爱。

他用近乎粗暴的方式明确地把断绝关系的决定告诉老板娘，觉得自己最终甩掉了她。但这时他在报馆里收到她的快信，信里叫他在两点钟到达君士坦丁堡街。

他一面走，一面又把信看了一遍："我必须在今天和你谈谈。事情非常重要，非常重要。请你两点钟在君士坦丁堡街等我。我可以帮你一个大忙。你至死不渝的女友维吉妮。"

他心里想道："这个老太婆又要找我干什么？我敢打赌，她没有任何事情要告诉我。她只会对我反反复复地说她爱我。不过，还是得见见她。她说有一件非常重要的事情，还说可以帮我一个大忙，这也许是真的。但克洛蒂尔德四点钟来。我最迟得在三点钟把先来的那个打发走。真见鬼！但愿她们不要遇到。这些女人真难弄！"

他又想到，从不缠住他的只有他的女人。她过着自己的生活，在规定的谈情说爱的时间里显得非常爱他，因为她不准别人打乱她一成不变的日常生活。

他慢慢地走向约会的地点，心里在恨老板娘：

"啊！她要是没有任何事情要告诉我，我就给她点颜色看看。我会骂得比康布罗纳① 还要厉害。我首先要告诉她，我不会再踏进她的家门。"

---

① 康布罗纳（1770—1842），法国将军。1815 年，他在滑铁卢战役时打到只剩最后一个方阵，英国将军劝他投降，据说他回答说："去你的，卫队军人可以去死，但不能投降。"

他走进屋里等候瓦尔特夫人。

她几乎随即就到。她看到他后立即说道：

"啊！你收到了我的快信！真走运！"

他把脸沉了下来：

"当然啰，我是在报馆里拿到的，当时我正要去国民议会。你还要找我干吗？"

她撩起面纱，以便抱吻他。她像经常挨打的母狗一样，显出害怕而又驯服的样子，逐渐向他靠近。

"你对我真狠……你对我说话真凶……我做了什么对不起你的事情？你要想想，你把我害得多苦！"

他抱怨道：

"你又来这一套了？"

她站在他身旁，只要他笑一笑，做一个手势，她就会扑到他的怀里。

她低声说道：

"你现在这样对待我，当初就不该勾引我，而应该让我像正派女人那样过着幸福的生活。你是否记得你在教堂里对我说的话，是否记得你是怎样逼我走进这屋子的？而现在你又这样对我说话！这样来接待我！天哪！天哪！你害得我好苦！"

他顿了顿足，厉声说道：

"啊！得了！够了。我一见到你，就会听到这一套。我跟你发生关系时，你仿佛只有十二岁，你就像天使一样天真无邪。不，亲爱的，我们来看看事实吧！并没有诱拐未成年少女的事。你是在懂事的年龄委身于我的。为此我要感谢你，我对你极为感谢，但我不能一直拴在你的裙子上，一直拴到死。你有丈夫，我有妻子，我们都要受到约束。我们一时冲动，发生了关系，但这事无人看到，也无人知道，事情就此结束。"

她说道：

"哦！你真野蛮！你真粗暴！你真无耻！是的，我已不是年轻姑娘，但我从未爱过，从未失足过……"

他打断了她的话：

"这些话你已经对我说过二十次，我都知道。但你生过两个孩子……因此，不是我使你失去童贞的……"

她后退了一步：

"哦！乔治，真卑鄙！……"

她双手捂住胸部，觉得透不过气来，喉咙里开始发出呜咽的声音。

他看到她眼泪汪汪，就拿起放在壁炉角上的帽子：

"啊！你要哭了！那就再见吧。你叫我来，是要我看这场表演吗？"

她往前走了一步，拦住他的去路，赶紧从口袋里掏出手帕，迅速擦干泪水。她竭力控制自己的感情，声音随之平静下来。但她仍感到一阵阵的难受，就断断续续地说道：

"不……我来是要……是要告诉你一个消息……一个政治方面

的消息……是要让你赚到五万法郎……甚至还要多……只要你愿意。"

他立刻变得温和起来，问道：

"这是怎么回事？你说的是什么意思？"

"昨天晚上，我偶然听到我丈夫和拉罗舍说的一些话。他们在我面前说话不大隐瞒。但瓦尔特叮嘱部长不要把秘密告诉你，因为你会把一切都泄露出去。"

杜·洛瓦把帽子放在一把椅子上，全神贯注地等待着。

"那么，是什么事呢？"

"他们将要占领摩洛哥！"

"不会吧。我和拉罗舍共进午餐时，他几乎把内阁的意图全告诉我了。"

"不，亲爱的，他们在要弄你，因为他们怕你知道他们的计谋。"

"你坐下来说。"乔治说道。

他自己在安乐椅上坐了下来。她把地上的一只小凳子拖到年轻人的两腿之间，在上面坐下。她用柔和的声音说道：

"我总是想到你，所以我现在对我周围说的悄悄话都十分注意。"

她开始慢慢地讲给他听，在一段时间以来她如何猜出他们瞒着他准备干一件事，她说他们在利用他，同时又害怕他参与此事。

她说道：

"你知道，女人恋爱，心眼儿就多。"

在前一天，她终于弄清楚了。这是一桩大买卖，是在暗中策划的大买卖。这时，她对自己的机灵感到得意，不禁微笑起来。她越说越起劲，说话的腔调像金融家的妻子，因为她经常看到交易所的投机交易和证券行情的变化，知道股市价格的暴涨暴跌会在两个小时之内使几千名小资产者和小额年金收入者破产，这些人曾用自己的积蓄去买受人尊敬的政治家或银行家投资的股票。

她不断说道：

"哦！他们干得真棒，真棒。这一切都是瓦尔特安排的，他是这方面的行家。确实，是一流的。"

他对这个开场白很不耐烦。

"好了，快说吧。"

"好吧，是这样的。出兵丹吉尔的事已在他们之间决定，此事是在拉罗舍当上外交部长的那天决定的。他们逐步把价格已跌到六十四或六十五法郎的摩洛哥公债全部买下。他们购买的方法十分巧妙，是通过一些声誉不佳的经纪人去买的，不会引起任何怀疑。他们把罗特希尔德银行也给骗了，该银行看到老是有人要买摩洛哥公债，十分奇怪。在回答银行的疑问时，别人说出了那些中间人的名字，都是些出过问题的人，而且都已山穷水尽。这样，这家大银行就放心了。现在，政府就要出兵了。我们的军队一到那里，法国就要担保公债的偿还。我们这些朋友能赚到五千万至六千万法郎。这桩买卖你清楚了吗？你也会明白他们为什么如此害怕大家知道，为什么连走漏一点风声也会害怕。"

她的头靠在年轻人的背心上，双臂搁在他的腿上，身体紧紧地倚靠着他，清楚地感到她现在已使他发生兴趣，只要他抚摸她一下，对她微微一笑，她就准备为他做任何事情，连犯罪的事也会去做。

他问道：

"你能完全肯定？"

她信心十足地回答道：

"哦! 我完全肯定!"

他说道：

"这确实干得很棒。至于拉罗舍这个混蛋，我以后会抓住他的把柄的。哦! 这个无赖! 他可要小心! ……他可要小心……他这个部长的骨头，会捏在我的手心之中!"

然后，他思考片刻，低声说道：

"不过，这种机会得要利用。"

"这种公债你还可以去买。"她说道，"现在的价格是七十二法郎。"

他接着说道：

"是的，但是我手头没有钱。"

她仰起头看着他，眼睛里充满乞求的目光。

"这点我想到了，我的猫咪。你要是对我好，再对我好一点，你要是还有点爱我，就让我借钱给你。"

他生硬地，几乎是冷冰冰地回答道：

"这个，不行。"

她用哀求的声音低声说道：

"你听着，有一个你不用借钱的办法。这种公债，我准备买一万法郎，替自己攒点私房钱。这样的话，我就买两万! 你拿一半。你要知道，这笔钱我是不会还给瓦尔特的。因此，现在你一点钱也不用付。如果成功，你就能赚到七万法郎。如果不成功，你就欠我一万法郎，你还不还我都行。"

他仍然说道：

"不，我不喜欢这种办法。"

于是，她就把道理讲给他听，以便说服他。她对他说，他实际上口头承购一万法郎，因此也要承担风险，并说她一点钱也没有替他付，因为这笔钱将由瓦尔特银行来支付。

另外，她还对他说，《法兰西生活报》上的政治运动是他搞起来的，而这桩买卖能够成功，全靠这场运动。他要是不乘机捞点好处，那就太傻了。

他还在犹豫。她补充道：

"你要想想，这一万法郎实际上是瓦尔特替你付的，而你帮了他的大忙，应该得到更多的钱。"

"那么，就这样。"他说道，"我和你各承购一半。我们要是输了，我就还给你一万法郎。"

她非常高兴，就站起身来，双手捧住他的脑袋，贪婪地吻他。

他起先听任她吻,这样一来她的胆子越来越大,把他紧紧抱住,拼命吻他。这时,他想到另一个女人就要来了,要是他听任这样,就会拖延时间,并把应该留给年轻女人的热情在老太婆的怀里消耗掉。

于是,他慢慢地把她推开。

"好了,别闹了。"他说道。

她用失望的眼睛看了看他:

"哦! 乔治,我难道不能再吻你了? "

他回答道:

"不是,今天不能。我有点头疼,这样我难受。"

于是,她又在他双腿之间坐了下来。她问道:

"明天,你到我家里来吃晚饭,好吗? 你来我会非常高兴! "

他犹豫不决,但又不敢拒绝。

"好的,当然去。"

"谢谢,亲爱的。"

她用面颊在年轻人的胸部慢慢地擦着,既温存又有规律。这时,她的一根黑色长发在背心上缠住了。她发现之后,脑子里闪过一个傻乎乎的念头,这种念头有迷信的成分,往往会代替女人的理智。她慢慢地把这根头发绕在一个纽扣上。然后,她又把另一根头发绕在另一个纽扣上,把第三根头发绕在上面一个纽扣上。她在每个纽扣上都绕了一根头发。

他待一会儿站起来的时候,会把这几根头发都拉下来。他会把她弄痛，但又是多么幸福！他会在不知不觉中带走她身上的东西，会把他从未要过的几根头发带走。这是她跟他保持的联系，是一种看不见的秘密联系！是她留在他身上的护身符。他会不由自主地想念她，梦见她，他会越来越爱她。

他突然说道：

"我得走了，因为国民议会散会时有人等我。我今天不能失约。"

她叹了口气：

"哦！已经要走了。"然后又无可奈何地说道：

"去吧，亲爱的，但你明天要来吃晚饭。"

说完，她突然往后一闪，头上一阵剧痛，仿佛给几根针扎了一下。她的心怦怦直跳。她很高兴能为他而疼痛。

"再见了！"她说道。

他带着怜悯的微笑把她抱在怀里，冷冰冰地吻了吻她的眼睛。

但她被吻得神魂颠倒，再次低声说道：

"已经要走了！"她那哀求的目光望着门已打开的房间。

他把她推开，并匆匆忙忙地说道：

"我得走了，要迟到了。"

她又把嘴伸了过去，他只是轻轻地吻了一下。他把她忘记拿的阳伞递给她，然后说道：

"好了，好了，咱们赶紧走吧，已经三点多了。"

她比他先走出去，并反复说道：

"明天晚上七点。"

他回答道：

"明天晚上七点。"

他们分手了。她往右拐，他向左拐。

杜·洛瓦一直走到环城大道。然后，他又沿着马尔泽布大街慢慢地往回走。走到一家糕点铺时，他看到水晶玻璃盘里放着冰糖栗子，就想："我买一斤回去给克洛蒂尔德吃。"他买了一袋，因为她非常喜欢吃这种甜食。

四点钟，他回到屋里等候年轻的情妇。

她迟到了一点，因为她丈夫已经回来，要住一个星期。她问道："你明天能来吃晚饭吗? 他见到你会十分高兴。"

"不，我要去老板家。我们有许多政治和金融问题要讨论。"

她已脱下帽子，现在又脱掉裹得太紧的上衣。

他把炉壁上的纸袋指给她看：

"我给你买了冰糖栗子。"

她高兴得拍起手来：

"我真有口福! 你真好。"

她拿了纸袋，吃了一个栗子，然后说道：

"味道很好。我想我会吃得一个不剩。"

然后，她用喜悦而又迷人的目光看着乔治，并补充道：

"我的坏习惯你都喜欢?"

她慢慢地吃着栗子，不时朝纸袋里看一眼，看看里面是否还有。

她说道：

"喂，你坐在扶手椅里，我坐在你两腿中间吃栗子，这样一定很开心。"

他微笑着坐了下来，用两腿把她夹住，就像他刚才夹着瓦尔特夫人那样。

她仰起头看着他，跟他说话。她一面吃栗子一面说道：

"你不知道，亲爱的，我做梦见到了你，我梦见我们到很远的地方去旅行，两个人同骑一头骆驼。骆驼有两个驼峰，我们各骑一个，穿过沙漠。我们带着用纸包好的三明治，还带着一瓶葡萄酒，骑在骆驼上吃。但我感到寂寞，因为我们不能做别的事。我们相距太远，所以我想下来。"

他回答道：

"我也想下来。"

他觉得这个故事有趣，就笑了起来。他引她说些傻话，讲些带孩子气的故事，说些情人们说的无聊的情话。这种淘气话从德·马雷尔夫人口中说出，他觉得很好听，但要是从瓦尔特夫人口中说出，他就会难受。

克洛蒂尔德也叫他"亲爱的，我的孩子，我的猫咪"。他觉得温柔、悦耳。可是另一个女人刚才也这样叫他，他却感到恼火和恶心。情话虽说一模一样，但出自不同女人之口，味道就完全不同。

他虽然听着这些疯话十分开心，心里却在想他将要赚到七万法郎。突然，他用手指在女友的头上轻轻地敲了两下，叫她别再啰唆：

"你听着，我的猫咪。我请你给你丈夫带个口信。请你转告他，叫他明天去买一万法郎的摩洛哥公债，现在的价格是七十二法郎。我保证他不出三个月就能赚到六万至八万法郎。你要叫他守口如瓶。请你转告他，法国已决定出兵丹吉尔，并担保偿还摩洛哥公债。但你不要告诉别人。我对你说的可是国家机密。"

她认真地听他说完，然后低声说道：

"谢谢你。我今晚就告诉我丈夫。你可以相信他，他是不会说的。他这个人很可靠。不会有任何风险。"

这时，她已把栗子全部吃完。她用手把纸袋揉成一团，扔进壁炉，然后说道："咱们睡吧。"她蹲在那里，开始为乔治解开背心的纽扣。

突然，她停了下来，用两个手指拉出缠在扣眼上的一根长发，并笑了起来：

"瞧，你把玛德莱娜的一根头发带来了。真是个忠实的丈夫！"

但她的笑容随即收敛。她察看着她发现的这根细得几乎看不见的头发，低声说道：

"这根头发是棕色的，不是玛德莱娜的。"

他微微一笑：

"这也许是女仆的头发。"

但是，她像侦探那样仔细检查这件背心，并发现缠在一个纽扣上的第二根头发，然后又看到第三根头发。她脸色发白，身体微微颤抖，大声说道：

"哦！你跟一个女人睡过觉，她在你的所有纽扣上都绕了头发。"

他很惊讶，结结巴巴地说道：

"不可能。你疯了……"

他突然想了起来，心里立刻明白，先是局促不安，后来就笑着否认。她怀疑他交上了桃花运，他心里并不生气。

她继续寻找，仍找到头发，就把头发迅速绕出来，并扔在地毯上。

她凭女人的狡诈本能猜了出来，气得火冒三丈，真想哭出来，就断断续续地说道：

"那个女人爱你……她想让你带走她身上的东西……哦！你这个无情无义的东西……"

突然，她神经质地尖叫了一声，显得非常高兴："哦！……哦！……是个老太婆……是一根白发……啊！你现在要老太婆了……她们是不是付钱给你……你说呀……她们是不是付钱给你？……啊！你现在要老太婆了……你不再需要我了……你留着那个女人吧……"

她站了起来，跑过去拿了刚才扔在椅子上的上衣，迅速穿好。

他心里惭愧，不想让她走，就结结巴巴地说道：

"不是……克洛……你搞错了……我不知道这是怎么回事……你听着……你别走……好了……你别走……"

她不断说道：

"把你的老太婆留着……把她留着……你把她的头发做成一个

指环……用她的白头发做……这些头发已经够了……"

她动作麻利地穿上衣服，戴好帽子和面纱。她见他想抓住自己，就狠狠地打了他一个耳光。她乘他没有回过神来，打开房门走了。

屋里只剩下他一人之后，他立刻对瓦尔特这个棕发老太婆大发雷霆。啊！他下次一定要把她撵走，而且要狠。

他用水把打红的脸敷了一下，然后也走出房门，心里在想如何报仇。这次他绝不会原谅。啊！绝不会！

他一直走到林荫大道，在一家首饰店停了下来，观看他早就想买的怀表，这块表的价格为一千八百法郎。

他突然高兴地想到："我要是赚到那七万法郎，就能把这块表买下来。"他开始盘算这七万法郎能派什么用场。

首先，他要当上议员。然后，他买下这块表，接着他就在交易所搞证券买卖，以后……再以后……

他不想去报馆，而是想先跟玛德莱娜谈谈，然后再去见瓦尔特，并写那篇文章。于是，他就朝家里走去。

他走到德鲁奥街，突然停了下来。他忘了去打听家住昂坦河堤街的沃德雷克伯爵的情况。因此，他又往回走，仍然走得很慢，并沉浸在幸福的遐想之中，想到无数事情，既想到甜蜜、愉快的事情，想到他将要发的财，也想到拉罗舍这个混蛋和老板娘这个可恶的老太婆。另外，他并不担心克洛蒂尔德发怒，因为他知道她很快就会原谅他。

他走到沃德雷克伯爵居住的房子，向门房问道：

"德·沃德雷克先生身体好吗? 我听说他最近病了。"

门房回答道:

"伯爵先生身体很不好,先生。大家认为他过不了今天晚上,痛风已损害心脏。"

杜·洛瓦惊慌失措,不知如何是好! 沃德雷克要死了! 许多模糊的想法在他脑中出现,使他心烦意乱,不敢信以为真。

他结结巴巴地说道:"谢谢……我会再来的……"他自己也不知道在说些什么。

说完,他跳上一辆出租马车,吩咐送他回家。

他妻子已经在家里。他气喘吁吁地走进房间,立刻对她说道:

"你知道吗? 沃德雷克快要死了! "

她正坐着看一封信。她抬起了头,问了三次:

"嗯? 你说什么?……你说什么?……你说什么?……"

"我对你说,沃德雷克因痛风损害心脏,就要死了。"然后他补充道,"你打算怎么办? "

她忽然地站了起来,脸色苍白,面颊神经质地抽搐着,然后用双手捂着脸,痛哭起来。她站在那里,因抽噎而颤动,心里极为难受。

突然,她忍住悲痛,擦干眼泪:

"我现在……我现在就去……你别管我……我不知道几点钟回来……你不要等我……"

他回答道:

"很好。你去吧。"

他们握了握手。她走得十分匆忙，连手套也忘了戴。

乔治独自吃了晚饭，然后开始写他那篇文章。他完全按照部长的意图来写，让读者猜出政府不会出兵摩洛哥。然后他把文章送到报馆，同老板谈了一会儿之后就抽着烟走了，心里十分轻松，但他不知道是为了什么。

他妻子没有回来。他躺到床上就睡着了。

玛德莱娜在将近半夜十二点时回家。乔治被突然吵醒，在床上坐了起来。

他问道：

"怎么样了？"

他从未看到她像现在这样苍白、激动。她低声说道：

"他死了。"

"啊！那么……他什么也没有对你说？"

"什么也没有。我到的时候，他已失去知觉。"

乔治在思考。有些问题已到了他的嘴边，但他不敢提出来。

"你睡吧。"他说道。

她迅速脱掉衣服，在他旁边睡了下来。

他接着说道：

"他死的时候有亲戚在旁边吗？"

"只有一个侄子。"

"噢！这个侄子常去看他吗？"

"从来不去。他们已有十年没见面了。"

"他还有别的亲戚吗？"

"没有……我看没有。"

"那么……他的遗产应该由这个侄子来继承啰？"

"我不知道。"

"沃德雷克非常有钱？"

"是的，非常有钱。"

"你知道他大约有多少钱？"

"不知道确切的数目。有一两百万。"

他不再吭声。她把蜡烛吹灭。他们肩并肩地躺在黑暗之中，默不作声，都没有睡着，各人在想自己的心事。

他已没有睡意。他现在觉得瓦尔特夫人答应替他赚的七万法郎实在太少了。他突然感到玛德莱娜在哭。为了核实一下，他就问道：

"你睡着了？"

"没有。"

她的声音激动而又颤抖。他接着说道：

"我刚才忘了告诉你，你的部长把我们给骗了。"

"是怎么回事？"

他把拉罗舍和瓦尔特之间制订的计划详详细细地告诉了她。

他说完后，她问道：

"你是怎么知道的？"

他回答道：

"请原谅，我不能告诉你。你搞情报有自己的办法，我不加干涉。

我也有我的办法，并希望保守秘密。不管怎样，我可以保证我的情报确实可靠。"

她低声说道：

"是的，有这个可能……我也料到他们瞒着我们在搞什么花样。"

乔治睡不着，就把身子挪到妻子旁边，轻轻地吻了吻她的耳朵。她猛地把他推开：

"我求求你，别来烦我，好吗？我没有兴趣跟你闹。"

他只好转过身去，对着墙壁，闭上眼睛，他最终睡着了。

六

教堂里挂着黑色帷幔，大门上的盾形纹章上套着花圈，是为了告诉过路人，这里在为一位贵族举办丧礼。

仪式刚刚结束。参加丧礼的人慢慢离开，在沃德雷克伯爵的灵柩和侄子前依次走过，伯爵的侄子跟他们一一握手、还礼。

乔治·杜·洛瓦和妻子出来后，肩并肩地往家里走。他们都心事重重，默无一言。

最后，乔治像自言自语般说道：

"确实，这真是奇怪！"

玛德莱娜问道：

"奇怪什么，我的朋友？"

"沃德雷克没有给我们留下任何遗产！"

她的脸顿时红了起来，一直红到胸口，仿佛她雪白的皮肤上突然蒙上一块粉红的面纱。她说道：

"他为什么要留给我们遗产呢？他没有任何理由要这样做！"

沉默片刻之后，她接着说道：

"也许在公证人那里有一份遗嘱。我们还一无所知。"

他想了一下之后低声说道：

"是的，很有可能，因为他毕竟是我们俩最好的朋友。他每星期在我们家吃两次晚饭，而且随时会来。他在我们家就像在自己家里一样，完全像在他家里一样。他像父亲那样爱你，他没有家眷，没有孩子，没有兄弟姐妹，只有一个侄子，而且还是远亲。是的，他应该立一份遗嘱。我倒不希望得到很多，就算是个纪念吧，以证明他想到了我们，证明他爱我们，并知道我们对他的感情。他应该对我们表示友好。"

她显出沉思的样子，冷淡地说道：

"不错，很有可能有遗嘱。"

他们回到家里时，男仆把一封信递给玛德莱娜。她把信打开，看完后递给丈夫。

公证人拉马纳尔事务所

孚日街十七号

后浪插图经典系列，名家名译名画
打造收藏级传世名著

莎士比亚爱情诗集
（插图珍藏版）

[英]威廉·莎士比亚 著
[英]埃里克·吉尔 绘
曹明伦 译

牧歌
（插图珍藏版）

[古罗马]维吉尔 著
[法]马塞尔·韦尔特 绘
[英] C. S.卡尔弗利 英译；叶紫 中译

恶之花
（插图珍藏版）

[法]夏尔·波德莱尔 著
[法]亨利·马蒂斯 绘
郑克鲁、刘楠祺 译

伊索寓言：
500年插画与故事

[古希腊]伊索 著
[英]蓝道夫·凯迪克 等绘
草木 编；庆云 译

鸟·蛙
（插图珍藏版）

[古希腊]阿里斯托芬 著
[英]约翰·奥斯汀、
[美]阿瑟·勒恩德 绘
张竹明 译

查第格
（插图珍藏版）

[法]伏尔泰 著
[法]西尔万·索瓦日 绘
傅雷 译

远大前程
（插图珍藏版）

[英]查尔斯·狄更斯 著
[爱尔兰]哈利·福尼斯 绘
王科一 译

巴黎圣母院
（插图珍藏版）

[法]维克多·雨果 著
[法]卡米尔·罗克普兰、
查尔斯·杜比尼 等绘
潘丽珍 译

傲慢与偏见
（插图珍藏版）

[英]简·奥斯丁 著
[爱尔兰]休·汤姆森 绘
王科一 译

老实人
（插图珍藏版）

[法]伏尔泰 著
[德]保罗·克利 绘
傅雷 译

卡门
（插图珍藏版）

[法]梅里美 著
[德]阿拉斯特尔 绘
傅雷、吴秦蓁 译

高龙巴
（插图珍藏版）

[法]梅里美 著
[法]皮埃尔·卢梭 绘
傅雷 译

老人与海
（插图珍藏版）

［美］欧内斯特·海明威 著
［英］雷蒙·谢泼德 绘
孙致礼、蒋慧 译

漂亮朋友
（插图珍藏版）

［法］莫泊桑 著
［法］让·埃米尔·拉布勒 绘
徐和瑾 译

月亮与六便士
（插图珍藏版）

［英］毛姆 著
［美］弗里德里克·多尔·斯蒂里 绘
楼武挺 译

红与黑
（插图珍藏版）

［法］司汤达 著
［法］让·保罗·昆特 绘
罗新璋 译

一生
（插图珍藏版）

［法］莫泊桑 著
［法］埃迪·勒格朗 绘
盛澄华 译

呼啸山庄
（插图珍藏版）

［英］艾米莉·勃朗特 著
［法］埃德蒙·杜拉克 绘
孙致礼 译

古舟子咏
（插图珍藏版）

［英］塞缪尔·泰勒·柯勒律治 著
［美］爱德华·A·威尔逊 绘
叶紫 译

伊莎贝拉
（插图珍藏版）

［英］约翰·济慈 著
［英］威廉·布朗·麦克杜格尔 绘
朱维基 译

胡萝卜须
（插图珍藏版）

［法］儒勒·列那尔 著
［法］菲利克斯·瓦洛东 绘
应远马、应一笑 译

莎士比亚喜剧集
（插图珍藏版）

［英］威廉·莎士比亚 著
［英］H.C.塞卢斯 绘
朱生豪 译 解村 校

莎士比亚悲剧集
（插图珍藏版）

［英］威廉·莎士比亚 著
［英］H.C.塞卢斯 绘
朱生豪 译 叶紫 校

夫人：

　　请于星期二、星期三或星期四下午两点至四点到我

的事务所来一次，有事商量。

　　此致

敬礼

　　　　　　　　　　　　　　拉马纳尔

这一次，乔治的脸红了：

"应该是这件事。但奇怪的是他叫你去，而不叫我这个法定的

一家之主去。"

她起初没有回答，后来思索片刻后才说道：

"我们待一会儿一起去，好吗？"

"好的，我同意。"

他们吃完午饭马上就走。

他们进入拉马纳尔先生的事务所之后，首席书记十分殷勤地

站了起来，带他们走进老板的办公室。

公证人身材矮胖，浑身是肉。他的脑袋像是固定在另一个球

上的一个球，两条腿又粗又短，跟两个球相差无几。

他施了礼，指了指两把椅子请他们坐下，然后转向玛德莱娜，

并说道：

"夫人，我请您来是要把沃德雷克伯爵的遗嘱的内容告诉您，

因为这份遗嘱与您有关。"

乔治不禁低声说道：

"这在我的意料之中。"

公证人补充道：

"我把这份文件念给您听，文件不长。"

他在前面的文件夹里拿出一张纸，并念道：

"立遗嘱人保尔－埃米尔－西普里安－贡特朗，即沃德雷克伯爵，身心健康，在此表明我最后的意愿：

"死亡会随时夺走我们的生命，为防不测，我立下遗嘱，存于拉马纳尔先生处。

"我因无直系继承人，愿将自己的所有财产，包括有价证券六十万法郎和不动产约五十万法郎，都赠予克莱尔－玛德莱娜·杜·洛瓦夫人，不附加任何义务或条件。此项遗赠说明亡友对夫人的深情和敬意，请夫人哂纳。"

公证人补充道：

"内容就是这些。这份遗嘱是今年八月份立的，取代了两年前为克莱尔－玛德莱娜·福雷斯蒂埃夫人立的内容相同的遗嘱。我保存着这第一份遗嘱，如果家属提出异议，这份遗嘱可用来证明，沃德雷克伯爵先生没有改变自己的意愿。"

玛德莱娜脸色十分苍白，看着自己的双脚。乔治使劲用手指捻着小胡子的末梢。沉默片刻之后，公证人继续说道：

"当然啰，先生，如果没有您的同意，夫人是不能接受这笔遗产的。"

杜·洛瓦站起身来，用生硬的声音说道：

"我想再考虑一下。"

公证人微笑着欠了欠身，并十分客气地说道：

"您迟疑不决，我完全理解，先生。我还应该告诉您，德·沃德雷克先生的侄子已于今天上午得知他叔父的最后意愿，他说如能分给他十万法郎，他准备服从叔父的意愿。在我看来，这份遗嘱无懈可击，但如诉诸法庭，就会议论纷纷，你们还是避免为好。社会上常常会有不怀好意的议论。不管怎样，请您在星期六前就所有这些问题给我一个答复，好吗？"

乔治欠了欠身："好的，先生。"说完，他彬彬有礼地鞠了一躬，让默无一言的妻子先走，然后板着脸走了出去，公证人的笑容随之消失。

他们回到家里，杜·洛瓦立刻把门砰的一声关上。他把帽子往床上一扔：

"你是沃德雷克的情妇，对吗？"

玛德莱娜正在取下面纱，这时突然转过身去：

"我？哦！"

"不错，你。一个人不会把自己的所有财产留给一个女人，除非……"

她浑身颤抖，无法打开把透明的面纱固定的别针。

思考片刻之后，她用激动的声音结结巴巴地说道：

"啊……啊……你疯了……你是……你是……刚才……你自己……你不是希望……他留点遗产给你吗？"

乔治站在她的旁边，注视着她感情的种种变化，犹如想要发现预审被告的细小弱点的法官。

他字字强调地说：

"对……他可以给我留下点遗产，是给我……给我，你的丈夫……给我，他的朋友……你懂吗？……而不是给你……给你，他的女朋友……给你，我的妻子。从道理上看……从公众舆论上看，这是主要的和根本的区别。"

玛德莱娜也在盯着他看，她那清澈的眼睛射出深沉而又奇特的光，仿佛想从他身上看出什么东西，发现未知的东西，因为他这个人向来看不透，只有在他不防备或不注意的短暂时刻，才能隐约看出他的心思，这种时刻犹如微微开启的门，让人看到内心的秘密。她慢慢地说道：

"我认为，如果……要是他把数目这样大的财产遗赠给你……别人也会觉得十分奇怪。"

他急忙问道：

"那是为什么？"

她说道：

"因为……"她犹豫了一下，然后接着说道：

"因为你是我丈夫……你认识他时间不长……因为我……我是他的朋友，而且已有很长时间……因为他的第一个遗嘱是在福雷斯蒂埃生前立的，而且已把遗产留给了我。"

乔治迈着大步，在房间里走来走去。他说道：

"你不能接受这笔遗产。"

她满不在乎地回答道：

"很好。这样的话，就不必等到星期六了，我们可以立刻叫人通知拉马纳尔先生。"

他在她面前停了下来。他们再次互相注视了片刻，都想看出对方内心无法识破的秘密和现时的想法。他们用炽烈的目光来进行无声的询问，以了解对方赤裸的思想：这是两人心灵的搏斗，他们生活在一起，却如同路人，他们互相怀疑，互相戒备，互相窥伺，却又看不透对方心灵深处的污泥浊水。

突然，他对着她的脸低声说道：

"喂，你就承认吧，你是沃德雷克的情妇。"

她耸了耸肩：

"你真蠢……沃德雷克非常喜欢我，非常喜欢……但没有其他的事……从来没有。"

他顿了顿足：

"你撒谎。这不可能。"

她平静地回答道：

"但事实如此。"

他又走了起来，然后停下脚步：

"那么，你对我解释一下，他为什么把所有的财产都留给你……"

她显出漫不经心和漠不关心的样子，说道：

"这非常简单。你刚才说了，他只有我们两个朋友，或者确切地说，只有我一个朋友，因为他是我小时候认识我的。当时我母亲在他亲戚家做伴当。他生前经常来这儿，由于没有子女继承遗产，他就想到了我。他有点爱我，那是可能的。但是，有哪个女人没被人这样爱过呢？他想要安排后事时，这种隐匿的、秘密的爱使他写下了我的名字，那又有什么奇怪呢？每星期一他都把花带来送给我。你对此一点也没有惊讶，他也没有送花给你，是吗？今天，出于同样的原因，他把自己的财产送给了我，因为他无人可送。相反，如果他把自己的财产留给你，那就会使人大吃一惊。为什么？你是他什么人？"

她说话时极为自然、平静，乔治不由得犹豫起来。

他接着说道：

"不管怎样，在这种情况下，我们不能接受这笔遗产。要是接受，后果不堪设想。所有的人都会议论纷纷，把我当作笑料。同事们已经对我十分嫉妒，一有机会就攻击我。跟别人相比，我更要关心自己的荣誉和名声。我不能容许和同意我的妻子接受这个男人的遗产，因为大家已经在传说他是你的情夫。福雷斯蒂埃也许能容忍这件事，但我不能。"

她柔声柔气地低声说道：

"那么，我的朋友，我们就不要接受，大不了我们口袋里少掉一百万。"

他仍然走着，并说出自己的想法，虽然没有对着妻子说话，却是说给她听的。

"那么，不错……一百万……算了……他在立遗嘱的时候，不知道这样做有失分寸，忘记了体面。他没有想到他把我弄得多么狼狈、可笑……在生活中，做事都要恰如其分……他应该留给我一半遗产，这样就没有问题了。"

他坐了下来，架起二郎腿，开始捻胡子梢，他在无所事事、焦虑不安和苦苦思索的时候就捻胡子的末梢。

玛德莱娜拿起一幅绒绣，不时绣上几针。她在挑选绒线时说道：

"我只好闭上嘴。这事由你来考虑。"

他没有立即回答，过了很长时间才犹豫不决地说道：

"沃德雷克选择你做他唯一的继承人，而我又表示同意，这两件事社会是绝不会理解的。用这种方式来接受这笔遗产，就等于承认……从你这方面来说，是承认自己跟他有不正当的关系，从我这方面来说，是承认自己恬不知耻地讨好他……你知道吗，我们接受遗产，别人会怎么说？得找到一个巧妙的办法，对此事加以掩饰。譬如说，要设法让别人知道，他把这笔财产平分给我们，丈夫和妻子各得一半。"

她说道：

"既然遗嘱上写得十分明确，我不知道如何能把事情办成这样。"

他回答道：

"哦！这非常简单。你可以用生前赠予的办法把遗产的一半转让给我。我们没有孩子，因此可以这样做。这样一来，社会上不怀好意之徒的嘴就给封住了。"

她有点不耐烦，就反驳道：

"既然遗嘱在那儿，上面有沃德雷克的签名，我不知道社会上不怀好意之徒的嘴如何能给封住。"

他生气地回答道：

"我们难道要把遗嘱贴在墙上给别人看？说到底，你还是不聪明。我们可以说，沃德雷克伯爵把遗产留给我们俩，每人一半……就这样说……另外，没有我的同意，你也不能接受这笔遗产。现在我可以同意，唯一的条件是和你平分，这样我就不会成为众人的笑柄。"

她又用锐利的目光看了他一下。

"那就照你说的办吧。我同意。"

这时，他站了起来，又开始走来走去。他好像再次犹豫起来，并避开妻子的锐利目光。他说道：

"不行……肯定不行……也许还是完全放弃为好……这样更合适……更恰当……更体面……不过，用这种办法，别人也无话可说，什么也说不出来。疑心最重的人也只好听之任之。"

他走到玛德莱娜面前停了下来：

"那么，如果你同意的话，亲爱的，我就独自去找拉马纳尔先生，听听他的意见，把事情向他解释一下。我把自己的顾虑告诉他，并对他说，我们为了把事情做得得体，决定平分遗产，这样别人就不会说闲话。只要我接受一半遗产，别人就无权来笑话我们，这是显而易见的。这样做等于是在公开声明：'我妻子接受是因为我——她的丈夫接受，我知道她这样做不会损害自己的名誉。'如果不这样做，这件事就会变成丑闻。"

玛德莱娜只是低声说道：

"就照你说的办吧。"

他又开始口若悬河地说：

"是的，用平分遗产的办法，事情就正大光明。我们继承的是一位朋友的遗产，这位朋友对我们俩一视同仁，不想对我们俩厚此薄彼，所以不愿留下这样的印象：'我死后跟生前一样，都偏爱其中的一个。'他当然更喜欢女的，但他把财产留给了他们二人，这清楚地说明他的爱是柏拉图式的精神恋爱。你要相信，他要是想到了这点，肯定会这样做的。他没有仔细考虑，也没有想到事情的后果。你刚才说得很清楚，他每个星期拿来的花是送给你的，他最后的纪念是想留给你的，但没有想到……"

她听了有点生气，就打断了他的话：

"就这样定了。我知道了。你不必多说。你马上去找公证人。"

他的脸红了，就结结巴巴地说道：

"你说得对，我马上就去。"

他拿了帽子，但在出门时说道：

"他侄子的事，我设法只给他五万法郎，好吗？"

她傲慢地回答道：

"不。他要十万法郎，你就给他十万。如果你不反对，就在我那份里扣除。"

他突然有些羞愧，就低声说道：

"啊！不要，我们各出一半。我们每人出五万法郎，就净剩一百万。"

然后，他补充道：

"回头见，我的小玛德。"

说完，他去把解决的办法告诉公证人，并说这是他妻子的主意。

第二天，他们在一份生前赠予文书上签了名，文书上写明玛德莱娜·杜·洛瓦把五十万法郎赠予她的丈夫。

走出事务所后，乔治见天气很好，就提议一直走到林荫大道。他显得和蔼可亲，对妻子关心备至，十分温存。他不断笑着，对什么都高兴，而她则心事重重，脸色有点凝重。

当时是秋天，天气相当冷。行人显得匆忙，步履迅速。杜·洛瓦把妻子带到店铺，他经常在那里看他想买的那块怀表。

"我买一件首饰给你，好吗？"他说道。

她满不在乎地低声说道：

"随你的便。"

他们走了进去。他问道：

"你喜欢什么，项链、手镯还是耳环？"

她看到这些金首饰和宝石，脸上装出来的冷淡神色随即消失。她眼睛发亮，好奇地浏览着摆满首饰的玻璃柜台。

她突然看到喜欢的首饰，激动地说道：

"这条手链真好看。"

这手链式样古怪，每个环节上都镶有一颗不同的宝石。

乔治问道：

"这条手链要多少钱？"

珠宝商回答道：

"三千法郎，先生。"

"如果您肯卖二千五百，我就买下。"

店主犹豫片刻后回答道：

"不行，先生，这样不行。"

杜·洛瓦接着说道：

"那么，您再加上这块怀表的一千五百法郎，总共四千，我付现款，好吗？如果您不愿意，我就到别的店去买。"

珠宝商显得十分为难，但最后还是同意了。

"那么，就这样，先生。"

记者把自己的地址告诉了他，然后补充道：

"请您叫人在怀表上刻上我姓名的缩写 G. R. C.，要用花体字母，再刻上男爵的冠冕。"

玛德莱娜先是意外，然后微微一笑。他们走出店铺后，她温柔地挽起他的胳膊。她觉得他确实机灵、能干。现在他有了年金收入，就应有个爵位，这是理所当然的事。

店主躬身施礼：

"您的事包在我的身上，星期四一定办好，男爵先生。"

他们走到滑稽歌舞剧场门口。那里在上演一出新戏。

"你要是愿意，"他说道，"我们今晚就去看戏，设法搞一个包厢。"

他们找到了一个包厢，并订了下来。他补充道："我们到小酒店去吃晚饭，好吗？"

"哦！好的，我同意。"

他高兴得像当了国王，心里想他们还能做些什么。

"我们去找德·马雷尔夫人，让她和我们共度夜晚，好吗？我听说她丈夫在这儿。我很想见到他。"

他们去了她家。乔治害怕再次见到情妇，这次有他妻子在，就不用担心，也不必做任何解释。

但是，克洛蒂尔德看来已不计前嫌，她甚至硬要丈夫接受邀请。

晚饭吃得很开心，晚上也过得很愉快。

乔治和玛德莱娜回到家里已经很晚。煤气灯已经熄灭。上楼梯时，记者不时点一根蜡绳照明。

走到二楼的楼梯平台，擦火柴后突然出现的亮光，在镜子里照出了黑乎乎的楼梯中央的两张面孔。

他们像幽灵一样，即将消失在黑暗之中。

杜·洛瓦举起了手，以便看清他们在镜子里的形象。他扬扬得意地笑道：

"瞧，两个百万富翁来了。"

七

征服摩洛哥已有两个月了。法国成了丹吉尔的主人，占领了地中海的全部非洲海岸，甚至控制了的黎波里，并担保偿还这个新的附属国的债务。

有人说，两位部长因此而赚到二千万法郎左右，还公开说出拉罗舍－马蒂厄的名字。

至于瓦尔特，巴黎的人都知道他一箭双雕，在公债上赚到三四千万，在铜矿和铁矿以及购买的大片土地上赚到八百万至一千万，这些土地他是在征服摩洛哥前廉价买进，并在法军占领摩洛哥的第二天卖给殖民公司的。

他在几天之内成了世界的主宰和万能的金融家，权力比国王还大，别人见了他都会低头哈腰，说话结结巴巴，由衷地说出低三下四、阿谀奉承的话。

他不再是犹太人瓦尔特，一家搞歪门邪道的银行的老板，一家活动诡秘的报馆的社长和有徇私舞弊之嫌的国民议会议员，而是以色列人富翁瓦尔特先生。

他想要炫富。

他获悉卡尔堡亲王手头拮据，就想买下亲王在圣奥诺雷城关街上的住宅。这幢住宅的花园朝向香榭丽舍大街，是圣奥诺雷城关街上最漂亮的住宅之一。他开价三百万法郎，买下住宅及其全部家具，但卖主必须在二十四小时内迁出，而且连一把扶手椅也不能移动。亲王经不住这笔巨款的诱惑，拍板成交。

第二天，瓦尔特乔迁新居。

这时，他产生了另一个想法，想要征服巴黎，这是地地道道的拿破仑式的想法。

当时，全巴黎的人都去收藏家雅克·勒诺布尔家里观看匈牙利画家卡尔·马科维奇展示基督踏波而行的巨幅油画①。

艺术批评家对这幅画都极为赞赏，称其为本世纪最优美的

_____

① 卡尔·马科维奇指的是匈牙利画家米哈伊·蒙卡奇（1844—1900）。他在1872—1896年移居法国，作品主要为风俗画、宗教画和历史画。他在巴黎秋季美术展览会上深受欢迎，画作有《死囚的末日》《弥尔顿给他的女儿口诵〈失乐园〉》，以及1884年展出的《耶稣受难像》和《基督在法庭》（而不是《踏波而行的基督》），后一幅画由巴黎收藏家塞德尔梅耶在位于拉罗什福科街的公馆里展出。

杰作。

瓦尔特用五十万法郎买下了这幅画，并把它搬走，在顷刻间切断了好奇的人流，使整个巴黎都谈论他，对他羡慕、指责和称赞的人都有。

然后，他在各报发表声明，说他将邀请巴黎各界知名人士在某一天晚上来他家做客，欣赏这位外国绘画大师的杰作，以免别人说他独占艺术珍品。

他的住宅将对外开放。愿意来的人都能进来，只要在门口出示请帖。

请帖上这样写着："瓦尔特先生和夫人请您于十二月三十日晚上九点至十二点光临寒舍，观看卡尔·马科维奇的油画《踏波而行的基督》，有电灯照明。"

下面还有用小字体印刷的附言："舞会在午夜十二点后举行。"

因此，愿意留下的人可以留下，瓦尔特夫妇将在这些人中物色未来的朋友。

其他的人将欣赏油画、公馆及其主人，欣赏时怀着社交界的好奇心，有的傲慢，有的冷淡，看完后自行离去，就像来时那样。瓦尔特老头清楚地知道他们以后还会再来，就像他们过去拜访跟他一样发财致富的以色列人兄弟。

首先得让报刊上提到的所有有爵位的穷贵族走进他的家门，让他们进来看看在一个半月之内赚到五千万的人是什么模样，同时也让他们进来看看来这儿数目众多的客人。他们会进来还有一个原因，那就是他有高雅的爱好，而且头脑灵活，请他们到以色列一个后裔的家中来观赏一幅描绘基督的油画。

他仿佛在对他们说："你们瞧，我花了五十万法郎买下了马科维奇的宗教题材名画《踏波而行的基督》。这幅名画将永远留在我这个犹太人瓦尔特的家中，供我随时观赏。"

在社交界，即公爵夫人和赛马俱乐部成员出入的社交界，大家都对这个不附带任何条件的邀请议论纷纷。到那儿去和去珀蒂先生①家看水彩画完全一样。瓦尔特夫妇拥有一幅名画，就在某一天晚上打开家门，让所有的人都能去观看。真是再好也没有了。

半个月来，《法兰西生活报》每天刊登一条消息，介绍十二月三十日的晚会，以引起公众的好奇。

杜·洛瓦对老板的胜利大为恼火。

他从妻子手里抢到五十万法郎，以为自己已是富翁，但现在他把自己微不足道的财产跟像雨水般落到他周围、他却没能捡到一个子儿的百万钱币相比，就觉得自己是个穷人，而且穷得可怜。

他因嫉妒而发火，火气越来越大。他恨所有的人，恨瓦尔特夫妇，不再去登门拜访，恨他的妻子被拉罗舍所骗，劝他不要去买摩洛哥公债，特别恨那个每星期到他家里来吃两顿晚饭的部长要弄并利用了他。乔治当他的秘书、代理人和笔杆子，在把他口

---

① 珀蒂先生即乔治·珀蒂，在19世纪末创办著名画廊，位于巴黎塞兹街八号。他的画廊的宗旨是使社交界的观众接受现代派画家，即1900年左右的印象派画家和20世纪30年代的毕加索和马蒂斯。

述的内容记录下来时，真想把这个得意扬扬的家伙扼死。作为部长，拉罗舍政绩平平，他为了保住官职，不让人看出他发了横财。但是，杜·洛瓦可以感到他发了横财，因为这个律师出身的暴发户说话更加傲慢，举止更加无礼，议论更加大胆，对自己深信不疑。

现在，拉罗舍在杜·洛瓦家中称王称霸。他已取代了沃德雷克伯爵的地位，每星期来访的日子也和伯爵相同，他跟仆人们说话时就像第二个主子。

乔治气得发抖，但只好忍气吞声，活像一条狗，想咬人却又不敢咬。不过，他常常对玛德莱娜说话生硬，态度粗暴，而她只是耸耸肩，把他看作不懂事的孩子。不过，她对他老是发脾气感到奇怪，就再三说道：

"我真不明白你是怎么回事。你老是牢骚满腹，可你的地位已经非常好了。"

这时，他就转过身去，一言不发。

他起先说他不去参加老板的这个晚会，并说他不想再跨进这个卑鄙的犹太人的家门。

两个月来，瓦尔特夫人每天给他写信，求他去看她，还请他约她在他喜欢的地方见面，用她的话来说，是为了把她替他赚到的七万法郎交给他。

他没有回信，并把她寄来的这些令人失望的信件烧掉。这不是因为他拒绝接受他赚到的那份，而是因为他想刺激她，蔑视她，把她踩在脚下。她太富了！他要显出傲慢的样子。

在展出名画的那天，玛德莱娜向他指出，他不想去老板娘家是个很大的错误，对此他回答道：

"你别来烦我。我想待在家里。"

但是，晚饭之后，他突然说道：

"不过，还是得去受这个罪。你赶快去准备。"

她料到他会去。

"我只要一刻钟就可以准备好。"她说道。

他一面穿衣服一面埋怨，在出租马车里还在发牢骚。

卡尔堡公馆的前院用电灯照明，四角挂着四个球形电灯，犹如四个淡蓝色小月亮。高高的台阶的梯级上铺着漂亮的地毯，每个梯级上都有一个穿制服的男仆直挺挺地站着，犹如一尊塑像。

杜·洛瓦低声说道：

"真会摆阔。"

他耸了耸肩，心里嫉妒万分。

他妻子对他说道：

"别说了，你装装样子吧。"

他们走进屋内，把出门穿的厚外衣交给迎上前来的男仆。

好几位女士已在那儿，由丈夫陪着，也在脱皮大衣。有人在低声说道："这儿真漂亮！真漂亮！"

宽敞的前厅墙上挂着壁毯，图案是战神马尔斯和维纳斯的恋爱故事。左右两侧各有一道宽大的楼梯通向二楼，并合在一起。

楼梯的栏杆用锻铁制造，精美绝伦，上面的镀金因年久而变得暗淡，但仍在红色大理石制成的梯级上映出隐约的光彩。

客厅门口站着两个小姑娘，一个穿粉红色跳舞裙，另一个穿蓝色跳舞裙。她们向每位女士献花。大家都觉得这种安排别出心裁。

客厅里已经有许多客人。

大部分女士都穿着平时出门的服装，说明她们来这儿跟去参观任何私人收藏品展览时完全一样。准备留下来参加舞会的女士则穿着袒胸露臂的衣裙。

瓦尔特夫人被女友们围在中间，站在第二个客厅里，并向参观者们还礼。许多人不认识她，这些人在里面走来走去，犹如在博物馆里漫步，并不去注意住宅的主人。

她看到杜·洛瓦后，脸色立刻发白，身子随即一动，想朝他那边走去。但她并没有动弹，而是等他走过去。他彬彬有礼地对她躬身施礼，而玛德莱娜对她十分亲热，说了许多恭维话。于是，乔治把妻子留在老板娘身边，自己则消失在人群之中，去听肯定有人会说的坏话。

五个客厅一个接着一个地连在一起，饰有名贵的织物，意大利刺绣或色彩不同、风格各异的东方国家地毯，墙上挂着古代绘画大师的作品。客人们观赏的时间最长的是一个路易十六式的小客厅，客厅的墙上均饰有面料为丝织品的软垫，淡蓝的底色上绣有一束束玫瑰花。低矮的木器家具漆成金色，做工精美绝伦，软垫的面料和墙上的相同。

乔治看到客人中有一些知名人物，如泰拉西纳公爵夫人、拉弗内尔伯爵和伯爵夫人、将军安德勒蒙亲王、貌似天仙的迪纳侯爵夫人，还有在首演和首展时都能看到的男女宾客。

有人抓住他的胳膊，一个年轻而又高兴的声音在他耳边轻轻说道：

"啊！您终于来了，可恶的漂亮朋友。您为什么一直没到我们家里来？"

说话的是苏姗·瓦尔特。她金色的鬈发下长着细瓷般秀丽的眼睛，这时正望着他。

他见到她很高兴，立刻跟她握手，表示抱歉：

"没办法，我工作太忙，已经有两个月没有出门了。"

她神态严肃地说道：

"这样不好，非常不好，非常不好。您使我们非常难受，因为我和妈妈都很喜欢您。至于我，更是少不了您。您不在，我就寂寞得要命。您知道，我坦率地对您说出这话，您就再也没有权利不来了。让我挽着您的胳膊，我要亲自带您去看《踏波而行的基督》，是在最里面的地方，在温室后面。爸爸把画放在那里，是要来客走遍整个府邸。爸爸用这座原来属于别人的府邸来炫耀自己，真叫人奇怪。"

他们慢慢地穿过人群。大家都转过身来观看这个美男子和这个像洋娃娃般迷人的姑娘。

一位名画家说道：

"瞧！真是漂亮的一对，多有意思。"

乔治想道："我当初要是真有本事，就会娶这个姑娘为妻。另外，这也是可能办到的。我怎么会没有想到呢？我怎么会跟那个女人结婚呢？真蠢！人们做事总是过于仓促，总是考虑得不够周全。"

这时，他逐渐产生一种愿望，这种愿望如胆汁般一滴滴流到他的心中，使他痛苦，驱散了他所有的快乐，使他的生活变得索然无味。

苏姗说道：

"哦！漂亮朋友，请您经常来玩，现在爸爸这样有钱，我们可以大肆挥霍。我们会玩得非常高兴。"

他仍在想自己的心事，一面回答道：

"哦！您很快就要结婚了。您会嫁给一个家道中落的漂亮亲王，

那时我们就不能见面了。"

她十分坦率地大声说道：

"哦！不，还不到时候，我要找一个我喜欢的人，要找我非常喜欢、称心如意的人。我有足够的钱，够两个人用。"

他高傲地微笑着，像是在嘲笑，并把身边经过的那些人的名字告诉她。这些人出自名门望族，凭着发了霉的爵位，跟像她那样的金融家女儿结了婚。现在，他们有的生活在妻子身边，有的远离妻子，但都过着自由、放荡的生活，他们是知名人士，受人尊敬。

他得出结论：

"我敢说，您不出半年就会上这个钩，成为侯爵夫人、公爵夫人或王妃，到那时，小姐，您就会瞧不起我。"

她听了很生气，用扇子敲他的胳膊，并发誓说她只嫁给她称心如意的郎君。

他冷笑着说：

"咱们走着瞧吧，您太富了！"

她对他说：

"您也富，您得到了一份遗产。"

他轻蔑地哼了一声：

"那就说说这遗产吧。一年的收入还不到两万法郎。这在现在不能算多。"

"但您的妻子也继承了一笔遗产。"

"是的。我们俩加起来一百万。四万法郎的年金收入。这些钱还不够买一辆马车。"

他们走到最后一个客厅，走出客厅就是温室。温室是一座巨大的冬季花园，里面有许多高大的热带树木，树下是奇花异草竞艳的花坛。走到这阴暗的绿树下面，你会看到阳光如银雨般洒落下来，并闻到潮湿的泥土散发的清新、温暖的气味和一种凝重的香味。这是一种奇特的感觉，既温馨、甜蜜，又虚假而不舒服，使人有气无力。温室里铺着地毯，走在上面就像走在浓密的灌木丛之间的苔藓上一样。杜·洛瓦突然看到，在左面那些棕榈树圆屋顶般的枝叶下面，有一个用大理石砌成的大水池，水池里几乎可以洗澡，池边有四只代尔夫特①产的彩陶大天鹅，鹅嘴半张，水从嘴里流出。

池底铺着金沙，池里游着几条大金鱼，这些中国金鱼形状奇特，眼睛凸出，鳞片上镶有蓝边，犹如水中鸳鸯。它们有的游来游去，有的悬浮在水中，在金色池底的衬托下，犹如别出心裁的中国刺绣。

记者停下脚步，心怦怦直跳。他心里想道："这才是豪华。这才是人应该住的房屋。有些人做到了，我为什么不能做到呢？"他在想达到这个目的的办法，却又一时想不出来，对自己的无能感到恼火。

---

① 代尔夫特位于荷兰西部，是南荷兰省的城市，以蓝瓷制品著称。

他的女伴不再说话，若有所思。他瞥了她一眼再次想道："当初只要娶这个活的洋娃娃为妻就行了。"

突然，苏姗仿佛醒了过来，并说道：

"小心。"

她推着乔治穿过挡住他们去路的人群，突然让他向右拐。

只见前面有一丛奇特的植物，颤动的叶子向上伸展，犹如手指细长而又张开的手。在这丛植物中间，可看到一个人一动不动地站在海面之上。

这效果使人意外。这幅画的四周被摇曳的绿叶遮住，犹如黑洞一般，远处的背景显得神奇而又扣人心弦。

必须仔细观看才能看得清楚。画中央的小船被遮去一半，船上坐着那些使徒，在提灯斜射的光线下依稀可见，一个使徒坐在船舷上，把灯光都照在走过去的耶稣身上。

基督踏着波浪往前走，波浪在神的脚下顺从地陷下去，变得平坦。神的周围一片黑暗。只有星星在天上闪闪发光。

在那位使徒用来照亮天主的提灯的黯淡光线下，使徒们的脸露出惊讶的神色。

这是一位大师出人意料的力作，这种作品会震撼你的思想，使你在几年时间里都难以忘怀。

观赏这幅画的客人们先是一声不吭，看完后若有所思地离去，只是在过后才谈论这幅画的价值。

杜·洛瓦看了一会儿之后说道：

"能买下这样的玩意儿，真棒。"

他见其他看画的人对他推推搡搡，就走开了。苏姗的小手仍挽着他的胳膊，他则稍微用力夹着她的手。

她对他问道：

"去喝一杯香槟，好吗？咱们到酒吧去，到那里会见到爸爸。"

于是，他们又慢慢穿过各个客厅。客厅里的人越来越多，这些人像在自己家里那样吵吵嚷嚷。他们穿着漂亮，犹如参加游园会那样。

突然，乔治似乎听到有人在说："那是拉罗舍和杜·洛瓦夫人。"这句话传到他的耳边，犹如远处的声音随风传来。但这话从何传来？

他环顾四周，果然看到他妻子挽着部长的胳膊走过。他们笑容满面，四目相视，低声交谈着，显得十分亲热。

他好像发现有人在看着他们窃窃私语，突然产生愚蠢的念头，想冲过去把他们痛打一顿。

她使他成为别人的笑柄。他想到了福雷斯蒂埃。也许有人在说："杜·洛瓦这个戴绿帽子的。"她是什么人？她是小小的暴发户，人相当聪明，但其实没有很大的本事。人们到他家里来是因为怕他，感到他有能力，但他们想必在毫无顾忌地谈论他们这对当记者的夫妇。这个女人总是使自己的家受人怀疑，总是败坏自己的名声，一举一动都显出是搞阴谋诡计的女人，跟这个女人在一起，他不会有远大的前程。现在，她会成为他的绊脚石。啊！他要是

早点猜到，早点知道就好了！他就会下更大的赌注，冒更大的风险！要是把赌注压在小苏姗身上，他就能赢得一大笔钱！他怎么会瞎了眼睛，连这点都看不出来？

他们走到餐厅，餐厅十分宽敞，里面有大理石的柱子，墙上饰有古老的戈布兰挂毯①。

瓦尔特看到他的专栏编辑，就跑上前去握住他的双手。他欣喜若狂：

"您到处都看了吗？你说说，苏姗，你是否都让他看了？来了这么多人，是吗，漂亮朋友？您看到盖尔什亲王了吗？他刚才来这儿喝了杯潘趣酒。"

然后，他又朝参议员里索兰跑了过去。参议员跟妻子在一起，他妻子打扮得像集市里的货摊，已走得晕头转向。

一位先生向苏姗施礼。这是个身材瘦长的年轻人，蓄着金黄色的颊髯，有点秃顶，显出社交界司空见惯的殷勤。乔治听到他自报姓名：卡佐尔侯爵。他突然对此人产生嫉妒。她是什么时候认识他的？也许是在她家发财之后？他猜想此人是求婚者。

这时，有人抓住他的胳膊。原来是诺尔贝·德·瓦雷纳。老诗人头发油腻，衣服皱巴巴的，神色漠然而又疲惫。

"这就叫快乐。"他说道，"待一会儿就要跳舞，然后睡觉。小姑娘一定都会十分高兴。您喝杯香槟酒吧，是上等美酒。"

---

① 戈布兰家族是法国染织师家族，所织挂毯闻名于世。

他叫人倒了一杯酒，向也拿了一杯酒的杜·洛瓦敬酒：

"我为聪明才智对百万家产进行的报复干杯。"

然而，他用温和的声音补充道：

"这不是因为我看到别人有百万家产而不舒服，也不是因为我恨这些人。但我在原则上要提出抗议。"

乔治不再去听他说话。他要去找刚才跟卡佐尔侯爵一起走开的苏姗。他突然离开诺尔贝·德·瓦雷纳，开始寻找这个姑娘。

一大群吵吵闹闹的人想来喝饮料，挡住了他的去路。他好不容易才穿过人群，却迎面遇到德·马雷尔夫妇。

他经常看到德·马雷尔夫人，但已有很长时间没有遇到她的丈夫。德·马雷尔先生握住他的双手：

"我多么感谢您，亲爱的，您出了个好主意，让克洛蒂尔德告诉我。我买了摩洛哥的公债，赚了将近十万法郎。这应该归功于您。您真可以说是一位可贵的朋友。"

这时，有几个男人转过身来，看这位优雅的棕发美女。杜·洛瓦回答道：

"作为给您效劳的报答，亲爱的，我把您的妻子带走，或者确切地说，我让她挽着我的胳膊。夫妻不应该老是待在一起。"

德·马雷尔先生躬身施礼：

"说得对。我要是找不到你们，我们就在一小时后在这儿碰头。"

"很好。"

两个年轻人走进人群，那个丈夫跟在后面。克洛蒂尔德不断说道：

"瓦尔特家真走运。还是做生意的人聪明。"

乔治回答道：

"哎！能干的人总会成功，不管用什么办法。"

她接着说道：

"他两个女儿每人会有两三千万的嫁妆。另外，苏姗还长得漂亮。"

他一句话也没说。他的想法从别人的嘴里说了出来，使他不快。

她还没有看到《踏波而行的基督》，他就提出带她去看。他们说说笑笑，说别人的坏话，嘲笑那些陌生的面孔。圣波坦从他们身边走过，他们看到他礼服的翻领上挂着许多勋章，感到十分好笑。一位前任大使跟着走了过去，但胸前挂的勋章没有这么多。

杜·洛瓦说道：

"社会上什么人都有！"

布瓦勒纳尔和他握了手。他的扣眼上挂着黄绿两色的绶带，他在决斗那天戴过。

佩尔斯米尔子爵夫人身材肥胖，浓妆艳抹，正在路易十六式小客厅里和一位公爵谈话。

乔治低声说道：

"一对老风流在谈情说爱。"

但是，在穿过温室时，他又看到妻子坐在拉罗舍－马蒂厄身旁，他们俩几乎被一个树丛完全遮住。他们仿佛在说："我们在这里约会，而且是公开约会，因为我们对别人的议论毫不在乎。"

德·马雷尔夫人认为卡尔·马科维奇画的这幅耶稣像确实是惊人之作。他们看完后就回去了，但没有找到她的丈夫。

他问道：

"洛丽娜是否还在恨我？"

"是的，还在恨。她不想见到你，我们谈到你，她就走开。"

他什么也没有回答。这个小姑娘突然产生的敌意使他难过。

苏姗在一扇门的拐弯处抓住了他们，叫道：

"啊！你们在这儿！漂亮朋友，您一个人待在这儿。我要把漂亮的克洛蒂尔德带走，让她看看我的房间。"

两个女人匆匆地走了。她们穿过人群，因为她们会像蛇一样弯来弯去地走。

她们刚走，就有人低声叫他："乔治！"是瓦尔特夫人。她低声说道："哦！您真是冷酷无情！您让我痛苦，有什么意思？我让苏姗把陪着您的女人带走，好和您说几句话。您听着，今晚，我一定要……一定要跟您谈谈……否则……否则……您就不知道我会干出什么事来。请您到温室里去。您会在那里的左面看到一扇门，出去就是花园。您沿着对面的一条小路走到底，就会看到一个棚架。十分钟后，请您在那里等我。要是您不愿意去，我向您发誓，我立刻在这儿大闹一场！"

他傲慢地回答道：

"好吧。十分钟之后，我在您说的地方等您。"

他们在此分开了。但雅克·里瓦尔差一点使他迟到。里瓦尔抓住他的胳膊，非常兴奋地对他说了许多事情。他看来是从酒吧来的。最后，杜·洛瓦在两扇门之间看到了德·马雷尔先生，就把里瓦尔交给了他，自己溜之大吉。他还得十分小心，不要让妻子和拉罗舍看到。他到了那里，只见他们正谈得起劲，就走到花园。

走到外面，他处于寒冷的空气之中，犹如掉进了冰水里。他想道："见鬼，我会得感冒的。"他把手帕系在脖子上，就像系领带那样。然后，他慢慢地沿着小路走。他刚从灯火通明的客厅里出来，在黑暗中还看不大清楚。

他看到左右两边都是树叶脱落的矮小灌木，细小的树枝在微微颤动。从公馆窗户射出的黯淡灯光照在灌木之中。他看到小路中央有一个白色的东西，走近一看是瓦尔特夫人，只见她袒胸露臂，用颤抖的声音结结巴巴地说道：

"啊！你来了？你难道要把我杀死？"

他平静地回答道：

"我请你不要闹，好吗？否则，我马上就走。"

她搂住他的脖子，两人的嘴唇离得很近。她说道：

"我到底做了什么对不起你的事？你对我真是卑鄙无耻！我到底做了什么对不起你的事？"

他想要把她推开：

"上次见面时，你把头发绕在我所有的纽扣上，差一点使我妻子和我一刀两断。"

她先是感到意外，然后摇了摇头：

"哦！你妻子是不会在意的。是你的情妇和你吵了一架。"

"我没有情妇。"

"住嘴！但你为什么不再来看我了？你为什么不愿意到我家来吃晚饭，一星期来一次也不愿意？我难受极了。我爱你，随便想什么事都会想到你，随便看什么东西都会看到你。我连一句话也不敢说，生怕说出你的名字！可你却不知道！我感到自己被爪子抓住，被捆在口袋里，我不知道是怎么回事。我时刻想念你，想得喉咙仿佛被掐住，胸部仿佛被撕开，双腿仿佛被折断，使我无力行走。我整天坐在椅子上想你，就像傻瓜一样。"

他惊讶地看着她。他面前不再是过去那个淘气顽皮的胖女孩，而是绝望得什么事情都干得出来的女人。

这时，他脑子里产生了一个模糊的计划。他回答道：

"亲爱的，爱情不是永恒的东西。相聚总有离别时。但是，我们这种关系如果持续下去，会有可怕的后果。我不希望再这样下去。我说的是实话。但是，如果你不像现在这样感情用事，而是把我当作普通朋友来接待和对待，我就会像过去那样去看你。你觉得能做到吗？"

她把两条赤裸的手臂搁在乔治的黑礼服上，低声说道："为了见到你，我什么事都能做到。"

"那就说定了，"他说道，"我们是朋友，如此而已。"

她结结巴巴地说道：

"就这样说定了。"

然后，她把嘴唇凑了过去："再吻一次……最后一次。"

他态度温和地拒绝了：

"不。咱们得遵守协议。"

她转过脸去，擦掉两滴眼泪，然后从上衣的胸口掏出一个用粉红色丝带捆好的纸包，交给了杜·洛瓦：

"给。这是你的那份，是在摩洛哥事件中赚到的钱。我非常高兴能为你赚到这些钱。给，你就拿着……"

他想拒绝：

"不，这钱我不能拿！"

她非常恼火：

"啊！你现在别跟我来这一套。这钱是你的，只能给你。你要是不拿，我就把钱扔到阴沟里去。乔治，你别这样，好吗？"

他接过纸包，放进口袋。

"该回去了，"他说道，"你会得肺炎的。"

她低声说道：

"这样最好！要是我能死就好了。"

她抓住他一只手，热情而又绝望地吻了吻，就朝屋里跑去。

他一面思索，一面慢慢地往回走。他回到温室时，高昂着头，嘴角带着微笑。

他妻子和拉罗舍已不在那儿。客人少了。显然，许多人不想留下来参加舞会。他看到苏姗挽着姐姐的胳膊。她们朝他走来，邀请他跟拉图尔－伊弗兰伯爵一起跳第一轮由四对组成的方阵舞。

他很惊讶：

"这个人是谁？"

苏姗调皮地回答道：

"是我姐姐新的男友。"

萝丝脸红了，低声说道：

"你真坏，苏姗。这位先生是我的朋友，也是你的朋友。"

苏姗微微一笑：

"我知道自己在说什么。"

萝丝生气了，一转身就走了。

杜·洛瓦亲热地挽住仍待在他身边的姑娘的胳膊，柔声柔气地说道：

"您听着，亲爱的小姑娘，您是否真的把我当作自己的朋友？"

"当然啰，漂亮朋友。"

"您相信我吗？"

"完全相信。"

"您还记得我刚才对您说的话？"

"关于什么？"

"关于您的婚姻，或者说得确切些，是关于您要嫁的男人。"

"记得。"

"那么，您是否能答应我一件事？"

"能，是什么事？"

"每次有人向您求婚，您都要来和我商量，在没有听取我的意见以前，不要答应任何人。"

"好的，我同意。"

"这是我们两人之间的一个秘密，您要对父母绝对保密。"

"绝对保密。"

"您发誓？"

"我发誓。"

里瓦尔匆匆忙忙地走了过来：

"小姐，您爸爸叫您去跳舞。"

她说道：

"咱们走吧，漂亮朋友。"

但是他拒绝了。他准备立刻就走，想要一个人考虑一下。他脑子里想到的新东西实在太多了。他开始寻找妻子。过了一会儿，他在酒吧里找到了她，只见她和两位陌生的先生在一起喝巧克力饮料。她向他们介绍了自己的丈夫，但没有把他们的名字告诉他。

过了一会儿，他问道：

"咱们走吧？"

"你说什么时候走都行。"

她挽起他的胳膊，跟他一起穿过一个个客厅，客厅里的客人已十分稀少。

她问道：

"老板娘在哪儿？我想跟她说一声。"

"不用了。她会要我们留下来跳舞的。我很厌倦。"

"不错，你说得对。"

一路上他们默无一言。但走进房间之后，玛德莱娜连面纱也没有脱就微笑着对他说道：

"你不知道，我有一件意想不到的礼物要给你。"

他心情不好，就低声问道：

"什么礼物？"

"你猜一猜。"

"我不想猜。"

"那好！后天是元旦。"

"是的。"

"是送新年礼物的时候。"

"是的。"

"这是给你的新年礼物，是拉罗舍刚才交给我的。"

她递给他一个黑色小盒子，像首饰盒一样。

他满不在乎地打开盒子，只见里面放着荣誉军团十字勋章。

他的脸变得有点苍白，然后微笑着说道：

"我情愿要一千万法郎。这东西他不用付出很大代价。"

她本以为他会欣喜若狂，这种冷淡的态度使她生气。

"你真是不可思议。现在什么也无法使你满足。"

他平静地回答道：

"这个人只是在还债。他还欠我很多。"

她对他说话的口气感到惊讶，就接着说道：

"在你这样的年纪，这已经相当不错。"

他说道：

"什么都是相对的。今天，我应该得到更多的东西。"

他拿起打开的盒子，把它放在壁炉上，对着放在里面的闪闪发光的星形勋章看了一会儿，然后把盒子盖上，耸了耸肩就上床睡觉去了。

一月一日的《政府公报》宣布，鉴于记者普罗斯佩－乔治·杜·洛瓦先生为国效力的特殊贡献，授予他荣誉军团骑士勋章。

他的姓一分为二，写成杜·洛瓦，这比授勋本身更加使他高兴。

在看到这条公开宣布的消息之后一个小时，他收到老板娘的一封信，请他在当天晚上和妻子一起去她家吃晚饭，以庆贺他获得勋章。他犹豫了片刻，然后把这封措辞暧昧的信扔到火里，对玛德莱娜说道：

"今晚我们去瓦尔特家吃饭。"

她很惊讶。

"啊，我还以为你不想再踏进他们家的大门。"

他只是低声说道：

"我改变了主意。"

他们到达时，老板娘一个人待在路易十六式小客厅里，这个小客厅是供她接待好友用的。她身穿黑衣，头发扑粉，显得十分迷人。她远看像老妇，近看像少妇，仔细看会使眼睛受骗上当。

"您在戴孝？"玛德莱娜问道。

她伤心地回答道：

"又是又不是。我家里没有死人。但我已到了告别生活的年龄。我今天戴孝只是个开始。我以后要永远在心里戴孝。"

杜·洛瓦心里想道："这个决心能否坚持下去？"

晚饭的气氛有点沉闷。只有苏姗在不停地说话。萝丝好像心事重重。大家不断对记者表示祝贺。

饭后大家离开小客厅，边走边谈地穿过一个个客厅，走到温室。杜·洛瓦和老板娘走在后面。她拉住他的手臂。

"您听着，"她低声说道，"我什么也不会对您说了，再也不会了。但您要来看我，乔治。您已经看到，我不再用'你'来称呼您了。没有您我无法生活，无法生活。这种折磨真是难以想象。整个白天和晚上，我都感受到您的存在，把您留在我的眼睛里、我的心里和我的肉体之中。这就好像您给我服了一种毒药，使我身体里十分难受。我受不了啦，是的，我受不了啦。我真希望您把我看作老太婆。我在头发上扑了白粉，就是要让您看到我像老太婆。但您要到这儿来，像朋友那样常来常往。"

她抓住他的手，紧紧地握着、捏着，把指甲掐进他的肉里。

他平静地回答道：

"这已经说定了，不用再谈了。您已经看到，我今天来了，接到您的信立刻来了。"

瓦尔特走在前面，跟两个女儿和玛德莱娜一起走，他在《踏波而行的基督》旁边等杜·洛瓦过来。

"您想想，"他笑着说道，"昨天我看到妻子跪在这幅画前，就像跪在小教堂里祈祷那样。我觉得好笑！"

瓦尔特夫人回答时声音坚定，显出她内心的激动：

"这位基督将拯救我的灵魂。我每次看到他，他都给予我勇气和力量。"

她在踏波而行的天主面前停了下来，低声说道：

"他真漂亮！这些人多么怕他，又多么爱他！你们看看他的头部，他既纯朴又神奇！"

苏姗大声说道：

"他和您很像，漂亮朋友。我敢肯定，他和您很像。您要是留起络腮胡子，或者他把络腮胡子刮掉，你们俩就一模一样。哦！真像！"

她要他站在画的旁边。大家确实发现这两张脸十分相像。

每个人都很惊讶。瓦尔特觉得这事不可思议。玛德莱娜微笑着说，耶稣更刚强有力。

瓦尔特夫人一动不动地站着，盯着基督的脸旁边的她情夫的脸观看，她脸色发白，跟她的头发一样白。

八

　　在冬天余下的日子里，杜·洛瓦夫妇经常去瓦尔特家。有时，玛德莱娜说疲倦，情愿留在家里，乔治就独自去瓦尔特家吃晚饭。

　　他确定星期五为做客的日子，老板娘在那天晚上从不请别人，只请漂亮朋友一人。晚饭后，大家就一起打牌，给金鱼喂食，像一家人那样生活和玩乐。有好几次，瓦尔特夫人在门后、在温室的树丛后面或在阴暗的角落里突然把年轻人抱住，把他紧紧地搂住，并在他耳边说道："我爱你！……我爱你！……我爱你爱得要死！"但他每次都冷冷地把她推开，生硬地回答："您要是再这样，我就不来了。"

三月底左右，人们突然谈起两姐妹的婚事。据说萝丝将嫁给拉图尔－伊弗兰伯爵，苏姗将嫁给卡佐尔侯爵。这两个男人已成为瓦尔特家的常客，享受特殊的优待和明显的特权。

乔治和苏姗像兄妹一样亲密相处、无拘无束，一谈就是几个小时，对所有的人都要嘲笑，两个人待在一起十分愉快。

他们从未再谈起过苏姗的婚事，也没有谈过来求婚的那些男人。

有一天上午，老板把杜·洛瓦带到家里来吃午饭。饭后，瓦尔特夫人被叫去跟一个供货商谈话。乔治就对苏姗说道："咱们去给金鱼喂点面包。"

他们每人在桌上拿了一大块软面包，然后走到温室。

在大理石砌成的水池边上，放着一个个垫子，人可以跪在上面，就近观赏游动的金鱼。两个年轻人各自拿了一个软垫，并排放好，跪在上面，向水池俯下身子，把用手搓好的面包团一个个扔到水里。金鱼看到他们就摆动着鳍和尾巴游了过来，转动着凸出的大眼睛，在水里游来游去，潜入水中去捕捉沉下去的圆形饵料，吃完后又立刻浮上来讨另一个面包团。

它们的嘴一张一合，样子滑稽可笑，迅速地游来游去，犹如行动奇特的小怪物。在池底金沙的映衬下，它们颜色鲜红的身体像一团团火焰那样在清澈的水中游动，而停下不动时，则显出鳞片边上的蓝边。

乔治和苏姗看到他们的脸在水面上映出，就对着自己的影像微笑起来。

突然，他低声说道：

"苏姗，您跟我故弄玄虚可不好。"

她问道：

"什么呀，漂亮朋友？"

"晚会那天您在这儿答应我的事，您不记得了吗？"

"不记得了。"

"就是每当有人向您求婚，您都要来和我商量。"

"那又怎么啦？"

"怎么啦？有人向您求婚了。"

"是谁呀？"

"您自己清楚。"

"不。我可以向您发誓。"

"不，您知道！就是花花公子卡佐尔侯爵。"

"他不是花花公子。"

"有这个可能，但他愚蠢，赌钱把家都输光了，又过着花天酒地的生活，把身体给弄坏了。不过，对您这样漂亮、聪明的姑娘来说，这可真是一门好亲事。"

她微笑着问道：

"您讨厌他什么？"

"我？没什么。"

"有的。但他并不完全像您说的那样。"

"得了。他是个笨蛋和阴谋家。"

她把头微微转了过来，不再看着水面：

"啊，您怎么啦？"

他仿佛被人看出了心中的秘密，说道：

"我……我……我嫉妒他。"

她显得有点惊讶：

"您？"

"是的，我！"

"那么，是为了什么？"

"是因为我爱上了您，这您很清楚，您真坏！"

于是，她声音严肃地说道：

"您疯了，漂亮朋友！"

他接着说道：

"我知道自己疯了。我是结过婚的男人，您是个姑娘，我难道应该对您承认这点？我不但疯了，而且有罪，甚至是个混蛋。我不可能有指望，想到这点我就会丧失理智。我听到您将要出嫁，就气得发疯，想要杀人。您要原谅我，苏姗！"

他不再说话。金鱼看到没人再扔面包给它们吃，就一动不动地待在水中，几乎排成一排，就像英国士兵，看着这两个人俯向水面的脸，而他们已不再去管它们。

姑娘半忧半喜，低声说道：

"您已经结婚，真可惜。您又有什么办法呢？什么办法也没有。

完了！”

他突然转过身去，对着她的脸说道：

“我要是自由了，您会嫁给我吗？”

她用真诚的语气回答道：

“会的，漂亮朋友，我会嫁给您的，因为我喜欢您远远胜过其他所有男人。”

他站起身来，结结巴巴地说道：

“谢谢……谢谢……我恳求您，不要答应任何人！请您再等一些时间。我恳求您！您能答应我吗？”

她心里有点乱，又不知道他想做什么，就低声说道：

“我答应您。”

杜·洛瓦把手里剩下的一大块面包扔到水里，招呼也不打就跑了，仿佛发疯一样。

所有的金鱼都向这块因没有用手捏成一团而浮在水面上的面包迅速游去，用贪婪的嘴把它咬碎。它们把面包块推向水池的另一边，在水里翻来翻去，犹如快速旋转的花串，又像是头朝下落在水中的鲜花。

苏姗感到意外和不安，就站起身来，慢慢地往回走。这时记者已经离去。

他回到家里，神色平静。他见玛德莱娜在写信，就问道：

“星期五你去瓦尔特家吃晚饭吗？我去。”

她犹豫了一下：

"不去。我有点不舒服。我想待在家里。"

他回答道:

"随你的便。没有人硬要你去。"

然后,他戴好帽子,立刻走了出去。

很久以来,他一直在注意她,监视她,跟踪她,对她的所有活动都了如指掌。他期待的时刻终于到了。她说"我想待在家里"这句话的语气,他没有听错。

在其后几天里,他对她十分亲热,还一反常态,显得非常快活。她对他说道:"你现在又对我好了。"

星期五下午,他很早就穿好衣服,说是出去买东西,然后去老板家吃饭。将近六点时,他抱吻了妻子,走出家门,去洛雷特圣母广场叫出租马车。

他对车夫说道:

"请您把车停在泉水街十七号的对面,并等在那儿,直到我叫您出发。然后,您把我送到拉斐德街上的锦鸡饭店。"

马匹拉着车子慢步往前跑,杜·洛瓦把两边的窗帘都放了下来。车子开到他家门口对面后,他立刻盯着大门看。等了十分钟之后,他看到玛德莱娜走了出来,朝环城大道走去。

等她走远后,他把头伸出车窗喊道:

"出发。"

马车又往前开了,把他送到锦鸡饭店门口。这家饭店是街区里闻名的高级饭店。乔治走进餐厅坐下,慢慢地吃饭,不时看看怀表。吃完饭，他喝了咖啡和两杯上等的白兰地，还慢悠悠地抽了一支名牌雪茄。到七点钟，他走出饭店，叫了一辆经过的空车，让车夫把他送到拉罗什福科街。

他叫车夫在一幢房子门口停下。他不问门房就直接上楼，一直走到四楼。女仆开门后，他问道：

"吉尔贝·德·洛尔姆先生在家里，是吗？"

"是的，先生。"

他被带进客厅，在那里等待。过了一会儿，一个佩戴勋章、军人气派的高大男子走了进来。他年纪虽轻，却已头发灰白。

杜·洛瓦向他躬身施礼，对他说道：

"正如我预料的那样，警长先生，我妻子和情夫正在他们在殉道者街租下的房间里吃饭。"

这位行政官员躬身施礼：

"我听候您的吩咐，先生。"

乔治接着说道：

"你们在九点以前可以采取行动，是吗？过了这个时间，你们就不能进入私宅去确认通奸罪了。"

"冬天在七点以前，从三月三十一日起，是在九点以前。今天是四月五日，我们在九点以前均可采取行动。"

"好吧，警长先生，我的马车就在下面，您可以带几名警察一起去，到后在门口等一会儿。我们去得越晚，就越有可能把他们当场抓住。"

"悉听尊便，先生。"

警长走出客厅，回来时穿了件大衣，遮住了他的三色腰带。他侧过身子，让杜·洛瓦先走。但记者在想自己的事情，不愿先走出去，就再三说道："您先请……您先请。"

这位行政官员说道："您先走，先生，这是在我家里。"

记者立刻躬身施礼，走出门外。

他们先去警察分局找了三个正在待命的便衣警察，因为乔治已在白天告诉他们，说今天晚上要采取突然行动。一个警察上车后坐在车夫旁边的座位上，另外两个坐在车厢里。马车开到了殉道者街。

杜·洛瓦说道：

"我知道那个套间里房间的布局。套间在三楼。进去后有个小小的门厅，中间是餐厅，最后是卧室。三个房间连在一起。没有其他出口可以逃跑。附近有个锁匠，可以随时听候你们的吩咐。"

他们到达那幢房子门口时，只有八点一刻，就静静地等了二十多分钟。乔治看到快要到八点三刻了，就说道："现在我们上去。"他们不跟门房打招呼就上了楼，门房也没有看到他们。一个警察留在街上把守大门。

四个人走到三楼停了下来。杜·洛瓦先把耳朵贴在门上倾听，然后把眼睛凑到锁孔前张望。他没有听到任何声音，也没有看到任何东西。他拉了门铃。

警长对两个警察说道：

"你们留在这里，随时待命。"

他们等待着。两三分钟后，乔治又连续拉了好几次门铃。他们听到套间里发出了声音，然后，轻轻的脚步声越来越近。有个人来偷看外面的情况。记者弯着手指使劲敲着木门。

一个女人用伪装的声音问道：

"是谁啊？"

警长回答道：

"我以法律的名义请您开门。"

那声音再次问道：

"您是谁呀？"

"我是警长。请您开门，否则我叫人把门撞开。"

那声音又问道：

"你们要干什么？"

杜·洛瓦说道：

"是我。你们别想逃走。"

那轻轻的脚步声，像是赤脚在走，逐渐远去，几秒钟后又走了回来。

乔治说道：

"你们要是不愿开门，我们就把门撞开。"

他抓住门上的铜把手，用肩膀慢慢地往里推。他见里面不再回答，就突然使劲一撞，把旧门锁撞开，螺丝从木门上脱落下来，年轻人差一点倒在玛德莱娜身上。她站在门厅里，穿着衬衣和衬裙，头发散乱，两腿赤裸，手里拿着蜡烛。

他大声说道："是她，抓住他们了。"说完，他朝屋里冲去。警长脱下帽子，跟在他后面。惊慌失措的少妇走在他们后面，手里拿着蜡烛。

他们穿过餐厅，只见桌上的餐具还没有撤掉，里面是吃剩的饭菜。桌上放着几只空的香槟酒瓶、一罐打开的鹅肝酱、一具鸡骨架和几片吃掉一半的面包。餐具柜上的两个盘子里放着一大堆牡蛎壳。

房间里就像有人打斗过一样，弄得乱七八糟。椅子背上放着一条连衣裙，扶手椅的扶手上放着男式短裤。床脚下乱七八糟地放着两双高帮皮鞋，一双大一双小，都侧翻在地上。

这是一个带家具出租的房间，陈设平常，里面有旅馆房间那种难闻的浊气，这种气味是床帏、床垫、墙壁和座椅散发出来的，是在这房间里睡过或住过一天或半年的所有人留下来的。人的气味日积月累，变成一种淡淡的臭味，无法名状，却难以忍受，在这样的地方都有这种气味。

壁炉上放着一个盛糕点的盘子、一瓶查尔特勒酒 [①] 和两只酒杯，里面的酒喝掉一半。青铜座钟被男人的大礼帽罩住。

警长突然转过身来，眼睛盯着玛德莱娜：

"您是否是这位记者普罗斯佩－乔治·杜·洛瓦先生的合法配

---

① 查尔特勒酒是查尔特勒修会修士酿制的一种甜酒。

偶克莱尔-玛德莱娜·杜·洛瓦夫人？"

她用哽住的声音说道：

"是的，先生。"

"您在这儿干什么？"

她没有回答。

这位行政官员再次问道："您在这儿干什么？我看到您不在自己家里，衣冠不整，待在一个带家具出租的套间里。您到这儿来干什么？"

他等待了片刻。然后，他见她仍然默不作声，就说道：

"既然您不愿意承认，夫人，那我就只好自己来查清楚了。"

人们看到床上有个人把身体藏在被窝里。

警长走到床边，叫唤道：

"先生？"

男人躺着没有动弹。他像是背朝外，脑袋藏在枕头下面。

局长用手碰了碰像是肩膀的地方，再次说道："先生，请您不要逼我动手。"

但那个藏在里面的身体仍然一动不动，犹如死人一般。

杜·洛瓦迅速走上前去，抓住被单一拉，把枕头拿掉，拉罗舍-马蒂厄先生灰白的脸露了出来。杜·洛瓦俯下身子，气得发抖，真想卡住他的脖子把他掐死，咬牙切齿地说：

"您做出不要脸的事，至少要有勇气承认。"

警长又问道：

"您是谁？"

他见慌张的情夫没有回答，就接着说道：

"我是警长，我命令您说出自己的名字！"

乔治气得浑身发抖，像野兽一样吼道：

"您回答呀，懦夫，否则我把您的名字说出来。"

这时，躺在床上的男人结结巴巴地说道：

"警长先生，您不应该让这个人来侮辱我。我要跟您谈还是跟他谈？我应该回答您的问题还是他的问题？"

他看起来再也说不出话来了。

警长回答道：

"要回答我的问题，先生，只回答我的问题。我问您，您是谁？"

那个人默不作声。他用被单紧紧裹着自己的脖子，转动着惊慌失措的眼睛。他往上翘起的小胡子，在苍白的脸上显得更黑。

警长接着说道：

"您不想回答？那么，我就只好将您逮捕。不管怎样，您都得起来。等您穿好衣服，我再问您。"

那人在床上动了一下，嘴里低声说道：

"当着你们的面，我不能起来。"

警长问道：

"为什么？"

那人结结巴巴地说道：

"因为我……我……我什么衣服都没穿。"

杜·洛瓦冷笑一声，拾起地上的衬衣，扔到床上，叫道：

"好了……起来吧……您既然能在我妻子面前脱光衣服，就可以在我面前穿上衣服。"

然后，他转过身去，回到壁炉旁边。

玛德莱娜已冷静下来，她见事情已经败露，就横下心来。她装出不害怕的样子，眼睛也炯炯发光。她卷了一根纸捻，并像举行招待会那样，把放在壁炉架上、造型难看的枝形大烛台上的十支蜡烛全部点亮。然后，她背靠大理石炉台，把赤着的一只脚伸到将要熄灭的炉火上，勉强遮住臀部的衬裙在后面微微掀起。她在粉红色纸匣里拿出一支香烟，点燃后抽了起来。

警长回到她的身边，等待她的共犯起床。

她傲慢地问道：

"先生，您经常干这种事吗？"

他严肃地回答道：

"尽可能少干，夫人。"

她对他冷笑道：

"我向您祝贺，这种事并不光彩。"

她故意不看自己的丈夫，仿佛没有看到他在场。

床上的那位先生正在穿衣服。他已穿上长裤和皮鞋，并穿着背心走了过来。

警长朝他转过脸去：

"先生，您现在是否愿意告诉我您是谁？"

对方没有回答。

警长说道：

"那么，我就只好将您逮捕。"

这时，这个人突然大声说道：

"别碰我。我是不可侵犯的！"

杜·洛瓦冲到他的面前，仿佛要把他打倒在地，对着他的脸叫道：

"这是现行犯罪……现行犯罪。我可以叫人把您逮捕，只要我愿意……对，我可以这样做。"

然后，他用响亮的声音说道：

"此人名叫拉罗舍-马蒂厄，是外交部长。"

警长惊讶得后退一步，结结巴巴地说道：

"说句老实话，先生，您是不是愿意告诉我您到底是谁？"

那人终于决定回答，并大声说道：

"这混蛋倒没有撒谎。我确实是部长，名叫拉罗舍-马蒂厄。"

然后，他用手指着乔治胸前发亮的小红点，并补充道：

"这混蛋衣服上挂着的荣誉军团十字勋章，就是我给他的。"

杜·洛瓦顿时脸色发白。他迅速将有火焰斑纹的勋章绶带从扣眼里拉出来，扔到壁炉里面：

"您这样的坏蛋给的勋章，只能烧掉。"

他们脸对着脸，牙齿对着牙齿，怒气冲冲地紧握拳头，一个人瘦，小胡子向两边撇开，一个人胖，小胡子往上拳曲。

警长急忙走到两人中间，用双手把他们分开：

"先生们，你们忘记了自己的身份，这样做有失体面！"

他们转过身去，不再说话。玛德莱娜一动不动地站着，仍然在微笑着抽烟。

警长接着说道：

"部长先生，我看到您和这位杜·洛瓦夫人单独待在一起，您躺在床上，她几乎一丝不挂。你们的衣服乱七八糟地扔在房间里，这样就构成了现行通奸罪。事实俱在，您无法否认。您还有什么话要说？"

拉罗舍-马蒂厄低声说道：

"我无话可说，请您履行自己的职责。"

警长对玛德莱娜说道：

"夫人，您是否承认这位先生是您的情夫？"

她毫不惧怕地说道：

"我不否认，他是我的情夫！"

"这就够了。"

然后，警长对住房的状况和布局做了记录。部长穿好衣服，胳膊上搭着大衣，手里拿着帽子，等警长记完后问道：

"先生，您是否还需要我？我应该做什么？我可以走了吗？"

杜·洛瓦朝他转过身来，傲慢地冷笑着：

"干吗要走呢？我们的事办完了。您可以再去睡觉，先生。我们让你们俩单独留在这儿。"

他用手指在警长的胳膊上按了一下：

"我们走吧，警长先生。我们在这儿的事已经办完。"

警长有点意外，跟着他走了。走到房门口时，乔治停了下来，让警长先走。警长出于礼貌，不肯先走。

杜·洛瓦坚持道："您先请，先生。"警长说道："您先请。"

于是，记者施了礼，用嘲笑的口吻客气地说道："您先请，警长先生。我在这里，就像在家里一样。"

出去后，他小心翼翼，轻轻地把门关上。

一小时后，杜·洛瓦走进《法兰西生活报》的办公室。

瓦尔特先生已经来了，因为他继续领导和关心报馆的工作。他的报纸发行量猛增，这对他逐渐扩大的银行业务很有帮助。

社长抬起头问道：

"啊，您来了？您样子似乎很怪！您为什么不到我家里来吃晚饭？您是从哪里来的？"

年轻人十分清楚他说的话会给人以什么印象。他用强调的语气说出了每一个字：

"我刚才打倒了外交部长。"

对方以为他在开玩笑：

"打倒……怎样打倒？"

"我要改组内阁。就是这样！把这个无耻之徒赶走，现在正是时候。"

老头大吃一惊，以为他的专栏编辑喝醉了，就低声说道：

"瞧，您是在胡说八道。"

"完全不是。刚才，拉罗舍-马蒂厄先生和我妻子通奸，被我当场抓获。警长证实了此事。部长完了。"

瓦尔特惊讶得目瞪口呆，把眼镜推到额头上，问道：

"您不是在跟我开玩笑吧？"

"完全不是。我甚至还要就此事写一条社会新闻。"

"那么，您想要干什么？"

"打倒这个骗子、混蛋和公众的罪犯！"

乔治把帽子放在扶手椅上，补充道：

"挡我道的人可要小心。我绝不饶恕。"

社长还是弄不清楚。他低声问道：

"那么……您的妻子呢？"

"我明天上午就提出离婚申请。我把她还给福雷斯蒂埃这个死鬼。"

"您想离婚？"

"当然啰。我以前被人嘲笑。我装成傻瓜，是为了把他们抓住。事情成了。我现在控制了局势。"

瓦尔特先生还惊魂未定。他用惊讶的眼睛看着杜·洛瓦，心里想道："天哪！这家伙可得小心对付。"

乔治接着说道：

"我现在自由了……我有一定数量的财产。十月份议会改选，我将在家乡参加竞选，我在那里名气很响。我的女人受到众人的怀疑，我以前跟她在一起，不能堂堂正正地做人，也不能受到别人的尊重。她把我当作傻瓜，哄骗我，把我捏在手心里。但是，自从我知道她要的把戏之后，我就监视她这个婊子。"

他笑了起来，并补充道：

"戴了绿帽子的是那个可怜的福雷斯蒂埃……戴了绿帽子自己还不知道，仍然心平气和，对她深信不疑。我现在把他留给我的破烂货给甩掉了。我双手给解绑了。我会前程远大。"

他骑坐在一把椅子上，像说梦话那样反复说道："我会前程远大。"

瓦尔特老头仍把眼镜架在额头上，一直盯着他看，心里想道："是的，这个坏蛋前程远大。"

乔治站起身来：

"我去写这条社会新闻。写的时候要慎重。但是，您知道，对部长来说，这将是一条可怕的新闻。他已掉进大海，没有人能把他救出来。《法兰西生活报》已没有兴趣照顾他。"

老头犹豫了片刻，然后做出了决定：

"您写吧，"他说道，"人掉到这种浑水里去，活该倒霉。"

九

　　三个月过去了。杜·洛瓦的离婚已被批准。他的前妻恢复了福雷斯蒂埃这个姓。瓦尔特一家将于七月十五日去特鲁维尔度假，所以大家决定在离开前到乡下去玩一天。

　　游玩的日子定在星期四。大家乘坐一辆四匹马拉的六座位旅行大马车，于上午九点出发。

　　他们将在圣日耳曼的亨利四世楼①吃午饭。漂亮朋友在行前要求不邀请别的男客，因为他看到卡佐尔侯爵的嘴脸就受不了。但

————————————

① 圣日耳曼即圣日耳曼昂莱，是巴黎西郊伊夫林省的城市。该市的新城堡建于16世纪。现在只剩亨利四世楼和絮利楼。

在最后一刻，瓦尔特家还是决定在一大早把拉图尔－伊弗兰伯爵叫来。这个决定是在前一天晚上通知他的。

马车沿着香榭丽舍大街疾驰，然后穿过布洛涅林园。

那天是阳光明媚的夏日，但天气不是很热。燕子在蓝天上划出一条条长长的弧线，飞过后仿佛仍能看到。

三个女人坐在马车后面的座位上。母亲坐在两个女儿中间，三个男人坐在前面的座位上，瓦尔特坐在两个客人中间，跟妻子和女儿面对面坐着。

马车穿过塞纳河，绕过瓦莱里安山，到达布吉瓦尔，然后沿着河岸一直驰到佩克。

拉图尔－伊弗兰伯爵有点老成，蓄着长长的颊髯，一有风就会轻轻飘动，杜·洛瓦见了说道："他的胡子显示出风的婀娜多姿。"伯爵含情脉脉地望着萝丝。他们已在一个月前订婚。

乔治的脸色苍白，他不时看着脸色也很苍白的苏姗。他们的目光碰在一起，仿佛在一起商量，相互了解，暗中交换想法，然后又分开了。瓦尔特夫人静静地坐着，显得很高兴。

午饭吃了很长时间。在返回巴黎之前，乔治提出在平台上转一圈。

大家先停下来观赏景色。他们站在墙前，排成一行，眺望阔远的地平线，不觉心荡神驰。在长长的山丘脚下，塞纳河往梅宗－拉菲尔那边流去，犹如躺在绿茵上的巨蛇。右面，在山坡的顶端，马尔利引水渠在天空中显出巨足毛虫般的身影，而山下的马尔利则消失在浓密的树丛之中。

前面是一片广阔的平原，村庄到处可见。韦齐内的池塘在小树林稀疏的青翠中犹如一个个清澈的斑点。左面，在很远的地方，可以看到萨特鲁维尔的钟楼尖顶高耸入云。

瓦尔特说道：

"在世界上任何地方，都无法看到这样辽阔的美景。在瑞士也找不到。"

然后，大家开始慢慢散步，一面欣赏美丽的景色。

乔治和苏姗走在后面。等他们和前面的人相隔几步远之后，他立刻压低声音对她说道：

"苏姗，我爱你，爱得神魂颠倒。"

她低声说道：

"我也是，漂亮朋友。"

他接着说道：

"如果我不能娶您为妻，我就离开巴黎，离开这个国家。"

她回答道：

"您去跟爸爸说说，他也许会同意的。"

他显出不耐烦的样子：

"不行，我已经对您说过十次，跟他说没用。我会被你们家拒之门外，我会被赶出报社，我们甚至不能再见面了。我可以肯定，如果按常规去求婚，结果就会是这样。您家里已经把您许配给卡佐尔侯爵。他们希望您最终答应这门婚事。他们正在等待。"

她问道：

"那么，该怎么办呢？"

他对她侧目相视，犹豫地说道：

"您爱我，是否愿意干一件傻事？"

她坚决地回答道：

"愿意。"

"非常傻的事？"

"愿意。"

"最傻的事？"

"愿意。"

"您是否有勇气违抗父母？"

"有。"

"真的？"

"真的。"

"那好！有一个办法，也是唯一的办法！不过，这事得由您提出，而不是由我提出。您是全家宠爱的孩子，什么话都可以说，您说一件大胆的事，别人也不会过于惊讶。您听好。今天晚上，您回家之后，就去找您妈妈单独谈话，对她说您想嫁给我。她会大吃一惊，勃然大怒……"

苏姗打断了他的话：

"哦！妈妈会同意的。"

他立刻接着说道：

"不会。您不了解她。她会比您父亲更加生气。您会看到她将如何拒绝。但您要坚持，绝不能退让。您要反反复复地说您想嫁给我，而且只愿意嫁给我一人。您会这样说吗？"

"我会。"

"您走出母亲的房间后，把这些话对您父亲再说一遍，说时要态度严肃，十分坚决。"

"好的，好的。然后呢？"

"然后嘛，事情就严重了。我亲爱的，亲爱的小苏姗，您要是决定做我的妻子，而且态度非常坚决，非常非常非常坚决……那么，我就把您……我就把您拐走！"

她高兴得浑身一震，差点儿拍手叫好。

"哦！真幸福！您把我拐走？您什么时候把我拐走？"

充满古老诗意的半夜私奔、驿站快车、客栈，以及书中叙述的各种美妙而又惊险的爱情故事，全都涌现在她的脑海之中，犹如即将变为现实的美梦。她再次问道：

"您什么时候把我拐走？"

他声音很轻地回答道：

"嗯……今天晚上……今天夜里。"

她颤抖着问道：

"我们去哪儿？"

"这可是我的秘密。您考虑一下您要做的事。您好好想想，在这次私奔之后，您就只能做我的妻子了！这是唯一的办法，但对

您来说……这……这非常危险。"

她说道：

"我决定了……我到什么地方去找您？"

"您可以独自走出公馆吗？"

"可以。我会打开那扇小门。"

"那好！等门房睡觉后，您在半夜十二点左右到协和广场来找我。我在停在海军部对面的一辆出租马车里等您。"

"我一定去。"

"真的？"

"真的。"

他抓住她的手握了握：

"哦！我多么爱您！您真好，真勇敢！那么，您不想嫁给德·卡佐尔先生了？"

"哦！不嫁。"

"您说不嫁给他，您父亲很生气，是吗？"

"我看是的，他想再把我送到修道院办的女子寄宿学校去。"

"您看到了，办事一定要坚决。"

"我会的。"

她望着广阔的地平线，头脑里一心想着诱拐。她将要和他一起……逃到比那儿还要远的地方！她将被拐走！……她很自豪！她没有考虑自己的名声，没有考虑她可能会遭到辱骂。这点她会知道吗？会想到吗？

瓦尔特夫人转过身来叫道：

"来吧，孩子。你跟漂亮朋友在干什么？"

他们赶上了其他人。大家在谈论将要去的海滨浴场。

然后，他们途经夏图回去，以便不走原路。

乔治不再说一句话。他在想：如果这个姑娘真的有点胆量，他就会最终取得成功！三个月来，他编织了无法抗拒的情网，使她堕入其中。他诱惑她，捕获她，征服她。他赢得了她的爱，就像他博得其他女人的欢心一样。他轻而易举地获得了这个头脑简单的漂亮姑娘的芳心。

他首先让她答应拒绝德·卡佐尔先生的求婚。他刚才又使她同意和他私奔，因为没有别的办法。

他清楚地知道，瓦尔特夫人是绝不会答应把女儿嫁给他的。她还爱他，而且会永远爱他，爱得热烈而又执拗。他用恰如其分的冷淡来抑制她的爱情，但他感到她受到强烈而又无用的情欲的折磨。他绝不能使她让步。她也绝不会同意他娶苏姗为妻。

但是，他一旦和姑娘远走高飞，就可以跟他父亲平等地谈判。他想着这些事情，没有听到别人对他说的话，就用断断续续的话来进行回答。回到巴黎后，他才开始清醒起来。

苏姗也在遐想，四匹马的铃声在她脑中回响，她仿佛看到一成不变的月光下一条条没有尽头的道路，穿过一座座阴暗的森林，在路边的一个个客栈，马夫们匆匆忙忙更换驾车的马匹，因为大家都猜到有人在追赶他们。

马车驶进公馆的院子后,主人想请乔治留下来共进晚餐。他婉辞了,然后回到家里。

吃了点东西之后,他理好自己的文件,仿佛要出远门。他烧毁了一些对他不利的信件,把另一些信藏了起来,并给几位朋友写了信。

时不时地,他看看挂钟,心里在想:"那里大概闹得厉害。"他不由得不安。他要是失败呢?但是,他有什么可害怕的呢?他总是能逢凶化吉!不过,他今天晚上真是一场豪赌!

将近十一点时,他走出家门,在街上溜达一段时间,然后叫了一辆马车,让它驶到协和广场,停在海军部的拱廊旁边。

他不时划根火柴,看看怀表上的时间。他看到快到半夜十二点,就变得焦躁不安。他不时把头伸出车门观看。

远处的一只自鸣钟敲了十二下,然后较近的一只钟也敲了,接着是两只钟一起敲,最后是很远的一只钟在敲。这只钟敲完之后,他想道:"完了。事情砸了。她不会来了。"

但是,他决定等到天亮。在这种情况下,一定要有耐心。

他还听到钟敲一刻,然后是半点和三刻。所有的自鸣钟都依次敲响一点钟,就像刚才敲响十二点一样。

他已经觉得等不到了。他待在那里,挖空心思地猜测可能发生的情况。突然,一个女人的脑袋伸进车门,问道:

"是您在里面吗,漂亮朋友?"

他吓了一跳,一下子说不出话来。

"是您，苏姗？"

"是的，是我。"

他花了好一会儿才转动把手将门打开，反复说道：

"啊！……是您……是您……请进来。"

她走进车厢，不由倒在他的身上。他对车夫叫道："走吧！"
马车就上路了。

她直喘气，不说话。他问道：

"喂！事情进行得怎样？"

她有气无力地低声说道：

"哦！真可怕，特别是在妈妈那儿。"

他感到不安，微微颤抖。

"您妈妈？她说了什么？您讲给我听听。"

"哦！真可怕。我走进她的房间，把我想好的话对她说了一遍。
她听了脸色发白，然后叫道：'绝对不行！绝对不行！'我哭了，
发起了脾气，并发誓说只嫁给您。我以为她要打我。她变得像疯
子一样，并说第二天就把我送回修道院。我从未见过她这个样子，
从未见过！爸爸听到她在说这些疯话就来了。他没有像她那样生
气，但他说您不是十分理想的对象。

"他们把我也惹得生气了，我就叫得比他们还响。于是，爸爸
叫我出去，样子很凶，不像做爸爸的样子。因此我就决定跟您私
奔。我就来了。我们到哪里去？"

他温柔地搂住她的腰，全神贯注地听着，心怦怦直跳，不由

对这两个人怨恨起来。不过，他们的女儿在他的手中。他们现在只能等着瞧了。

他回答道：

"现在时间太晚，不能乘火车了。我们就乘这辆马车去塞弗尔，并在那里过夜。明天我们去拉罗什－桂荣。这个村庄很美，位于塞纳河畔，在芒特和博尼埃尔之间。"

她低声说道：

"不过，我没带衣服，什么也没带。"

他满不在乎地微微一笑：

"没关系！我们到了那儿就能解决。"

马车在街上行驶。乔治握住姑娘的一只手，开始慢慢地、恭恭敬敬地吻它。他不知道该对她说些什么，因为他对柏拉图式的爱情没有经验。但是，他突然发现她好像在哭。

他害怕地问道：

"您怎么啦，我的小宝贝？"

她哭着回答道：

"我可怜的妈妈要是发现我走了，现在一定睡不着觉了。"

……

她母亲确实没有睡着。

瓦尔特夫人见苏姗走出她的房间，立刻走到她丈夫的面前。

她不知所措，呆呆地问道：

"天哪！这到底说明了什么？"

瓦尔特气呼呼地叫道：

"这说明这个阴谋家用甜言蜜语把她骗了。是他叫她拒绝卡佐尔的。他觉得她的嫁妆可观，这是明摆着的！"

他怒气冲冲地在房间里走来走去，然后又说道：

"你也是这样。老是引他来，说他的好话，唯恐对他不够亲热。左一声'漂亮朋友'，右一声'漂亮朋友'，从早叫到晚。你现在可得到报应了。"

她脸色苍白，低声说道：

"我？……我引他来！"

他对着她的脸吼道：

"是的，是你！马雷尔夫人、苏姗和其他人，你们都发疯似的迷上了他。你两天不叫他到这儿来就坐立不安，你以为我看不出来？"

她站起身来，悲愤地说道：

"我绝不允许您这样对我说话。您忘了，我不像您那样是在小店铺里长大的。"

他先是一愣，一动不动地站着，然后气愤地说了句"他妈的"，出去后把门砰的一声关上。

房间里只剩下她一个人后，她立刻本能地走过去照照镜子，仿佛想看看自己身上有什么变化，因为她觉得发生的这件事十分可怕，简直难以置信。苏姗爱上了漂亮朋友！而漂亮朋友也想娶苏姗为妻！不！她弄错了，这不是真的。姑娘爱上这漂亮的小伙子是十分自然的事情，她希望父母把她嫁给他，她是一时头脑发热！而他呢？他不可能和她串通一气！她反复思考，犹如大祸临头那样心慌意乱。不，漂亮朋友对办姗的异想天开应该是一无所知。

她想了很久，想这个男人到底是阴险毒辣还是清白无辜。这事如果是他一手策划，又是多么卑鄙无耻！会发生什么事呢？她已预感到危机四伏，她将会受到多少折磨！

他如果对此一无所知，事情还有解决的可能。他们可以带苏姗一起去旅行半年，事情也就过去了。但是，她以后再见到他时又会怎样呢？因为她仍然爱着他。这种爱情进入她的体内，犹如无法拔出的箭矢。

没有他，她就活不了，就像死了一样。

她焦虑不安，犹豫不决，处于迷迷糊糊的状态。她的头开始疼起来，思想变得迟钝、模糊，使她难受。她越想越恼火，因不了解情况而生气。她看了看挂钟：已过了一点。她心里想道："我不能这样待着，会发疯的。我一定要把事情弄清楚。我去把苏姗叫醒，问问她。"

她脱掉鞋走出房间，以便不发出声音，手里拿着一支蜡烛，朝女儿的房间走去。她轻轻地把门推开，进去朝床上一看，只见铺好的床没有动过。她开始时没有弄清是怎么回事，以为女儿还在跟父亲争论。但她立刻产生可怕的怀疑，就朝丈夫的房间跑去。她脸色苍白、气喘吁吁地冲了进去。他躺在床上，还在看书。

他担心地问道：

"啊！什么？你怎么啦？"

她结结巴巴地说道：

"你看到苏姗了吗？"

"我？没有。干吗？"

"她已经……她已经……走了……她没在……她的房间里。"

他一下子跳到地毯上，穿上拖鞋，连衬裤也没穿，披上睡衣就朝女儿的房间跑去。

他进去一看，就不再有任何怀疑：女儿出走了。

他倒在一把扶手椅上，把灯放在前面的地上。

他妻子也来了。她结结巴巴地问道：

"怎么样？"

他已经没有力气回答，已经不想生气，只是发出呻吟般的声音：

"现在生米煮成熟饭，他已把她抓在手里。我们完了。"

她没有听懂：

"怎么完了？"

"完了就是完了。现在只好把她嫁给他了。"

她像野兽那样吼叫道：

"嫁给他！绝对不行！你难道疯了？"

他伤心地回答道：

"现在叫也没用。他已经把她拐走，他已经把她玷污。最好的办法是把她嫁给他。处理得好，谁也不会知道这件事情。"

她激动万分，反复说道：

"绝对不行！他绝不会得到苏姗！我绝不会同意！"

瓦尔特神情沮丧地低声说道：

"但他已经得到了她。生米已经煮成熟饭。如果我们不做出让步，他就不放她回来，并把她藏起来。因此，为了不出丑闻，就得立刻让步。"

他的妻子有苦说不出，心像撕碎一般，就反复说道：

"不！不！我绝不会同意！"

他不耐烦地说道：

"不必再说了。必须这样！啊！这个混蛋，他要弄了我们……不过，他确实行。地位比他高的人，我们能够找到，但像他那样聪明、有前途的人却无法找到。他是个大有作为的人，将来会当上议员和部长。"

瓦尔特夫人斩钉截铁地说道：

"我绝不会让他娶苏姗为妻……你要听好……绝不会！"

他终于发火了，像讲求实际的人那样为漂亮朋友辩护。

"你别说了……我再对你说一遍，必须这样……无论如何也得这样。谁知道呢？也许我们将来不会为此事后悔。跟这样的强人在一起，你永远不知道会发生什么事情。你已经看到，他只用三篇文章就把拉罗舍-马蒂厄这个傻瓜打倒了，而且干得挺体面，对于他这个做丈夫的来说，这是非常困难的。总之，我们走着瞧吧。再说，我们中了别人的圈套，已经无法脱身。"

她想要大喊大叫，在地上打滚，把自己的头发拽下来。她仍然怒气冲冲地说道：

"他绝不会得到她……我……不……同……意！"

瓦尔特站起身来，拿起地上的灯说道：

"唉，你真蠢，女人都是这样。你们只会感情用事，不会随机应变……你们都是蠢货！我告诉你，他一定会娶她为妻……必须如此。"

他穿着拖鞋走出房间。他身穿睡衣，犹如喜剧里的幽灵，穿过沉睡的大公馆的宽阔走廊，无声无息地回到自己的房间。

瓦尔特夫人仍站在那里，痛苦难忍。另外，她还没有完全弄清发生的事情。她只是痛苦。后来，她觉得自己不能就这样一直站到天亮。她感到自己有一种强烈的需要，想要逃走，向前奔跑，离开这里，去寻求帮助，她需要别人帮助。

她在想能把谁叫来。哪个男人？她想不起来！一位神甫！对，

一位神甫！她将跪倒在他的脚下，把什么都说给他听，向他承认她的错误和绝望。他会理解的，知道这个坏蛋不能娶苏姗为妻，并会阻止此事。

她必须立刻找到一位神甫！但什么地方能找到呢？到什么地方去找呢？她不能这样待着。

这时，踏波而行的耶稣的安详形象，如幻影一般在她眼前掠过。她看到他如同在画上一样。他在叫她。他对她说："您到我这儿来，跪在我的脚下。我来安慰您，并告诉您该做什么。"

她拿起蜡烛，走出房间，下楼后往温室走去。耶稣像放在温室里面的一个小客厅里，客厅的玻璃门关着，以防泥土散发的潮气损坏油画。

在种植珍稀树木的林园中，客厅犹如祭坛一般。

瓦尔特夫人走进这冬季花园，看到里面漆黑一片，十分害怕，因为她每次来时，这里都一片光明。茂盛的热带植物散发出浑浊的气息，使里面的空气变得沉闷。由于门都关着，玻璃拱顶下这些奇特的树木中的空气要吸到肺里相当费劲，既使你头昏脑涨，又使你陶醉，是既舒服又难受，使你的肌肤既有激动的快感，又有死气沉沉的感觉。

可怜的女人慢慢地走着，心惊肉跳，因为她看见蜡烛飘忽不定的光线，在黑暗中显现出一棵棵形状奇特的植物，它们有的像怪物，有的像人，有的奇形怪状。

突然，她看到了基督。她把门打开，进去后跪倒在地。

她先是狂热地祈祷，低声说出仰慕的词句，热情而又不顾一切地祈求保佑。后来，她在祈求时慢慢平静下来，就抬头看着天主，却十分难受。一支蜡烛微弱而摇曳的光线从下面往上照，基督看起来多么像漂亮朋友。看着她的不是天主，而是她的情夫。这是他的眼睛，他的前额，他的脸部表情，他冷漠而高傲的神色！

她结结巴巴地说着："耶稣！——耶稣！——耶稣！"但"乔治"这两个字却到了她的嘴边。她突然想到，在此时此刻，乔治也许正在占有她的女儿。他正单独和她在一起，在某个地方，在一个房间里！他！他！和苏姗在一起！

她反复说着："耶稣！……耶稣！"却在想着他们……她的女儿和她的情夫！他们单独待在一起，在一个房间里……而此刻又是夜里。她看到了他们，清楚地看到他们站在她的面前，站在挂油画的地方。他们互相微笑、接吻。房间里很暗，床上铺着的被单被拉开了一点。她站起身来，想要朝他们走去，抓住女儿的头发，把她从他的怀里拉出来。她要掐住女儿的脖子，把她掐死，因为她痛恨女儿委身于这个男人。她的手碰到了她……但碰到的却是油画，是画上基督的脚。

她大叫一声，仰面倒在地上。她的蜡烛落在地上，灭了。

后来发生了什么事情？她做了个很长的梦，梦见奇怪、可怕的东西。她仍看到乔治和苏姗抱在一起，在她眼前走来走去，而耶稣基督却在为他们令人厌恶的爱情祝福。

　　她模糊地感到她不在自己房间里。她想要站起来逃走，却又站不起来。她感到全身麻木，四肢不能动弹，只有头脑还清醒，但脑子被稀奇古怪的可怕形象弄得乱七八糟，陷入噩梦之中。这种梦十分奇特，有时能致人以死命，热带地区那些形状奇特、香味浓郁的催眠植物，会使人脑产生这种梦境。

　　天亮之后，人们发现瓦尔特夫人躺在《踏波而行的基督》前面，失去了知觉，奄奄一息，就把她抬到屋里。她病得很重，大家都担心她会死。到第二天，她才完全恢复知觉。这时，她开始哭了起来。

　　苏姗失踪，他们对仆人说是临时决定把她送回修道院。对于杜·洛瓦寄来的长信，瓦尔特先生回了信，同意把女儿嫁给他。

　　漂亮朋友是在离开巴黎时把这封信扔进邮筒的，因为他在临走的那天晚上就先把信写好了。他在信里言辞恭敬，说他早就爱上这位姑娘，但并没有和她私定终身，但是，他看到她自己来找他，并对他说"我要做您的妻子"，就觉得有权把她留下，甚至把她藏起来，直至得到她父母的答复，不过在他看来，他未婚妻的意愿比她父母的许可更为重要。

　　他请瓦尔特先生把回信寄到邮局的邮件留局自取处，一位朋友将会把回信转交给他。

　　他如愿以偿之后，就把苏姗送到巴黎，让她回到父母身边，而他自己则要过一段时间再露面。

　　他们俩在塞纳河畔的拉罗什-桂荣度过了六天的时间。

姑娘从未玩得这样开心过。她把自己打扮成牧羊女。他跟她以兄妹相称，两人过着亲密无间但又纯洁无邪的生活，像是一对相恋的朋友。在他们到达那里的第二天，她就买了乡下女人穿的内衣和外衣，戴着一顶插着野花的大草帽去钓鱼。她觉得那个地方很好玩。那里有一个古塔和一座古堡，古堡里陈列着漂亮的挂毯。

乔治在当地商人那儿买了件宽大的短上衣，带着苏姗在陡峭的岸边漫步，或是跟她一起泛舟河面。他们十分高兴，不时接吻。她天真无邪，他则有点无法自持。不过，他还是克制住自己。他对她说："我们明天回巴黎，您父亲已答应把您嫁给我。"她听了天真地低声说道："已经同意？我多喜欢做您的妻子！"

十

　　君士坦丁堡街的小套间里很暗，因为乔治·杜·洛瓦和克洛蒂尔德·德·马雷尔在门口相遇后立刻走了进来，她没等他打开百叶窗就对他问道：

　　"这么说，你要和苏姗·瓦尔特结婚了？"

　　他不慌不忙地承认，并补充道：

　　"你难道不知道？"

　　她站在他的面前，怒气冲冲地接着说道：

　　"你要和苏姗·瓦尔特结婚！这太过分了！这太过分了！三个月来，你用甜言蜜语哄我，就是为了不让我知道此事。除了我之外，所有的人都知道这事。这是我丈夫告诉我的！"

杜·洛瓦有点不好意思，傻笑起来。他把帽子放在壁炉架的角上，在一把扶手椅上坐了下来。

她正面看着他，恼怒地低声说道：

"你和妻子离婚之后，就开始策划这件事，但你仍然对我亲热，让我继续做你的情妇，以填补空缺，对吗？你真是混蛋透顶！"

他问道：

"为什么这么说？我妻子让我戴绿帽子，我把她当场抓住，和她离了婚。现在我另娶一个女人为妻，有什么不对呢？"

她气得浑身发抖，低声说道：

"哦！你真是狡诈、危险！"

他微微一笑：

"当然啰！傻瓜难免要上当受骗！"

但她仍然顺着自己的思路说下去：

"我从一开始就应该看出你的为人。可惜没有。我想不到你竟会变得这样卑鄙无耻。"

他装出一本正经的样子：

"我请你注意自己的用词。"

她见他生气，不由心头火起：

"什么！你现在要我对你说话客气一点！从我认识你起，你对我的态度就像无赖，你以为我不会对你说出来？你欺骗所有的人，利用所有的人，你到处寻欢作乐、诈骗钱财，却还要我把你当作正人君子？"

他站起身来，嘴唇气得直哆嗦：

"住口，否则我就把你赶出去。"

她结结巴巴地说道：

"赶出去……赶出去……你要把我赶出去……你……你？"

她气得说不出话来。突然，她仿佛用怒气把闸门冲开，口若悬河地说道：

"赶出去？你难道忘了，从第一天起，这房子的房钱就是我付的！啊！是的，你有时也付房钱。但是，这房子是谁租的？……是我……是谁把这房子留着的？……是我……而你却要把我赶出去。你住口，流氓！你从玛德莱娜手里把沃德雷克的遗产抢去一半，你以为我不知道？你和苏姗睡了觉，然后逼她嫁给你，你以为我不知道……"

他用双手抓住她的肩膀，用力摇晃：

"你不要说她！我不准你说！"

她叫道：

"你和她睡觉了，我知道。"

他什么话都可以忍受，但这句与事实不符的捏造却使他火冒三丈。刚才，她对着他的脸大声说出种种事实，在他心中激起阵阵怒火，但现在，她对这个将要成为他妻子的姑娘所说的不实之词，却使他的手掌产生强烈的打人欲望。

他反复说道：

"住口……你当心点……住口……"他使劲摇她，仿佛在摇一个树枝，想把上面的果子都摇下来。

她披头散发，双目圆瞪，张大嘴巴吼道：

"你和她睡觉了！"

他的手放开了她，在她脸上狠狠地打了一记耳光，把她打倒在墙边。但她朝他转过身来，用手撑在地上抬起身子，再次吼道：

"你和她睡觉了！"

他朝她冲过去，把她按倒在地，拼命打她，就像在打一个男人。

突然，她不再说话，被打得呻吟起来。她不再动弹，把脸藏在墙角里，发出呜咽的叫声。

他不再打她，直起身来。他在屋子里走了几步，冷静下来。他想出了一个办法，走到房间里，放了一脸盆冷水，把头浸在里面。接着，他洗了手，走过去看看她在干什么，仔细擦干手指。

她没有动过，仍躺在地上，轻轻地哭着。

他问道：

"你哭完了吗？"

她没有回答。于是，他站在套间中央，看着躺在他面前的这个女人，有点不安和羞愧。

后来，他突然做出决定，拿起壁炉架上的帽子：

"再见。你走的时候，把钥匙交给门房。我不再奉陪。"

他出去后把门关上，并走到门房房间里对门房说道：

"夫人还在屋里。她过一会儿再走。请您对房东说，我从十月一日起把房子退了。今天是八月十六日，还没有到期。"

说完，他迈着大步走了，因为他有急事要办，还要给新娘置备结婚礼物。

婚礼定于十月二十日举行，即在议会两院复会之后，地点在玛德莱娜教堂。大家对此议论纷纷，但都弄不清事情的真相。流传的说法各种各样。有人悄悄地说是诱拐，但又没有任何根据。

据仆人们说，瓦尔特夫人不再跟未来的女婿说话，并说在决定这门亲事的那天夜里，在晚上十二点把女儿送回修道院之后，她曾气得服毒自杀。

她被抬回来时已奄奄一息。可以肯定，她的健康永远无法恢复。她现在头发灰白，样子活像老太婆。她成了虔诚的信徒，每个礼拜天都要到教堂去领圣体。

九月初，《法兰西生活报》宣布杜·洛瓦·德·康泰尔男爵出任该报总编辑，瓦尔特先生仍任报社社长。

报社用金钱的魅力把一大批著名的专栏作家、社会新闻编辑、政治新闻编辑和艺术、戏剧评论家从各家实力雄厚、处事稳重的大报社和老报社里挖过来。

那些为人严肃、受人尊敬的老报人，在谈起《法兰西生活报》时不再耸肩膀。这份报纸在各方面都迅速取得成功，那些严肃的作家在报纸创刊时对它的蔑视因此而销声匿迹。

　　该报总编辑的婚礼被认为是巴黎的一件大事，因为一段时间以来，乔治·杜·洛瓦和瓦尔特一家使人们产生很大的兴趣。在社会新闻中经常提到的人物都准备参加这次婚礼。

　　婚礼在一个晴朗的秋日举行。

　　上午八点，在这座俯瞰王家街的建筑物高高的台阶上，玛德莱娜教堂的全体人员铺了一条宽阔的红地毯，禁止行人来往，并告知巴黎市民，这里将举行盛大的婚礼。

　　去办公室上班的职员、年轻的女工和商店的小伙计都驻足观看，脑子里模糊地想象着为交媾而花费这么多钱的富翁的模样。

　　将近十点时，看热闹的人开始驻足观望。他们想婚礼也许马上就会开始，就在那儿站立片刻，然后又走开了。

　　十一点时，来了几队警察，他们一到就驱散人群，因为围观的人越来越多。

　　不久，第一批客人到了，他们想占个好座位，好把一切都看得清清楚楚。他们在中殿边上的椅子上坐了下来。

　　接着又陆续来了一些客人，女人的丝裙窸窸作响，男人神态庄重，几乎全是秃顶，迈着社交界人士稳重的步伐，显得更为庄重。

　　教堂里的位子逐渐坐满。阳光从敞开的大门照射进来，照在前面几排的客人身上。在有点阴暗的祭坛里，供桌上摆满了蜡烛，发出黄色的光线，但跟从门口射进的阳光相比，显得十分暗淡。

　　认识的人互相认出，用手打着招呼，并三三两两地聚在一起。

文人不像社交界人士那样令人敬畏，他们一边低声交谈，一边朝那些女人观望。

诺尔贝·德·瓦雷纳在找一个朋友，却看到雅克·里瓦尔坐在中间一排的椅子上，就走过去坐在他的旁边。

"瞧！"他说道，"机灵的人前途无量！"

对方并没有眼红，回答道："算他走运。他的生活如愿以偿了。"接着，他们一一说出他们看到的那些人的名字。

里瓦尔问道：

"您是否知道他前妻的情况？"

诗人莞尔一笑：

"既知道又不知道。据说她深居简出，住在蒙马特尔街区。但是……这里有个'但是'……一段时间以来，我在《羽笔报》上看到几篇政论文章，其文笔酷似福雷斯蒂埃和杜·洛瓦的。这些文章署名让·勒多尔。他是个年轻人，长得漂亮，又很聪明，和我们的朋友乔治属于同一类型，并认识乔治的前妻。由此我得出结论，她喜欢初出茅庐的新手，并且会永远喜欢下去。另外她也很富有。沃德雷克和拉罗舍－马蒂厄以前常去她家，是不会不有所表示的。"

里瓦尔说道：

"这个小玛德莱娜确实不错，非常敏锐又非常狡猾！她一丝不挂时一定十分迷人。不过，您倒说说，杜·洛瓦在被判离婚之后，怎么可以在教堂里结婚呢？"

诺尔贝·德·瓦雷纳回答道：

"他可以在教堂里结婚，是因为在教会看来，他第一次结婚不算结婚。"

"这是怎么回事？"

"在跟玛德莱娜·福雷斯蒂埃结婚时，我们的漂亮朋友不知是因为毫不在乎还是为了节约，认为在区政府登记一下就行了。这样，他就免去了神甫祝福的仪式，而对我们神圣的教会来说，这只能算是同居。因此，他今天来到教堂，是以未婚男子的身份，而教堂也为他举行了非常盛大的仪式。为此，瓦尔特老头当然要花费很多钱啰。"

教堂里的人越来越多，嘈杂声也越来越大。有些人说话声音很响。大家都把社会名流指给别人看，这些名流也很高兴受人注目，就摆好出现在公众面前的姿势。他们在喜庆的场合总是以这样的姿势露面，并觉得自己在这种场合是不可缺少的装饰品和艺术品。

里瓦尔又说道：

"您说说，亲爱的，您经常到老板家里去，瓦尔特夫人和杜·洛瓦是否真的一句话也不说？"

"是的。她不愿意把小女儿嫁给他。但他要挟做父亲的，看来是用一些被发现的尸体，就是埋葬在摩洛哥的尸体。他威胁老头说，要把骇人听闻的秘密揭露出来。瓦尔特想起了拉罗舍-马蒂厄的例子，就立刻做出让步。但做母亲的像所有的女人那样固执，她发誓不再对女婿说一句话。他们见面时非常滑稽。她的样子活像复仇女神的雕像，而他十分尴尬，虽说他装出泰然自若的样子，因为他这个人善于控制自己的感情！"

几个同行走过来和他们握手。人们可以听到关于政治的谈话片段。而聚集在教堂前面的人们突然发出喧闹的声音，如远方大海的涛声一般模糊不清，跟阳光一起从门口传了进来，传到教堂的拱顶上，压倒了坐在教堂里的社会精英发出的较为文雅的嘈杂声。

突然，教堂侍卫用戟在木地板上敲了三下。全体来宾都转过身来，响起一阵裙子的窸窣声和椅子的移动声。只见新娘挽着父亲的胳膊，走进阳光耀眼的大门。

她的模样仍像玩具娃娃，像头戴香橙花冠、打扮优雅的玩具娃娃。

她在门口站立片刻，然后走进中殿，管风琴立刻发出响亮的叫声，用它们金属的喉咙大声宣布新娘来临。

她低着头往前走着，但毫无羞怯之态，只是有点激动。她举止优雅，身材迷人，是个娇小玲珑的新娘。女宾们看着她在面前走过，都微笑着低声议论。男宾们轻轻地说道："真漂亮，真可爱。"瓦尔特先生脸色有点苍白，眼镜平稳地架在鼻梁上，走路时神态过于庄重。

他们后面跟着四个女傧相，个个漂亮，都穿着粉红色的裙子，是这位王后般的新娘的宫女。男傧相都是百里挑一，体型相同，走路的步伐仿佛经过芭蕾舞教师的训练。

瓦尔特夫人走在他们后面，她挽着另一个女婿的父亲、七十二岁的拉图尔－伊弗兰侯爵的胳膊。她与其说在走路，不如说在往前挪动，每挪动一下仿佛都会晕倒。人们会觉得她的双脚如同粘在石板地面上一般，她的两条腿不愿意往前移动，她的心脏犹如想跳出来逃走的野兽，在胸口剧烈地跳动。

她消瘦了。满头白发使她的脸颊显得更加苍白、凹陷。

她双目正视，以便不看到任何客人，也许是为了专心思考折磨着她的事情。

接着，乔治·杜·洛瓦和一个陌生的老妇人一起出现。

他仰着头，目不斜视，目光冷酷，双眉微蹙，小胡子末梢翘起，仿佛是在生气。大家觉得他是个美男子。他神色傲慢，身材修长，双腿笔直。他穿着合身的礼服，佩戴着荣誉军团勋章的红色绶带，犹如染上一滴鲜血。

接着出现的是亲属，有萝丝和参议员里索兰。她已在一个半月前结婚。拉图尔－伊弗兰伯爵则陪伴佩尔斯米尔子爵夫人。

最后出现的是杂七杂八的人组成的长队。这些人是杜·洛瓦的亲友，他已在他新的家庭里做过介绍。他们是巴黎中层社会中的知名人物，会迅速成为暴发户的知己，有时还成为暴发户的远房亲戚。他们有的是没落的贵族，破了产，有劣迹，有的还结过婚，那就更加糟糕。他们是德·贝尔维涅先生、邦若兰侯爵、拉弗内尔伯爵和伯爵夫人、拉莫拉诺公爵、克拉瓦洛夫亲王和瓦尔雷阿利骑士。接着是瓦尔特请来的客人，如盖尔什亲王、泰拉西纳公爵和公爵夫人以及漂亮的迪纳侯爵夫人。瓦尔特夫人的几位亲戚也在这队人中间，他们仍保持着外省人端庄的神态。

管风琴一直在鸣叫，用有力的喉咙唱出响亮而有节奏的乐曲，在巨大的建筑物里回响，向苍天诉说人间的悲欢。两扇大门关了起来，教堂里顿时变得阴暗，仿佛太阳已被逐出门外。

这时，乔治和妻子并排跪在祭坛前面，祭坛的供桌上烛光明亮。丹吉尔的新主教手持权杖，头戴主教冠，从圣器室里走了出来，以天主的名义让他们结成夫妻。

他按惯例提出一些问题，为双方交换戒指，宣布两人结为夫妻，并对新婚夫妇进行天主教式的说教。他说夫妻要忠贞不贰，说了很长时间，用词故作庄重。他身材高大、肥胖，长得漂亮，肚子凸出，显得威严。

一阵抽噎声使不少人转过头去。瓦尔特夫人用手捂着脸，正在哭泣。

在这件事上，她不得不做出让步。除此之外，她又能怎样呢？女儿回来后，她拒绝抱吻女儿，把女儿从房间里赶出去。她见杜·洛瓦再次出现在她的面前，彬彬有礼地向她施礼，就用很低的声音对他说："您在我认识的人中最卑鄙无耻，请别再对我说话，因为我绝不会回答您！"从此之后，她受到难以忍受、无法摆脱的痛苦的折磨。她对苏姗恨之入骨，这种恨产生于炽烈的爱情和令人心碎的嫉妒，这是母亲加情妇的奇特嫉妒，这种嫉妒不可告人，十分强烈，像新的伤口那样使人有灼伤的感觉。

现在，在一座教堂里，当着两千人的面，也当着她的面，一位主教让她的女儿和她的情夫结为夫妻！而她能说什么？能去阻止这件事的发生？她不能叫喊："这个男人是我的，他是我的情夫。您祝福的这个婚姻是一种耻辱。"

好几位女宾同情地低声说道："可怜的母亲多么激动。"

主教大声说道："你们是世界上幸福的人，你们最为富裕，最受人尊敬。您，先生，您才华出众，鹤立鸡群，您用自己的文章教育、指点和引导民众，您负有美好的使命，要做出光辉的榜样……"

杜·洛瓦听着他说话，自豪得飘飘然了。罗马教廷的一位高级神职人员竟对他讲这样的话。他感到自己背后的一群名人是为他而来的。他感到有一股力量把他往前推，往上抬起。他是康泰

勒村两个穷苦农民的儿子，现在却成为主宰世界的大人物之一。

突然间，他仿佛看到他的父母在俯瞰鲁昂大河谷的山丘顶上，在他们的小酒店里，正在伺候当地的乡下人喝酒。他得到沃德雷克伯爵的一半遗产之后，已给他们寄去五千法郎。现在，他要给他们寄去五万法郎，他们可以用这笔钱购置一份小小的产业。他们会满意、幸福。

主教结束了高谈阔论。一位披着金色襟带的神甫登上祭台。管风琴又奏起颂扬新婚夫妇的乐曲。

有时，琴声慷慨激昂，如波涛般汹涌澎湃，这响亮的乐声仿佛要掀掉屋顶，冲向蓝天。这洪亮的琴声在整个教堂里回响，使肉体和灵魂都为之颤动。后来，琴声突然低了下来，显得轻快、活泼，如微风般在耳边掠过，这些是优美的小曲，犹如鸟儿在跳跃、飞舞。后来，这优雅的琴声又变得雄壮有力，令人生畏，仿佛一粒沙子变为整个世界。

后来有人唱起了歌，歌声在垂首的人们上方回响。巴黎歌剧院的演员沃里和朗代克在放声歌唱。烧的香散发出安息香的清香，祭坛上的祭神仪式结束了。耶稣基督在神甫的祈求下降临人世，正式承认乔治·杜·洛瓦男爵的胜利。

漂亮朋友跪在苏姗的身旁，低下了头。此时此刻，他感到自己即将成为虔诚的信徒，对天主充满感激之情，感谢天主对他如此恩惠和垂顾。他不知该向谁去诉说自己的心里话，就感谢天主让他取得成功。

婚礼结束后，他站起身来，跟挽着他胳膊的妻子一起走进圣器室。接着，参加婚礼的来宾排着长长的队伍鱼贯而入。乔治欣喜若狂，感到自己犹如人民拥戴的国王。他跟来宾一一握手，含糊其词地说几句无关紧要的客套话，同时躬身施礼，对别人的祝贺回答说："感谢光临。"

突然，他看到德·马雷尔夫人，不由想起他对她的一次次亲吻和她对他的一次次回吻，想起他们互相抚摸的情景，想起她的种种妩媚可爱、她说话的声音和她嘴唇的味道，感到热血沸腾，不禁想跟她鸳梦重温。她漂亮、优雅，样子调皮，眼睛水灵。乔治心里在想："作为情妇，她还是十分迷人。"

她走到近前，略显羞怯和不安，把手伸给了他。他握住她的手，没有立刻放开。他感到这女人的手指在暗中召唤，跟他的手轻轻地握着，表示她已原谅了他，跟他重归于好。他握住这只纤手，仿佛在说："我仍然爱你，我是属于你的！"

他们目光相遇，眼睛微笑，闪闪发光，含情脉脉。她用娇滴滴的声音说道："回头见，先生。"

他高兴地回答道："回头见，夫人。"

她走开了。

其他客人拥挤着走了过来。客人们在他面前走过，犹如河水流过一般。人流终于变得稀疏。最后一批客人在他面前走过。乔治让苏姗挽着他的胳膊，朝教堂大门走去。

教堂里坐满了人，大家都回到自己的座位上，好观看新婚夫妇走出教堂。他迈着沉稳的步伐，昂首挺胸，慢慢地走着，眼睛凝视着阳光明媚的门洞。他感到皮肤下阵阵战栗，因巨大的幸福而产生寒战。他的眼睛看不到任何人。他心里只想着自己。

他走到门口，看到外面黑压压的一大群人，发出嘈杂的声音，他们是为了看他乔治·杜·洛瓦而来到这里。巴黎人民欣赏他，羡慕他。后来，他抬起了头，看到协和广场后面的国民议会所在地。他感到自己将从玛德莱娜教堂的柱廊跳到波旁宫的柱廊。

他缓慢地走下高高的台阶，两边挤满了看热闹的人。但他并没有看到他们。这时，他的思想在回忆往事。在耀眼的阳光下，他的面前浮现出德·马雷尔夫人的身影，只见她正对着镜子梳理两鬓的鬈发，因为她起床时鬈发总是蓬乱。